L'archange et la charrette

L'archange et la charrette

« Tout est vrai, sauf l'archange… Quoique ! »

Michel Trouillet

ISBN : 978-2-3225-6041-7

Édition : BoD · Books on Demand,

31 avenue Saint-Rémy, 57600 Forbach, bod@bod.fr

Impression : Libri Plureos GmbH,

Friedensallee 273, 22763 Hamburg (Allemagne)

Dépôt légal : Avril 2025

Édition brochée / avril 2025

Site WEB :

https://editionsducerfvolant.wordpress.com

Pour François
mon parrain du Camino

SOMMAIRE

Préface par Titia Es-Sbanti[1]

La pesanteur et la grâce

Pensez-vous qu'une Charrette et un archange ont une chance de s'entendre? En tous cas, ce que nous fait découvrir Michel Trouillet dans son récit, c'est que lorsqu'un homme, fort du poids de ses questions sans réponses, se trouve confronté à la grâce, il n'en sort pas "indemne". Avec vigueur et passion, l'auteur raconte l'aventure qui a bouleversé sa vie lorsqu'en 2013, il part sur le chemin de Compostelle, une très longue marche à pied à travers la France, la Navarre, la Castille et la Galice. Une traversée haute en couleurs, bouleversante, tressée de larmes et de joie, de violence et de beauté, de colère et de compassion... Qu'est-ce qui peut pousser un homme de 60 printemps, aimé des siens, passionné par ses engagements multiples, comblé par une vie déjà bien remplie, à partir de chez lui pendant 71 jours et à parcourir 2090 km à pied? Une remise en question? Une soif d'absolu? Un désir de dépouillement? Un besoin d'authenticité? Un examen de conscience? Peut-être un peu de tout cela, mais aussi d'une part intime qui n'a pas de mots pour se dire.

La Charrette

Organisé, exigeant et méthodique de nature, l'auteur n'est pas parti sur un coup de tête: chez lui, un départ ça se prépare. La

---

[1]Titia Es Sbanti : théologienne et Pasteure des églises réformées protestantes de Montpellier et de Nîmes

charrette dont il décide de s'équiper s'avère exemplaire en matière de protection-prévention-efficacité. Mais une fois sur la route, exposé à la rugosité de la marche et de ses dangers multiples, notre "caminero" prendra conscience que la Charrette: c'est lui! Lui et son trop -plein de tout qui le tire vers le bas... Attachée à sa taille par un harnais, elle est l'ombre de son ombre, le suit dans ses parcours les plus chaotiques, affrontant la chaleur et le vent, la rage et le désespoir, le béton et la campagne, les champs de blé et les nationales, le sable et les marécages, les pentes et les ravins. Plusieurs fois, la charrette se renversera; à d'autres moments elle le mettra en danger au bord des routes. Trente deux kilos d'équipements, charrette comprise. Un poids peut en cacher un autre: les déboires du "Caminero" le renvoient au questionnement que tout pèlerin est amené à se poser: qu'est-ce que l'essentiel? de quoi avons nous vraiment besoin? de quel superflu sommes-nous encombrés?

A mi-chemin de son périple, Michel franchira le pas d'alléger ses bagages de quelques kilos, grâce aux conseils avisés et bienveillants de Vincent, compagnon d'une étape. Se défaire de ce qui rassure mais ne fait pas vivre, se délester de ce qui fait obstacle à la rencontre, quitter tout ce qui nous conforte et tout ce qui nous honore: voilà une des tâches salutaires pour le pèlerin universel. Vincent lui racontera le dicton des vieux pèlerins selon lesquels on évalue le poids de ses péchés à la charge que l'on transporte... "La route, disent les anciens, te façonnera comme les mains du potier sur la glaise, en retirant toute la terre superflue". Heureusement, il y a aussi des poids qui font du bien: le poids d'une parole bonne qui nous précède, rappelant à chacun la modeste place qui est la sienne dans l'univers.

L'archange

Existe t-il une compagnie plus insolite pour une Charrette que celle d'un archange? Quel contraste entre ces deux compagnons de route! Le premier a un objectif et des kilomètres à parcourir; il a le temps. Le second n'a rien à se prouver. Sa voix lui sert de voie; il a l'éternité devant lui. Avec un mélange de pudeur et d'audace, Michel nous ouvre son cœur: son dialogue avec l'archange. La voix de sa conscience nous fait entrer dans l'intimité de ses pensées et de ses tourments. L'archange et la charrette... En les suivant sur les routes écrasées de soleil, le lecteur, devenu complice, s'arrête avec eux, s'émeut, sourit, se faufile entre la pesanteur et la grâce, la colère et la tendresse, le découragement et l'espérance. La confrontation est parfois vive: le "Caminero". encombré de ses questions, en a aussi gros sur le cœur. L'allègement se poursuit: après ses bagages, il vide aussi son sac: sa révolte à l'égard d'un Dieu lointain dont il ne veut pas, sa colère contre le chaos du monde, la folie des chauffards qui manquent de l'écraser à plusieurs reprises... Le ton est direct, parfois provocateur. Les interventions de l'archange, d'une grande beauté, nous laissent profondément émus: "...C'était un passage obligé mon ami, apprendre l'humilité passe par la conscience de la fragilité de la vie. Ton chemin va devenir intérieur maintenant. Sache que je ne t'ai jamais abandonné."

Au fur et à mesure de sa marche, Michel l'agnostique avance intérieurement. Une question parmi d'autres le préoccupe d'un bout à l'autre de son Camino.

Le hasard existe t-il?" La chance — répond l'archange — n'est pas seule responsable de ta survie sur ce chemin. Le hasard ne peut pas tout expliquer..." A moins de suivre la voie albert Einstein: "le hasard c'est Dieu qui se promène incognito sur la terre..."

Quelques jours avant d'arriver à Compostelle, Michel fera la connaissance de François; ils arriveront ensemble à Compostelle: " nous avons le même pas, le même rythme, les mêmes besoins de silence ou de paroles. Nous devions nous rencontrer. Merci l'archange. — De rien, Michel". L'homme à la charrette nous laisse avec une interrogation: d'où lui est venue cette immense énergie gratuite et renouvelable tous les jours que Dieu fait? Et si la Rencontre était de tous les carburants le plus puissant?

Commencé avec un ciel normand spectaculaire, le livre se termine sur un coucher de soleil flamboyant. Une chose a changé: la vision de l'auteur. Plus de bataille, plus de lances ni d'armure dressée contre le ciel: l'archange Michel ne s'en est pas allé, il s'est juste... allégé et laisse en signe de fidélité ses grandes ailes déployées sur la ligne rouge de l'horizon.

"C'est beau à pleurer, je ne trouve rien à redire, subjugué par la beauté du spectacle."

L'émerveillement aura eu le dernier mot.

Titia Es-Sbanti

Chapitre 1 : La voie des Plantagenêts [1]

Tout a commencé dans la baie du Mont-Saint-Michel, au printemps 2011 :

« Alors, il y eut une bataille dans le ciel : l'archange Michel et ses anges combattirent le Dragon. Et le Dragon riposta, avec ses Anges, mais ils eurent le dessous et ils furent chassés du ciel. » (Ap, 12, 7).

Les cumulus, couleur d'encre, barrent l'horizon. À l'avant du front glacial et humide qui monte dans ce ciel de mars 2011, quelques cavaliers nébuleux luttent pour barrer le passage au soleil de fin d'hiver.

Le décor est planté pour un scénario de blockbuster et me voilà face à l'archange, dressé dans son armure à 150 mètres au-dessus de moi. Le ciel prend des allures d'apocalypse. Par un extraordinaire hasard, un dernier éclat du soleil frappe l'archange au point culminant de l'abbatiale. L'or de la statue renvoie un reflet « divin » sur les visiteurs du Mont-Saint-Michel. La mise en scène est parfaite alors que le grain annoncé me tombe sur la tête ; c'est le retour à la réalité. En Normandie, il pleut parfois, mais il pleut souvent, même si le soleil finit toujours par l'emporter (encore un lieu commun).

« Holà l'archange ! Merci pour l'accueil : pas de

---

[1]   *Note : L'itinéraire d'Aulnay (562,4 km) au Mont-Saint-Michel, qui traverse la Saintonge, l'Anjou et la Bretagne, est aussi appelé « chemin des Plantagenêts ». Il rejoint le chemin de Tours vers un autre grand sanctuaire : Saint-Jacques-de-Compostelle, en Espagne.*

favoritisme avec moi, hein ! Et la solidarité, alors ? Nous portons pourtant le même nom. Si seulement tu n'étais pas un pur produit de la mythologie ! »

Pas de réponse… On s'en serait douté. Une idée me traverse soudainement les neurones : De Saint-Michel à Saint-Jacques, on dit qu'il n'y a que trois millions de pas ; une gageure ! De retour chez mon frère, je mets un mouchoir sur cette pensée saugrenue comme chacun le fait sur ses rêves et ses utopies face à la réalité ou à la routine du quotidien.

Les « bons conseilleurs » se sont vite mobilisés autour de mon projet : « Tu souhaites faire le Camino de Compostelle, mais mon pauvre ami il n'y a pas un chemin, mais des dizaines de chemins. — Tu mélanges les genres. Le Mont-Saint-Michel, c'est le chemin des Miquelots ; Compostelle c'est celui des Jacquets. Si tu veux être dans l'authenticité choisis plutôt le Puy-en-Velay comme point de départ. — Tu n'es pas un athlète, 2 000 bornes à pied, c'est n'importe quoi ! — Partir deux mois, loin de ta famille, tu cherches vraiment les emmerdements. — En Espagne, tu peux faire des mauvaises rencontres, sans compter tous les problèmes climatiques et les risques d'accidents dans des endroits déserts… »

Finalement, mes motivations pour ce projet étaient encore imprécises, mais je suis quelqu'un de déterminé ; alors, les « bons » conseilleurs, je mets mon mouchoir sur leurs avis négatifs… Au fait, pourquoi partir d'aussi loin alors qu'en démarrant de chez moi, de Montpellier, j'économiserai 1 000 km ? Pourquoi entreprendre, seul, cette randonnée et d'une traite ? Pourquoi faire un pèlerinage catholique, alors que j'ai une aversion pour les religions et ce qu'elles représentent à travers leur histoire et dans la brûlante actualité des intégrismes ? Sur l'instant, j'étais plutôt sur le registre « flou artistique ». Aujourd'hui, après coup, je crois bien que mes motivations étaient à des années-lumière de celles des pèlerins rencontrés sur ce chemin.

À un âge où on commence vraiment à se sentir mortel, j'avais peut-être besoin de me prouver que physiquement je pouvais encore me lancer un défi et l'assumer pleinement. Après tout, je n'ai jamais fait les choses comme tout le monde, souvent classé atypique ou original. Puis-je lutter contre ce qui est inné avec le naturel qui revient toujours au galop ? Catalogué dans la catégorie « atypique » ; je ferai donc un Camino atypique.

Revenons au sujet du pourquoi du comment : démarrer du Mont-Saint-Michel relève peut-être plus du divan du psy que du mysticisme. Je m'appelle Michel, mon saint patron est un archange qui porte le même nom, j'aime tout ce qui vole : les oiseaux et les cerfs-volants… CQFD. Partir seul fut de ce fait un choix pragmatique : « je marche vite et longtemps, imposer cela à l'un de mes proches, à un ami ou à un compagnon occasionnel : c'est le divorce, la brouille ou le pugilat assurés. » Quant à faire les 2 000 bornes d'une traite, c'était plutôt l'idée d'éviter la procrastination et de ne pas remettre au lendemain une étape qui ne me conviendrait pas le jour même. Donc, ma « théorie » pour lutter contre ce travers, plutôt répandu aujourd'hui, était de ne faire qu'un seul projet à la fois et de l'assumer jusqu'au bout.

J'avais décidé de marcher tous les jours et j'étais certain que rien d'autre ne viendrait me distraire de cet objectif.

Pour le choix de marcher seul, longtemps et régulièrement, j'avais imaginé pouvoir tester sur moi, toutes les conséquences de cet effort soutenu et répété : les transformations physiques, la perte de poids, l'évolution de mon endurance à l'effort, à la douleur… Bref ! Ma résilience. Une approche probablement plus narcissique que spirituelle. Enfermé dans ce fantasme romantique, j'imaginais qu'après quinze jours de rodage, je serai déconnecté des parasitages médiatiques et informatiques, de toutes ces relations convenues, des obligations sociales et professionnelles ; j'aspirai à ce désencombrement de ma vie, comme on se satisfait du rangement par le vide d'un grenier, d'une armoire ou d'un disque dur de son ordinateur personnel.

On ne se débarrasse pas aussi facilement de ses contradictions, car mon équipement de marcheur au long cours allait quand même flirter avec les 32 kg, charrette comprise. Même si ces motivations me semblent futiles après coup, elles furent le moteur de ce projet jusqu'au jour « J » de mon départ pour l'aventure du Camino…

Sur les bords du lac de Naussac en Lozère, fin août 2012, j'annonçais à tous mes amis et à ma famille, rassemblés pour fêter mes 60 années de vie : « Je commence mon voyage vers Compostelle le 21 juin de l'année prochaine. »

La préparation

Il me restait maintenant dix mois pour me préparer physiquement et mentalement, 300 jours, pour rassembler les guides, les itinéraires, étudier chaque étape, assimiler les us et coutumes du Camino, pour affûter un corps pas trop sportif, ni habitué à de longues marches quotidiennes. Quarante petites semaines, pour déterminer toutes les options matérielles et logistiques de mon équipement ; après coup, en y regardant de plus près, je crois bien que j'ai envisagé le Camino comme un trekking dans l'Annapurna (j'y pense aujourd'hui, c'était ridicule !).

Pouvoir voyager en solitaire, libre et autonome, était un autre fantasme, car la solitude et l'intendance sont aussi lourdes à porter l'une que l'autre. Popote rustique devant un feu de camp, bivouacs sous la tente, nuits à la belle étoile ou en albergues, selon l'humeur et la météo, marches contemplatives, tourisme religieux… Il est facile d'exalter son cinéma intérieur quand on ne sait rien de la réalité d'un projet et du hasard qui peut vous réserver de belles ou de mauvaises surprises.

Côté matos, j'avais opté pour une charrette afin de porter mon barda « d'aventurier ». Les modèles, longuement étudiés sur les offres du Web, étaient de type Mad-Max ou « brouettes » d'un prix prohibitif ou de conception primitive et peu fiable. C'est donc l'option « Mac-Gyver » et auto-construction qui s'est naturellement imposée, car je m'imaginais en « SDF du Camino » (encore une idée stupide, car être SDF n'est pas un choix, c'est un drame).

Au XXIe siècle, mon projet allait être en fait une partie de campagne, comparé au voyage vers Santiago des pèlerins du Moyen Âge. À cette époque il n'y avait ni guides, ni cartes VISA ou VITALE, ni distributeurs, ni iPhone, ni réseau mobile ou GPS… Le cheminement vers Compostelle relevait de l'épopée et de la loterie : survivre à la faim, au froid, aux blessures, aux maladies, aux bêtes sauvages et aux bandits de grands chemins. Aujourd'hui, je pense que j'ai vraiment abordé le Camino sous un angle poétique et surréaliste. Je devais à présent, puisque je m'y étais engagé publiquement, débuter un autoconditionnement, même s'il était de l'ordre du fantasme. Cette montée en pression me laissera, au terminus du Finistère espagnol, aux antipodes de mes concepts bien naïfs du départ de ma longue marche, 71 jours plus tôt.

Avec les accessoires mécaniques, le nécessaire de dépannage, sa charge « utile », mon attelage venait d'atteindre, allègrement, les 32 kg. Pour compléter le tout, j'avais décidé de m'équiper d'un sac a dos « léger » pour les papiers, les guides, les gadgets électriques, un panneau solaire portatif, l'eau et la nourriture du jour ; une douce folie sensée me rassurer et inutile pour au moins la moitié du poids embarqué.

Un « bon ami », probablement conditionné par ses préjugés sécuritaires (déformation professionnelle de policier municipal). Il avait pensé utile de me remettre une bombe au poivre pour me défendre contre les mauvaises rencontres. J'ai échappé de peu à la paranoïa, car il ne m'a quand même pas confié son arme de service. Il pensait peut-être que je partais pour une contrée sauvage et inhospitalière, peuplée de mafieux et de drogués (de quoi vexer nos amis de la péninsule ibérique). À l'écoute de ses conseils « professionnels », je ne suis pas loin d'avoir failli devenir, à mon tour, paranoïaque. Étrange époque où la peur irrationnelle de l'autre prévaut sur la richesse de la rencontre et de l'échange avec l'étranger. Moi qui pensais partir pour m'alléger de mes paranoïas et de mes angoisses existentielles, je venais de gâcher du temps et de l'énergie positive à écouter les plus mauvais conseils qui soient.

Côté physique, la préparation m'avait vite ramené à la rude réalité du conditionnement sportif. Mes pieds et mes jambes étaient décidément bien insensibles à toute la technologie que je tirais derrière moi, tel un âne bâté, pendant mes entraînements : dur… dur !

Ma marche rapide, ce matin d'hiver 2012, fut plutôt confortable malgré des températures négatives. J'étais assez surpris de la facilité de prise en main de mes bâtons de randonnée nordique. C'était une première, car j'avais dans l'idée que ces « béquilles » étaient réservées aux randonneurs du 3e âge. Finalement, cet équipement est bien adapté à l'effort endurant et au long cours.

Ce matin-là, la lumière, entre chien et loup, accompagnait mon entraînement en enveloppant de gris une garrigue quasi silencieuse. Ma chienne golden me suivait sagement en reniflant quelques passages de lièvres ou de sangliers.

Après une heure de rando rapide, je me sentais au mieux de ma forme. Les entraînements réguliers se faisaient sentir tous les bienfaits physiologiques de l'effort, les petites douleurs articulaires et musculaires du début avaient laissé place à un état de bien-être. J'avais presque chaud, malgré les températures glaciales de ce matin hivernal. Près de cinq kilomètres parcourus, au podomètre, en moins de 60 minutes. Dans l'étage supérieur, je sens que mes neurones commencent à frissonner, on m'avait averti de cette cogitation anarchique des marcheurs solitaires au long cours ; c'est jubilatoire ! Je crois bien que je venais d'expérimenter une méthode de méditation ou de rêve éveillé : marcher !

« Mais à quoi peut bien penser un marcheur seul au monde ? » À l'instar des rêves nocturnes, qu'il faut immédiatement écrire au réveil pour s'en rappeler toute la journée, j'avais vraiment l'impression d'être dans une réalité intérieure, imaginaire mais tangible. Curieusement, j'éprouvais cette déconnexion recherchée par les yogis qui parviennent à se détacher du temps et du corps ; mes jambes, qui fonctionnaient toutes seules, et la charge roulante de ma charrette ne pesant plus sur mes hanches. Mon mental, comme libéré, véhiculait des images et des émotions fantasmagoriques.

« Holà ! Michel… Tu délires ! »

J'avais sursauté en entendant cette petite voix intérieure, presque réelle et audible par les voies naturelles. Autour de moi : rien, ni personne, évidemment ! Avec un haussement d'épaules, j'avais préféré reporter toute mon attention sur l'enfilade des pylônes de la T.H.T. qui balafraient l'horizon en suivant le relief des collines autour du Pic Saint-Loup. Ces « balises graphiques » à perte de vue me faisaient penser aux alignements de Christo dans Central park, à New York : « *Tu nages en plein délire, quand je te dis que tu dérailles !* »

Je me retourne, personne évidemment… Bon ! Revenons à mes divagations conceptuelles sur la haute tension.

« *Allô ! Allô ! Ici l'archange. Il faut revenir sur terre.* » Encore cette petite voix venue de nulle part. Intérieurement, je m'étais exclamé : « Tais-toi ! Ce sont mes endorphines qui me jouent des tours. » Je m'étais senti ridicule…

Ce matin-là, l'hiver me ramenait à une réalité piquante par 7 °C sous zéro, ce qui est plutôt inhabituel sur les bords de la Méditerranée. Motivé, j'étais parti pour six heures de marche. Au programme, une balade de 20 km vers les sources de la Mosson, sous un ciel clair et flamboyant avec le lever du soleil. Pas de mistral, fort heureusement, sinon ce serait -12°C ressentis. Ma chienne Taffy m'accompagnait en trépignant d'impatience au bout de sa laisse. Confiant, sur cette route déserte, j'avais détaché l'animal. Après tout, à une heure aussi matinale, un dimanche, je ne risquai pas de voir débouler des retardataires à l'embauche. Cette pensée rassurante venait à peine de s'évaporer, que j'entendis une voiture qui déboulait à vive allure. Ma compagne à quatre pattes, du genre farouche, apeurée par l'autorité de mon appel, s'était esquivée alors que je voulais simplement la tenir au collier pour son bien. Elle traversa la route au pire moment. Le choc fut terrible, projetée comme un ballon à plus de dix mètres, elle était retombée lourdement sur la route… Je me suis précipité en criant et en pleurant comme un enfant, choqué par l'accident et la perte probable de Taffy, j'étais en état de choc…

Quatre jours d'inquiétudes, entre vie et trépas ma chienne avait survécu ; un miracle ! Cette fois, c'en était fini des promenades en liberté ou même ma chienne tenue en laisse sur les sentiers de mon entraînement quotidien. Cet accident m'avait beaucoup perturbé, émotionnellement, comment ne pas penser que le temps était compté pour les animaux comme pour les humains. Avec l'âge, qui vient inexorablement, la mort naturelle est une probabilité de plus en plus évidente. Qu'elle est bien loin « l'immortalité » de mon enfance ! Comme si tout cela ne suffisait pas, l'actualité du monde est de plus en plus anxiogène, avec une Syrie martyrisée, les libertés muselées en Russie, la terreur distillée par les attentats de l'E.I. au Maghreb, en Égypte, en Afrique centrale… Impossible de retrouver la sérénité ce matin, je suis révolté, impuissant, inutile… face aux malheurs du monde et à la folie guerrière des hommes.

« Tu n'as pas l'impression de vouloir prendre ma place ? Tu veux peut-être faire mon boulot ? »

Je ne m'étonne même plus de cette voix que j'apprivoise, en l'acceptant comme un interlocuteur imaginaire pour me tenir compagnie en prévision d'un voyage solitaire fantasmé…

« Parlons-en de ton boulot, l'archange, le monde est devenu un tel foutoir qu'on peut se demander à quoi tu sers. — *Aussi surprenant que cela puisse te paraître, je n'interviens pas avec mon trident sur les dragons, ou tout autre arme destructrice qui fait la loi ici-bas ;*

cela ne fait pas partie de mes prérogatives. — Ça m'aurait aussi étonné, ce serait un sacré scoop pour la une des journaux. Tque u n'es donc utile à rien ? — *Ne blasphème pas, j'agis sur les consciences et la bonne volonté des hommes. Vous souffrez de surdité sur cette terre, mais je ne désespère jamais... »*

Voilà que je parle tout seul, je suis en plein délire, qu'est-ce que ce sera lorsque j'aurai commencé le chemin ? La perspective du voyage qui se rapproche commence à me travailler sournoisement. J'ai l'impression, après avoir officiellement fait l'annonce de ce pèlerinage, d'être comme un fumeur invétéré qui vient de jurer qu'il arrêtait de fumer, impossible de faire marche arrière au risque d'y perdre mon honneur.

« Oh ! L'archange, tu ne crois pas que ton patron s'est fourvoyé en nous créant à son image ? »

Pas de réponse. Le contraire m'aurait fichtrement étonné. Un peu provocateur, je balance une pensée iconoclaste : « Pourquoi, depuis ta tour d'ivoire dans les nuages, tu nous laisses toujours refaire les mêmes « conneries » depuis la nuit des temps ? » Toujours pas de manifestation, ni d'avis sur la question... « J'aimerais bien connaître ta réflexion sur le sujet. Les hommes, à travers leurs religions et leurs croyances prétendent toujours détenir la seule vérité, celle qu'ils s'imposent depuis la nuit des temps, de gré ou de force, par la manipulation, la persécution et même par quelques massacres. Quel Dieu pourrait accepter cela ? »

« Silence assourdissant »...

Seul le vent répond à ma rage intérieure, même les oiseaux se sont tus. Je me sens définitivement seul avec ma colère, au milieu de la caillasse et de cette fichue garrigue. Je pressens que mon chemin vers Santiago n'apportera pas plus de réponses à toutes ces questions existentielles que le vent glacial de ce matin... Ce sera donc une banale randonnée.

8 juin 2013, je viens de prendre un an de plus ou un an de vie en moins (c'est l'histoire du verre à moitié vide ou plein). Le jour « J » me semble maintenant si proche, je suis envahi par le doute, ma détermination se réduit à peau de chagrin. Une autre petite voix intérieure s'invite sournoisement : « *Tu n'auras jamais la volonté, ni la résistance pour aller jusqu'au bout. Tu ne connais même pas la langue ni les us et coutumes du pays que tu vas traverser. Deux mille kilomètres à pied, c'est 2 000 occasions de te perdre ou de perdre ta santé, peut-être pire encore...* »

Fort de ces mauvais conseils intérieurs, qui ne sont probablement pas ceux de mon archange de service, je décide de contrecarrer mes angoisses par une check-list d'un matériel digne d'une expédition arctique.

Dans un gros sac de voyage, étanche et « quasi indestructible », j'avais soigneusement préparé mon équipement de « survie » : une tente ultralégère, un sac de couchage avec matelas auto-gonflable, une bâche de protection, un hamac de randonneur, un sac à viande, une serviette en microfibre, une bouteille de gaz, une popote complète en alliage léger, un couteau suisse, une torche solaire, des chaussures de compétition, une trousse d'urgence, quelques médicaments essentiels, un appareil photo, des batteries et piles de rechange, un chargeur, une rallonge électrique, une boite d'outillages et des rustines pour ma charrette… etc. etc.

Le départ

21 juin 2013 : c'est le solstice d'été. Enfin ! Le matin du départ est arrivé et me voilà face au Mont-Saint-Michel. Aujourd'hui, c'est le jour le plus long en Normandie qui n'est pas celui du débarquement ; c'est le « D day » de mon voyage insensé. Je n'avais pas choisi cette date au hasard, je suis sensible aux symboles qui plantent des balises mémorielles à travers le temps qui passe ; on oublie si vite, même les choses importantes. C'est l'instant où le soleil et la lumière sont à leur point culminant, sera donc moment idéal pour partir. Demain commence le déclin des jours et probablement aussi le mien, je viens quand même de basculer dans la soixantaine et les décennies à venir porteront aussi leur lot de renoncements.

Je partirai donc du Mont-Saint-Michel qui est le berceau mythologique de l'archange, et, il est inutile de chercher dans ce choix une symbolique ésotérique, un souhait inavoué de protection céleste ou une pénitence pour accéder à la rédemption… Le solstice d'été, c'est aussi un point culminant, tout comme le Mont-Saint-Michel, pour commencer cette longue marche ; ce sera donc plus facile en descendant ; logique, non ? Pensif, devant la fenêtre de la maison en bois de mon frère, je regarde le bocage normand d'une insolente verdure si rare dans le Sud, l'été. Au loin, je devine le mont qui pointe son archange au-dessus de la brume matinale, tel un doigt qui m'interpelle : « Viens, Michel, je t'attends. »

Malgré l'imminence de mon départ, je ne déroge pas aux 10 km d'entraînement que je m'impose chaque jour, mais, cette fois, c'est avec tout mon barda et la chariotte. Il est 6 h, la petite route est luisante sous la bruine ; je longe la baie vers le Groin du sud. Au loin, presque sur la ligne d'horizon, je regarde, fasciné, la montagne posée sur la mer. Un groupe de randonneurs m'interpelle, intrigué par mon équipage hétéroclite : « Vous allez où comme ça ? – À Compostelle. – Bah, vous n'êtes pas rendu ! » Je crois bien qu'ils m'ont pris pour un mytho ou pour un fou ; je m'en fiche !

Dans quelques heures, l'aventure va commencer. Pour l'instant, on ne choisit pas sa météo le jour du grand départ et le ciel n'est pas celui du sud. La pluie marqua un répit alors que nous arrivions aux parkings du site touristique. Ici, le parcage des visiteurs et de leurs véhicules est depuis peu géré avec autorité, par les placeurs de VEOLIA, aujourd'hui trempés jusqu'aux os et frigorifiés. Une fois notre redevance acquittée, la navette nous déposa au pied du mont. Au bas de la passerelle sur pilotis, on pouvait apercevoir le monstrueux chantier de désensablement.

Les banderoles des révoltés du mont battent au vent sur les murs, juste en face des anciens parkings, maintenant désertés. Les salariés, de ce haut lieu touristique, ont été laissés pour compte ; l'accès à leur site de travail leur est désormais interdit, autrement qu'à pied ou par la navette. Ils refusent ces nouvelles conditions de transport qui allongent considérablement leur accès à l'embauche et le parking payant. On leur refuserait l'aménagement intra-muros d'un petit parking du personnel pour des questions budgétaires, alors qu'une étape du Tour de France fait l'objet d'une gabegie d'aménagements éphémères avec le goudronnage temporaire de la plage. La septième merveille du monde commence vraiment à ressembler à une annexe d'Euro-Disney... La foule bigarrée et internationale, croisée dans les ruelles, est majoritairement asiatique ; cela annonce-t-il le melting-pot du Camino où je croiserai probablement d'autres marcheurs de toutes nationalités ? Me voilà à mi-chemin de l'ascension vers l'abbatiale, je m'arrête devant le gîte des pèlerins et je frappe à la porte, personne ne répond, une pancarte me renvoie vers la chapelle en contrebas. Là encore, la lourde porte met beaucoup de temps à s'ouvrir ; je dois insister en frappant plus fort. Un aumônier ouvre enfin, il me barre le passage avec autorité en m'indiquant qu'un office est en cours et qu'il faudra repasser ; ça commence bien !

Plus tard, de retour à l'accueil des pèlerins, je sonne avec insistance. Sans attendre de réponse, je pousse la porte. L'hospitalier, qui gère l'endroit, est aussi, froid et austère que le granit gris et sombre des murs. Pas d'écho, après mon cordial bonjour, je ne reçois ni mot d'accueil, ni sourire. « Vous avez votre Crédenciale ? », je lui présente ce qui sera mon passeport pour les trois mois à venir. Le premier coup de tampon arborant fièrement un archange perché scelle mon sésame du Camino, c'est le top départ du voyage, il est 16 h.

En me tendant mon laissez-passer, l'hospitalier, toujours aussi austère, me lance impassible : « Voilà ! Il vous reste trois millions de pas à faire, bon courage ! – Toi mon gars, je ne te prendrai pas pour coach : bonjour l'accueil ! »

Une fois le porche de l'enceinte fortifiée franchi, je refuse de monter dans la navette, mon chemin commence ici et à pied ; aucun compromis n'est envisageable désormais, ni voiture, ni bus, ni taxi… Sur les quatre kilomètres empruntant la passerelle en chantier, je passe au milieu des boutiques à souvenirs made in China ct des restaurants ventant les meilleures et les plus chères omelettes du monde. Le business est ici omniprésent, c'est le royaume de l'hyper-tourisme : bistrots, camelots et camelote pour touristes et visiteurs au pas de charge. Aujourd'hui, on ne mérite plus le Mont-Saint-Michel par la marche ou la traversée de la baie ; on se « selfie » avec lui ! Je laisse la foule sans regrets. Au loin, le magnétisme de l'endroit est redevenu plus palpable et m'emporte vers de plus hauts cheminements. L'archange perché est maintenant inquiétant sur fond de ciel tourmenté, sous les nuages d'encre, j'ai cru un court instant que je regardais la demeure des dieux. La petite tache dorée, au sommet de l'abbatiale, me renvoie un éclat, je lui fais stupidement un clin d'œil. Je presse le pas et je m'éloigne au plus vite, comme si une présence invisible me surveillait.

Devant moi, la navette s'est arrêtée, mon frère est descendu et fixe dans son objectif l'instant fugace de mon départ. Une roulotte tirée par un cheval et un cycliste casqué escortent mes premiers pas vers Santiago, me voilà comme un trait d'union entre la modernité et la tradition…

« *Ne cherche pas midi à 14 h. Pour les symboles, on verra plus tard ; on a tout notre temps et plus que 2 998 597 pas à faire.* – Bon, l'archange ! Je ne suis pas d'humeur à rigoler avec tes blagues à deux balles. »

Je me retourne une dernière fois en fixant le haut de la flèche et je hausse les épaules. Demain, quand mon frère m'aura accompagné au bout de la première étape, vers Saint-James, après je serai seul avec moi-même. Superstitieusement, j'interpelle l'archange : « Et si on faisait la paix, je vais avoir besoin de toi et de tes superpouvoirs. » Le silence et le vent me répondent… Soit ! Après tout, ça ne coûte rien d'essayer, même si cette pensée me semble vraiment stupide…

Matin blafard, l'été est hors de portée avec un ciel si bas et un crachin normand. Je viens de charger mon paquetage et ma charrette dans le coffre de la C3. Ma femme, Murielle, reprendra la route vers Montpellier juste après mon départ. Mon frère Claude s'est chaudement équipé, son sac, prévu pour une étape de 25 km, me semble bien léger en comparaison de tout mon attirail.

Marie-Noëlle, ma belle-sœur, m'appelle en aparté, elle me remet une sorte de bague en argent entourée de dix petites perles et surmontée d'une croix : « Prends ce dizainier, dans les moments de doutes tu y trouveras force et réconfort. N'hésite jamais à demander l'intercession de Marie. » Même si je ne partage pas ses convictions, l'attention me touche, j'ai du mal à retenir mon émotion… Au hameau de la Rive, le moment des adieux est venu.

J'enfile ma pèlerine en plastique rouge et mon sur-pantalon en toile imperméable ; il fait vraiment un temps de chien. Nous nous apprêtons à partir, quand un 4 × 4 nous barre le chemin, précédant un troupeau de plus de cent moutons noirs en partance pour les prés-salés. Autre époque, autres méthodes, ce berger-là, motorisé et connecté, me rend un peu nostalgique des images pastorales de mon enfance ; c'est ainsi !

Claude, avec sa cape jaune vif, est lui aussi prêt pour le départ. Il a quelques petites inquiétudes, car, s'il a été autrefois un grand marcheur, il ne s'est plus entraîné depuis des lustres. Je suis heureux de le savoir à mes côtés pour cette première étape, je reçois sa présence comme un cadeau fraternel. Je referme le coffre de la voiture, j'ai déchargé la charrette et mon paquetage, l'instant des adieux est venu, j'ai la boule au ventre.

Nous nous étreignons et je ressens toute l'inquiétude de ma compagne qui a porté avec moi ce projet et accepté une absence des trois prochains mois. Sa confiance, malgré les incertitudes, est une belle preuve d'amour, elle sera dans mes pensées tout au long du chemin. La voiture vient de tourner à l'angle de la rue et disparaît de ma vue. Les moutons et le Land Rover ont regagné les prés-salés, la route s'ouvre devant moi, nous nous mettons en marche… ULTREIA !

Depuis 25 km, nous affrontons une bruine pénétrante : crachin, pluie battante, bourrasques, rien ne nous est épargné, un vrai baptême du feu (particulièrement liquide, ici). Nous avançons courbés pour ne pas être submergés, il nous faudrait des essuie-glaces pour lunettes. Les pieds de mon frère sont rapidement illuminés d'ampoules, je crois bien qu'une seule étape suffira pour cette fois. Marcher ensemble nous aura fait un bien fou, la parole s'était déliée dans la bonne humeur et les rires.

Au premier village, nous croisons deux pèlerins assez âgés, terminant leur périple de trois semaines, depuis Tours ; je suis loin d'imaginer qu'ils seront la seule rencontre des trois prochaines semaines. Nous progressons péniblement, tantôt enveloppés dans un nuage, tantôt sous la cascade d'un grain diluvien. Le vent s'est aussi invité et nous bouscule, sans ménagements, remontant au-dessus de nos épaules nos capes plus vraiment imperméables. La pluie tombe à l'horizontale, marcher sur le bas-côté reviendrait à nous embourber. La route goudronnée devient vite notre seul refuge. La visibilité, quasi nulle dans les virages, nous expose au danger des véhicules arrivant de face. Nous marchons sur le côté gauche de la chaussée, chaque virage devient un piège, c'est la roulette russe.

La départementale D363, près d'Avranchin, est un véritable coupe-gorge, plusieurs voitures nous ont contraints à nous jeter littéralement dans le fossé ; le Camino commence fort !

Les frayeurs passées et après quelques jurons libérateurs à l'encontre des conducteurs, bien au sec eux, nous retrouvons notre bonne humeur et le plaisir de cheminer ensemble. Vers midi, c'est un chemin creux, protégé par une haie serrée, qui nous accueille. La pluie, chassée à l'horizontale, transforme ce mur de végétation en véritable abri, l'herbe où nous nous installons n'est même pas mouillée. J'en profite pour me débarrasser définitivement de mes vêtements imperméables (ils resteront au fond du sac jusqu'à Bordeaux), je suis finalement plus trempé de l'intérieur, par ma propre transpiration, que par la pluie.

À Saint-Benoît, l'asphalte laisse place à un sentier bucolique et sans danger, mais vu la météo, il est aussi le domaine de la boue (on n'est jamais content). Le crachin vient de cesser, nous progressons maintenant péniblement au milieu des herbes folles (fauchage raisonné, c'est-à-dire pas de fauchage du tout) :

« Tu es en train d'emmener la moitié du sentier avec ta chariotte ! » Je me retourne vers mon frère, je viens d'élaguer le chemin sur près de cinquante mètres, emportant les herbes et les ronces coincées, pour certaines, en travers des roues de mon attelage ; je n'avais rien senti : « Motivé, le frangin ! ». Nous éclatons de rire…

Je pousse la porte du « Relais de Saint-Jacques » à 14 h, la première étape, bien arrosée, est terminée. Malgré le froid, la bière est une bénédiction pour nous réhydrater, mais de l'intérieur cette fois. Une délégation familiale est venue rechercher mon compagnon de l'étape, je suis seul désormais : impossible de reculer…

Autour de la table de la salle à manger, nous sommes trois marcheurs, seuls clients de l'hôtel déserté en cette fin de week-end. Je partage mon repas avec un couple qui termine son chemin reliant Tours au Mont-Saint-Michel. Lui, est conseiller municipal, c'est un marcheur motivé et entraîné. Pour sa femme, c'est une autre histoire : elle souffre le martyre avec tous ses orteils crevassés par des chaussures trempées depuis dix jours. Elle vient de décider de rejoindre le Mont et son époux en taxi ; me voilà averti et dans l'ambiance du vrai Camino, pas toujours romantique. Dans ma chambre, il n'y a pas de volets, il fait jour malgré le ciel gris. L'éclaircie, tant attendue pendant la journée, arrive au moment de me coucher ; pas simple de m'endormir dans ces conditions (jamais content).

« Le coq » de mon téléphone me sort du lit. Dehors, c'est une aube grise, pas très engageante, qui m'attend. Je ne sais pas encore que cette étape va me réserver une bien étrange et troublante rencontre, ni que les 32 km prévus s'achèveront en marathon à l'arrivée de l'étape. Le printemps pourri avait transformé les chemins creux en zones humides, ce n'est pas une charrette que je devais fabriquer, mais une barque.

Mon équipage commence à ressembler à un véhicule tout-terrain, sale, boueux et humide. Ici, il n'y a ni asphalte, ni belles allées d'un jardin public, point de voiture, mais une nature qui peut se montrer tyrannique. Avec cette météo pourrie, la végétation est exubérante, toutes les herbes, bonnes ou mauvaises, profitent et prospèrent : les orties et les ronces sont partout, les balisages ont disparu et mon guide des Plantagenêtss ressemble à un torchon. Au village de Montours, je me retrouve devant des panneaux et un fléchage pour le moins fantaisiste et contradictoire. Mes cartes ne me sont plus d'aucune utilité ; pas de réseau, ici, impossible d'afficher le GPS de mon portable.

Un autochtone sort de sa maison, plié en deux ; il doit afficher au moins 90 printemps au compteur de sa vie.

Spontanément, il vient à ma rencontre dans l'intention de me remettre sur le bon chemin : « C'est facile, mon gars, tu ne peux pas te tromper. C'est tout droit jusqu'au calvaire, puis à gauche jusqu'au transformateur, puis à gauche jusqu'au sentier fléché en jaune, puis au pont de bois, c'est à gauche. » Bref, tout est à gauche, simplissime ! « Merci Monsieur. » Nouveau crachin, nouvelle gadoue collante et me voilà en train de faire un tour complet du village via une zone marécageuse.

Je finis par m'étaler lamentablement dans une ornière, ma charrette est sur le dos, je jure comme un charretier (logique !). Je tourne en rond depuis plus d'une heure, je maudis cet endroit, le vieillard aussi désorienté que moi, mon torchon de guide et ce fichu village de Montours. Ma chariotte boueuse est devenue aussi lourde qu'un cheval mort, je tourne en boucle dans ma tête en brassant du noir dans un environnement aussi sombre que mes pensées. Retour finalement au point de départ : j'ai une envie furieuse d'aller remonter les bretelles du vieux.

« Mets un peu de paix sur ton chemin et dans ton cœur. – Tiens ! Il est bien temps de te manifester, l'archange, garde tes conseils pour toi qui es bien au sec au-dessus des nuages et fiche-moi la paix. »

Crotté, trempé, écorché, perdu en pleine forêt, je revois à la baisse ma motivation. En plus d'être paumé, l'endroit est sinistre : il n'y a ici aucun chant d'oiseaux, aucune vie rampante ou galopante… Rien ! Il n'y a rien à part un pèlerin chagrin.

Le silence est oppressant, l'ambiance sans lumière est particulièrement lugubre, je commence vraiment à flipper : « Mais qu'est-ce que je fiche ici ? ». Le sentier est maintenant scabreux, avec la pente, c'est devenu une vraie patinoire. Je contourne un talus envahi par les fougères. Le ciel de plomb est saturé de pluie, les arbres sont sinistres et le sous-bois semble maléfique... Soudain, quelque chose a changé dans mon environnement : un rayon lumineux perce la futée, juste au moment où je débouche du virage, et vient éclairer un talus rocheux, tel un projecteur sur la scène d'un concert. Par quel improbable hasard cette éclaircie providentielle est-elle venue réconforter un moral au plus bas et proche de l'abandon ? « Mais c'est n'importe quoi ! »

Juste devant moi, il y a un parterre de fleurs entouré de petites barrières en bois ; un vrai jardin de poupées. Au-dessus du tapis de millepertuis pointent des petites roses, un rocher percé s'ouvre devant moi. Dans la cavité, une statue de la Vierge Marie semble me regarder et me sourire, elle est soudainement éclairée par un rayon de soleil qui vient de percer les nuages ; l'apparition est fugace, elle ne dure qu'un court instant. « Oh ! L'archange, je suis en plein délire ? Pourquoi cette mise en scène ? C'est une blague ou quoi ? » Silence obsédant... Rien ! Même le vent s'est arrêté de souffler, je me retourne : personne... « Du calme l'ami, du calme Michel !... Pas de conclusions hâtives, tout cela n'est que coïncidence, fait du hasard ». Le dizainier de ma belle-sœur me revient en mémoire, je palpe machinalement la poche de mon gilet, côté cœur. Je me remets en route, troublé, déstabilisé :

« Tu dérailles ! » me chuchote une petite voix intérieure. Curieusement, je retrouve rapidement un semblant de balisage jaune, juste à un croisement et au pied d'un calvaire (ça ne s'invente pas). Du calme Michel , des calvaires, il y en a ici à tous les carrefours, on est en Bretagne, non ?

Je viens de me décider à rejoindre Fougères, par la route, vu l'épopée qui aurait pu mal tourner. Je fuis Montours en laissant le village derrière moi, j'ai perdu assez de temps à galérer et à divaguer dans ce bourbier : « Où me décrasser maintenant ? Je suis crotté de la tête aux pieds. » Je passe devant un terrain de foot, juste sur ma droite, mais la clôture est trop haute pour passer. Je tente de pousser le portillon ; il n'a pas été verrouillé. Me voilà au milieu d'une vraie pelouse anglaise ; direction les vestiaires. Je trouve rapidement un robinet extérieur, qui doit être utilisé pour décrotter les crampons des footballeurs. Je peux enfin boire et nettoyer le bonhomme, les sacs et la chariotte… Les orteils en éventail, calé entre les brancards de mon « char », je m'accorde une petite sieste salvatrice.

« Je vais bien, tout va bien… » Le soleil est enfin de retour, il fait presque chaud et mes vêtements encore humides se sont mis à fumer, la sieste est vraiment bienvenue, histoire de me remettre les idées en place. Le coup de l'apparition, dans la grotte de Montours, ne fera pas de moi un saint, pour cette fois ; l'archange crierait victoire bien trop facilement. Je ferme les yeux, les oiseaux chantent à nouveau, mais c'est peut-être dans mon rêve ; je m'endors, c'est la première sieste de mon Camino, le pied ! Je décide de mettre le guide des Plantagenêts entre parenthèses, bien rangé au fond de mon sac ; terminées les escapades hors des chemins balisés. Je longe maintenant une bonne vieille route goudronnée et ça me va.

Bon ! Les cantonniers ont encore fait grève du fauchage, je marche au milieu des pâquerettes, des pissenlits et ma chariotte se prend pour une moto faucheuse (mais le moteur c'est moi). Tant pis, je prends le risque de continuer sur cette route, après tout, en restant bien à gauche et en tendant l'oreille, je devrais pouvoir éviter les voitures qui arrivent en face. Il paraît que l'arrêt de l'entretien des bas-côtés est une démarche d'écologie raisonnée ? J'en doute ! La visibilité dans les virages est maintenant quasi nulle, autant pour les bagnoles, que pour le marcheur ; alors, question sécurité, ils repasseront.

Depuis trois heures, à part moi, il n'y a pas beaucoup de pèlerins sur l'asphalte ; ma petite vie ne pèse donc pas lourd au regard des grands enjeux écologiques ou économiques nationaux. Mieux vaut préserver quelques petites fleurs bleues et quelques papillons plutôt qu'un routard égaré : c'est ainsi ! Vingt kilomètres me séparent à présent de Fougères. Après deux chorégraphies de toréador, face à un camion et un gros 4X4, je taille la route à plus de 5 km/h : c'est bien aussi le goudron ! J'aperçois au loin le clocher d'une église, c'est peut-être le retour à la civilisation.

Depuis Montours, je n'ai croisé aucune âme qui vive ; un vrai désert ! L'épopée de la journée m'a vraiment épuisé ; le podomètre affiche 40 km (mon presque premier marathon). Je suis trop dépité pour en tirer quelque fierté, l'apaisement de la marche solitaire (vanté par les pèlerins, fussent-ils académiciens), me semble aujourd'hui inaccessible et quelque peu surfait. J'ai les nerfs ! Trop de boue, trop de galères, trop de dangers, même

« l'apparition mariale » ne compense pas le silence de mon archange…

À mon arrivée à Fougères, je trouve heureusement un accueil bienveillant chez les sœurs de la communauté du Rillé.

Aucun pèlerin en vue, je suis le premier ou le seul de la journée. Le studio, prévu pour quatre places, sera donc une vraie suite pour moi. Ce n'est pas un quatre étoiles, mais, pour 10 € il ne faut pas faire le héron au long bec. Au fait ! Fougères, c'est fichtrement beau, j'y ai découvert l'unique château-fort au monde construit au fond d'un trou.

La cité médiévale est magnifiquement restaurée avec ses jardins fleuris et des arbres remarquables ; c'est un chouette endroit ! À faire le touriste, ce soir, c'est à nouveau quatre kilomètres que j'inscris au compteur ; cette fois mon marathon quotidien est bel et bien assumé. Le soleil est encore haut quand je me glisse dans mon sac à viande ; je suis vraiment crevé…

Je ne sais pas si ce sont les cloches des matines qui m'ont sorti du lit, mais le jour n'a pas attendu mon réveil pour se répandre dans la chambre. Dehors, c'est un ciel sans nuages qui m'accueille et cela me met de fort belle humeur. Quelques biscuits, des raisins secs, un café soluble et GO ! La machine physique et la charrette redémarrent au quart de tour.

Qui a dit que la Normandie et la Bretagne, c'était plat ? Après l'épopée d'hier, j'ai décidé de m'arrêter à mi-chemin entre Fougères et Vitré. Il me faut être raisonnable, je ne suis pas assez fou, ni assez athlétique pour faire un marathon chaque jour. L'itinéraire, proposé sur mon manuel, était de 39 km : c'est du délire ! Donc, je décide de faire halte à mi-chemin et c'est non négociable. Maintenant, il me faut sortir de la ville. Je plante mon nez dans mes cartes, décidé à ne manquer aucune indication.

Je prends la résolution de rester sagement sur le sentier, loin des routes et de leurs véhicules assassins. Après tout, rejoindre Châtillon-en-Vendelais en démarrant à six heures du matin, devrait être une promenade de santé. Ma charrette roule bien sur le macadam et les pavés des ruelles désertes ; l'heure est matinale, la ville est déserte. Mon harnais répartit bien la charge, mais mon petit sac à dos, pourtant si « léger », me plombe les épaules avec une barre douloureuse au milieu du dos.

« *Plus que 2 879 620 pas.* – Ça va l'archange, on ne t'a pas sonné. »

L'auteur, qui a rédigé le guide des Plantagenêtss a aujourd'hui des velléités touristiques : Monsieur a décidé de me faire descendre dans le « trou » du château-fort, puis, me propose une remontée sous les porches, puis une descente sinueuse à travers les vieilles ruelles pavées, et, pour finir, une boucle qui me ramènera finalement à mon point de départ ; ben voyons ! Jolies pierres, petits ponts, bacs à fleurs et pancartes historiques à chaque coin de rue… Mais bon sang ! Je suis sur le chemin de Compostelle pour avancer, pas pour tourner en rond. Si je souhaite jouer les touristes, je ferai appel à un tour-opérateur. Cet itinéraire est donc hors sujet et je suis passablement énervé !

« *Reste calme, prends le bon côté des choses, ce que tu découvres n'est-il pas agréable à regarder ?* – Hé, l'archanges tais-toi ! Je suis calme intérieurement, mais énervé physiquement. – *Si tu le dis !* »

Bon ! Me voilà devant la grille du jardin botanique, à 800 m tout au plus, de mon lit de l'étape d'hier ; je marche pourtant depuis près d'une heure (cherchez l'erreur !) Des escaliers partout, des pentes à 15 %. Je grimpe 60 m de dénivelé à travers le fameux parc si remarquable d'hier, pour atteindre la ville haute. Je suis obligé d'avancer, arc-bouté sur une rampe qui me sert de corde de rappel. Le ridicule ne tue pas parait-il, mais je dois ressembler à une tortue qui peine à traîner sa carapace. À chaque pas, j'ai l'impression que tout mon attirail va m'entraîner dans la pente et que je vais me fracasser en bas des escaliers.

« *Tu vois ce qu'a enduré le Christ sur le Golgotha, sa croix n'avait pas de roulettes.* – C'est malin ! Et puis d'abord, je ne suis pas le Christ ! »

Le porche de l'entrée de la ville haute marque la fin de mon calvaire : sauvé ! Je ruisselle malgré la fraîcheur du matin. À ce rythme-là, je vais sentir le fennec dans moins de deux heures. Assez plaisanté ! J'aperçois, juste à ma droite, une belle avenue goudronnée en pente douce qui longe le parc vers mon point de départ ; je fulmine. « Silence l'archange ! »

Tout va bien, je vais bien… Maintenant les bordures sont hautes comme des quais de gare, les voitures et les 4X4 sont garés à cheval ou en travers ; impossible de passer avec ma charette. Je finis quand même par trouver un passage piéton sur une voie qui me semble royale ; enfin ! un trottoir sans bagnoles. Plus loin, au milieu du passage clouté, je tombe nez à nez avec un personnage étonnant : il a le même look que l'un des musiciens de ZZ Top, la même barbe, le même chapeau, le même blouson de cuir. Il y a cependant un léger détail insolite, l'homme est tout comme moi, équipé de roulettes. L'infirme, en fauteuil, me sourit, nous échangeons un regard. Je me dis que ce matin, j'ai une humeur de chien ; je râle, je tempête, j'apostrophe l'archange et tous les saints : ça ne va pas assez vite, c'est trop pénible, ras le bol des voitures, des trottoirs, des escaliers, des montées et des descentes hors itinéraire… « *Mais toi, tu marches* ! – Tu marques un point l'archange. »

« Bonjour, Monsieur. Pas simple de se déplacer dans cette ville avec des trottoirs aussi mal fichus ? ». L'homme me sourit et réplique : « Il y a pire dans la vie, mais tout va bien pour moi… Bonne route l'ami ! »

« *Ça c'est envoyé, tu ne l'as pas volé… Hein* ! — D'accord l'archange, un autre point pour toi. — *À la bonne heure ! Tu as vraiment commencé ton cheminement.* »

Une seule rencontre aura donc suffi pour que je prenne conscience de l'existence de mes jambes ; bizarre, cette pensée-là me rend joyeux. Il est 7h30, j'ai un petit coup de mou après mon escalade de la vieille ville, pourtant, quelque chose d'inexplicable est en train de booster ma motivation, peut-être les endorphines ? Le temps est clair, il y a une belle lumière, les maisons de la cité basse deviennent plus rares, laissant la place aux immeubles d'une ZUP…

Sur le trottoir, une forme humaine semble ramper. Je passe devant un homme hagard qui cherche désespérément quelque chose. Son chien, pouilleux, vient me renifler sans agressivité. Malgré le soleil, le vagabond, sale et barbu de plusieurs mois, porte un manteau trop long, trop chaud, mais qui doit aussi lui servir de couverture la nuit. J'hésite...

« *Tu ne vas quand même pas passer devant ce malheureux sans t'arrêter ?* — Il sent mauvais et il a bu. — *Et alors ! Trouveras-tu encore une bonne raison pour détourner ton regard et ne pas te délester d'une parole, d'un sourire ou d'une obole ?* »

« Bonjour M'sieur... » Le clochard ne relève même pas la tête, affairé à essayer de rassembler, dans un sac plastique éventré, plusieurs bouteilles contenant un liquide rouge qui ne doit pas être de la grenadine. « Vous avez perdu quelque chose ? »

L'homme sursaute et crie après son chien qui s'est mis à grogner. Il retourne, sans un mot, à son occupation ; finalement, il ne parviendra pas à préserver son trésor liquide qui se répand sur le trottoir. Le spectacle de cette déchéance est désolant ; je m'éloigne en détournant le regard, lâchement.

« *Pourquoi t'enfuis-tu ? Pourquoi as-tu peur ? Tu as tout dans tes sacs et sur ta chariotte, des choses superflues, de l'argent...* – Cet homme est ivre, je ne veux pas prendre de risques. — *Aventurier en pantoufles ! Je retire ce que j'ai dit tout à l'heure, tu es encore bien loin de l'esprit du chemin.* »

Dans mon attirail, j'avais emporté quelques housses en tissu robuste pour protéger de l'humidité mes vêtements, un seul de ces sacs aurait donné plus de joie à ce malheureux que tous les discours compatissants. Ici et maintenant, cet homme n'avait nul besoin de pitié, seulement d'un petit geste pour l'aider à supporter une journée de misère. Au fond, je ne suis qu'un imbécile peureux. Ça, c'est un aveu de ma conscience et non un appel de l'archange redevenu silencieux. Je m'éloigne de la ville, un goût amer dans la bouche ; je me sens piteux.

Depuis trois heures, je marche dans cette belle campagne de France, la boue a quitté les sentiers et s'est métamorphosée en véritable gazon. Je longe un étang privé près d'un hameau de quelques fermes. Je jette un coup d'œil sur mon guide avec lequel je tente une réconciliation... Oups ! AVERTISSEMENT : « Le chemin agricole que vous allez emprunter passe devant une ferme qui n'apprécie pas les pèlerins. Le propriétaire est susceptible de lâcher quelques chiens agressifs, des accidents sont à déplorer. » Je suis ébahi qu'une telle annotation figure sur un manuel censé aider les marcheurs. Pas de plan « B » propose, pas d'itinéraire secondaire, ni recommandations du genre : « Sortez votre bombe lacrymo et vos pantalons en cette de mailles ». Je n'ai pas trop envie de faire de l'humour, même cynique. J'ai le ventre noué dans la perspective d'être dévoré par les molosses du coin. Je cherche désespérément un signe, une marque jaune pour contourner le danger... Rien ! Je fauche, avec mes bâtons, les orties, les herbes folles au pied des murets et des clôtures qui délimitent chaque intersection...

Bingo ! Je découvre une flèche jaune surmontée d'une coquille, juste au bas d'un poteau de clôture à moitié caché par la végétation. Le bénévole, chargé du balisage, avait peut-être la vue basse ou des rhumatismes pour avoir fléché si près du sol : Soit ! Je viens de retrouver mon chemin... Un peu plus loin, sur le sentier, je me retrouve cette fois devant une chaîne et un panneau en tôle qui se balancent avec le vent : « INTERDICTION DE

PASSER CHIENS DANGEREUX. » Pas question de m'aventurer vers la ferme des « Thénardier », je cherche en vain une issue, un contournement pour me retrouver, au bout d'une heure de combat contre les ronces, devant un mur de balles de foin et dans un champ de maïs : fin de la balade ! J'enrage !

Retour sur mes pas. Je me rapproche d'une bâtisse délabrée du hameau, elle est peut-être habitée. J'entends brailler un poste de télé, je frappe plusieurs fois à la porte… Un homme âgé, en bleu de chauffe, finit par ouvrir : ni sourire, ni salut, l'homme me regarde, suspicieux : « Qu'est-ce que tu veux ? — Bonjour, Monsieur. Je suis un pèlerin égaré. Je cherche le sentier de Compostelle. — Connais pas. » Vu mes cheveux blancs, le vieillard semble malgré tout rassuré, je n'ai pas le look d'un loubard en mal d'un mauvais coup. Finalement, il ouvre grand sa porte d'où s'échappent deux infâmes roquets. Au milieu des aboiements hargneux, j'ai toutes les peines du monde à obtenir des renseignements. Le type est incapable de m'informer sur le chemin de Saint-Jacques qui passe pourtant devant sa masure. Je ne recueille pas plus d'informations sur les chiens de la ferme interdite. Les deux roquets excités tentent de me mastiquer les chaussures sous l'œil impassible de leur maître ; il ne doit plus avoir toute sa tête. Je décide de rebrousser chemin et de reprendre la route opposée, depuis l'étang privé. Encore plusieurs heures à tourner en rond et c'est une étape marathon qui s'annonce : « Fichus Plantagenêtss ! »

Sur la départementale, j'avance maintenant avec une belle foulée de 5 km/h ; j'ai le feu aux fesses après ce contact avec la

France profonde. Il n'y a plus aucun balisage depuis une heure, les villages traversés sont déserts. De nombreuses maisons restaurées ont leurs volets fermés, probablement des résidences secondaires qui doivent être occupées quelques semaines par an. Quant aux corps de ferme, mis à part les poules en liberté, tout indique que leurs habitants sont aux champs ou dans les étables. La France rurale serait-elle devenue une cohabitation de citadins fortunés en mal de campagne et de fermiers laborieux en espérance de revenus agricoles ?

Un bruit de tondeuse vient me rassurer au milieu de ce désert rural ; enfin un signe de vie ! Je ne vois pas tout de suite l'homme qui entretient sa pelouse ; le moteur de la machine s'arrête. Je m'apprête à tourner sur la droite, pour repartir en direction du sud-ouest, je cherche désespérément une coquille ou une flèche jaune, quelqu'un m'interpelle : « Vous êtes pèlerin ? Vous allez à Compostelle ? — Bonjour, c'est exact, je suis en route pour Santiago et je suis complètement paumé. — C'est normal, quand ils ont refait les routes, tout a été chamboulé. »

Il y a donc encore des gens accueillants et serviables, même dans ces contrées isolées ? Je me dis que, perdu au milieu d'une ville, personne ne se serait préoccupé de mon sort. Voilà, une fois de plus, un exemple qui met à mal quelques idées reçues sur la ruralité. Alors que le jardinier est en train de m'indiquer un nouvel itinéraire à prendre, un cycliste nous dépasse et s'arrête. Les deux hommes se connaissent ; j'écoute, intrigué. L'extravagante tenue du sportif est d'autant plus décalée que l'homme, qui la porte, doit avoir dépassé les 80 ans. Équipé et accoutré comme un coureur du Tour de France, il arbore sur sa combinaison bariolée les couleurs de son sponsor : « Garages Trouillet ». Quel hasard, plus qu'improbable, de retrouver ici, mon patronyme en de telles circonstances. « Alors Edmond, comment va la forme ? — Ça va, j'ai avalé mes 30 km aujourd'hui et je ne suis même pas essoufflé. » Le cycliste a en fait 90 ans : il a deux tuyaux translucides fixés de chaque côté de son casque, ils sont reliés à une bouteille d'oxygène accrochée dans son dos. Le vieil homme, qui souffre probablement d'insuffisance respiratoire, me donne une sacrée leçon de vie et de courage. Ma balade vers Santiago, c'est du pipi de sansonnet au regard de l'exploit, au quotidien, de ce vieillard souffrant.

« Prends-en de la graine avant de te lamenter sur ton sort, la prochaine fois. — Ça va, ça va ! OK l'archange, merci pour le coup bas. »

Ne parvenant pas à m'intégrer dans la conversation, je m'esquive discrètement, il me faut reprendre ma route.

« Alors Michel ! Tu as toujours peur des gens différents ? Difficile de bousculer ta petite routine et tes préjugés, ça fait deux fois, aujourd'hui, que tu manques une belle occasion de rencontre. Tu comptes rester encore longtemps enfermé dans ta coquille ? » Vexé, c'est moi qui me tais.

« Les chiens, je peux comprendre, mais un vagabond en galère et un vieillard qui s'accrochent héroïquement à la vie ça t'interpelle… Non ? »

Il a fichtrement raison, je reste silencieux en paroles et en pensées… Je fais un peu la gueule. *« Décidément, tu vis chez les Bisounours… La vraie vie est là, devant toi, et les vraies rencontres aussi. Le chemin romantique que tu as imaginé n'a rien à voir avec la réalité du monde. Redescends sur terre ou arrête tout de suite de marcher. »*

Une autre petite voix intérieure, lancinante, prend le relais : « *N'aie pas peur ! N'aie pas peur !* — *Mais* moi, je n'ai peur de rien. Et peur de quoi, d'abord, peur de qui ? Hein ! — *Tu as peur de tout, mon ami. Peur de Dieu, peur de l'autre, peur de l'inconnu, peur de ce qui est différent, peur de vieillir, peur de la mort ?* — Tu m'agaces, l'archange et j'ai déjà entendu cette formule-là. Inutile, donc, de me la répéter deux fois. C'est Jean-Paul II qui en est l'auteur au début de son pontificat, tu n'es qu'un plagiaire. — *Tu as donc écouté le pape ? À la bonne heure.* — Tu m'agaces, va te faire voir chez les Grecs... »

En reprenant ma marche, je me perds en sombres pensées, je croise bientôt un nouveau cycliste : « Vous allez à Compostelle ? Je fais partie des amis du chemin de Saint-Jacques en Bretagne. » Le respect du bénévolat m'oblige à la courtoisie, je ne vide donc pas mon sac sur les carences du balisage, ni sur les guides approximatifs de la voie des Plantagenêtss. « Vous savez, je suis souvent en galère depuis mon départ, je ne trouve pas facilement les balisages. » L'homme m'explique toute la difficulté de l'associatif avec le manque de moyens, de volontaires, d'argent pour entretenir et réhabiliter cette voie si peu fréquentée. « Cette année, le printemps pourri et les premières chaleurs ont décuplé la montée de la végétation. Tous les fléchages sont à débroussailler ou à refaire, c'est humainement impossible. » Il faudra donc que je m'en accommode. Je remercie sincèrement mon interlocuteur pour son engagement bénévole et je reprends ma route.

Au milieu de l'après-midi, j'arrive en vue de Châtillon-en-Vendelais, c'est un village ancien au bord d'un lac artificiel ; il fait étouffant et le temps est à l'orage. Dès l'entrée du bourg, le camping municipal est annoncé ; je décide donc de faire étape ici. Les barrières sont restées ouvertes, il n'y a personne dans la guérite de l'accueil. Un campeur me dit de m'installer et que le garde champêtre viendra (peut-être) percevoir la taxe de séjour, il ajoute, que la gestion du site est un peu folklorique. Je risque de repartir à l'aube, tant pis pour la redevance. Les trois seuls campeurs qui ont installé leur tente sont aussi absents ; me voilà encore dans le désert, décidément ! C'est mon premier bivouac autonome et je suis impatient de tester mon matériel flambant neuf (un vrai gamin qui va essayer ses jouets). Pas si simple de monter ma tente et mon abri en spi, heureusement, il n'y a personne dans les parages pour se moquer. Je sors le grand jeu : hamac, popote, camping-gaz, fil étendoir pour ma lessive du jour... Je me rends vite compte qu'il sera inutile de cuisiner, puisqu'il ne me reste que quelques raisins secs et deux sachets de potage. J'ai repéré une crêperie près du lac, à un kilomètre de ma tente ; je me dis qu'un repas chaud serait le bienvenu...

Le petit restaurant est aussi un gîte d'étape pour les pèlerins, je suis le seul client dans la salle ; je l'aurais parié. Rien ne vaut un copieux repas pour se régénérer et mettre un mouchoir sur ses états d'âme. Les deux hospitalières du lieu viennent faire la conversation, histoire d'occuper un service qui ne sera pas très rentable ce soir...

Sur le sentier qui longe le lac, je rentre au campement avant le coucher du soleil. Je prends quand même le temps d'admirer le ciel au couchant. J'apprécie vraiment ces moments de contemplation et de sérénité où la pensée se met au diapason d'un corps fatigué qui attend le moment du lâcher-prise. Oublier, dans le sommeil, tout ce qui a été négatif dans la journée, voilà un beau programme pour les heures prochaines, mais des oiseaux de nuit vont en décider autrement.

Il est 23 h, l'obscurité se fait attendre, le sol est vraiment dur ; impossible de trouver la bonne position pour m'endormir. Boum… Boum… Boum, le sol se met à trembler sous mon sac de couchage qui s'est dégonflé. Les vibrations montent en intensité, au rythme de la musique techno d'une fête d'étudiants qui vient de commencer, dans le centre de loisirs tout proche. Minuit, je n'ai plus sommeil. Deux heures, les jeunes sont en délire, ça cri, ça ri, ça chante à tue-tête. Tout ce petit monde a décidé de fêter cette nuit, pendant mon campement et dans un lieu prétendu désert, leurs résultats scolaires, leurs diplômes ou le début de leurs vacances ; j'ai envie de les écharper. Au diable la méditation contemplative et les pensées positives qui vont avec : « Oh ! les gars, j'ai 35 km dans les jambes, je veux dormir. » Les bouchons dans les oreilles et la tête dans le duvet, je suis à des années-lumière de la sérénité zen et du sommeil réparateur.

« N'as-tu pas été jeune ? Il me semble qu'à leur âge, tu as fait quelques expériences musicales et éthyliques, passablement tapageuses…

Non ? — Encore un *c*oup bas, l'archange ! Laisse-moi dormir en paix, s'il te plaît. »

Je rumine, les yeux grands ouverts en fixant le noir d'un ciel sans lune. L'archange dort enfin et se tait, mais la terre continue à trembler : boum… boum… boum. Elle vibrera jusqu'à 5h30 du matin, justement l'heure de me lever pour repartir vers une autre étape. Six heures sonnent au clocher, je finis de replier mon campement. Je suis un vrai zombie après cette nuit quasi-blanche.

Je démarre cette nouvelle étape, furieusement négatif, avec une envie de mordre le premier fêtard qui croiserait mon chemin. Devant le parking du stade, plusieurs voitures, estampillées « A », sont garées dans une totale anarchie. Je passe devant les teufeurs endormis, ils n'ont même pas fermé les portières, vautrés à moitié habillés, les jambes et les pieds dépassant par les vitres ouvertes. Et si je me mettais à chanter à tue-tête une paillarde ou un cantique ? Mon archange n'exprime aucun avis sur cette idée. Je me ravise au dernier moment. Les jeunes sont tous anéantis, alcoolisés, saoulés de bruit et de danse pendant toute une nuit. Sur le parking, des dizaines de cadavres de canettes de bière et de sodas jonchent l'asphalte, les pelouses et les parterres de fleurs, un spectacle lamentable qui fait tache dans un aussi joli village. Les employés communaux feront le ménage et les administrés paieront l'addition, donc tout va bien ! J'ai quand même un peu l'envie de ne pas en rester là. Sans prendre aucune précaution, je longe chaque voiture en frappant la route bruyamment avec mes bâtons ; j'ai même failli sortir mon

sifflet d'alerte. Je me contente simplement de crier, haut et fort :
« Bonne journée les fêtards ! »

Le château de Vitré est en vue. L'approche, vers la ville fortifiée, visible de si loin, aurait dû me sembler interminable, surtout après cette nuit épique et sans sommeil dans le camping désert de Châtillon. Finalement, la beauté du chemin l'emporte sur la fatigue. Me voilà à nouveau boosté aux bonnes énergies, par de belles surprises et probablement un surdosage d'endorphines. Je longe la Vilaine, c'est une charmante petite rivière pourtant bien mal nommée. Il fait grand soleil, la lumière s'en donne à cœur joie dans les chemins creux et les tunnels de verdure. Les hautes futées des arbres centenaires projettent des ombres de géants, c'est une débauche de contrastes, de clairs-obscurs, de couleurs saturées : c'est beau à contempler « religieusement ou païennement ».

Je mitraille avec mon appareil numérique toujours prêt, je le garde en bandoulière autour du cou, car j'ai pris pour habitude de photographier à l'émotion, à chacune des occasions sur mon chemin. Les prairies d'un vert tendre, sont zébrées de filaments de brumes qui s'attardent sous la chaleur crescendo du début de journée. Les animaux sont devenus mes compagnons de route, qu'ils soient rampants, volants, ruminants, galopants, butineurs… ici, tout ce petit monde chante, siffle, gazouille à mon passage. J'avais presque oublié que Gaïa pouvait être aussi émouvante. Je me laisse porter par le vagabondage de mes pensées dans une sorte de créativité imaginaire, parfois délirante. Malgré le manque de sommeil, j'ai plutôt le sentiment de m'éveiller à la vie, à la nature. Je m'assois sur un banc de fortune et je me mets à écrire fébrilement dans mon petit carnet, comme si toutes ces émotions allaient s'évaporer, tel le joli rêve au réveil. J'ai envie de remercier le monde entier pour cet instant exceptionnel : *« Remercie simplement Dieu !* — Merci du conseil, l'archange, ça c'est ton affaire ! Moi, je préfère remercier les femmes, les hommes, les travailleurs qui ont façonné ces paysages, les artisans et les paysans qui ont taillé la pierre, monté ces murettes, creusé ces canaux et qui ont édifié ces châteaux et ces églises. Je rends hommage à tous les anonymes, à toutes les vies si modestes soient-elles, qui ont façonné avec leurs mains et leur intelligence l'histoire de ce lieu, d'une région, d'un pays. *« À la bonne heure ! En portant attention à l'œuvre de ton prochain, tu rends grâce à Dieu qui les a inspirés.* — Ne crois-tu pas que c'est plutôt l'expérience, le talent et le bon sens qui les ont réellement motivés ? »

Au fond de moi, je sais que leur part d'éternité est ici et pas ailleurs. Tous ces gens, disparus aujourd'hui, inconnus à ma mémoire, sont pourtant bien présents, ici, à travers leurs œuvres humaines, mais aussi dans la genèse de mon émotion et dans mon regard admiratif sur leur travail. Où qu'ils soient, je leur suis reconnaissant de ce qu'ils nous ont légué. Est-ce que mon passage sur Terre laissera une telle empreinte ? Il me prend à rêver d'un futur en parfaite harmonie entre l'homme et la nature. J'imagine un monde sans course au pouvoir et à l'argent, construit sur un modèle économique soucieux de produire uniquement pour nos besoins du moment. J'imagine une société régie par le partage et non par la spéculation… Qu'il serait beau et vivable, ce monde-là ! inaccessible utopie, malgré toutes mes bonnes intentions, comme autant de pavés vers la route des enfers.

« Allô l'archange ! Tu ne traites même pas de marxiste ? Je trouve ton silence, sur le sujet, édifiant. — *Mon ami, je n'ai rien à ajouter à tes pensées qui me semblent bien en accord avec le respect de l'œuvre de Dieu et ce n'est pas du marxisme.* — Tu ne lâches donc jamais ? » J'en étais là de mes réflexions, heureux d'approcher de mon but du jour. Je mourrais de soif, la gourde vide depuis longtemps… Il est temps de faire une pause. À l'approche de la ville, le sommet d'une colline m'offre un point de vue exceptionnel. D'ici, j'embrasse tout le paysage : sur ma gauche, il y a un champ de blés à perte de vue, mais l'absence de haies, de bocages, de bosquets donne une impression de vide, de manque, de monotonie inquiétante. Où sont donc passés tous ces lieux de refuges pour les petits animaux de nos campagnes ? Je ne vois ici qu'un océan de céréales que le vent fait onduler comme des vagues, c'est beau et oppressant à la fois.

Quelles motivations animent ces exploitants agricoles à dégrader leurs terres de la sorte ? La réponse tient peut-être dans le mot « exploitant » qui a remplacé le nom de « paysan ». Exploiter pour rentabiliser, exploiter pour survivre, exploiter pour payer ses dettes, exploiter pour rester dans le marché, exploiter pour ne pas mourir… Alors on fait table rase de tous les obstacles, on agrandit les parcelles jusqu'à l'excès, on empoisonne le sol et l'air pour que rien n'entrave la culture dans sa démesure… Le jardinier de nos paysages s'est-il mué en architecte du désert ? La main qui cultive et nourrit attend-elle plus désormais l'obole des quotas et de la réglementation que le produit de son labeur ? J'ai devant moi la négation même du vivant et la genèse des cataclysmes écologiques et climatiques à venir. De l'autre côté de la colline, un cultivateur a lui choisi de préserver son bocage ; des animaux paissent et ruminent, une multitude d'oiseaux a aussi investi l'espace des haies et des bosquets. Comment ces deux choix d'agriculture peuvent-ils cohabiter en bons voisins ? L'ambiance doit être électrique au café du village et dans les conseils municipaux. Sur l'horizon, les immenses pales des éoliennes semblent brasser les petits moutons nuageux accrochés dans le ciel d'été.

Au milieu des céréales, qui ondulent, pointe le clocher de l'église de Balazé, dressé vers le ciel tel un doigt accusateur : *« Vous avez mis votre intelligence au service de la technologie et de la productivité, sans tenir compte de la sagesse divine qui régit la vie en ce monde. Ne penses-tu pas que toute cette technique, que vous appelez « progrès », n'est en fait qu'une illusion, une fuite en avant qui ne sert ni la nature, ni l'homme, ni Dieu ? »* Je hausse mécaniquement les épaules : « S'il te plaît, mettons un peu ton patron en dehors de tout cela, moi, je suis plutôt darwiniste. Je suis d'accord pour dire que l'homme est devenu une anomalie dans l'évolution qui nous conduit à notre propre perte. Mais qu'est-ce que je peux y faire ? *— En continuant à faire simplement ce que tu fais en cet instant : la trace de ton voyage est si modeste que la nature pourra la supporter sans problèmes. Fais en sorte que la trace de ta vie soit la plus modeste possible. —* Facile à dire pour toi qui te déplaces sans pétrole et loges dans l'endroit le mieux climatisé de l'univers. »

J'observe un instant encore, la flèche de l'église pointée vers le ciel, juste entre les deux fleurons de notre technologie éolienne... Je ne sais plus ce qui est bon pour notre planète, suis-je en train de faire un mauvais rêve face à autant de contradictions ? Je reprends vite mes esprits, retour à la réalité du Camino, il me faut poursuivre ma route.

Je longe maintenant la Vilaine depuis plus d'une heure, c'est curieux d'avoir donné un tel nom à une rivière qui serpente en un aussi joli endroit ; je suis sous le charme. Et si je m'arrêtais là pour m'étendre sur un lit de mousse, faire une pause, ne plus penser à rien...

Le Camino balisé monte à l'assaut des fortifications, je quitte, à regret. La Vilaine pour m'engager dans les ruelles en pente, vers le cœur historique de la ville. Les cités féodales sont éreintantes, surtout en traînant une charrette. Après avoir traversé la ville haute, je redescends vers la ville basse pour enfin rejoindre un foyer des jeunes travailleurs. J'y trouve, sans réservation, une chambre spartiate : lit en tubes d'acier et sommier étroit et grinçant, murs jaune moutarde et armoire minimaliste, c'est un endroit pour dormir et rien d'autre. Les voisins de ma chambre arrivent d'Europe de l'Est et d'Afrique noire, probablement pour assurer les travaux et les métiers que nous boudons. Je profite de la salle informatique pour mettre à jour mon blog avant d'aller dormir. Finalement, j'ai bien aimé cette journée...

La jungle urbaine

Après la nuit blanche et techno de Châtillon, je me suis effondré assommé par la fatigue de la marche et le manque de sommeil. Le mauvais lit grinçant de ma chambre fut un vrai Pullman en comparaison de ma couche à la dure, la veille. Ce foyer ne me laissera pas un impérissable souvenir, mais j'ai dormi d'un repos sans rêves. Nul besoin de réveil ce matin, vu le branle-bas de combat de tous les travailleurs partant sur les chantiers, dès 6 h. Dans les couloirs, j'entends des langues slaves, je me sens un peu décalé avec mon barda et mes préoccupations de randonneur. Je pars de cet endroit, incognito, sans demander mon reste, mais un peu frustré de n'avoir pu communiquer avec personne. Le guide à la main, je cale encore au premier carrefour ; bienvenue sur la voie des Plantagenêts.

Me voilà perdu, désorienté, en pleine heure de pointe des embauches ouvrières et administratives. Je me tape trois kilomètres de boulevards périphériques bondés. Au passage des abribus, je fais figure d'extraterrestre : short, godillots, chapeau Tilley style explorateur, charrette, bâtons de marche... Je fais tache. Les travailleurs attendent leur bus, la mine sombre, je suis aussi taciturne qu'eux, mais pas pour les mêmes raisons : « Où trouver la fameuse voie verte qui doit me mener, dans la sérénité, à la Guerche-de-Bretagne ? » Décalé, atypique dans cet environnement urbain déprimé et déprimant, j'ignore les regards de travers et quelques moqueries au passage des stations de bus. Obligé de passer par une multitude de ronds-points, je n'ai d'autres solutions que d'emprunter le trajet circulaire le plus long pour accéder aux passages piétons prétendument protégés ; tous ces détours sont interminables.

Après avoir été jaugé, évalué, moqué, commenté, je décide de scruter la faune urbaine qui m'entoure et qui se presse vers sa destinée ; je vais donc observer les gens à mon tour. Qui fait tache dans ce tableau ? Le petit canard noir que je suis et qui voudrait bien passer incognito, ou celui qui me dévisage et aimerait bien-être à sa place ? Pour le moment, ici, je suis le toréador des giratoires qui s'amuse maintenant à décrypter des regards si expressifs, ceux des automobilistes qui entrent et sortent des ronds-points. J'en établis, avec amusement, une classification, une sorte de sociostyle (comme disent les experts) qui devrait théoriquement m'éviter d'être renversé :

« Première catégorie des pressés qui se sont levés cinq minutes trop tard, il y a maintenant les « condamnés » qui vont au boulot comme on monte à l'échafaud, il y a les intoxiqués qui fument, téléphonent, textotent ou écoutent la sono à fond (ils font parfois tout en même temps)… Avec mon expérience de bipède en chemin, il m'est plus facile d'anticiper les intentions de « l'homo-automobilus-prédatorus ». La route est devenue un vrai Far-West où les duels sont quotidiens et la voiture une arme par destination. Donc ! La règle d'or est de considérer que, sur les passages « protégés », le piéton n'est ni prioritaire, ni en sécurité.

L'observation et l'interprétation du langage des yeux devient alors une précaution vitale : épier les expressions agacées, énervées, sombres, renfrognées qui vous trucident sans vous voir vraiment. Il est donc prudent de déceler les regards homicides à la pensée sous-jacente : « Tu n'as pas intérêt à traverser, si tu passes, tu trépasses. » Il y a aussi les envieux du type : « moi je bosse, toi tu glandes, gare à tes « fesses » si tu me ralentis... » Il y a enfin ceux qui regardent partout à la fois (ce sont les plus dangereux) : le smartphone, le briquet et la clope, les gamins qui chahutent derrière, les boutons de l'autoradio, le GPS, le maquillage dans le rétro et, accessoirement, la route. Quant au piéton qui va tenter de traverser (moi en l'occurrence), il a intérêt, lui, à bien regarder au-delà de ses pieds... Dieu soit loué ! « *Il t'a entendu, Michel* » Au milieu de cette périlleuse contrée mécanique, il y a aussi quelques regards bienveillants, ceux qui vous invitent gentiment à traverser, indifférents aux klaxons rageurs, aux mots doux et doigts d'honneur des autres paires d'yeux excédés impatients et parfois même homicides. La ville est une jungle impitoyable et, ce matin, je n'y suis pas vraiment le bienvenu.

Une seule conductrice, a stoppé sa « monture d'acier » pour me laisser passer, elle m'a même fait cadeau d'un sourire. *« Un seul homme qui sauve une vie, sauve le monde entier.* – Je ne te savais pas adepte du Talmud l'archange. Une précision, s'il te plaît : ça marche aussi avec les femmes ? – *Je connais tous les écrits essentiels, quels qu'ils soient, et la générosité n'a pas de sexe.* – Comme toi ! Pour ma part, un seul sourire sauve ma journée, c'est moins ambitieux mais ça fait du bien quand même ».

Depuis deux heures, j'avance laborieusement sur l'asphalte encombré de la D777 : aucune flèche, aucune balise, aucun signe jacquaire... Rien ! J'interpelle un joggeur. C'est un jeune retraité de la SNCF, Marcel, qui décide spontanément de m'accompagner pour me mettre sur le bon chemin. L'homme est particulièrement joyeux, hier, il se trouvait probablement du côté de ces regards pressés croisés depuis ma traversée de la ville ; la retraite l'a fait basculer dans un autre espace-temps, plus serein. « Tiens ! Regarde ce sont des digitales, tu sais les faire péter ? » Il écrase aussitôt les fleurs qui émettent un petit pet, nous éclatons de rire. Le temps libéré est probablement aussi l'une des clefs du bonheur.

Je viens enfin de retrouver la voie verte, avec l'aide de Marcel qui a repris son jogging en sens inverse : c'est un chemin plat, ombragé, une ligne droite interminable de plus de 18 km (jamais content !). Le problème du balisage serait-il, pour cette étape, résolu ? Trop simple ! Le sentier vient soudainement de s'interrompre, un talus interdit tout passage : « Chantier interdit au public. Le chemin des Plantagenêts s'arrête donc ici ? Le progrès vient de rejoindre le sentier millénaire en amputant un tronçon au profit d'une nationale à quatre voies et d'un pont en construction. Agacé, je n'ai d'autre choix que de faire demi-tour au milieu des camions et des bulldozers. Plus loin, au passage du chantier, un aréopage d'individus, casqués en toile bleue ou cravatés, tient réunion. « Bonjour Messieurs (pas de réponse), pouvez-vous m'indiquer où je peux reprendre le chemin des Plantagenêtss, le sentier que vous avez coupé avec vos travaux ? » Incrédules, ils se regardent et ricanent : « On n'a rien coupé du tout, c'est vous qui n'êtes pas au bon endroit, vous allez où ? – À Saint-Jacques de Compostelle. – Connais pas ! – C'est en

Espagne. – L'Espagne, c'est par là, c'est tout droit vers le sud, mais vous n'êtes pas rendu ! » Ricanements… « Merci quand même ». Donc, direction plein sud à défaut d'indications claires et bienveillantes.

La France profonde

À cause du chantier, ce sera 38 km de marche au lieu des 29 km programmés pour rejoindre la-Guerche-de-Bretagne.

L'office de tourisme, en arrivant à mon étape, est en plein centre-ville, je nourris l'espoir d'y glaner quelques informations pour trouver un hébergement. Un vieux monsieur m'accueille à l'office, c'est peut-être un bénévole ou un élu qui doit assurer l'intérim. Le vieil homme est souriant, serviable, plein de bonne volonté, mais pas vraiment formé dans une école du tourisme.

« Un logement pour les pèlerins ? Je ne sais pas… Ce n'est pas prévu… Il faudra repasser. – Pourtant, la Guerche est bien une étape du chemin de Compostelle ? – Vous croyez ? – Bon ! Est-ce que je peux vous laisser mon bagage et revenir quand vous aurez pu vous renseigner ? » L'homme accepte poliment, mais je sens bien que je viens de lui demander la lune. Une heure plus tard, après avoir tourné en rond dans la ville, autour de l'église et des terrasses des bars, je retrouve le brave homme qui est tout sourire : « Je vous ai trouvé plusieurs chambres chez l'habitant à 75 €. — Pardon ! Vous savez, le budget journalier d'un pèlerin n'est pas de ce niveau. – À bon ? Vous avez un budget ? – On a tous un budget pour réaliser un projet. Pas vous ? – Moi, il y a bien longtemps que je n'ai plus de projets. – Eh bien, pour moi, aller à Compostelle, c'est un euro du kilomètre maximum. Aujourd'hui, j'ai fait 38 km, donc je dois dormir et manger pour moins de 38 €. »

L'homme me regarde, perplexe, il doit penser que je me fiche de lui. Finalement, je me rabats sur le seul routier du coin qui propose une soirée étape à un prix raisonnable, mais quand même au-dessus des 38 € du jour. J'arrive devant l'hôtel qui est fermé jusqu'à 18 h, je vais donc continuer à attendre…

Pour patienter, j'ai rejoint le centre du bourg et je me suis installé en terrasse au bar local. Sur la table voisine, quelques loubards, affalés devant les bocks de plusieurs tournées de bière, sont passablement énervés. Ils m'observent en ricanant et font des commentaires salaces sur mon look de pèlerin. Je préfère prendre la tangente par un repli stratégique dans la basilique où je ne trouve aucun réconfort. Mes jambes me font souffrir, mais au moins, ici, il fait frais et il y a des chaises à revendre pour s'installer au calme. Du côté de mon archange de service : c'est le silence radio…

Je finis par repasser à l'office de tourisme, histoire de tuer le temps. L'hôte d'accueil intérimaire, qui doit être à la retraite depuis au moins deux décennies, fait vraiment ce qu'il peut derrière un écran d'ordinateur qui semble être une énigme pour lui. Je lui propose mon aide pour effectuer quelques recherches sur le WEB afin de recenser les possibilités locales d'hébergements pour les pèlerins du Camino. « Merci, jeune homme, mais je vais y arriver. » L'homme n'entend vraiment rien à l'informatique, il s'énerve, tape comme un forcené sur le clavier et finit par planter sa machine, il arrête la session « A-LA-SAUVAGE », en arrachant la prise de courant. Il redémarre tout aussi sauvagement, bilan : écran bleu de la mort, fin de la consultation : « Ils verront ça demain, ce machin ce n'est pas mon truc ! » (c'est une évidence…)

Que c'est bon un lit ! des draps propres, une douche, un ventre bien rempli et le coup d'assommoir qui me crucifie en travers du matelas jusqu'à l'aube ; le bonheur est dans l'anéantissement !

Nouveau départ sans regrets, je quitte la-Guerche-de-Bretagne sous un crachin breton et retrouvailles sans émotions avec les balisages énigmatiques ; c'est une habitude désormais. Un hasard providentiel me fait retomber sur la fameuse voie verte, coupée hier : Alléluia ! C'est reparti pour un copier-coller de la journée d'hier : Longue, très longue voie verte avec ma compagne Solitude. C'est le retour de la boue et de son cortège d'ornières et d'agressions piquantes de ronces et d'orties : que du plaisir sado-maso ! Décidément, l'étape prétendument incontournable, culturelle et historique de la Guerche, est en fait une belle surévaluation touristique ; la suite de mon cheminement sur ce territoire ne fera que confirmer mes impressions. Hier, les premières contractures s'invitaient au point que j'avais pensé ne plus pouvoir repartir. Le corps est quand même une sacrée machine résiliente, car ce matin, je suis aussi frais qu'un gardon. Tout en marchant, je me souviens de ce que me disait l'un de mes amis de Montpellier, grand marcheur devant l'Éternel : « Tu verras, quand tu marches depuis longtemps, tous les jours, ton cerveau migre dans tes pieds. » Aujourd'hui, j'ai effectivement les neurones dans mes pieds, mais aussi dans mes genoux, mon dos, mes hanches, et ça discute ferme là-dedans.

Je vais bientôt quitter le territoire de la Guerche de Bretagne, mais avant, il me faut traverser la forêt du même nom avec, en prime, une très mauvaise surprise. La voie verte, si rassurante depuis deux jours, est à nouveau coupée par une départementale qui traverse le bois sur plusieurs kilomètres. Je saisis à contrecœur mon guide et je prends connaissance avec effarement des recommandations : « Le sentier des Plantagenêtss a été privatisé et affecté à une réserve de chasse, vous devrez désormais emprunter la route sur huit kilomètres. » Je vois rouge en maudissant les nababs du CAC 40, les nantis de tous poils, les pilleurs friqués de la planète qui ont oublié, ici comme ailleurs, tout sens commun. Je ne décolère pas, l'argent est une plaie des consciences quand il est lié au pouvoir de nuire au lieu de servir le bien collectif (je vais être catalogué marxiste). Ici, le « Camino patrimoine mondial de l'humanité » est le cadet de leur souci, exit le petit peuple qui marche privé de la liberté la plus élémentaire : voyager librement . *« Tu n'as pas tout à fait tort et ta colère est une sainte colère, mais attention de ne pas te laisser submerger par elle, car la rage et la haine conduisent à la violence des sentiments et parfois, même, à celle des actes. »* Le chemin millénaire est maintenant fermé par de hauts grillages et des grilles en acier, par contre, le balisage du « chasseur préhistorique » est, quant à lui, particulièrement bien entretenu et signalé : « chasse gardée, défense d'entrer, propriété privée, danger… » Les panneaux fleurissent tous les cent mètres. Je consulte à nouveau mon manuel et ses avertissements : « Tronçon dangereux, soyez vigilants ». Merci, pour ce genre de conseil complètement improductif ! L'auteur « bienveillant » de ce guide m'explique, par le détail, que les voitures et les camions représentent, ici, un réel danger (sur la route que je dois évidemment emprunter). J'apprendrai ce soir, chez mon logeur, qu'un pèlerin s'était retrouvé piégé entre la circulation dangereuse et une horde de sangliers qui avait défoncé le grillage. La fuite des animaux, en état de panique au milieu des camions et des voitures, avait conduit le marcheur à escalader la clôture pour se mettre à l'abri dans la forêt ; le monde à l'envers, quoi !

« Ton cœur est plein de ressentiment, ce n'est ni bon pour ton métabolisme, ni pour ton âme. – Laisse mon âme tranquille, ton patron a eu aussi ses colères et n'a pas hésité à chasser les marchands du temple à coups de pied au cul. – *Je ne pense pas qu'il ait utilisé cette méthode.* – Soit ! Mais pour ma part, j'espère qu'un jour nous serons assez nombreux pour botter le cul de ces pilleurs de planète. – *Futur révolutionnaire ?* – Comme ton Jésus, non ? – *À la bonne heure ! »*

À la sortie de la forêt, en traversant un hameau de quelques pavillons, je tombe sur un calvaire planté au beau milieu d'un croisement ; je passe sans m'arrêter. Quelques mètres plus loin, je m'arrête sans raison apparente ; quelque chose ne colle pas. Je reviens sur mes pas pour découvrir qu'au pied de la croix, une poubelle et des immondices sont entassés là, dans des sacs en plastique avant le passage des éboueurs. Je dégaine mon appareil photo, j'ai comme un sentiment outragé, mais je me sens un peu idiot d'une telle réaction. *« Mon ami, quand je te dis que la grâce est en train de te toucher.* – Lâche-moi un peu l'archange. Ce que je vois me choque, comme un graffiti, sur une tombe qu'elle soit juive, musulmane, chrétienne ou laïque, me scandaliserait, il n'y a là aucune intercession divine, ni aucun parti-pris religieux. » Quelle serait la position des autorités si un dépôt d'ordures s'étalait devant le monument aux morts ou sur le mémorial d'un personnage illustre… Ici, cela semble normal et sans conséquences. Les interrogations m'assaillent, questions sans réponses évidemment : Ce que je perçois comme un outrage, peut-il être encore perçu comme tel par mes contemporains ? Ces valeurs qui m'ont construit, doivent-elles être dévaluées au registre du folklore, aujourd'hui ? Ces renoncements au respect de la mémoire et du sacré ne sont-ils pas annonciateurs du déclin de nos sociétés ? Un symbole souillé, quel qu'il soit, n'est-il pas une démission du citoyen et une compromission des élus qui laissent faire ? C'est le silence de ma conscience qui me répond, je suis sans doute aussi coupable par ma cécité et mon indifférence jusqu'à ce jour.

« Qu'est-ce que ce monde laissera à tes petits-enfants et quelle est ta part de responsabilité dans cette déchéance ? — Tu as cette fois raison, l'archange, la prise de conscience qui m'interpelle, me rend probablement plus coupable encore. — *Il est bon que tu te poses ces questions, mais n'oublie pas que Jésus a pardonné à ceux qui l'ont outragé et persécuté parce qu'ils ne savaient pas ce qu'ils faisaient. Vous, vous avez aujourd'hui la connaissance des causes de vos maux, cela vous met face à vos*

reponsabilités vis-à-vis des générations futures… Ne rien faire fait de vous des coupables désormais — Nos enfants pourront-ils nous pardonner *?* — *Si vous agissez, maintenant, avant qu'il ne soit trop tard ; certainement.* — Sur ce point, l'archange, on est tous les deux en phase. Quant à ceux qui ont cloué Jésus sur une croix, je doute fort qu'ils l'aient fait en état de somnambulisme. — *Si tu le dis.* »

Je reprends la route goudronnée au milieu d'une circulation qui me stresse de plus en plus : les bas-côtés non fauchés, le danger à chaque virage, la visibilité quasi nulle. Une voiture derrière moi, vient de ralentir. Une automobiliste intriguée par ma marche solitaire et par mon équipage, s'arrête à ma hauteur et m'interpelle. La femme, qui habite un village voisin, se rend à son bureau. Elle est curieuse et me presse de questions sur le chemin de Compostelle. Elle m'avoue que c'est aussi un projet qu'elle a en tête depuis pas mal de temps, mais sans jamais avoir pu l'entreprendre : « Je n'ai jamais pris ni trouvé le temps et seule j'ai un peu de mal à me motiver, mais en vous voyant… » Elle me fait cadeau d'un grand sourire : « Il faut que j'aille bosser. Merci Michel pour ces quelques minutes, vous m'avez vraiment donné envie de faire le Camino. Je repars au travail avec beaucoup de courage et de joie… Buen Camino. »

Une rencontre suffit donc pour éclairer ma journée, et si cet échange permettait à cette femme de réaliser un rêve, demain ? Ma galère d'aujourd'hui n'aura pas été vaine.

Bon sang de bon sang ! Que mes épaules me font mal. J'ai un point lancinant en plein milieu du dos, c'est comme un coup de couteau. La douleur devient vite insupportable, je m'arrête. Ce n'est quand même pas ce sac à dos minuscule qui est la cause de tout ce douloureux inconfort ? Dans le doute, je décide de ne plus rien porter sur mon dos. Sur le bord de la route, je réorganise ma charrette en fixant solidement le petit sac par-dessus tout le reste. Ma chariotte, une fois équilibrée, pèse à peine sur mon harnais et mes hanches, ça va aller mieux maintenant ; je reprends mon chemin…

Je longe maintenant une propriété privée, deux molosses sautent sournoisement sur la clôture en aboyant férocement, juste au moment de mon passage. Surpris, je traverse précipitamment la route, sans regarder, au risque de me faire renverser. Les chiens, coincés derrière le grillage, finissent par se calmer ; j'ai paniqué pour rien. Ma remorque, par contre, fut passablement malmenée. J'avais pris la bordure de trottoir en travers et je venais de plier les brancards. Sur la route déserte, je repère un panneau de signalisation en acier, personne en vue, je ne vois que cette solution pour détordre les tubes en alu de ma charrette. Je coince mes brancards dans les montants métalliques pour faire levier et j'appuie de toutes mes forces, les tubes reprennent peu à peu leur forme initiale. Pourvu que la camionnette des « bleus » ne passe pas par ici, sinon je vais devoir justifier l'inexplicable. Pouancé pointe son clocher sur l'horizon et le soleil le bout de son nez derrière les nuages. Le retour de la lumière, après les brumes du début de journée, me regonfle un peu le moral. La vieille ville se trouve au sommet d'une longue côte (une de plus), et je parierais à dix contre un que mon gîte se trouvera en bas de l'autre côté : gagné !

Un jeune gars m'accoste. « Salut le marcheur, en route pour Santiago ? » Il a dû repérer ma coquille accrochée sur l'arrière de ma charrette. « Bonjour. Et oui, j'arrive du Mont-Saint-Michel. – Belle balade, moi, j'ai fait le chemin en sens inverse et j'ai atterri ici pour ne plus repartir. – Vous avez donc trouvé votre endroit de prédilection ? – Peut-être, en tout cas pour l'instant, je me sens bien ici. » Nous échangeons quelques minutes sur le trottoir, il me renseigne sur le gîte de la Saulnerie où j'ai projeté de faire étape… À mon arrivée, après une autre côte suivie d'une longue descente, évidemment, ma logeuse me fait remarquer que je n'ai pas réservé et qu'un groupe de randonneurs a loué toute l'aile de la propriété où se trouvent des dortoirs. L'hôtesse anglaise, propriétaire du domaine, me propose gentiment un lit dans la demeure principale : royal ! Ce soir, je dors dans une chambre VIP avec king size, bureau, salon et une vraie salle de bains : une suite à 10 €, c'est Byzance, ou presque !

Au milieu de la nuit, des nouveaux locataires débarquent dans la chambre d'à côté, le verbe haut, la discrétion aux abonnés absents, mais pas la progéniture très présente et sonore, ben voyons ! Ils prennent bien sur tout leur temps pour décharger la voiture et emménager dans leur gîte : seuls au monde !

En essayant de me rendormir, je repense aux chuchotements inspirés de mon archange sur l'état de déliquescence de nos sociétés. J'enfonce profondément les bouchons de cire dans mes oreilles et je mets ma tête sous l'oreiller.

Au pays des mines bleues

Crachin glacial ce matin, il est 6h30. Qu'est-ce que j'aime les boulangers, surtout aux heures matinales ! Depuis que je marche, je redécouvre les petits métiers et les artisans qui font de ce pays un endroit où j'aime vivre. L'odeur du pain, des croissants chauds sont de véritables cadeaux pour commencer la journée par un sourire. Après le café soluble à l'eau tiède du cumulus, avalé à la va-vite avant mon départ du gîte, encore endormi (au moins, moi, j'ai respecté le sommeil des noctambules de cette nuit). Le petit pain au chocolat, dégusté en tapant la causette avec le jeune couple d'artisans, c'est du bonheur brut. Voilà un début de journée prometteur qui me met d'humeur joyeuse.

7h au clocher de Pouancé, top départ pour le jeu de piste : un petit tour de la ville par le haut, puis retour sur mes pas par le bas, une enfilade de ruelles, des pavés, des escaliers, des passages si étroits que ma charrette a failli rester bloquée et moi avec... C'est un vrai parcours de muletier recommandé sur mon guide de plus en plus fantaisiste. Combien de détours et de contours me faudra-t-il faire, pour aller d'un point « A » à un point « B », alors que sur la carte c'est une ligne droite ?

Je passe les deux heures suivantes à me perdre et à me retrouver, je fais du surplace et la provision de moral prise chez le boulanger tient bon toutefois, mais pour combien de temps encore ? Les coquilles jaunes se font de plus en plus rares au fur et à mesure de mon éloignement du centre-ville, ça devient récurrent. Suivre les consignes d'itinéraire à la lettre est une règle que je remets maintenant en question en doutant de mes capacités intellectuelles et de mon sens de l'orientation. Encore paumé, une fois de plus, cette fois au milieu de nulle part. Bon ! Une voie rapide maintenant… Dilemme : choisir la voie de gauche et la bande d'arrêt d'urgence ou opter pour « l'empire du milieu » entre les barrières de sécurité ? Heureusement que je suis du bon côté du grillage pour ne pas avoir à prendre une telle décision.

Les voitures et les camions passent à vive allure, précédés par le déplacement de l'air qui me bouscule en faisant s'envoler mon chapeau ; je suis obligé de marcher avec une main sur la tête. De l'autre côté du grillage, la route toute droite flambant neuve est devenue le domaine de la vitesse, complice de cette obsession contemporaine : Arriver le plus vite possible, gagner du temps, tenir la moyenne… Me voilà de l'autre côté du miroir, à pied et sans contraintes de temps. Devant moi, c'est un chemin tortueux, poussiéreux, cahoteux, un nouvel espace-temps où se déplacer ne se compte plus en kilomètres, mais en heures, en jours, en mois de marche… De quel côté se trouve donc le bon sens, le sens du voyage, le sens de la vie ? Qu'est-ce qui est le mieux pour l'humain : réduire le temps et les distances entre les lieux et les gens ou prendre le temps d'apprécier les gens et les lieux ? Quadrature du cercle que je ne résoudrai pas aujourd'hui, ni demain.

Maintenant, je profite de chacun des instants de répit, lorsque les véhicules franchissent la côte ; retour du silence aussitôt occupé par les mille bruits de la nature, celle-là même qui n'aime pas le vide et qui aura vite fait de nous remplacer si nous disparaissons de cette planète : « *Tout au long de ta vie, tu auras toujours la possibilité de choisir : tu peux opter pour une belle route bien droite afin de voyager le plus vite possible dans une illusoire sécurité, tu peux aussi décider de prendre un sentier sinueux et inconfortable, plus long et moins ennuyeux. Chaque croisement est un dilemme, qui modifie le cours de ta vie, et ce choix-là relève de ta propre liberté. –* La différence entre toi et moi, c'est que je ne connais pas l'avenir, donc, difficile de savoir si je fais toujours le bon choix, si je prends le bon chemin.– *Personne, ni Dieu, ni moi ne connaissent ton avenir, sinon où serait ta liberté ? »*

Avec cette pensée métaphorique, je suis mûr pour relativiser mon chaotique voyage depuis le mont-Saint-Michel. La notion de liberté de choix sans conditionnements, sans influences extérieures, prend ici tout son sens. Mes égarements volontaires ou non sur ce Camino sont autant d'apprentissages du cheminement de la vie. Fort de mes réflexions, j'arrive en vue de Bel-Air, un village tout en longueur. Misengrain ne doit plus être très loin. Je consulte mes cartes pour retrouver un sentier conventionnel. Je triture les plans dans tous les sens pour me rabattre finalement sur Google Maps et la technologie de mon téléphone… Surprise ! Misengrain n'existe pas en tant que village, mais sous le nom d'une rue située dans une autre ville ; cherchez l'erreur ! Mais où est donc passé le relais de Misengrain où j'ai, cette fois, réservé une chambre ? Inconnu au bataillon…

Enfin ! Une « coquille-balise » vient de réapparaître sur les poteaux téléphoniques, je longe ce fil d'Ariane confiant. Finalement, je me retrouve dans l'impasse de la Mine Bleue... « Mais mon pauvre Monsieur, le relais de Misengrain est derrière vous à deux kilomètres d'ici. » L'hôtesse de la billetterie me regarde bizarrement, étonnée de mon accoutrement et par la charrette plantée au milieu du hall du musée de la mine ; je dois décidément faire tache. Zen... Restons zen...

Lavé, douché, les pieds pommadés, la lessive accrochée, une longue sieste de fin d'après-midi complète ma séance de rénovation... J'ai trouvé le relais, je ressuscite ! Le relais de Misengrain est un domaine géré par un C.A.T. (centre d'aide par le travail des handicapés), le personnel est composé d'adultes déficients intellectuels et d'encadrants. L'endroit est plutôt joli avec ses longères qui devaient probablement servir de logements aux mineurs des ardoisières. Superbement restaurés, les bâtiments sont aménagés en petits gîtes implantés au milieu d'arbres ramarquables. Des massifs de fleurs ponctuent une grande pelouse entretenue comme un vrai green anglais. Ce lieu de réinsertion est aujourd'hui une halte jacquaire, mais aussi un village de vacances pour des familles modestes. J'apprends, par le préposé à l'accueil, que le statut associatif de l'établissement ne leur permet ni communication promotionnelle, ni affichage routier, pouvant être interprété comme une concurrence commerciale déloyale ; d'où l'absence de panneaux. Voilà donc la raison de la confusion sur toutes les informations routières censées me mener ici sans encombre. On vit vraiment en

Absurdie, dans l'univers de la romancière Françoise Ladarré !

Dès mon arrivée, je prends l'option étape avec le repas du soir inclus. Le service est assuré « à l'assiette » par un personnage étonnant. Le jeune homme, habillé comme un majordome, met un zèle touchant dans son travail ; nous sympathisons. Il me déclare, dans un discours digne de la noblesse du XVIIIe siècle, que ses origines sont princières. Il me confie, entre deux clients, son histoire rocambolesque ; je pense que ce garçon est un mythomane sincère, j'ai envie de croire à sa légende. Son phrasé précieux entretient une illusion à laquelle j'adhère avec plaisir ; je rentre dans son jeu. Son handicap intellectuel a ici un statut, nous bavardons longuement, bien après la fin du service. La salle du restaurant s'est vidée, j'écoute cet homme avec une curiosité dépourvue de toute complaisance, de toute condescendance ; son univers imaginaire vaut bien celui de mes propres contradictions. En cet instant privilégié, la vérité imaginée par mon interlocuteur est devenue une réalité à laquelle je souhaite adhérer. Mon attention lui donne tant de bonheur, que jeter le doute dans notre échange serait un acte violent.

« Tu es bien inspiré de croire à l'incroyable. Ne serait-ce pas le fondement de la foi ? – On se calme, l'archange, pas de conjectures, s'il te plaît ! »

J'ai l'impression, ce soir, que quelque chose d'important est en train d'arriver. Mes rencontres, après ces jours de solitude, prennent une nouvelle dimension ; elles deviennent essentielles à mon apaisement : « Cher Monsieur, je vous suis redevable de la pertinence de vos questions et de la qualité de notre conversation. J'ai été honoré de vous rencontrer et je vous souhaite un cheminement sans encombre jusqu'à Compostelle. Je vous salue respectueusement. » Eh bien ! Voilà une tirade de grande classe et une certaine noblesse dans le propos de ce prince (malgré lui).

Cette rencontre laissera une trace indélébile dans mon cheminement de vie. Merci au Camino et au relais de Misengrain. Je regagne ma chambre avec une paix et une joie intérieure, si rarement ressenties depuis bien mon départ sur le Camino.

« Le bonheur est dans la relation à l'autre. Chaque individu rencontré, regardé, écouté est un frère ou une sœur en puissance. Donner du temps, c'est donner de l'amour. Ce soir, tu as aimé ton prochain et cela plaît à Dieu. – Si tu le dis… »

La rencontre

Lever à 5h30 et retour sur terre avec le coq et le vibreur de mon téléphone. En juin, le jour se lève tôt, mais ici, en ce dimanche 30 juin, j'ai l'impression qu'il a oublié de se lever. La vitre de ma chambre semble dépolie, à l'extérieur c'est une vraie purée de pois. En regardant par la fenêtre, je devine à peine les arbres du parc, pourtant très proches. Vu l'heure matinale, le cuisinier m'a remis hier soir un sac de nourriture pour mon petit-déjeuner et le pique-nique de la journée. J'ai beaucoup de mal à refermer mon sac, car la norme en-cas de cette auberge est gargantuesque ; j'ai de quoi tenir deux jours, au moins. Une fois dehors, je plonge dans le coton, un vrai matin de novembre.

Cette fois, j'ai minutieusement préparé mon itinéraire vers Segré, je compte bien éviter les pièges de mon « manuel-du-pèlerin-paumé ».

Je repasse devant la maison où, hier, un roquet hargneux avait cherché une prise sur mes mollets ; mes cannes de marche avaient trouvé, à cette occasion, une utilisation défensive particulièrement efficace. La grille de la ferme est fermée et le chien doit dormir au sec. La route devient sinueuse et si pentue que je suis poussé par ma charrette, je dois freiner avec l'aide des bâtons et de mes talons. Il faut absolument que je quitte cette route noyée dans le brouillard, ça devient vital.

Mais où est donc passé ce fichu embranchement, signalé à travers champs sur le plan ? Ça recommence ! Pas de balisages, pas de panneaux ; perdu, pas perdu ? Va savoir ! Encore deux demi-tours. Dépité, je prends le premier chemin boueux qui se présente, c'est peut-être dans la bonne direction : qui sait ? Obstiné, vexé, je refuse malgré tout de consulter mon GPS.

« Dis-moi, l'archange, ne pourrais-tu pas inspirer les tagueurs et les grapheurs de nos cités urbaines pour qu'ils viennent s'exprimer sur le thème du Camino dans ces contrées sauvages et flécher l'itinéraire ? »

Cinq heures de marche, déjà ; le plafond nuageux commence à remonter ; je débouche sur une longue avenue au bout de laquelle pointe le clocher arrondi de Segré. Après cette étape dans la gadoue où j'ai dû porter ma charrette plusieurs fois pour passer des fossés gorgés d'eau, puis, me frayer un chemin à coup de bâtons dans les herbes folles… Retrouver la ville est un vrai soulagement. *« La prochaine fois, l'ami, prends une sagaie plutôt qu'une charrette. –* C'est malin ! Un archange, ça aurait donc aussi le sens de l'humour ? Et pour les arbres en travers du sentier, je prends une tronçonneuse ? » Pas de réponse.

Crotté comme un motard de trial, je remonte l'interminable avenue qui passe par le centre historique. Les cloches se mettent à sonner, nous sommes dimanche et j'aime bien le son des cloches : souvenir d'enfance ou nostalgie de mon clocher du nord, si lointain depuis mon exode vers le sud ? Leur appel lancinant me donne de l'entrain, j'accélère mon pas. Tiens ! Je vais arriver sur la place de l'église juste avant la messe, mais ce sera sans moi, même si le timing est respecté. Ça fait un bout de temps que je suis devenu allergique au cérémonial pompeux des offices et aux sermons moralisateurs. La pratique religieuse figée quand j'étais un gamin influençable, m'a fait fuir une liturgie que je n'ai jamais vraiment comprise. Je me décide quand même à demander aux paroissiens endimanchés quelques renseignements, histoire de rejoindre le Lion-d'Angers sans trop galérer.

Le parvis de l'église est surprenant, il accuse une pente à 12 %, au moins (pas question de faire une partie de pétanque ici). De nombreux fidèles remontent la place pendant que je la descends, en freinant des quatre fers sous la poussée de ma charrette : « Bonjour madame, bonjour monsieur, bonjour m'sieur'dame… » Pas de réponse ? Ils sont peut-être sourds ou je ne parle pas assez fort avec le son des cloches. « Bonjour Madame, pouvez-vous me renseigner… » La dame fait une embardée et passe son chemin, sans un regard ; bizarre ! C'est peut-être une coutume locale d'accueil, ou alors ils sont tous en plein « échauffement méditatif » avant la messe. En fait, j'ai probablement l'allure d'un routard mal rasé, mal peigné, mal habillé ; ceci explique peut-être cela ! Il me semble pourtant que pour un croyant, même le vagabond a droit à un geste charitable…

Un petit bonjour, ou un simple sourire me suffiraient. *« Es-tu certain de n'avoir jamais agi de la sorte, au moins une fois dans ta vie d'ex-Catho ou de futur agnostique ? –* OK-l'archange ! Je te vois arriver avec tes gros sabots. Tu vas me servir la parabole de la paille et de la poutre dans l'œil du voisin. »

Après tout, j'en ai assez bavé aujourd'hui pour avoir droit à ma rédemption du dimanche et à un sourire charitable (à défaut d'être chrétien). Mais rien ! Tout ce beau monde endimanché passe devant moi, indifférent :« Il faudra que je me rase demain, qui sait ? » Je croise une nouvelle paroissienne, assez âgée : « Bonjour madame », elle sursaute, me regarde apeurée et fait un écart. « Désolé, je ne voulais pas vous effrayer. Je souhaite simplement un renseignement pour retrouver le chemin de Saint-Jacques-de-Compostelle. – Saint-Jacques, j'y suis allée, je connais… Mais je suis en retard… Laissez-moi passer. » Je ne comprends rien à ce qu'elle a essayé de me dire : « Madame, montrez-moi simplement la direction à prendre ! » La vieille dame se presse vers le porche de l'église, sans autre formule de politesse. Je reste planté au milieu de la place, sous les regards fuyants des paroissiens.

Le curé va devoir revoir sa copie, car il y a matière à sermonner sur la notion de fraternité de ses ouailles. « Aimez-vous les uns les autres », devrait être gravé sur tous les frontons des églises. Je poursuis ma descente (aux enfers) par une ruelle plus pentue encore. Miracle ! Une flèche jaune est peinte sur un mur, juste à côté d'une coquille. La rue que je dois emprunter pourrait servir de piste de bobsleigh. La pente est si raide, avec ses pavés glissants, que je dois retourner ma chariotte en position brouette ; je retire mon harnais au cas où. J'amorce la pente en rappel, je me retrouve par deux fois sur les fesses, emporté par la charge. Une angoisse me traverse la tête : si jamais je lâche ma charrette, c'est la catastrophe, car en bas de la rue, il y a une route et des voitures. Je glisse, tant bien que mal, jusqu'au bas de la pente. J'atterris devant deux paroissiennes retardataires, passablement surprises devant une telle apparition : « Bonjour Mesdames ! Dites-moi, pourquoi les paroissiens de votre ville sont tous autistes ? » Les femmes s'arrêtent, perplexes, elles me parlent, alléluia ! Second miracle de la journée. « Bonjour, mais vous allez où comme ça ? – À Compostelle, et je suis parti du mont-Saint-Michel le 21 juin. – Ça alors ! Vous avez un sacré courage. Pourquoi vous nous dites que personne ne veut vous parler ? » Je leur raconte ma mésaventure depuis le parvis de l'église, je leur confie mon étonnement devant un tel comportement. Les deux paroissiennes compatissent, choquées. Elles me donnent de précieuses informations pour poursuivre ma route. « Je ne voudrais pas vous retarder, la messe va bientôt commencer. – Ce que nous faisons là, avec vous, est plus important que la messe. Nous faisons partie du groupe liturgique et, à la prochaine réunion, ils vont entendre parler de votre histoire. » Nous nous sommes quittés avec un « Buen Camino » chaleureux.

Il faut peu de choses pour apaiser les peurs et retrouver le calme ; cette rencontre providentielle vient racheter toutes les autres. Je repense à la citation de la Thora, mais je suis loin, à cet instant, d'imaginer la tempête émotionnelle qui m'attend… Je dois maintenant trouver le chemin de halage, au bord du Redon. Après le passage d'un pont, j'emprunte une nouvelle piste proche du toboggan, puis un escalier datant du Moyen Âge avec des marches de près de 40 cm. Je dois ma survie à une rampe métallique qui me sert de corde de rappel ; sans elle, je serais probablement devenu un nouveau locataire du cimetière de Segré. Au sommet de cet « Annapurna », je tombe sur une chapelle sans aucun intérêt architectural et fermée de surcroît ; sur le guide, elle est pourtant signalée comme une curiosité incontournable ? « Oh, rage ! Oh, désespoir ! » Une pente douce vers la rivière me ramène finalement à mon point de départ, c'est vraiment n'importe quoi ! Je retrouve enfin le sentier nommé « désir » et le soleil est de retour. L'herbe a été fraîchement coupée, il y a des fleurs partout, c'est un chouette endroit que traverse mon sentier ! Je commence à souffler un peu, rassuré et calmé. Je descends vers le chemin de halage. Au loin, j'aperçois la première écluse du Redon.

Je croise plusieurs promeneurs avec leurs chiens, puis, quelques joggeurs et des cyclistes s'oxygénant après une semaine de travail. Les gens sont aimables, ils me sourient et répondent à mon salut. Bizarre, eux n'ont pas peur de moi, ils sont pourtant en train de sécher la messe. Sur l'escalier qui remonte de l'écluse, un homme basané à l'âge indéfinissable arrive droit sur moi en chantant. Il chante d'une belle voix grave, dans une langue qui m'est inconnue. Au moment de nous croiser, je lui souris et je lui dis : « Bonjour, c'est joli ce que vous chantez. » Le migrant s'arrête, pose sur moi un regard sans expression, il semble résigné. Il me dit avec un fort accent : « Je chante parce que je suis triste. » Cette réponse inattendue me choque, m'interpelle. J'essaye de lui parler de mon voyage vers Compostelle ; il ne comprend pas : « Santiago en Espagne, vous connaissez ? » Il fait un signe de négation avec la tête ; il ne doit pas être Espagnol. Il égrène dans sa main un komboloï, cet homme est peut-être grec ou turc : « Pourquoi êtes-vous triste ? – Je suis triste parce que je suis seul, je suis vieux, je n'ai plus rien… Je ne trouve plus de travail. – Vous avez quel âge ? » L'homme cherche ses mots pour tenter de me donner la date de sa naissance.

Après un long silence, il me tend son poing fermé, je ne comprends pas tout de suite. J'aperçois alors les quatre tatouages sur les phalanges de sa main abîmée par des travaux pénibles et déformée par l'arthrose : il y a les chiffres 1, 9, 5, 3. « Vous avez 60 ans ? » Je ne peux dissimuler mon étonnement. Son visage est celui d'un vieillard, nous avons pourtant presque le même âge. C'est un choc pour moi, la détresse vient de prendre, ici, un visage humain. Bêtement, je plonge dans ma poche, je sors toute la monnaie qui me reste ; la valeur d'un sandwich, d'un plat du jour peut-être. Il me regarde surpris, sans sourire… Il repousse ma main tendue, je viens de l'humilier. En occidental formaté, je n'ai rien compris à sa fierté orientale : « S'il vous plaît, faites-moi plaisir, acceptez ces quelques pièces, je ne voulais pas vous blesser. Offrez-vous quelque chose, peut-être un repas en pensant à moi. Priez pour moi, c'est vous qui me donnez quelque chose, pas moi. »

Mais qu'est-ce qui m'a pris de mêler la prière à la gaffe que je venais de faire ? Encore l'une de mes contradictions. Je ne sais pas s'il a compris quelque chose, il me sourit maintenant et me tend sa main ; il a accepté mon obole. Sans un mot, il a repris sa route en égrenant son chapelet et s'est remis à chanter.

« Qui sauve un homme, sauve le monde. Aujourd'hui, c'est cet homme qui vient de te sauver. »

Les jambes en coton, je descends sous le pont à l'abri des regards. Appuyé contre la pierre, je me suis mis à pleurer comme cela ne m'était plus arrivé depuis 40 ans : *« Les voies du Seigneur sont impénétrables. »* Je ne trouve rien à redire à cela. Le clochard alcoolique de Fougères, puis l'homme paralysé en fauteuil, puis le cycliste héroïque et aujourd'hui ce malheureux sans avenir et sans espérance… Pourquoi cet enchaînement de hasards, de rencontres qui me bouleversent ? Hier, j'aurais probablement croisé ces gens sans les voir, dans la plus complète indifférence. Combien de rencontres ignorées, combien d'actes manqués ai-je accumulés au débit de ma vie ? Ce qui m'arrive, ici, sur ce chemin, est incommunicable…

« Tu viens de vivre la compassion qui te fait tant de mal et tant de

bien à la fois. Tu as choisi de porter sur tes épaules, une part de la souffrance du monde. La charge que tu as retirée à tes semblables t'est enlevée à toi aussi. »

Que répondre, alors que je suis submergé par tant de sentiments contradictoires, par tant d'émotions ? J'ai en moi les larmes et la joie, la colère et la paix, la révolte et la compassion. Je pleure, je ris, je donne des coups de pied dans la pile du pont ; je ne sais plus qui je suis, ni où je suis. J'ai épuisé tout mon stock de mouchoirs, que m'arrive-t-il ? Je marche dans un état second.

J'avance vers la maison de l'éclusier, l'homme est sur le pas de sa porte près d'un chevalet, nous engageons la conversation. C'est un solitaire, par choix ; il est artiste peintre et professeur d'arts plastiques et occupe ses congés à assurer le fonctionnement des écluses. Le reste du temps, il peint : « Ici, j'ai le temps de voir s'écouler les saisons et de m'imprégner de la lumière et des couleurs ; je fais tous les jours une sorte de voyage immobile. Il faut du temps pour contempler et apprécier ces changements dans la nature ; moi, j'arrête le temps avec mes pinceaux. » Sur ses conseils, je décide de longer la rivière plutôt que de suivre la voie balisée qui passe par les routes départementales.

Cette option aurait pu m'effrayer en temps normal : la proximité de la rivière, un sentier de plus en plus étroit, les racines des grands saules qui affleurent... sont autant de pièges pour moi et ma charrette. D'ailleurs, il n'y a personne sur cet itinéraire, c'est un chemin de solitaires, j'aurais dû m'en douter. Je me sens pourtant tellement léger, même si je risque à chaque instant de basculer dans le canal et de m'y noyer : « Et si j'étais sous la protection du Grec ou du Turc, peut-être que la prière que je lui ai demandée est efficace, après tout ? Je délire. »

Je ne suis plus qu'à huit kilomètres de mon étape, je m'engage à présent sur une route, goudronnée ; le soleil tape dur et fait fondre l'asphalte. J'arrive au Lion-d'Angers après douze heures de marche et une étape marathonienne de 43 km ; il est 19 h. Épuisé, déshydraté, je cherche l'adresse du gîte de groupe signalé dans le guide, de l'autre côté du pont : « la halte nautique ». À la place du gîte en question, je ne trouve qu'un cabinet médical ouvert depuis plus d'un an et fermé, vu l'heure. De toute façon, comment expliquer au médecin de garde que je suis venu passer la nuit dans son cabinet ? Encore une information foireuse pour cette « nouvelle édition » prétendument actualisée : « Je vais bien, tout va bien… »

Marche arrière et retour sur le pont, on est plus à 2 km près ! L'objectif, cette fois, c'est le camping municipal au bord de la rivière. Le temps de monter la tente, de me doucher et tous les commerces sont fermés. Heureusement que le cuistot du gîte de Misengrain a été plus que généreux, de toute façon, je suis tellement crevé que je n'ai même plus faim. Il fait encore jour et je crois bien que j'ai dû m'endormir les yeux ouverts.

Une si longue amitié

Je me réveille, sans sonneries ni trompettes et sans le coq de mon téléphone. Le soleil, qui fait la grasse matinée, est encore derrière l'horizon. Il est 5h10, j'ai dormi à même le sol, je n'ai même pas eu la force de gonfler le matelas de mon sac de couchage. Après une nuit de coma, plus que de sommeil, je n'ai rien entendu, ni les fêtards noctambules, ni les voitures, ni l'orage ; je crois bien que l'on aurait pu me dévaliser sans que je m'en aperçoive. Je suis quand même passablement courbaturé, mes vingt ans sont loin et quand on marche, on a l'âge de son dos et de ses articulations. Je rassemble tout mon barda à la frontale, j'ingurgite cul-sec un café soluble tiédasse à l'eau du lavabo. Je consulte à contrecœur mon « Guide-du-pèlerin désespéré », pour ne plus avoir à le sortir du sac je bricole, avec un lacet de chaussure, de quoi le suspendre à mon cou ; je pourrai ainsi dégainer mon sésame au moindre croisement. Il ne sera pas dit que tous les détours à subir encore aujourd'hui sont uniquement de mon fait ou imputables à un sens de l'orientation défaillant. Avant ce soir, je saurai qui est le coupable de mes galères quotidiennes… J'ai déjà 55 km de rab sur le prévisionnel depuis mon départ du Mont-Saint-Michel, je n'ai vraiment pas l'intention de me taper chaque jour un marathon. À 16 ans l'enduro ne me faisait pas peur, à 60 il faut savoir s'économiser, non ?

Le Lion-d'Angers est situé au bord de la rivière Houdon, c'est le fief des haras nationaux. Les écuries sont installées dans un immense parc ouvert au public. La traversée du domaine, malgré la brume matinale, ne manque pas d'intérêt. Les pelouses sont entretenues comme des greens de golf, il y a aussi des terrains d'entraînement, un hippodrome, des arbres remarquables, des massifs de fleurs, des bâtiments superbement restaurés. Le cheval est ici une aristocratie avec ses palais équestres et ses jardins dignes de Lenôtre. J'essaye de ne pas trop me laisser distraire par le côté touristique de la visite, je m'arrête à chaque intersection pour vérifier l'itinéraire. Les chemins d'entraînement équestre et de promenades sont nombreux, ils offrent une multitude de possibilités de pistes, ils se confondent avec le sentier du Camino, c'est un vrai labyrinthe ; évidemment, j'y perds le nord ! Je me trompe une première fois en m'engageant au milieu d'une dizaine de semi-remorques venus déposer 200 pur-sang pour un concours hippique national.

Je me retrouve sur les bords de l'Houdon plein Est, alors que c'est la direction sud-ouest que je dois absolument suivre. Je me décide à faire parler le GPS, je fulmine, et fulminer seul ça donne de l'acidité gastrique, comme j'aimerais cogner sur un punching-ball ! Plus de flèches, plus de repère jacquaire, la petite voix de mon portable raconte n'importe quoi : « Faites demi-tour dès que possible, puis prenez à droite... Tournez immédiatement à gauche... Faites demi-tour dès que possible... » Retour à la case départ et trois kilomètres de rab avant d'avoir entamé mon premier mètre vers la destination du jour : « ROGNTUDJUUUUUU ! »

Un jockey me propose de suivre une autre direction, mais sans grande conviction ; Compostelle, c'est si loin de sa boucle d'entraînement équestre. Une cavalière bottée et casquée se dirige vers des écuries mobiles. Cette fois l'information est fiable ; la femme m'indique avec certitude le bon chemin à prendre. Le guide indiquait qu'il fallait tourner à gauche après le premier réverbère, en réalité, c'était après le second ; n'importe quoi ! J'ai décidé de bouder cette étape, pourtant minutieusement préparée avec mon bouquin qui pend maintenant lamentablement autour de mon cou. Me voilà engagé en sens inverse du chemin de halage : les paysages sont jolis, les sentiers bucoliques, il y a des petits ponts, des châteaux, des plans d'eau, mais la brume matinale gâche un peu le spectacle…

Je n'aurai pas tout perdu aujourd'hui. L'improvisation finalement me réussit ! Après deux kilomètres de pure insouciance, je croise un pêcheur : « Alors on se balade ? – Je vais à Compostelle. – Ce n'est pas la route. » Fièrement, je lui montre mon guide autour du cou : « Si, si, j'ai mon guide ! Il m'indique bien que c'est par là. – Si vous le dites. » 800 m plus loin, un autre pêcheur me repasse la même chanson, mais avec des explications un peu plus claires, cette fois. Je reviens sur mes pas et je recroise le premier pêcheur qui éclate de rire. Je le regarde en me demandant si c'est du lard ou du cochon, je ris à mon tour : « La prochaine fois, j'écouterai les autochtones. – Quand je vous dis que vous vous baladez. – Vous venez de marquer un point… Bonne pêche. – Buen Camino ! » Derrière moi, tout le monde se marre. Au moins, les pêcheurs du coin auront quelque chose à raconter ce soir.

Enfin ! Je suis sur le bon chemin, en direction d'Angers. Le sentier est bien entretenu et correctement balisé. Mes amis angevins, Serge et Mado, que j'ai prévenus hier soir, sont partis à ma rencontre depuis ce matin ; ils doivent m'appeler en début d'après-midi. À 14h30 je m'étonne du silence, je m'aperçois que j'ai mis mon portable en mode avion. Je les appelle, ils ne sont plus qu'à deux ou trois kilomètres de ma position, mais le réseau n'est pas très bon. Les explications, pour qu'ils me positionnent avec précision, sont hachées et difficiles à comprendre. Alors que je me demande comment trouver le point de rencontre, je croise un coureur qui me déclare tout de go : « Bonjour, vos amis vous attendent après le virage, à dix minutes d'ici. »

Quel luxe ! On m'envoie un marathonien pour m'annoncer l'arrivée du comité de réception... Cette fin d'étape sera un vrai bonheur en compagnie de mes amis qui partagent, avec moi, une amitié de plus de 30 ans. Aujourd'hui, ce sera donc 38 km au compteur en arrivant à l'office de tourisme d'Angers où j'ai pu faire tamponner ma crédenciale. Ce soir, la fatigue n'a curieusement plus de prise sur moi. L'amitié c'est de l'énergie brute qui rajeunit, réconforte, stimule ; un dopage indétectable.

L'hébergement jacquaire, aujourd'hui, ne figure pas sur mon « Guide » ; l'accueil est cinq étoiles : bonne table, bons vins de la Loire et surtout un très bon lit bien moelleux. Voilà le genre d'étape qu'il ne faut pas renouveler trop souvent, sinon je risque de ne plus vouloir partir d'ici... Ce matin, c'est déjeuner sur la terrasse, sous un ciel sans nuages et en compagnie du soleil levant. Mes amis insistent pour m'accompagner sur le début du chemin qui me mènera à Brissac-Quincé.

À neuf heures, nous traversons le parc qui longe le lac de Maine. L'itinéraire d'hier était géographiquement exceptionnel, unique. J'ai traversé en une seule journée trois départements : la Mayenne, la Sarthe et la Maine. Ce matin, j'ai l'impression d'être sur un nuage, après cette si agréable halte angevine, et je suis loin de me douter que, bientôt, un trottoir va me jouer un tour de cochon. Au programme du jour, une petite étape de 26 km chez d'autres amis, Ch'tis, émigrés comme moi, mais un peu moins au sud. Peu après le pont de fer qui enjambe la Maine, Serge et Mado s'arrêtent et se retournent vers moi, comme à regret ; le moment de la séparation est venu : « Adieu les amis et merci pour tout, je vous aime ! »

Me voilà à nouveau seul, marchant vers les Ponts-de-Cé. Une joggeuse septuagénaire s'est arrêtée pour papoter sur mon équipement à roulettes. Elle a fait le pèlerinage, il y a quelques années et s'interroge sur les raisons d'un tel équipage. En marcheuse expérimentée, elle me prodigue quelques conseils : « Vous verrez, vous n'aurez plus envie de rentrer après 2 000 km. La marche au long cours rend libre et cette liberté-là est une véritable addiction. » Elle reprend son jogging après m'avoir encouragé chaleureusement. Le sentier depuis Angers est vraiment très agréable, que cette région a du charme ! Le lac de Maine, les bords de la Loire après la Mayenne et la Sarthe, le chemin en Anjou n'est qu'une succession de rivières et de fleuves sauvages ; que ma France est belle !

Je m'engage sur les Ponts-de-Cé à 13 h, ma charrette montre des signes de faiblesse après le rafistolage des brancards sur le panneau routier et les passages scabreux dans les escaliers.

Les trottoirs, sur les ponts successifs que je suis en train de franchir, se rétrécissent au point que je me demande si mon attelage va pouvoir passer. Brutalement, ma chariotte bascule sur la route en contrebas des hautes bordures, la charge m'entraîne et me tord douloureusement le dos. Les brancards, solidement attachés par le harnais, craquent avec un bruit sinistre. Je tente de résister à la torsion pour ne pas tomber sur la route et risquer de passer sous une voiture… Le mal est fait ! L'un des tubes en alliage se rompt net. Il m'est maintenant impossible de traîner ou de porter ma remorque, je me retrouve bloqué sur les ponts de Cé et sans possibilité de réparer…

« Allô, Anne, coucou, c'est Michel… Oui, oui, ça va, mais ça pourrait aller mieux. Ma charrette vient de me lâcher, je ne peux plus avancer. - J'arrive. »

Mon copain philosophe de Montpellier, qui évoquait le cerveau dans les pieds du marcheur, me disait aussi : « Quand un ami t'appelle au secours, au pire moment du jour ou de la nuit, tu ne penses pas, tu arrives sans poser de questions ; l'amitié, c'est ça ! » Je n'ose pas imaginer ce qui me serait arrivé, si une telle mésaventure s'était passée en forêt, au milieu de nulle part et sans réseau GSM. Mon amie Anne arrive aussitôt, elle vient de faire l'impasse sur son repas. Une heure plus tard, je trouve une serrurerie dans la zone industrielle de Brissac. L'artisan écoute attentivement le récit de mon aventure, regarde ma charrette et accepte, finalement, de fabriquer de nouveaux brancards en acier de belle épaisseur. Ma chariotte s'est alourdie de deux kilos de plus, mais elle devrait cette fois résister aux trottoirs, aux sommets pyrénéens et au col de l'O Cebreiro. Le soir même, je récupère mon chariot réparé, du travail de pros !

Après deux jours de répit à Brissac-Quincé, c'est la dernière soirée chez mes amis. Demain à 7 h, je reprends la route. Ce matin, je vérifie mon paquetage en revivant cette étape du cœur. Je pense à cette famille si généreuse, si accueillante, à Claudine la mamy alitée et souffrante, à Laura, sa petite fille, qui a pris du congé pour s'occuper d'elle. Chez ces gens-là, on ne compte pas, on donne. Quand nous étions adolescents, dans notre petite ville sidérurgique du nord, la maison de Claudine était devenue le lieu de rendez-vous des copains. On y venait pour rire de la vie, mais aussi pour parler de nos peines de cœur. À n'importe quel moment de la journée, il y avait du café chaud ou des rafraîchissements, mais surtout, il y avait une oreille attentive et une épaule pour épancher nos déceptions et nos chagrins. C'était vraiment bien chez Claudine, c'était comme chez Laurette dans la chanson de Delpech. « Le temps, c'est de l'amour », je crois bien que c'est aussi dans une autre chanson. Chez mes amis, on donne vraiment beaucoup de temps aux autres.

Dans le couloir, quelques minutes avant mon départ, les émotions reviennent par vagues. J'ai le pressentiment d'un adieu, je ne reverrai plus Claudine. J'aurais tant souhaité trouver les mots qui réconfortent, qui soulagent une fin de vie si douloureuse ; mon archange ne fut d'aucun secours.

Anne me donne un caillou de son jardin pour le porter jusqu'à Santiago : *« Prends un peu de son fardeau avec toi et dépose-le à Compostelle.* — C'est symbolique, mais je crains fort que tout cela ne soit pas très utile contre l'inéluctable. — *Tu espères peut-être une intercession de ma part ?* — Ne prends pas tes désirs pour une réalité. — *Je t'ai quand même mis un serrurier sur ton chemin. Ta charrette, ne s'est-elle pas rompue au bon endroit ?* — Tu aurais pu faire en sorte qu'elle ne rompe jamais. — *Éternel insatisfait !* — Je préfère, mortellement insatisfait. — *Incorrigible ! »*

Anne me tend la photo d'un sage hindou. Le regard bleu de l'ascète rayonne, même à travers ce morceau de papier, c'est presque troublant : « Quand tout ira mal, regarde cet homme, il te donnera force et réconfort. » Nous nous quittons en larmes. Le chemin ne m'appartient plus désormais. J'emporte avec moi les pierres et les pensées de mes amis, de ma famille et celles de mes copains souffrants. Je me retrouve, malgré moi, sous la protection de la Vierge Marie, d'un archange et d'un moine bouddhiste… Décidément, je me demande comment faire la part des choses entre la charge symbolique, spirituelle, religieuse de tout ce qui m'a été confié et mon agnosticisme. Que vais-je faire de tout cela, une fois arrivé au but, jusqu'au champ de l'étoile ? Il est temps de partir.

Dormir six pieds sous terre

Ciel plombé une fois de plus et 26 km de marche au programme de la journée, heureusement il ne pleut plus. Il n'y a pas de sentiers sur cette étape, rien que des petites routes rurales au milieu des cultures et des prairies. Heureusement qu'il reste encore quelques rares bosquets, histoire de ne pas sombrer dans la monotonie. Sur le territoire de l'Aubance, le balisage de Saint-Jacques est bien visible, c'est un soulagement ; pourvu que ça dure ! À travers champs, sur le seul sentier herbeux de l'étape, je fais plusieurs rencontres insolites : un énorme rat, prisonnier dans l'un des nombreux pièges disséminés le long du chemin, me fixe de ses petits yeux noirs, alors que je tente de le libérer avec l'un de mes bâtons l'animal panique agressivement, j'abandonne ma tentative pour ouvrir la cage. Plus loin, un héron prend son envol, juste à mes pieds, en surgissant d'un buisson. Je manque de peu de marcher sur une grosse couleuvre, qui a certainement été plus effrayée que moi. Un couple d'écureuils grimpe dans un arbre, se jouant de la gravité, rapides sur le vertical autant que sur l'horizontal. Je suis surpris par cette vie foisonnante et la joie procurée par ces observations. En moins de deux semaines de marche, j'ai perdu mon insensibilité aux petits événements de la vie et à ceux de mon environnement, j'étais indifférent à tant de choses, frappé de cécité pour ce qui est humble, j'étais devenu un handicapé des émotions ; je suis en train de renaître au temps présent.

« La nature t'offre l'apaisement, la joie. La modernité de vos sociétés te fait perdre le sens du vital et de l'essentiel. — Salut l'archange, je ne te savais pas écolo. — *Il n'est nullement question d'écologie, mais de raison et d'équilibre. Tu es l'un des maillons de cette société dont tu profites, peux-tu t'en passer ou continuer à en jouir sans conscience ? Hier ton confort te rendait plus fragile, ici, ta fragilité te rend plus fort.* — C'est un paradoxe auquel il m'est difficile d'adhérer ! — *Si tu aimes la nature, tu aimes Dieu, car il est en toutes choses.* — Ça, c'est ton point de vue, moi, j'aime le miracle de l'évolution et le hasard qui fait si bien les choses. — *Alors fais en sorte que le hasard provoqué par les activités humaines ne devienne pas inéluctable. »*

Je suis assez motivé par cette étape qui doit me mener au village troglodyte de Rochemenier. Les carriers avaient arraché du sol toutes les pierres qui ont servi à la construction des églises et des maisons bourgeoises de toute la région. Qui se souvient aujourd'hui que ces mineurs du tuffeau ont vécu, ici sous terre, dans les mêmes excavations qu'ils creusaient de leurs mains ? « Il faut que la voix des hommes sans voix empêche les puissants de dormir *(compagnons d'Emmaüs).* » Ici, les hommes sans voix et sans toits de Rochemenier ont permis aux puissants et aux ecclésiastiques de bien dormir dans leurs palais. J'entends presque leurs voix en cet endroit surprenant, elle est bien présente en ces lieux souterrains où ces gens ont vécu, souffert et travaillé si durement ; c'est la voix des bâtisseurs.

Je viens de dépasser le panneau Rochemenier, j'arrive au centre du village ; la partie enfouie est plus importante que celle érigée. Cette particularité me laisse l'impression étrange d'un lieu figé dans le minéral de son sous-sol. Je respecte à la lettre les informations du Guide, qui me recommande le gîte pèlerin situé en plein centre. Je débouche sur une placette déserte, cernée de falaises calcaires percées d'excavations. Les cavités rocheuses n'ont pas vraiment l'allure de grottes : les angles sont vifs et la découpe des pierres est cubique. Des fenêtres et des portions de toits donnent une curieuse impression de maisons emboîtées dans la roche ; je ne rencontre personne dans cet endroit étrange et silencieux. Une voiture blanche est stationnée à côté d'une haute bâtisse isolée. Une chèvre est bizarrement perchée sur un des toits qui jouxte le sommet de la falaise. Je frappe à la porte : « Bonjour je m'appelle Nadine, bienvenue dans les gîtes troglodytes. — Je suis un pèlerin de Compostelle et je souhaiterais passer la nuit ici, comme c'est indiqué sur mon guide. - Je suis désolée, le gîte n'est plus affecté aux pèlerins de Saint-Jacques. Votre guide n'a pas pris en compte la modification que nous avions pourtant signalée ; il y a plus d'un an. » Chouette !

Il bruine et je vais vivre ma première expérience de bivouac sous la pluie ; foutu guide ! Nadine semble contrariée, elle m'indique que les premiers locataires n'arrivent le lendemain soir et que le gîte « nuptial » vient d'être préparé et nettoyé. Pour 15 €, mon hôtesse accepte de le mettre à ma disposition pour la nuit, à condition de quitter les lieux demain, avant 8 h. Me voilà maintenant dans une caverne pour moi tout seul, drôle d'endroit ! C'est une suite avec un jacuzzi (en panne), un grand lit, une cuisine, un petit salon, bref, une grotte pour homme de

Néandertal VIP. Toutefois, ma grotte sent un peu le renfermé, les déshumidificateurs fonctionnent au maximum et je dois vider les bacs toutes les deux heures pour ne pas être inondé. L'enthousiasme retombe bien vite, maintenant, j'ai plutôt l'impression de devoir dormir dans une cave à champignons. Quel endroit étrange ! Effectivement, ma nuit sera exotique, souterraine et l'ambiance genre catacombes. Je me réveille plus de dix fois en cauchemardant sur les enterrés vivants ou je suis rappelé à l'ordre par les alarmes des humidificateurs, pleins à ras-bord. Au matin, une compagne m'a rejoint dans mon sommeil intermittent, elle ne me lâchera plus les jours prochains, elle répond au doux prénom de « Tourista ».

Matin blafard, matin cafard, mes boyaux sont au diapason ; je reprends la route vers le Puy-Notre-Dame. L'étape d'hier ne fut pas vraiment gastronomique, dans ce village perdu et sans commerces, j'ai dû me contenter de potage en sachet et de pain sec. Dans mon état, un jus de riz aurait été le bienvenu. Je compte sur ma pharmacie embarquée pour continuer à marcher à défaut de courir après des toilettes naturelles. Mes médocs sont sans aucun effet, mon deuxième cerveau est en furie et se liquéfie d'heure en heure. Le chemin à travers les vignes et le lever de soleil, flamboyant, n'ont plus aucune prise sur moi, ni sur mes états contemplatifs.

Blasé, désabusé, douloureux, j'assiste indifférent à l'envol d'une montgolfière dans une lumière et un paysage dignes d'un Delacroix. Au milieu des vignes, je croise un joggeur d'une cinquantaine d'années. Il s'arrête à mon niveau pour répondre à mon salut et engager la conversation. « Vous êtes pèlerin, quelle coïncidence, je suis ouvrier dans une fonderie de médailles. Il nous arrive de couler quelques médailles du chemin de Saint-Jacques que vous retrouverez dans les boutiques de Santiago à votre arrivée. » Un peu plus loin, à Varanne, un habitant m'interpelle : « Bonjour, je suis l'un des bénévoles de l'association des amis de Saint-Jacques en Anjou. » Féru d'histoire il me raconte le miracle ou la légende de la ceinture de la Vierge Marie qui ferait partie du reliquaire de l'église du Puy-Notre-Dame. La relique aurait des propriétés de fertilité pour la conception d'enfants mâles (manipulations ésotériques et machistes avant l'heure, cela pourrait intéresser les Chinois). C'est ainsi que serait né Louis XIV, après un transport de l'écharpe miraculeuse aux Tuileries. Anne d'Autriche aurait entouré son ventre stérile avec l'étoffe, jusqu'à la naissance du futur roi. Après cet intermède culturel, je reprends mon chemin en rêvant à une ceinture miraculeuse qui guérirait de la tourista.

Au bout de 10 km, mes muscles chauds me donnent l'illusion d'une meilleure forme physique, j'ai presque oublié ma nuit sous terre et mes soucis de plomberie. Je dois, malgré tout, contribuer régulièrement à l'amendement du terroir local ; c'est chaque heure une urgente et salutaire nécessité. Je traverse à présent une grande plaine agricole, au loin, le paysage vient de changer et se ponctue de bosquets et de haies. Je me rapproche du seul bâtiment qui émerge de ce nouvel environnement.

Une Renault 4L, sans âge, me dépasse et stoppe à mon niveau ; le cultivateur m'interpelle gentiment. Je lui parle de mon projet de voyage, il ne semble pas surpris, car je suis bien sur le chemin de Saint-Jacques qui passe juste devant sa ferme. Le paysan m'explique que, depuis toujours, sa famille a façonné la campagne que je suis en train de traverser : « Ça fait des lustres que nous refusons le remembrement avec l'abattage des bosquets et des haies. »

Voilà pourquoi, après la traversée d'un désert vert exploité par ses voisins, j'ai eu l'impression d'arriver dans une oasis, je suis heureux de rencontrer un authentique paysan. Voilà le genre d'homme qui me réconcilie avec la ruralité où le bon sens semble l'emporter sur la productivité ; une belle leçon de respect de la terre à laisser en héritage aux générations futures. « Ne vous étonnez pas si les bas-côtés ne sont plus fauchés. L'écologie raisonnée est un prétexte. En réalité, il n'y a plus de pognon pour faucher les fossés. On nous a aussi retiré ce boulot-là, soi-disant au profit des papillons, mon œil ! »

Midi approche et le paysage a encore changé, je traverse à présent la forêt de Brossay. Un arrêté d'interdiction des véhicules motorisés de loisir est affiché à l'entrée du sentier balisé. Chouette ! Enfin un peu de tranquillité. Pourtant, malgré l'avis, je me retrouve dans une zone complètement dévastée par les prédateurs du tous terrains et des 4X4. Le cycliste, qui arrive devant moi, glisse dans une ornière et s'étale de tout son long dans la boue, plus de peur que de mal ; son beau costume bariolé ressemble maintenant, à une tenue de camouflage. Il me faut passer à travers les fougères pour ne pas m'embourber. Les ornières profondes, remplies d'eau, sont infranchissables. Je dois tailler ma route dans les fourrés à coups de bâton ; pourvu que je n'adopte pas quelques tiques en prime.

« Je maudis ces fous de sports motorisés qui s'identifient probablement aux « héros » du Dakar. Comment peuvent-ils agir de la sorte ? – *Encore une sainte colère mon ami, qu'elle te soit bonne conseillère dans tes actions à venir. Ne condamne pas trop vite ceux qui agissent ainsi. Garde plutôt ton énergie pour changer le regard de ceux qui viennent, ceux qui porteront le devenir de la terre et l'avenir des enfants qui la peupleront.* – Comme tu parles bien l'archange, en attendant, je suis dans la merde intérieurement et extérieurement… Quelle galère ! Et pendant ce temps, tu philosophes. »

Je continue à avancer malgré tout, la nature s'est mise au diapason de ce désastre, le silence s'est abattu, ici, comme une chape de plomb, tout semble pétrifié, martyrisé, assassiné. J'ai des envies de prédation à l'encontre des machines et de leurs pilotes, Côté délires imaginatif, je m'en donne à cœur joie : « Il faudrait d'abord équiper tous les accès de la forêt communale avec des herses acérées pour immobiliser tous les 4X4, les quads et les motos trial, puis transférer les épaves dans un compacteur à ferraille et enfin imposer aux massacreurs de sentiers une marche forcée dans la gadoue en traînant sur une charrette les carcasses compactées « style trophées du sculpteur César ». Dieu que ça fait du bien de délirer, on se soulage comme on peut ! Une pétarade me sort de mes divagations ; je sursaute. Un véhicule arrive droit sur moi, heureusement que je ne suis pas armé, il est des circonstances où la frontière entre l'intention et le meurtre est tangible.

L'abruti passe en m'aspergeant de boue, je le trucide mentalement en lui hurlant des obscénités.

« Quand je te dis qu'il est difficile de juger les crimes des autres, quand toi-même, tu viens de te laisser envahir par des désirs homicides.- Mouais ! C'est facile pour toi de me faire la morale du haut de tes nuages et sans 4X4 pour massacrer ton paradis. »

La grande faucheuse

À Montreuil Bellay tout se complique. Je retrouve par hasard le balisage qui me conduit en périphérie du village, sur un chemin étroit et donc sans 4X4, Dieu merci ! Il me faut franchir une petite rivière mais la passerelle est condamnée. Des jeunes m'interpellent :« C'est à cause des inondations du printemps, que l'accès a été fermé, vous ne pouvez pas passer par là. » Nous sommes en juillet, le temps est beau et sec depuis des jours, tout est donc rentré dans l'ordre côté rivière, mais apparemment pas pour le sentier ; il y a des priorités communales qui ne sont décidément pas les miennes. Une femme âgée, croisée à l'entrée du village, m'indique qu'il faut prendre le balisage secondaire mis en place et qui passe par la départementale ; je me résigne à suivre cet itinéraire avec un drôle de pressentiment. Je marche maintenant sur une route étroite, sinueuse, les bas-côtés sont envahis par les mauvaises herbes.

Depuis 500 m, c'est l'angoisse, je suis au bord de la panique. Dans chaque virage, sans visibilité, je me fais copieusement klaxonner par les automobilistes qui m'aperçoivent au dernier moment ; j'ai vraiment la frousse au ventre et ça n'arrange pas vraiment mes problèmes, je me liquéfie au propre et au figuré. Je reste donc sur la gauche de la départementale, car je préfère voir arriver le danger de face. J'avance de plus en plus péniblement au milieu des herbes hautes qui se coincent dans les roues de ma charrette. C'est un vrai parcours du combattant ou du condamné, qui s'éternise. Je mets plus d'une heure pour couvrir les deux kilomètres de ce piège routier. Arriver à une intersection salutaire devient mon obsession, il faut que je m'échappe de cette route au plus vite. Je marche au pas de charge, à l'affût du moindre bruit de moteur. Un grondement plus fort, plus grave, se transforme en adrénaline et en coliques par la même occasion. Un camion, en face de moi, et deux voitures déboulent en sens inverse, tout le monde klaxonne rageusement, au lieu de ralentir ; c'est criminel. Je me jette dans le fossé, cul par-dessus tête, ma charrette se retourne, les roues en l'air, et je me retrouve coincé par les robustes nouveaux brancards.

Me voilà dans une position plus qu'improbable, cassé en deux sous la torsion du harnais. Fou de rage, j'en ai même oublié la terreur d'une mort qui a bien failli me faucher, ici. Je m'arrête sur le terre-plein d'une intersection qui m'offre, enfin, la protection tant attendue. Je tremble de tous mes membres, secoué émotionnellement comme après un accident. Il me faut récupérer, j'essaye de me calmer et de reprendre mon souffle, mais, je dois surtout soulager mes boyaux malmenés, il y a urgence maintenant.

« *Heureusement que j'étais là.–* Parlons-en, j'ai failli mourir. – *Mais tu es bien vivant, mon ami.* »

Une des roues de ma charrette est à plat, probablement crevée par les ronces du fossé. Réparer le pneu, remettre en état mon chargement mis à mal par mes acrobaties, m'apporte un peu de distraction, ça me calme : « *Relativise Michel. Tu es indemne et sauf, c'est l'essentiel ; non ?* »

Au panneau de Puy notre Dame, je viens de marcher neuf heures d'affilée et 32 km sans m'arrêter. J'arrive juste avant la fermeture de l'office de tourisme. L'hôtesse, tout sourire, compatit à mes mésaventures ; elle me remet les clefs du gîte communal « le refuge de la collégiale ». C'est un endroit accueillant, mais désespérément vide, une fois de plus. Dans l'épicerie, j'achète un paquet de riz, histoire d'essayer de calmer ma plomberie ; je n'ai toujours pas trouvé de pharmacie. À pied, tout est décidément compliqué dans ces centres-villes désertifiés. Je sens que mon état physique se dégrade, si ça continue, il va falloir que je consulte. Ce soir, je n'ai même pas envie d'écrire ou de téléphoner, et pour dire quoi ? Que j'ai failli être transformé en crêpe et que depuis deux jours, je me liquéfie sans rien pouvoir avaler. Inutile d'inquiéter mes proches, pas de nouvelles, bonnes nouvelles ; dodo ! Pendant la nuit, ce fut un footing toutes les heures, entre mon lit et le trône libérateur et les fesses à l'air ; Heureusement que je suis seul dans ce dortoir…

Ce matin, je reprends la route, vidé, épuisé avant même de commencer. Je n'ai plus qu'une seule idée en tête : « où pouvoir me soulager ? » Plus de 35° à l'ombre, j'ai l'impression d'être dans un four. Je suis fiévreux, je me demande si je n'ai pas mangé ou bu quelque chose de contaminé. Après les mésaventures d'hier, je décide de suivre, coûte que coûte la piste cyclable qui longe le Thouet. Le sentier est ombragé avec de-ci, de-là, quelques jolis points de vue sur la rivière. À mi-parcours, je découvre que cet endroit si bucolique n'échappe pas à la cabanisation sauvage des berges. Comment peut-on être un aussi piètre constructeur et afficher un pareil mauvais goût. Les abris du dimanche, sont ici plus proches du bidonville que des coquettes cabanes de pêcheur. La gestion de l'urbanisme, dans cet endroit, doit relever du laisser-aller ou du copinage ; il y a des claques qui se perdent et quelques verbalisations pour le non-respect de l'environnement et du POS. Je parcours les trente derniers kilomètres en pointillé, je pense au sketch de Coluche sur les dragées « Fuca » ; Thouars est enfin en vue. La ville est perchée sur un plateau cerné de falaises abruptes ; Dieu que c'est haut. Je délaisse le camping implanté en bord de rivière, au bas de la ville. Ma priorité est de trouver une pharmacie ouverte, j'aurai certainement plus de chance en centre-ville. J'ai aussi un grand besoin de souffler et de me soigner, mais avant, il me faut escalader la falaise pour accéder à la ville haute. Mis à part Segré, je n'ai jamais vu une telle pente pour accéder au centre d'une localité. Sur les panneaux, la cote est annoncée à plus de 12 % avec une mise en garde particulière pour les cyclistes.

Le nom de la rue vaut tous les avertissements : Rue de la grande côte du Crevant. Arc-bouté sur mes bâtons, mètre après mètre, je lutte pour avancer sans être entraîné avec ma charrette au bas de la ruelle. Je souffre, je n'ai plus rien dans l'estomac ni ailleurs, je ne transpire même plus, malgré un effort désespéré digne de Sisyphe. J'ai le cœur qui cogne fort et cela m'inquiète, je vais finir par avoir une attaque. À mi-parcours, je suis obligé de m'arrêter tous les trois mètres en prenant soin de caler les roues de ma brouette en travers, sur le rebord du trottoir. Si je recule, ne serait-ce que d'un seul pas, je dévalerai la pente : « fin du Camino ». C'est à quatre pattes que je parviens en haut de la rue ; heureusement il n'y a personne pour regarder ce tableau lamentable dont je suis le héros : « Tu charries l'archange, tu pourrais te rendre utile dans des moments pareils. – *Aide-toi et le ciel t'aidera.* – Foutaises ! »

Dans la rue qui mène à l'office de tourisme, je croise un jeune gars, un peu paumé, qui erre en compagnie de ses deux chiens et de sa bouteille de vinasse. Il m'interpelle : « Toi tu es un mec bien, tu vas à Compostelle, j'aime les pèlerins. » Cette fois, je m'arrête, je lui tends la main : « Merci mon gars, ce que tu me dis me fait du bien, j'ai passé une sale journée. Le gars sourit : « Buen Camino, l'ami. — Bonne chance à toi aussi. » Au moins, aujourd'hui, je n'aurai pas manqué ce rendez-vous-là. La porte de l'office est grande ouverte, personne pour accueillir. L'hôtesse est en fait cachée derrière son comptoir ; elle me souhaite la bienvenue. Avant de faire appel à ses compétences, je lui demande l'autorisation d'utiliser les toilettes et de remplir ma gourde vide : « Mais, Monsieur, cela n'est pas autorisé pour des questions d'hygiène. – Question hygiène ? Il faut que vous compreniez que je ne vais plus tenir longtemps... À vous de voir. »

Quelle est donc cette société, dite développée, où l'on vous interdit l'accès aux sanitaires et à l'eau alors que vous êtes dans une situation critique ? « S'il vous plaît, Madame, j'insiste. – Bon ! Faites vite, pour que je n'aie pas de problèmes. — C'est de me refuser une assistance qui pourrait poser problème. Merci, Madame. » J'étais à deux doigts de me soulager dans le hall. Après son accueil craintif, l'hôtesse s'est finalement rachetée en me trouvant une chambre chez l'habitant, mais à l'autre bout de la ville. Au moins sur le trajet, je trouverai peut-être une pharmacie. En fait, j'en croiserai trois, dont deux sont fermées. Nous sommes samedi et ici, il vaut mieux ne pas être malade le WE.

« Ouf, merci ! Vous êtes ouvert, donnez-moi ce que vous avez de plus efficace contre le mal de ventre et la diarrhée. » Les clients et le pharmacien me regardent de travers, je me suis planté devant la caisse, attelé comme une mule à sa carriole, je dois avoir un look de zonard... Médocs en poche, je trouve la petite maison de mes logeurs. Il est 16 h, un homme âgé de 80 ans ou peut-être plus m'ouvre la porte. J'entre dans le séjour où sa femme, en fauteuil roulant, m'accueille avec un franc sourire. La vieille dame est paralysée depuis plusieurs années et son mari est aux petits soins pour elle. Il me montre ma chambre, mais une seule chose m'intéresse : le grand lit confortable qui me fait de l'œil. La salle de bains et les toilettes sont sur le palier, cela n'a aucune importance. J'avale une double ration de médicaments et deux litres d'eau. Je m'effondre sur le lit, tout habillé. Au bout de deux heures, le réveil est vaseux. J'ai la tête qui tourne et une migraine ophtalmique, tout chavire et tremble dans la chambre ; je me demande ce qui m'arrive. Il me faut absolument avaler quelque chose, je dois être en hypoglycémie, n'ayant rien avalé depuis trois jours et j'ai brûlé toutes mes réserves sur la route et les sentiers ; direction la pizzeria de l'autre côté de la rue...

« Quelque chose ne va pas, Monsieur ». Je regarde mon assiette depuis dix minutes, je n'ai rien touché. « Je suis désolé, vous n'êtes pas en cause. Je crois que j'ai un début de gastro. Je suis incapable d'avaler quoi que ce soit. Apportez-moi l'addition, excusez-moi. » Il est 19 h quand, je m'effondre sur le lit, définitivement KO. Mes rêves sont habités de salmonelles géantes, de dysenterie, de choléra et de toutes les pathologies intestinales connues. Encore une nuit cauchemardesque, entrecoupée par le ronronnement du sanibroyeur, dont je suis le seul usager. Tôt ce matin, aux premiers bruits dans la maison, je descends demander de l'aide, il est 6 h. Sans hésiter, mon hospitalier propose de me conduire aux urgences. Il n'a pas encore repris la conduite depuis son opération de la hanche, ce sera une première en qualité d'ambulancier ; pourvu que nous arrivions entiers tous les deux ? À l'hôpital de Thouars, j'explique ma situation : prise de sang, analyses diverses et variées, le temps de vérifier que je ne souffre pas des pathologies imaginées en rêve cette nuit. Le médecin décide finalement de me perfuser. « Vous êtes déshydraté et il ne faut pas prendre cela à la légère, Monsieur. »

Au bout de trois heures, je suis en train de renaître, l'urgentiste de service vient faire le point : « Bon ! Vous avez deux solutions : ou vous rentrez chez vous en ambulance et vous en restez là de ce que vous vous infligez tous les jours, sur la route, ou bien vous continuez votre voyage, mais en divisant par deux les étapes. » Je le regarde perplexe : « Je suis de Montpellier et j'aurais plus vite fait de rentrer à pied en déprimant... Non, je continue et on verra bien. – Vous exigez beaucoup trop de votre corps depuis 15 jours. Par 35°C à l'ombre, vous perdez un litre d'eau par heure. Si vous ne pissez pas toutes les trois heures, vos reins sont en danger. Maintenant, c'est vous qui voyez. Buvez six à huit litres par jour, et de l'eau bien sûr. Bonne chance ! – Souhaitez-moi plutôt buen Camino. » Le médecin hausse les épaules et sort de la pièce. Mon logeur est venu me rechercher, il accepte que je reste deux jours de plus chez lui pour me retaper. Neuf litres d'eau à mon chevet et l'eau de cuisson du riz complet sont au menu. Les médicaments que l'hôpital m'a prescrits, font enfin effet, je me sens vidé au propre comme au figuré...

Ce matin, non sans appréhension, je décide de reprendre mon chemin vers Saint-Généroux. Ce sera seulement 18 km, la prescription du médecin n'est pas tombée dans l'oreille d'un sourd. Mes hôtes me proposent un petit-déjeuner solide arrosé d'un potage au jus de riz. Nous parlons un bon moment. J'ai envie de prendre le temps d'écouter ces gens si gentils qui, sans me connaître, ont pris soin de moi. Ils me parlent de leur vie, de leurs métiers où il fallait conjuguer un boulot salarié avec un travail agricole pour assumer une famille nombreuse. Pour eux, les enfants, c'est une philosophie de vie, de bonheur, de foi en l'avenir et cela malgré les guerres qu'ils ont traversées et les privations endurées : « Nous avons eu et éduqué onze enfants. Ils ont chacun un métier et une famille. Nous avons le bonheur d'être entourés par 73 petits et arrière-petits-enfants. » Je regarde la grande photo qui leur a été offerte le jour de leurs 60 ans de mariage ; nous nous faisons la bise. Avant de refermer la porte de la cuisine, la vieille dame me demande de déposer une petite pensée en leur nom, au pied de l'apôtre ; mon sac s'alourdit un peu plus… Je laisse Thouars derrière moi, mais c'est la grande descente cette fois. Je me replonge à contrecœur dans le déchiffrage de mon manuel du paumé de Compostelle.

Sur les trottoirs, c'est le gymkhana entre les poubelles, les poteaux en tous genres, les voitures mal garées… Rien ne me sera épargné ! Comment peut-on mépriser autant les piétons ? La bagnole aura décidément notre peau. *« Tu recommences à râler, ça va mieux, donc, et ça me rassure.* – Tu es à des années-lumière de ces problèmes, c'est facile pour toi de juger et de me faire la morale. – *Je ne te juge pas. Je constate que tu prends conscience des petites choses ignorées souverainement, par toi, il y a moins de deux mois et je trouve cela plutôt bien. »* Je me sens effectivement de mieux en mieux, et dire que l'hôpital de Thouars voulait me réexpédier chez moi ! Toutes les 30 minutes, j'avale un demi-litre d'eau. Dès que ma réserve baisse, je piste les épiceries, les fontaines (il y en a de moins en moins en France) ou les WC publics. Trois litres d'eau déjà engloutis et aucune source à l'horizon. Il ne me reste plus que la solution de frapper aux portes, en espérant qu'on me les ouvre ; les gens sont devenus si méfiants de nos jours. Il faut s'adapter et je trouve vite d'autres options pour m'approvisionner en eau : les cimetières ou les terrains de foot. Je m'arrête vers midi près d'une retenue avec un joli déversoir sur le Thouet.

Je prends cette fois le temps de manger et de faire une petite sieste avant de reprendre la route ; la plomberie semble fonctionner à nouveau. Je trouve enfin un sentier tranquille, loin de toute circulation à moteurs. J'ai une sensation bizarre de légèreté autour du cou : horreur ! Le lacet qui tenait l'anti-Guide s'est dénoué, me plongeant dans un grand moment de solitude, comme quoi on s'habitue à tout, même aux mauvais conseils : *« Il ne te reste plus qu'à solliciter ce que le patron t'a donné de mieux : ton intelligence. »* Fort de ce conseil, je m'oriente vers le sud, puisque je descends en direction de la péninsule. Je prends cette fois le temps de lire les panneaux et de me repérer sur une carte normale (en papier). Je cherche et je finis par trouver des flèches du GR et celles du Camino ; me voilà rassuré sur mon quotient intellectuel : *« Tu vois, le patron t'a donc pourvu d'intelligence, quelle chance !* – Ça t'en bouche un coin, l'archange. – *Pfffff !* »

Arrivée à Saint-Généroux vers 15 h, le soleil cogne dur et c'est une dure réalité en cette saison. Je trouve facilement le gîte communal, juste à côté de la mairie. Je me mets à l'ombre des murs en attendant l'arrivée de l'hospitalier. Le village est en fait un hameau au bord d'une petite rivière. C'est un lieu rural fier de son patrimoine roman, superbement préservé. Les élus, ici, mettent un point d'honneur à restaurer et à préserver leurs richesses culturelles, ça me change. Un joli espace camping a même été aménagé au bord de l'eau ainsi qu'un gîte de groupe à 6 € la nuit. C'est curieux, j'ai l'impression que plus la commune est petite, plus le bon sens devient une règle de gestion.

L'hospitalière, qui est aussi conseillère municipale, m'accueille avec gentillesse et disponibilité, ici, je n'ai vraiment pas l'impression de déranger. « Dis-moi, l'archange, drôle de nom pour cet endroit, y a-t-il un rapport avec la générosité des gens d'ici ? Saint Généroux était-il un saint généreux ? – *Le saint patron du village était le moine Générosus. Au départ, c'était un ermite qui a finalement accepté la compagnie d'autres moines et des paysans laïcs en recherche de terres. À l'époque, il n'y avait ici que des forêts impénétrables. Générosus a proposé une règle de société communautaire par le partage des outils, des vêtements, des objets religieux et la mise en commun de la nourriture.* – Un communiste avant l'heure ? – *Il n'est pas obligatoire d'être communiste pour être généreux et fraternel. Le partage peut aussi être une règle vie et de société. Générosus l'avait compris et les gens de ce village aussi.* – Ils perpétuent cette tradition, c'est tout à leur honneur ; ils sont dignes du nom de leur lieu de vie. »

J'ai pris le temps, aujourd'hui, de faire toutes les corvées du pèlerin et de flâner sans but précis : lessive, toilette, sieste, balade dans le village et sur les bords de la rivière, visite de l'église romane… J'attends le retour de mon compagnon de chambrée, croisé, quelques minutes, lors de mon arrivée. C'est un ouvrier chaudronnier en déplacement et chargé de l'installation des conduites d'une cimenterie en rénovation. Le premier commerce est à huit kilomètres de Saint-Généroux, le jeune homme m'a proposé gentiment de ramener un bon steak pour le repas du soir. Je profite avec plaisir de cette rencontre ; ne plus, être seul et pouvoir converser, c'est un luxe après tous ces kilomètres dans le silence ! Nous avons partagé le repas en discutant comme des amis qui viennent de se retrouver. La solitude commençait vraiment à me peser après 21 jours de marche sans pratiquement voir personne. Je ne suis pas un ermite comme Saint-Généroux, d'ailleurs lui aussi a fini par céder à la convivialité. Christophe, le serrurier, est un compagnon du Devoir, moins de 30 ans et passionné par son métier et par l'acier, cette matière qu'il transforme en cuves et tuyaux. Il se moque avec humour de ses anciens copains du lycée, qui ont préféré leurs « voies royales », celle du commerce, du droit ou de l'administratif. Beaucoup sont aujourd'hui diplômés, mais chômeurs ou caissiers de supermarchés. « Je travaille en toile bleue, mais moi je bosse tous les jours. En plus, je fais un boulot qui me passionne vraiment. Mes anciens copains de classe sont parfois sapés comme des cadres sup, mais ils pointent à Pôle emploi ou font des petits boulots alimentaires. Je suis quand même mieux loti, non ? – Ça ne te pèse pas trop de toujours être en déplacement et loin de ta famille ? – Il faut savoir ce qu l'on veut dans la vie. Moi, j'aime mon job, c'est une seconde nature, il me fait vivre et bien vivre, moi et ma famille. Mon patron pleure tous les jours pour trouver des gens qualifiés comme moi. Beaucoup disent que je fais un travail salissant, mais qu'est-ce que je suis fier de faire un sale boulot intéressant et bien payé. »

Mon compagnon me confie qu'il est en train de construire sa maison sur un grand terrain acheté avec ses heures supplémentaires ; il espère pouvoir emménager pour la naissance de son deuxième enfant. « Mes collègues en déplacements vont à l'hôtel et le soir ils claquent une partie de leur paye en bières et aux jeux de cartes. Ils se fichent de moi quand je loge dans les gîtes municipaux. J'aurai payé ma maison en cinq ans avec mes frais de déplacements, alors ! » Il fait nuit noire quand nous rejoignons nos lits superposés. Je suis bien, comme apaisé. Cette rencontre m'a replongé dans mon passé d'ébéniste et celui du compagnonnage, il y a plus de 40 ans. Il reste toujours quelque chose quand on a côtoyé les valeurs du travail bien fait et la fierté des artisans du Tour de France. Dans le noir de la chambrée, nous continuons à parler librement, comme des vieux copains. Christophe est passionné de nature et de pêche, mais il aborde aussi des sujets économiques et géopolitiques avec sagesse et beaucoup de bon sens. Belle leçon d'humanisme pour cette première rencontre sur le chemin, c'est cet échange-là que je suis venu chercher sur le Camino ; je m'endors heureux…

Le jour se lève, nous quittons ensemble le gîte communal. Me voilà à nouveau comme l'ermite Générosus, seul, sans guide, avec un téléphone sans réseaux et inutile sur les sentiers de la France profonde.

La mort en face

Le soleil a dépassé l'horizon depuis plus d'une heure. La journée qui s'annonce chaude, sera en fait caniculaire. J'arrive sur un virage à une intersection protégée par un panneau « STOP », une voiture débouche à vive allure et pile à mon niveau, juste sur le marquage au sol où je terminais de traverser. L'individu au volant, un homme d'une cinquantaine d'années, comptait probablement glisser la balise, habitué peut-être à prendre cet itinéraire peu fréquenté. Dans ma surprise, effrayé, je crie au conducteur : « Et le partage de la route ? » Alors que je poursuis mon chemin, le conducteur ouvre sa portière. Je crains une agression, l'endroit est désert, je m'attends au pire. Je serre mes bâtons de marche pour me rassurer et peut-être aussi pour me défendre. L'homme renfrogné ne descend pas de son véhicule, il me lance avec hargne : « La prochaine fois, je ne te louperai pas ! » À peine remis de ma frayeur, je m'égare une fois encore ; le stress vous fait vraiment faire n'importe quoi. Je me retrouve maintenant sur une route nationale à trois voies ; j'enrage. Heureusement, les terre-pleins, ici, sont larges et équipés, à intervalles réguliers, de bandes d'arrêt d'urgence. Midi approche, je suis assoiffé et j'ai faim. Je traverse un alignement d'habitations sans charme, construites de part et d'autre de la chaussée sur plusieurs kilomètres. Un seul commerce est ouvert, juste en face d'une station-service. Le routier affiche un menu à 12 € ; chouette ! J'ai justement un creux !

À peine entré dans l'établissement, la tenancière de la gargote me lance un œil noir : « Pas de ça ici (en désignant ma charrette) et si c'est pour manger, vous payez d'abord. » Estomaqué par l'accueil, je réplique : « Merci pour l'accueil, je ne suis ni clochard ni voleur et j'ai de quoi payer. » Les clients rigolent sous cape, en me dévisageant et avec condescendance. Les SDF et les routards croisés depuis mon départ me reviennent en mémoire, le regard des autres peut être une blessure. *« Sur ce registre, tu n'étais pas en reste avant de partir pour Compostelle ?* – Merci l'archange de me le rappeler.- *Mais toi, tu préférais ne pas regarder la blessure de l'indifférence peut être plus profonde encore.-* Merci, j'ai retenu la leçon. » Furax, je sors du routier après avoir enfilé, cul-sec, mon demi et jeté un billet de 5 € sur le comptoir, sans attendre la monnaie ; je ne prendrai pas de menu ici. Je reprends mon chemin, l'estomac dans les talons. La nationale trois voies est maintenant encombrée de poids lourds et de vacanciers en partance. Sur mes cartes, aucune échappatoire, j'ai l'impression que cette route est le seul et unique passage pour traverser les Deux-Sèvres. Je tente bien à plusieurs reprises de m'échapper à droite, puis à gauche, sur des chemins agricoles mais, chaque fois, je me retrouve coincé par une clôture, par une rivière sans ponts, bloqué dans un cul-de-sac ou par un marécage infranchissable. En désespoir de cause, je reprends la route, ou plutôt les bas-côtés envahis d'herbes folles. J'ai épuisé toute l'eau tiède de ma gourde, il fait terriblement chaud et le spectre de Thouars refait surface : « Mais qu'est-ce que je suis venu foutre ici ? »

...Au bout de huit kilomètres, ma situation devient critique, sur la route, les poids lourds lancés à vive allure dévalent les descentes pour prendre de la vitesse juste avant les cotes ; cette trois voies est une vraie montagne russe. Au plus bas de chaque remontée, il y a un pont sur une rivière ou un ruisseau, mais surtout il y a un rétrécissement interdisant tout passage, même dans le bas-coté. Les barrières de sécurité collées au parapet, bloquent évidemment ma charrette, je dois emprunter la voie qui se rétrécit et ses dangers. La circulation est ininterrompue, à peine entrecoupée de courtes périodes calmes. Pour le passage des trois premiers ponts, j'évalue le temps de mon parcours à partir du bruit des véhicules arrivant en haut de chaque côte, devant et derrière moi. J'ai calculé qu'en courant, il m'était possible de passer les cent mètres au-dessus de chaque pont en moins d'une minute.

Au premier bruit de moteur, j'évalue que les véhicules mettent deux à trois minutes pour arriver à mon niveau ; c'est donc risqué, mais possible. Tout se passe comme prévu pour les trois premiers ponts ; au quatrième, la fatigue ou ma diète du repas de midi me ralentissent. La traversée fut peut-être un peu plus longue, en tout cas, les poids lourds profitent des descentes pour prendre de l'élan ; beaucoup dépassent probablement les 80 ou 100 km/h. Malgré tout, je m'élance, mais je me retrouve au milieu du pont, au point le plus étroit des coulisses de sécurité. Avec la terreur au ventre, je vois un énorme camion débouler à pleine vitesse, face à moi. Je me retourne, deux autres poids lourds sont en train de se dépasser ; les trois voies sont maintenant occupées sur toute leur largeur... Je sais que je vais mourir ici... Dans un réflexe ultime de survie, je me colle à la barrière et je tente de l'escalader ; c'est impossible ma charrette entrave mes mouvements. Pas le temps de dételer, je me cramponne avec désespoir ; je ferme les yeux en hurlant. Je ne prie même pas (d'ailleurs, je ne sais plus prier depuis des lustres), ni mon archange qui se tait, ni son patron qui se fiche de moi comme de son premier big-bang, ne peuvent en cet instant, plus rien pour moi. Le souffle de la grande faucheuse me frôle ; j'ai l'impression d'être littéralement aspiré. Ma chariotte sursaute et cogne sur les barrières de sécurité, mon chapeau s'envole et pend lamentablement autour de mon cou, encore maintenu par la ganse, que j'avais pris soin d'attacher. Les camions passent en trombe. Celui qui descendait à vive allure ne ralentit même pas, il me frôle de quelques centimètres dans le tonnerre hurlant de son moteur et de son klaxon écrasé. Le pont tremble sous la charge des trois véhicules... Je suis vivant et je me remets à courir, je suis trempé de la tête aux pieds. Je me demande si je n'ai pas pissé dans ma culotte. Sur le bas-côté, je me suis effondré ; mes jambes tremblaient et ne voulaient plus me porter ; je suis en larmes, terrorisé, traumatisé.

« Prends maintenant le temps de souffler, mon ami. Imprègne-toi de la vie, de ta vie que tu as bien failli perdre sur cette route. » Je ne trouve rien à répondre, j'écoute seulement cette voix devenue si familière et ma frayeur reflue comme la vague. Il me faudra de longues minutes pour reprendre mes esprits et trouver le courage de poursuivre mon chemin. Il faut absolument que je sorte de ce

piège, je n'aurai certainement pas de seconde chance. Encore cinq ponts à passer avant de parvenir au prochain croisement, vers Parthenay, mais cette fois par une route départementale.

La chaleur se fait suffocante, il n'y a nulle ombre en vue, je commence à regretter les platanes des routes du sud. Je ne suis plus qu'à quatre kilomètres de mon étape, j'ai choisi de camper ce soir. Le peu d'eau qui me reste dans ma gourde est à plus de 30°C, je vais bientôt pouvoir faire un expresso avec. Je me résigne à frapper à la première porte croisée sur ma route : « Tenez, prenez en plus cette bouteille sortie du frigo, j'ai l'impression que vous en avez vraiment besoin. » Devant mon bienfaiteur, bouche bée, je vide cul sec une bouteille de plus d'un litre. Je lui tends la consigne vide : « Merci, Monsieur, J'avais soif. — C'est ce que je vois. – Merci, je vous remercie infiniment. »

Entrée épique aux abords de Parthenay, je dois, une fois encore, jouer les picadors avec mes bâtons, tant les voitures me frôlent. Un peu plus loin, juste après avoir regagné le côté droit de la chaussée, une voiture me fonce dessus, alors que l'étroit trottoir me contraint à empiéter sur la route, j'ai senti le vent du rétroviseur sur mon bras gauche. Par les vitres ouvertes, quatre jeunes hurlent des insultes et me font des doigts d'honneur ; je suis en France semble-t-il, dans les Deux Sèvres et en terre sauvage : Bienvenue !

« C'est fini, ras-le-bol. Ici, c'est ma dernière étape... Je rentre. - *Ne te laisse pas aller au découragement. Fie-toi aux probabilités. En une journée, tu as croisé l'incivisme, l'imprudence, l'agressivité... C'est beaucoup, j'en conviens. Si c'est la loi des séries, tu viens d'épuiser les mauvaises, demain sera une belle journée.* – Et la probabilité d'y laisser ma peau, sur ce chemin que tu prétends initiatique, tu y as pensé… Hein ? »

Il est 18 h, j'ai 39 km dans les jambes, la trouille au ventre et rien dedans, il faut vraiment que tout cela cesse, je n'en peux plus… Au camping, le thermomètre extérieur affiche 42° à l'ombre. Je trouve un emplacement entre deux mobil-homes inoccupés. Je file me doucher et je plonge dans la piscine en ignorant la dizaine d'adolescents chahuteurs d'une colo qui viennent de débarquer. Sur mon emplacement, un homme m'attend pour m'annoncer que je dois être vigilant, car un groupe de jeunes vient d'arriver en séjour dans le camping : « Mais qu'est-ce que vous m'annoncez là ? Que je dois me méfier de vos propres clients. Que je risque d'être dévalisé ou de ne pas dormir cette nuit. Vous avez une drôle de façon de m'accueillir en mettant une étiquette sur des jeunes que vous ne connaissez même pas. Écoutez-moi bien, je suis crevé par 40 km de marche, j'ai failli mourir deux fois aujourd'hui et les gens dans votre région sont de vrais sauvages au volant. Alors j'ai payé ma nuit, ici, fichez-moi la paix et faites votre boulot de gardien, s'il vous plaît ! » Dépité, l'homme s'éloigna sans un mot.

Le repas, à la brasserie du camping, fut infâme et solitaire. Je me réfugie sous la tente, c'est l'étouffoir qui rime, ce soir, avec désespoir : *« Dis, l'archange, ta loi des séries et tes probabilités, c'est une blague ? Je ne te dis pas bonsoir. »* Je m'endors, assommé par la fatigue et d'amertume, il fait encore jour… À quatre heures du matin, c'est la pleine lune qui éclaire mon emplacement d'une lumière froide, sinistre. Je fais mon paquetage en silence, à la frontale ; je m'échappe de cet endroit comme un voleur. Je suis déterminé à rejoindre au plus tôt la voie de Tours qui croise les Plantagenêts à Melle. Je sais que là-bas, mon ami Stéphane m'offrira une nouvelle étape de l'amitié et un moment de réflexion pour décider de la suite à donner à cette aventure. J'ai envie de protection et d'un lieu où je ne suis pas constamment sur mes gardes. Je dois d'abord passer par Saint-Maixent, puis prendre la route de Melle. Je pense qu'à une heure aussi matinale, j'échapperai à la circulation des départementales que je devrai d'emprunter, malgré tout.

Il est 6h30, je n'ai ni déjeuné ni pris un café fort pour me donner un coup de fouet. J'ai déjà pas mal cafouillé pour trouver un semblant d'itinéraire jacquaire. Décidément, je boirai la coupe jusqu'à la lie. Après la traversée des parcs qui longent les fortifications de Parthenay, j'ai poursuivi ma route sur une départementale déserte à cette heure. Au bout de trois kilomètres, je me retrouve, une fois de plus, sur une voie étroite, sinueuse, mais, heureusement pour l'instant, toujours calme. À 7h30, après avoir marché sur huit kilomètres, la circulation s'intensifie ; je me retrouve maintenant dans la même situation que la veille. Retour de l'appréhension, des frayeurs rétrospectives, je suis à nouveau dans un état de fébrilité extrême, le traumatisme est bien là. Dans un virage sans visibilité, j'évite de justesse deux véhicules roulant à vive allure. Je fais demi-tour et je prends le premier embranchement pour finalement me retrouver à Popelain. Là encore, je suis contraint de m'engager sur plusieurs voies secondaires plus calmes qui ne mènent, évidemment, nulle part ; je m'éloigne de plus en plus de ma destination.

« Mais quand ce foutoir va-t-il cesser ? » Je reviens sur le centre du village, je venais juste de le traverser. Je cherche en vain un habitant, un commerce, personne. Je téléphone à mon frère qui sent mon désarroi et propose de venir me rechercher. Je contacte mon fils, qui se met en chasse, depuis Montpellier, d'un covoiturage pour Melle ; rien de possible avant dimanche. Ma sœur cadette m'envoie toutes les demi-heures des SMS de soutien… Dépité, j'appelle mon copain Stéphane, que je sors du lit ; dans une heure, il sera là pour me sortir de ce cauchemar. Je n'ai même pas réussi à trouver, dans ce coin paumé, un troquet ouvert pour prendre le café. Pour patienter, je me suis assis sur la devanture du bar-tabac « le bon coin » fermé pour cause de suicide du patron (ça ne s'invente pas). Stéphane arrive enfin et me libère de cette inextricable situation. Continuer à pied aurait aussi été un choix kamicaze.

Alors que je relate mes mésaventures, nous repérons sur l'itinéraire, que j'étais censé emprunter, tous les virages, tous les rétrécissements, tous les passages sans aucune visibilité entre Popelain et Melle. « C'est un vrai coupe-gorge, je commence à comprendre ce que tu as enduré. C'était de la folie, je ne me suis jamais mis à la place d'un piéton sur cette route » Au fond de moi, je prends conscience à mon tour du danger que je représente pour les cyclistes et les piétons, sur les routes étroites et sinueuses des Cévennes lorsque c'est moi qui suis derrière le volant. La maison de mes amis est un cocon familial, j'ai l'impression de rentrer au port après la tempête, celle des émotions négatives ; je suis tellement bien ici ! La compagne de Stéphane est professeur d'histoire, c'est une experte des chemins de Compostelle : « Sur la voie de Tours, qui est l'une des mieux structurée et balisée de France, tu n'auras aucun mal à te repérer et à faire de belles rencontres pour un chemin moins solitaire. »

L'office de tourisme de Melle, m'aidera à préparer cette nouvelle marche de 500 km qui me mènera jusqu'à Saint-Jean-Pied-de-Port, si je décide toutefois de continuer. Pour l'instant, je me sens si fatigué, si indécis…*« C'était un passage obligé, mon ami. Apprendre l'humilité passe par la conscience de la fragilité de la vie. Ton chemin va devenir intérieur maintenant. Je voudrais que tu saches que je ne t'ai jamais abandonné. »*

Suis-je dans un état de schizophrénie, avec cette voix qui devient chaque jour plus présente et fait partie de moi désormais ? Ce chemin m'a vraiment déglingué psychiquement. Dix-huit jours de marche et d'errance solitaire, ont accéléré le cours de ma vie. Dix-huit jours, c'est si court pour passer par toutes les émotions et toutes les peurs viscérales. J'ai jeté ma révolte et mes colères à la face d'une divinité en laquelle je ne crois plus. J'ai vomi ma peur de la maladie, de l'accident et de la mort. J'ai croisé l'intolérance et la violence des hommes. J'ai pris conscience de ma fragilité face aux éléments et à la nature. J'ai ressenti les limites du corps et le poids inexorable des ans. J'ai été submergé par la compassion en croisant des destins perdus. J'ai entendu la voix de ma conscience ou celle de mon surmoi dans les heures de solitudes. J'ai aussi appris l'écoute de l'autre, alors que, perdu et seul, j'étais en manque de parole. J'ai éprouvé en une seule journée des sentiments si contraires que j'ai cru perdre la raison. J'ai ri, j'ai pleuré, j'ai crié, j'ai admiré, j'ai détesté en faisant l'action la plus modeste qui soit : MARCHER.

À ce jour, j'ai marché 480 km et c'est déjà une victoire. C'est ma victoire sur moi, sur mon corps, sur mes doutes, sur mes peurs, sur ma volonté. Le souvenir de mes colères, aux prises avec le guide des Plantagenêts, si incomplet, s'estompe. Sur ce chemin que j'ai parcouru, la nature qui reprend ses droits, la frénésie de modernité qui bouscule les sentiers millénaires, ne peut être endossée par les auteurs d'un manuel qui m'a quand même conduit jusqu'ici. La voie des Plantagenêts n'est pas un Camino pour des jacquets en partance, c'est plutôt un parcours en pointillé pour de petites sorties dominicales ou quelques randonnées locales, permettant de découvrir une France rurale admirable et authentique... Mais pour combien de temps encore ?

La fin des Plantagenêts

Il m'a suffi de deux jours, dans cette oasis d'amitié, pour me ressourcer et retrouver la motivation, l'énergie pour poursuivre mon pèlerinage vers Santiago. J'ai passé ces dernières 24 heures à surtout écouter mon ami, qui avait tant à partager après les bouleversements dans sa vie familiale, ses projets d'écriture, ses déceptions, ses engagements humanitaires au

Sénégal et ses désillusions face à la paresse intellectuelle de ses élèves et de ses collègues. Qu'il est bon de converser avec un ami, avec attention, sans juger, de l'entendre réagir aux sentiments exprimés et aux confidences en offrant la ponctuation émotionnelle d'une écoute attentive. Ces trois semaines de cheminement solitaire m'auront réappris le sens du temps : le temps à offrir, le temps à partager, le temps de vivre pleinement la relation à l'autre. L'amitié, c'est peut-être aussi entendre l'autre et non le rencontrer pour ne parler que de soi. Chez Stéphane, j'ai pu mettre à jour mon blog. Je sais qu'il est suivi avec fébrilité par mes parents si âgés, ma petite sœur leur en fait la lecture tous les matins.

Cet après-midi Stéphane m'a emmené dans son nid d'aigle ; c'est une cabane dans une clairière au beau milieu de la forêt de Châtenay. « C'est ici que je trouve le calme pour imaginer mes scénarios de bandes dessinées. » Les pieds plongés dans l'eau fraîche d'un antique lavoir, proche de son repaire, il me confie ses espoirs de publication et de reconnaissance au festival d'Angoulême. Il me parle aussi de sa déception sur le projet de cerf-volant de sauvetage pour les pêcheurs en Afrique. Cette initiative humanitaire, il la portait avec générosité et passion, l'émission Thalassa l'avait même distingué pour cette action-là. La cupidité et la corruption de quelques-uns auront eu raison de cet échange avec les pêcheurs sénégalais. « Je n'ai perdu qu'une bataille mais pas mon énergie d'idéaliste et d'utopiste, le monde a besoin de gens comme nous. »

Nous savourons nos dernières douces heures d'amitié autour d'un repas arrosé de bons vins. Cette nuit de juillet est si chaleureusement paisible que je ne crains plus le chemin qui m'attend demain ; ce sera dur quand même de partir. Notre dernière soirée s'est étirée très tard dans la nuit, comme si nous voulions arrêter le temps sur ces instants parfaits. Nicole et Stéphane ont souhaité m'accompagner pour mon départ sur la voie de Tours… 7 h, ce n'est pas une heure acceptable en début de congés scolaires, quant aux pèlerins, la raison c'est plutôt le lever du soleil pour se mettre en chemin. Pour moi, cette nuit fut longue et réparatrice, la dernière avant longtemps. Au moment de passer le coin de la rue, je jette un dernier regard derrière moi. L'image de ce beau couple qui s'aime est le plus bel encouragement que je puisse recevoir de leur part. Ils lèvent les mains en signe d'adieu, Stéphane pointe le doigt vers le ciel, le geste de ralliement des voyageurs du « champ de l'étoile ».

Chapitre II : La voie de Tours[1]

Je descends la rue en forte pente (une de plus), ma charrette me pousse dans le dos, j'ai presque les ailes de mon archange : *« Tu as des ailes aujourd'hui, mon ami, ne sens-tu pas comme je te pousse pour t'encourager dans ce nouveau départ ?* – Ça fait un bail que je ne t'avais pas entendu, j'espère que tu seras plus avisé, désormais, pour me faire prendre les bons sentiers et me proposer de bonnes rencontres. » Je passe devant l'église Saint-Hilaire qui marque le début d'une nouvelle voie, la Turononsis.

Je commence un nouveau chemin, mais avec un guide flambant neuf, celui d'un autre auteur que j'ai corné à la bonne page de mon étape du jour. Une nouvelle aventure s'ouvre devant moi ; pourvu que ce ne soit pas une mésaventure. Il fait beau, le fond de l'air est frais et cela semble être le meilleur des présages. « Il en faut peu pour être heureux… », une chanson me traverse la tête : ULTREIA !

La rencontre

Le guide « Lepère » de la voie de Tours en main, je sais, d'emblée, que l'étape sera longue : 40 km au moins et onze à

---

[1] *La **via Turononsis** (ou voie de Tours) est le nom latin d'un des quatre chemins français du pèlerinage de Saint-Jacques-de-Compostelle, le plus au nord. Elle part de la tour Saint-Jacques à Paris (situé à 1 747 km de Santiago), puis traverse Orléans ou Chartres, Tours, Poitiers, Saintes (une variante par Angoulême), Bordeaux.*

douze heures de marche en étant optimiste. Une heure après la sortie de Melle, sur la petite route communale, j'aperçois au loin un randonneur chargé d'un lourd sac à dos vert. Peut-être un pèlerin ? Il avance d'un bon pas et ne m'a pas encore vu. Le marcheur s'arrête devant l'entrée d'un cimetière, il semble préoccupé en consultant son plan. Je le rejoins : « Bonjour, je m'appelle Michel, j'arrive du Mont-Saint-Michel et je suis en chemin pour Compostelle ; et toi, tu vas où ? – Je viens de Poitiers et je vais à Bordeaux, moi, c'est William. – Tu fais le chemin de Saint-Jacques ? – Ouais, mais je crois que je vais abandonner, depuis trois jours, je suis en galère. – Qu'est-ce qui t'arrive ? – Je ne comprends rien à ce foutu guide. – Bienvenue au club. »

Je lui raconte quelques-unes de mes mésaventures sur la voie des Plantagenêts. Il me tend son manuel et comme par hasard, je reconnais le logo du même éditeur que celui que j'avais fini par perdre ou abandonner (inconsciemment), deux jours avant d'arriver à Melle. « Depuis Poitiers, je me suis paumé plus de dix fois, j'ai même atterri sur une voie rapide et j'ai bien failli me faire écraser. En plus, hier, je n'ai pas trouvé de gîte à Melle ; tous trop chers. J'ai dû dormir dehors devant l'église et cette nuit, je me suis fait chahuter par des fêtards, ils ont cherché à piquer mon sac. » Tout à coup je me sens moins seul et surtout moins exceptionnel dans mon vécu du Camino. « Waouh ! Dur, ton histoire. Qu'est que tu comptes faire ? – Je ne sais pas, je n'ai pas encore décidé. – William, il paraît que le chemin de Tours a une bonne réputation et qu'elle est bien fréquentée et bien balisée. »

Il découvre le nouveau manuel réalisé par un pèlerin qui a détaillé chaque route et chaque croisement avec au moins deux ou trois repères visuels, au cas où le balisage aurait disparu. « Écoute, William, si tu es d'accord, je te propose de faire un bout de chemin ensemble en suivant les indications de ce guide. Tu décideras d'arrêter quand tu voudras. – Ça me va, merci. » Il ouvre sa paume, comme font les jeunes dans les cités pour sceller un accord. Je tape dans sa main et nous nous mettons en chemin. William a une furieuse envie de parler, c'est un jeune homme de 30 ans, un peu paumé dans la vie comme sur son chemin, qu'il a commencé trois jours plus tôt. Il m'avoue qu'il ne sait pas trop où il en est. Sa vie n'est qu'une succession de galères, de problèmes familiaux, de déserts affectifs : Pas de boulot, pas d'argent, pas de perspectives…

« C'est certain que ça va te remonter le moral, mieux vaut voyager seul que mal accompagné. – Qui me parle ? L'archange ou son adversaire sur le ring de la mythologie ? *»*

Je sens que mon compagnon est arrivé au bout du bout. C'est quasiment sans moyens qu'il a entrepris le projet de faire quelques étapes du chemin de Saint-Jacques. William cherche probablement à se prouver quelque chose, à se dépasser peut-être, mais je crois qu'il souhaite surtout impressionner un père qui lui a martelé ses lacunes à coups de trique depuis sa plus petite enfance. William se dit croyant, mais il ne comprend pas grand-chose aux religions, ni aux écritures bibliques ; il me sera difficile de l'aider sur ce registre, moi qui suis devenu un peu allergique à tout ce qui porte soutane, burqa, calot ou kippa…

Nous faisons route ensemble depuis plus de deux heures, la chaleur est devenue suffocante, surtout dans la zone humide que nous traversons. Mon compagnon désargenté n'a pu s'équiper que d'une minuscule gourde en plastique. Vu mon expérience, je dispose maintenant d'un confortable stock d'eau, je n'hésite pas un seul instant à le partager avec lui. Il en est de même pour mon repas, car il n'a pas eu la possibilité de faire son ravitaillement après l'épisode nocturne de Melle. En d'autres temps et d'autres circonstances, j'aurais cultivé la méfiance et la crainte de devoir entretenir un présumé pique-assiette. Cette idée-là ne m'a même pas effleuré, aujourd'hui.

« Chemin de rédemption, mon ami, et apprentissage de la charité. Dieu porte cela à ton crédit. – Paroles, paroles, paroles… – *Cesse de résister, l'Esprit est plus fort que toi et il te transforme malgré toi. »*

William, intrigué par mon équipement, me pose plein de questions : « Pourquoi ces bâtons, tu as des problèmes aux jambes ? » Je lui parle du bourdon, le bâton de marche des pèlerins. « Le bâton du marcheur est un outil indispensable pour se protéger des chiens errants, te défendre en cas de mauvaise rencontre la nuit, sur le parvis des églises par exemple, et surtout pour te rattraper quand tu perds l'équilibre ». William rigole, il saute aussitôt dans un fourré et en ressort armé d'une branche encore verte et feuillue arrachée à un arbuste. « Vraiment, tu charries ! Il faut respecter la nature et tu viens d'abîmer un arbre si jeune qu'il risque d'en mourir. » Un peu honteux, il me dit qu'il ne savait pas, qu'il n'avait pas pensé à ça. J'ai l'impression que mon compagnon a peu reçu du côté éducatif, mis à part les coups. Ce garçon est brave et gentil, mais c'est un chien fou, sans repères ni limites… Quel gâchis ! Quand je le regarde déchiffrer avec le doigt les explications de son guide, je doute même qu'il soit en capacité de lire, de compter et peut-être même d'écrire correctement. Il décide, maintenant, de tailler son bâton. J'ai à peine le temps de lui expliquer la façon d'utiliser son canif ; il manipule le tranchant vers lui. Ce qui devait arriver… Il s'ouvre une belle entaille à la main gauche. Pas de pharmacie dans son sac, bien sûr. Il pisse le sang qui macule son short et tout son barda. Me voilà promu infirmier, heureusement que j'ai mon nécessaire de secours. Bon ! Je tente de faire bonne figure, je vais essayer de lui être utile en faisant un peu de pédagogie, et peut-être éviter de nouvelles catastrophes. J'ai de plus en plus le sentiment que le hasard m'a fait croiser la route de l'un de ces individus qui font office de paratonnerre. Comme c'est bizarre, j'attire souvent les paratonnerres au risque de prendre parfois une partie de la foudre… On ne se refait pas !

Après onze heures de marche, nous arrivons à Aulnay de Saintonge juste un peu avant 18 h. La chaleur est terrible, et dire que l'on n'est qu'au début du réchauffement climatique. 39°C à l'ombre dehors, à peine moins dans le gîte paroissial, déjà occupé par trois pèlerins néerlandais. La chambrée est vraiment petite, je ne suis certes plus seul, mais ici c'est la promiscuité, avec tout son cortège d'odeurs et de bruits pas toujours associés à la communication verbale. La douche est inondée, la bonde est bouchée par les poils de plusieurs nations, les toilettes sont odorantes, les réchauds de la kitchenette sont tous occupés :

bienvenue sur le Camino authentique !

Les Néerlandais sont déjà au lit depuis 20h30. C'est trop tôt pour nous, il fait encore plein jour. Nous décidons de visiter le village, qui n'est plus que l'ombre d'une cité qui fut autrefois florissante. Je suis frappé par le nombre de maisons à l'abandon ou à vendre, même celle du médecin est envahie par les herbes et la mousse. Les grilles d'une villa cossue sont rouillées et le portail est béant, il pend sur ses gonds à moitié arrachés. Nous avons la triste sensation d'une ville à l'abandon ; les commerces sont rares ou à céder. Le seul café ouvert ne respire ni la prospérité, ni la joyeuse animation des soirs d'été. En cette fin de journée, nous avons encore assez d'énergie pour couvrir les quatre kilomètres qui nous séparent d'une église romane exceptionnelle et de son cimetière atypique, organisé tout autour de l'édifice sur une pelouse parfaitement entretenue. William s'allonge sur une tombe sans complexe ni retenue, et me lance : « C'est Dieu qui t'a envoyé, je crois que je vais aller jusqu'à la frontière espagnole. » Aie-aie-aie ! Je ne pense pas que ce soit la meilleure nouvelle de la journée : *« Et la charité chrétienne qu'est-ce que tu en fais ?* – Charité bien ordonnée commence par soi-même, on ne te l'a pas appris là-haut, l'archange *? »*

J'apostrophe le garçon : « Écoute, William, d'abord, on ne s'allonge pas sur une tombe et Dieu n'a rien à voir dans notre rencontre. C'est le hasard, et c'est à toi de me prouver que c'est un heureux hasard. » Il me regarde, les yeux ronds, l'air de ne pas avoir tout compris. De retour au gîte, j'aide mon compagnon à soigner ses ampoules. Ses pieds sont dans un état épouvantable, je me demande comment il a pu marcher avec un tel stoïcisme ; je ne l'ai jamais entendu se plaindre. Nous avons parcouru 44 km aujourd'hui, avec notre virée touristique. Rien n'a perturbé mon sommeil cette nuit, ni les ronflements, ni les murmures vocaux et fessiers, ni le départ des Néerlandais tôt ce matin. Demain : objectif Saint-Jean d'Angély avec 26 km de marche, une paille ! Je ferai encore la route en compagnie de William ; il fera chaud, très chaud sous le soleil de juillet. Le voyage continue…

Il est 7 h, c'est déjà l'étouffoir. Mon compagnon ne semble pas habitué à participer au nettoyage des endroits qu'il utilise, je lui en fais la remarque, qu'il remise aussitôt dans les oubliettes de sa mémoire (il existe peut-être des formes d'Alzheimer sélectives).

Le sentier traverse maintenant des champs de maïs, de tournesols et de blés qui s'étalent à perte de vue et sans aucun obstacle (productivité oblige). Le paradoxe, c'est que ce patchwork de parcelles cultivées est tout bonnement magnifique. À dix heures, nous sommes liquéfiés et aucune ombre à l'horizon. William n'a toujours pas emporté assez d'eau, je lui fais remarquer son imprévoyance (je ne vais quand même pas être sa baby-sitter). Nous allons devoir, encore une fois, tout partager, mais aujourd'hui cela me contrarie un peu, l'histoire de la charité mal ordonnée ne va pas lui rendre service. Je ne suis quand même pas son éducateur et il y a trop à revoir chez ce garçon. Lorsque nous arrivons au village de Paillé, mon compagnon prononce « Pélé » en lisant le panneau. Je lui fais répéter, peine perdue, il doit aussi être dyslexique.

« Michel, J'aurais aimé avoir un père comme toi. » Je suis interloqué par une telle déclaration. Je suis de plus en plus mal à l'aise avec ce garçon, je ne souhaite pas jouer ce rôle-là.

« *Es-tu bien sûr d'être dans l'esprit du chemin ?* – Facile de me faire la morale du haut de ton nuage, moi, je suis ici pour marcher, réfléchir et découvrir des choses et des gens intéressants. – *Décidément, tu n'es pas à un paradoxe près. Hier, tu te lamentais de la solitude et aujourd'hui tu es prêt à rejeter l'un de tes semblables qui vient de te témoigner la plus belle marque de confiance qui soit.* – Mais je ne suis pas son père. – *Nous sommes tous, un jour, le père de quelqu'un qui a besoin pour un instant ou pour une vie de se raccrocher à nous. Dieu nous accepte tous comme ses fils que nous soyons bons, ou médiocres, ou dyslexiques.* – Laisse Dieu où il est… Et puis je ne suis pas Dieu. »

La demande affective de ce garçon me dérange, il est sur le Camino pour des raisons très différentes des miennes. Il a entrepris ce voyage comme un défi personnel, sans préparation et presque sans financement. Quelle décision prendre ? J'ai des scrupules à lui dire que nos routes doivent maintenant se séparer. Je pense que son objectif ne peut s'accomplir que seul et sans la dépendance à un autre pèlerin. Comment lui expliquer cela avec des mots et des expressions qu'il soit en mesure de comprendre et qui ne le blessent pas ? J'en suis là de mes réflexions quand nous arrivons en vue de Saint-Jean d'Angély. C'est une cité entourée de collines que nous sommes en train de descendre pour atteindre une banlieue résidentielle et commerciale. Nous crevons littéralement de soif. Partager notre eau fut juste le volume vital pour nous deux, mais l'ombre de Thouars plane toujours sur ma mémoire. Je recommence à avoir des crampes, j'ai l'impression d'avoir du papier de verre autour des tendons de mes jambes. Depuis des heures, je ne transpire même plus. Nous apercevons, au bas du chemin et de la colline, un centre commercial. Nous décidons d'y aller pour nous réapprovisionner en eau et en vivres.

Dans la galerie marchande, nous ne passons pas inaperçus : mon compagnon est en short moulant et en débardeur fluo et moi je suis avec ma chariotte, attelé comme un âne bâté. Je me fiche royalement du regard de travers des clients ! Pour William, cela doit faire des lustres qu'il se fiche de son look et de ce que pensent les gens. Nous prenons position devant le distributeur d'eau fraîche. Au beau milieu de notre barda étalé sur le carrelage, nous entreprenons de vider la fontaine pourtant remplie à moitié. Curieusement, pendant toute la longue durée de notre réhydratation, personne n'est venu nous déranger, malgré la chaleur et l'affluence. Être pestiféré peut aussi représenter quelques avantages. Alors que nous arrivons au bout de la bonbonne, un homme cravaté se présentant comme le directeur du magasin nous accoste : « Eh bien, dites donc, vous aviez soif ! » Je me sens un peu honteux, pas William qui demande sans complexes : « Vous n'auriez pas une autre bouteille ? » Le directeur s'éloigne en rigolant. Je pars dans le magasin faire mes courses… Un peu avant les caisses, William me rejoint et chuchote : « Ne t'embête pas à tout payer, je vais te montrer comment on fait des économies. – Mais c'est du vol ! – Mais non, ils se font assez de fric sur notre dos. – C'est hors de question, donne-moi tes paquets. » Je passe en caisse et je règle le tout. Sur la route, qui doit nous mener au gîte d'étape, j'ai toutes les peines du monde à lui expliquer quelques règles de bonne conduite : « Que ce soit dans un gros ou un petit magasin, prendre une marchandise sans la payer, c'est du vol et ce n'est certainement pas très chrétien pour un gars comme toi. » William me regarde, étonné, incrédule, perplexe ; il n'a pas une once de remords.

Sur un banc public, près de l'abbaye royale qui sera le lieu de notre gîte d'étape, nous croisons un pèlerin que William vient de reconnaître. C'est un homme d'une cinquantaine d'années, il est parti d'Anvers et doit s'arrêter chez des amis français. J'ai la curieuse impression qu'il n'est pas très heureux de cette rencontre et que ses relations à visiter ne sont qu'un prétexte pour s'esquiver. J'aurai toutes les explications sur ce malaise 1 000 km plus loin, sur le Camino espagnol… Nous poursuivons notre chemin pour rejoindre notre gîte dans un ancien couvent rénové, adossé à l'église ruinée de Saint-Jean d'Angély ; il est tenu par une association. Dans notre chambrée, il y a trois lits, mais ce soir, nous ne serons que deux. William s'exclame sans aucun scrupule : « C'est idiot, t'aurais dû prendre la chambre pour toi tout seul. Je t'aurai attendu dehors et, avec les codes de la porte d'entrée, on aurait payé que pour un seul lit. » Désespérant !

« Pardonne-lui, car il ne sait pas ce qu'il fait. – Est-ce une raison pour le laisser faire n'importe quoi *? – C'est toi qui ferais n'importe quoi en le laissant faire. Toi, tu sais ce qui semble être bien ou mauvais. Savoir faire la part des choses va engager ta propre responsabilité pour tes propres actes, mais aussi pour les actions de celui qui est sous ta*

garde, que tu le veuilles ou non. – Mais je n'ai rien demandé. – *Comme celui qui se jette dans l'eau glacée du fleuve pour sauver le désespéré qui se noie ».* Je ne trouve finalement rien à redire à cela. Ce soir, à contrecœur, j'ai expliqué à William que nos routes allaient maintenant se séparer. Je me sens un peu coupable et je vis cet instant comme un acte manqué, une lâcheté vis-à-vis de ce garçon. Je me cherche mille bonnes raisons pour justifier cette décision et je ne parviens à faire aucune concession avec ma conscience : « William, je dois faire étape demain chez des amis, le moment est venu de te prouver que tu es capable de poursuivre seul ton propre chemin avec ou sans ton guide. Je suis persuadé que tu peux y arriver sans moi et sans l'aide de personne. Tu dois retrouver confiance en toi et gagner ton indépendance dans tes choix et tes décisions. » William me fixe avec tristesse, il comprend que nous allons nous séparer et que ce scénario n'est pas le premier depuis son départ. C'est un adulescent que je regarde assis sur son lit, il est si jeune dans sa tête, je me sens vraiment mal, mais certainement moins que lui. « Michel, qu'est-ce que tu vas faire demain ? – Je fais une pause de deux jours chez un copain qui habite à 30 km d'ici, il va venir me chercher. » William me regarde en hésitant, j'ai le sentiment qu'il aurait bien voulu m'accompagner. Je crois bien que sa compagnie m'aurait mis mal à l'aise et je perçois cette évidence-là comme une pensée malsaine ; c'est moi qui suis le sale type. Ce soir, nous décidons de rejoindre la place du Pilori, toute proche.

 « Encore un signe, mon ami. Bel endroit et bien nommé pour clore

votre amitié. – Lâche-moi l'archange et ne cherche pas des signes divins là où il n'y a que coïncidences. »

Nous nous attablons à une terrasse et je lui offre une bière. Un orchestre de jazz distille quelques jolies notes : « Moi, je préfère le métal. » S'écrie, sans aucune retenue, William, sans se soucier des musiciens ni de nos voisins de table. Je rentre la tête dans les épaules, tout le monde nous dévisage avec insistance. J'ai envie de disparaître. « Décidément, tout cela est définitivement désespérant pour lui, comme pour moi ! » Nous nous endormirons donc en musique ce soir ; après tout, c'est le 14 juillet demain. Mon ami Jean-Paul, qui vient juste de se réinstaller en France après un long séjour à Taipei, est heureux de me recevoir pour une nouvelle étape de l'amitié. La route continue, mais sans William.

La lanterne des morts

Jean-Paul vient de me déposer à la sortie de Saint-Jean d'Angély, le moment est venu de reprendre ma route solitaire. La pause providentielle du 14 juillet, dans le hameau de Surgères, m'a permis de retrouver un peu de sérénité après mon cheminement avec William. Je viens de quitter le rôle du paratonnerre et ça me va bien. C'est une étape longue et éprouvante qui m'attend. Le GPS, consulté avant mon départ, affiche 42 km ; ce sera donc le troisième marathon du mois. Curieusement, j'apprécie maintenant cette solitude choisie, sur ce sentier qui me conduit, à travers champs, au petit village de Fenioux. Je repense à l'appel de William, hier soir, juste avant les feux d'artifices : « Salut Michel, comment ça va ? » Il ne me laissa pas le temps de répondre : « J'ai réussi à rejoindre Saintes, je me suis débrouillé tout seul ; c'est super, non ? » Quelque part, je me sens un peu flatté qu'il ait eu envie de m'annoncer cette victoire-là. J'ai été bien inspiré, finalement, de lui conseiller de voler de ses propres ailes ? Et si notre rencontre avait changé le cours des choses, dans son cheminement de pèlerin ?

« Il y a deux jours, tu avais surtout cherché à te protéger, car je te sais moins sûr de toi que tu ne veux l'admettre. Cette décision, tu l'as prise en respectant ton compagnon, c'est l'essentiel. La suite t'a donné raison. – Tout cela n'est que pur hasard, ce n'était qu'un choix de bon sens. William n'était pas mon ennemi, mais sa compagnie devenait étouffante. *Ne cherche donc pas midi à quatorze heures. »*

Finalement, cet appel fut comme un cadeau offert, une bulle d'énergie pour la reprise de mon Camino, une vraie « pêche d'enfer » (pardon l'archange). Je souris de cette boutade en pensée, je siffle et je chante en marchant : « Ma petite vie peut donc servir à quelque chose, à quelqu'un ? » J'ai eu souvent le sentiment d'être si inutile au monde avec mes révoltes stériles, mes rebellions en pantoufles et mon petit confort pépère. Mon constat est toujours sévère sur mes bonnes intentions sans conséquences et mon incapacité à changer les choses : « Ne suis-je pas au fond qu'un spectateur impuissant de la misère du monde ? J'aimerais bien faire, mais je ne fais rien ou si peu ;

comment me sentir utile aux autres sans agir autrement que pour me donner bonne conscience ? »

« *L'autoflagellation ne sert à rien, sinon à te donner justement bonne conscience. S'engager est un acte gratuit sans attentes en retour, ni des autres, ni de Dieu.* – Je n'ai cure de la magnanimité de ton patron. Ce que je veux, c'est être utile à mon époque et que mon passage sur Terre ait servi à quelque chose. – *Ça, c'est de l'orgueil et c'est le pire de tout. Personne ne peut changer le monde, par contre toi tu peux te changer et le reste viendra en son temps.* »

Quel bonheur ! En région charentaise, le chemin est remarquablement balisé par des bornes en béton avec coquille en relief. Une super initiative qui facilite la vie des marcheurs et la mienne, par conséquent. Après les « terres sauvages » des Deux-Sèvres, il semble qu'au pays « Royal » de Ségolène, on privilégie l'accueil et l'hospitalité et ça me va fichtrement bien !

Depuis plus d'une heure, je progresse au milieu des cultures et des bosquets, gravissant et descendant une succession de collines. J'arrive sans difficultés au sommet d'un promontoire, la petite route goudronnée est un vrai billard pour ma charrette et aucune voiture ne m'a fait sursauter, au détour d'un virage. Je m'arrête, émerveillé devant le panorama qui s'offre à moi. Deux pointes élancées, dominent le village de Fenioux, qui est blotti au creux d'un vallon verdoyant, entouré de vignes. Je traverse à présent la localité curieusement déserte et silencieuse, je me sens comme sous le charme étrange, magnétique de cet endroit. La porte de l'église romane est grande ouverte, elle est surmontée par un clocher et l'une des flèches aperçues en haut de la colline.

Le chœur est éclairé, quelqu'un s'affaire, peut-être pour préparer un office. Je n'entre pas, préférant continuer mon chemin pour suivre le balisage qui passe juste devant la seconde tour, celle qui m'intrigue depuis le sommet de la colline. Je m'approche de l'édifice construit en pierres sombres. C'est une sorte de phare, érigé sur le roc et presque aussi haut que le clocher de l'église. Une étrange construction surmontée de parties vitrées, posées sur un antre obscur barré d'une solide grille arrondie : Portes de l'enfer ou entrée des catacombes ? Je ne m'attarde pas, le magnétisme du lieu est glacial comme la mort, c'est en tout cas mon ressenti. J'accélère mon pas, sans même prendre le temps de lire les panneaux explicatifs qui auraient pu dissiper cette peur irrationnelle.

« C'est idiot de partir d'ici sans satisfaire ta curiosité et sans essayer de percer le mystère de ce lieu qui te semble si étrange. - La mort n'est pas un endroit de villégiature, quand bien même aurait-elle la forme d'une lanterne. – *C'est pourtant un passage obligé et chaque minute de vie te rapproche d'elle.* Je préfère ne pas y penser, les pensées morbides n'aident pas à vivre. – *Les autruches aussi préfèrent se mettre la tête sous terre plutôt que d'affronter la réalité. La modernité de vos sociétés a éradiqué l'idée même de la mort, quand les peuples qui n'ont rien en ont fait une alliée qu'ils célèbrent dans la joie et l'espérance ; ils sont plus riches que vous… »*

Sur le sentier, un panneau explique une nouvelle fois le pourquoi de la lanterne des morts, piqûre de rappel pour que le touriste s'intéresse au sujet, avant de passer son chemin ?

« Au XVIIe siècle, les lanternes des morts éclairaient la nuit et servaient de fanal pour permettre aux défunts, quittant leurs tombes, de retrouver leur cimetière à l'aube. » La danse macabre de Camille Saint-Saëns, me revient en mémoire, et je me dis que les superstitions ont au moins le mérite d'avoir inspiré les artistes musiciens et les bâtisseurs. L'explication pourtant ne me satisfait pas, il me faudra attendre la rencontre avec un pèlerin érudit pour comprendre la dimension spirituelle de ce lieu troublant : « Pour les premiers chrétiens, les lanternes des morts sont des balises qui nous rappellent que la mort n'est qu'un passage de la lumière terrestre vers l'illumination divine et céleste. » Nous y voilà ! La fameuse lumière au bout du tunnel… Mais, pour l'instant, je ne suis pas trop pressé d'aller vérifier ; je reprends ma route, rassuré…

Quel patchwork sublime, celui du travail des hommes : les cultures, les bosquets, le graphisme des ruisseaux, des canaux d'irrigation et des chemins creux, les arbres fruitiers en fleurs, les vignes… La nature qui m'entoure, sous un ciel pommelé habité d'oiseaux et baigné par une belle lumière de juillet, me plonge dans le ravissement, loin des évocations macabres de la tour de Fenioux.

« Un avant-goût de l'Éden, mon ami. Ton chemin vient de croiser la mort puis de s'ouvrir à la vie en quelques minutes, n'y vois-tu pas un signe ? – De quoi parles-tu ? Le paradis est ici et nulle part ailleurs. Il y a bien assez d'esprits faibles qui croient aux angelots aux fesses rebondies ou aux 72 vierges à honorer, après avoir fait la monstrueuse connerie de s'entre-tuer ou de se faire exploser au milieu d'innocents bons pour l'enfer, eux. Dieu reconnaîtra-t-il vraiment les siens ? »

Je me rapproche de Saintes et il est inutile d'y chercher, là aussi, un signe ; je laisse donc mon archange à ses élucubrations. Curieusement, plus je marche, plus je me sens léger, mais pas au niveau du poids, c'est une sensation intérieure, indéfinissable, incommunicable : *« Et si la vie moderne avait fait de toi un infirme ? Et si les préoccupations matérielles, l'accumulation et la consommation avaient fini par faire de toi un « obèse » matérialiste de plus en plus engoncé dans le poids de l'inutile et du superflu ? »*

Ma charrette serait-elle à l'image de mes encombrements intérieurs ? Le besoin du lâcher-prise monte inexorablement en moi, tout comme l'envie de m'alléger de toute cette charge que je traîne derrière moi depuis plus de 500 km… Il y a moins d'un mois, la perception de mon environnement était passablement étriquée et du genre : « Ça pue ou ça sent bon. C'est beau ou c'est moche. C'est silencieux ou c'est bruyant. C'est chaud ou c'est froid. C'est sec ou c'est humide… » Aujourd'hui, je suis en état de grâce (comme certains diraient), je perçois toutes les subtilités des senteurs, des sons, des couleurs… le parfum de la vie : quoi ! Mais avec une acuité inédite : le musc des animaux sauvages, les effluves des arbres et des fleurs, l'acidité piquante des graminées écrasées sous mon pas, l'odeur rassurante de la campagne et des troupeaux qui paissent au milieu des prés… Je me sens tellement bien, heureux, et la mélodie du bonheur se joue, ici, sans chef d'orchestre. Tout n'est, en ce jour de renaissance, que perception subtile, harmonie des sentiments et conscience de l'âme : Je suis vivant ! Merci !

« Dirais-tu merci à Dieu ? – Tu ne lâches rien, c'est du

harcèlement.– *Toi qui prétends ne pas savoir prier, tu viens de dire merci à la « mère nature ». Dieu est peut-être aussi du genre féminin à qui tu viens de rendre grâce sous ce nom-là, malgré toi.*– Je me demande qui de nous deux est le plus enivré aux effluves de cet endroit ? - *Que tu le veuilles ou non, la mélodie du bonheur se joue avec un chef d'orchestre.* »

Une couleuvre ou une vipère glisse dans les herbes à mon passage, un ragondin traverse la route sans regarder, cinq lièvres assis en ligne me regardent sans interrompre leur repas, un renard file dans un fourré dans un éclair orangé, les chevaux et les vaches me suivent du regard, placides et paisibles, les papillons s'envolent sous mes pas, les abeilles butinent en un bourdonnement permanent ; je ne sursaute même plus. Je m'arrête de temps en temps pour déranger le moins possible ; avant, je serais passé ici au pas de charge. J'éclate de rire, devant la panique d'une dizaine de perdrix courant sur la route en se dandinant comme des canards, avant de rentrer dans les maïs. Je passe un moment devant les acrobaties d'un écureuil qui défie les lois de la gravité pour regagner son nid, au creux d'un arbre… S'arrêter, prendre le temps, écouter, regarder, sentir, ressentir : « Depuis combien de temps n'ai-je pas pris le temps d'arrêter le temps ? »

Saintes n'est plus qu'à 10 km. La ville est proche, fini la rêverie, retour à la réalité. Les choses se compliquent, je marche en équilibriste sur un sentier complètement défoncé par les véhicules tout-terrain (mes pensées homicides reviennent). Je renverse plusieurs fois ma charrette, heureusement les brancards du serrurier de Brissac tiennent bon : ouf !

Me voilà à présent sur un GR balisé, qui se superpose avec celui du Camino, mais le sentier passe par des pentes étroites et escarpées, jalonnées de rochers. J'ai l'impression d'être en moyenne montagne, un paradoxe, pour une région aussi plate que la main. Ma chariotte de compétition montre ici ses limites, ça me fera un entraînement pour l'O Cebreiro. Une flèche jaune me renvoie vers le golf de Saintes qui longe le chemin de randonnée, mais le green est fermé par une clôture électrifiée, et de hauts grillages ; impossible de passer. Une brèche dans la clôture, mais la déclinaison est si abrupte que ma situation devient périlleuse. Dilemme : « que faire ? » Soit, je renonce à m'engager sur la pente et je fais demi-tour, soit je risque le tout pour le tout ? Je m'assois face à l'obstacle pour évaluer tous les risques… C'est décidé, je tente le coup, je dételle ma charrette que j'ai l'intention de laisser dévaler, seule. J'espère que la clôture arrêtera mon attelage sans trop de dommages. Mon char d'assaut prend de la vitesse et percute violemment le grillage en emportant, au passage, la ligne électrifiée sur plus de dix mètres.

Il n'y a personne, fort heureusement, je ne terminerai donc pas la journée au poste pour dégradation de clôtures. Il est midi, les golfeurs doivent prendre l'apéro au club-house, quant à la « maréchaussée », elle est surement occupée à surveiller les routes surchargées par la transhumance des vacanciers. Le bon côté de mon audacieuse manœuvre, c'est que ma charrette est un vrai tank, je peux à présent pénétrer sans encombre dans le golf désert (sans ma carte de membre VIP). Il ne me reste plus qu'à faire, à mon tour, la descente sur les fesses, assis sur le panneau

« passage interdit » accroché avec un clou rouillé sur un arbre blessé (acte citoyen et environnemental, ne vous déplaise !) ; voilà une bonne action qui préservera la nature et mon fond de culotte. Après le gazon anglais, les abords de Saintes ne semblent pas aussi bien entretenus, ni engageants, la route n'est qu'une succession de nids-de-poules. Je m'engage sur un vieux pont de fer rouillé et délabré, puis je longe des bâtiments vétustes et décrépis ; voilà une entrée de ville à tourner les talons pour s'enfuir. Le sentier de Compostelle et les trottoirs sont inexistants, les piétons ont été apparemment oubliés dans l'aménagement urbain et touristique. Nouvelle séance de toréador, retour des quelques frayeurs face aux voitures, pas très partageuses de la route. À 18 h, j'arrive enfin à la halte jacquaire adossée à la crypte de la cathédrale. Le gîte est curieusement désert (pour changer), jusqu'à l'arrivée tardive d'un pèlerin cycliste parti de Fontainebleau :

« Salut ! Tu vas à Santiago avec cette brouette ? — C'est plutôt une charrette de marche, toi, tu as bien un vélo pour porter tout ton barda. – Désolé, je ne voulais pas te vexer. – Pas de problème ! – Moi mon temps est compté, je roule depuis Paris, ça fait trois jours que je suis parti. Je dois faire 150 km par jour pour revenir à temps ». Voilà donc un voyageur pressé qui, à 50 ans, n'a pas encore découvert la sagesse de prendre simplement son temps. Avec son vélo, il ne suivra certainement pas les sentiers parfois étroits et escarpés du chemin de Saint-Jacques. Obsédé par sa moyenne à tenir, je doute fort qu'il parvienne à se déconnecter du statut de Parisien stressé. Ce soir nous mangeons à la même table, mais l'échange reste limité à un long monologue de jérémiades : « Mon patron est un con, je suis parti sur un coup de tête, je viens de le laisser tomber sans regrets et sans préavis. Je m'en fiche, après Santiago, tout ira mieux et j'aurai décompressé en faisant le point. » Je crains fort qu'il ne soit dans l'illusion et le fantasme du pèlerin romantique, le retour risque d'être douloureux et la désillusion amère. De toute façon, demain, il sera trop loin pour que je puisse apprécier l'évolution de ses états d'âme ; certaines rencontres se croisent sans possibilité de retrouvailles, c'est parfois souhaitable. Le vélo n'est peut-être pas le meilleur moyen pour entreprendre une démarche intérieure sur les sentiers de Saint-Jacques ; ainsi va la relativité du temps et de l'espace entre les gens en mouvement, mais à des vitesses différentes.

Je quitte le gîte à l'aube. Je me suis levé sans bruits pour éviter de réveiller mon colocataire aigri, mais aussi, pour ne pas avoir à supporter un réveil probablement chagrin. Le jour se lève et c'est reparti : je m'engage sur la route par la sortie sud de la ville. Le chemin est aussi périlleux qu'hier et peu accueillant ; arriver ici est décevant, en sortir est un soulagement. Saintes a certes un beau golf et un patrimoine unique, mais les priorités de son aménagement urbain ne sont décidément pas en accord avec les miennes en qualité de marcheur. Encore quelques contrastes sur mon cheminement avec les jolies berges de la Charente et leur charme bucolique, et de l'autre côté, quelques ruines et dépotoirs, avec en prime les trous et les herbes folles pour balisages du sentier piétons. Je garderai cette image des abords d'une basilique aux allures de terrain vague et de parking sauvage, bien loin de celle d'un parvis d'édifice religieux classé ; ceci explique peut-être cela.

Ma traversée matinale n'en finit pas, c'est maintenant un « no man's land » de bâtiments abandonnés et décrépis. Je marche depuis près d'une heure dans la moiteur des bords de la Charente, pour enfin me retrouver sur des chemins agricoles déserts et loin des véhicules tant appréhendés. Le sentier redevient parcours du combattant avec ses herbes hautes, fraîchement fauchées, mais pas ramassées. Me voilà promu animal de trait avec une charrette recyclée en herse agricole. Je traîne assez de foin pour un élevage et je dois m'arrêter tous les 100 m. C'est à coups de canif et de clef de treize que je réussis à décoincer l'essieu de ma chariotte. Nouveaux champs à perte de vue, l'agriculture est redevenue intensive, industrielle, il n'y a rien à l'horizon pour me mettre à l'ombre. En Anjou, je me réjouissais du retour des papillons et des insectes : ici, c'est le néant biologique, ni chants d'oiseaux, ni abeilles, ni coccinelles, ni petits animaux fuyant mes pas ; mais où est donc passé le bon sens paysan ? En contrebas du sentier, j'aperçois la route nationale surchargée à cette heure.

Tout à coup je m'arrête, surpris et amusé : au milieu du flot incessant, les véhicules ralentissent et klaxonnent. Le Parisien à vélo, chargé comme une mule, affronte la montée, escorté par une file de voitures et de camions. Je l'imagine tempêtant contre la province et la terre entière dans sa tenue fluo de compétition, souffrant le martyre en respirant le « bon air » du Camino cyclotouriste. « *Bravo, Michel. Voilà que l'épreuve des autres te réjouit.* – Holà ! Tu ne vas pas me faire la leçon pour un peu de distraction. Et puis, il l'a bien cherché en me soûlant avec ses jérémiades, hier soir. – *Quelle différence y a-t-il entre les moqueries, comme celles que tu as subies dans les cours d'école de ton enfance, et cette joie malsaine à te moquer d'un homme qui souffre dans son cœur et son corps, sur cette route si dangereuse ?* – La différence est que ce plaisir-là ne concerne que moi, à part le vent, il n'y a ici pas de témoins. – *Il y a moi, il y a Dieu !* » Je mets un mouchoir sur ma conscience en me contentant de ma petite tranquillité et de l'air probablement moins pollué que je respire ici ; quoique les pesticides des cultures n'ont apparemment pas d'odeur. Je suis seul et peinard, qu'on me laisse tranquille ! « *On est toujours peinard en ne regardant pas la souffrance des autres.* – Tais-toi ! »

Il n'y a, une fois de plus, aucun pèlerin sur cette piste rurale. Je fais plusieurs pauses pour boire, me rafraîchir à l'ombre d'une grange ou d'un arbre isolé. Au moins, je ne suis plus à court d'eau en voyageant seul : « *Peinard !* – Tais-toi l'archange, s'il te plaît ! »

La prochaine étape est en vue, il est 16 h. Pons est une cité médiévale en pleins préparatifs de la fête de Saint-Jacques, le 27 juillet. Beaucoup de travaux d'embellissement ont été réalisés dans cette ville typique, me voilà aux antipodes de sa voisine d'hier. Cette fois, l'entrée est accueillante et digne d'un lieu touristique. Tout serait pour le mieux, si les techniciens municipaux n'avaient pas oublié de démonter les vieux panneaux indiquant l'office de tourisme du centre historique. Me voilà au point le plus haut de la ville, après beaucoup d'efforts et de transpiration : 30 km dans les jambes, des rues en pente et pavées, maintenant, ça commence à bien faire. Sur la façade de l'O. T., une affichette indique qu'il a été déménagé à deux kilomètres d'ici, au bas de la ville, évidemment. « Je vais bien, tout va bien... »

« Bonjour Monsieur. Vous faites le chemin jacquaire ? – Ça se voit donc tant que ça ? » L'hôtesse me sourit, l'accueil est charmant et la dame est jolie. On est pèlerin, certes, mais pas insensible au charme des paysages féminins, on se réconforte comme on peut. *« Avec ton odeur de fennec et tes mollets écarlates, je doute fort que tu puisses jouer les Don Juan !* – Je pensais que la moquerie aux dépens des autres était proscrite pour les anges. Toi qui devines tout, tu dois bien savoir que je n'ai pas de pensées malhonnêtes, pourtant ça va faire un mois que c'est carême ; alors aide-moi au lieu de te moquer ! » Une fois encore, je suis le seul client, candidat à passer la nuit dans le gîte communal. Une magnifique réhabilitation ! C'est une belle bâtisse, presque aussi authentique que la ville féodale, mais parfaitement restaurée avec tout le confort moderne ; une albergue quatre étoiles. Je tape les codes d'accès, j'entre dans une grande salle commune avec cuisine équipée. Les douches sont récentes et l'unique petite chambrée propose huit lits à ma seule disposition : tête au nord, pieds à l'est, lit du haut, lit du bas... Choisir lequel ? Quel dilemme ! Après le rite des soins, de la lessive et du décrassage du pèlerin, je décide d'aller visiter le musée de l'hôpital des pèlerins classé au patrimoine mondial de l'Unesco.

Le gardien me laisse entrer gratuitement sur présentation de ma crédenciale, une belle surprise. Une porte monumentale traverse le bâtiment, c'est par là que je reprendrai la route demain matin. Cette étape est la première, depuis mon départ, où je peux enfin prendre le temps de visiter un haut lieu culturel du Camino. J'apprends mille et une choses passionnantes sur les voyageurs de Compostelle qui m'ont précédé. Dans les salles de soins, des mannequins de cire mettent en scène avec beaucoup de réalisme toutes les situations rencontrées par ces gens, souvent de conditions modestes, qui arrivaient à l'hôpital de St-Pons en piteux état : maladies, blessures, infections, gangrènes, malnutrition… Les hommes et les femmes, de cette lointaine époque, faisaient vraiment la route au péril de leurs vies. Aujourd'hui, je fais figure de touriste nanti, mes galères ne sont que des soucis de riche, d'enfant gâté, au regard de ce que je découvre ici. Les instruments de soins, exposés dans les vitrines, sont des objets de torture : comment pouvait-on survivre aux ponctions, lavements et amputations sans anesthésie et sans asepsie. Le Camino du XXIe siècle est une balade de santé : vive l'Europe, la France, les cartes VITALE et bancaires et surtout la sécurité des grands chemins. Demain, ce sera une étape de 35 km, la météo annonce 32°C à l'ombre. Il est 21h30, il fait encore jour et je ferme les yeux.

Un million de bouteilles de Cognac

5h45, je démarre chaque jour plus tôt ! J'ai quand même dormi huit heures. Objectif Mirambeau. L'intérêt de marcher si tôt, en été, n'est pas seulement de profiter de la fraîcheur de l'air, avant le lever du soleil, mais c'est aussi de voir se lever le soleil. Ce matin, ce spectacle-là est encore une fois fabuleux, jamais je ne pourrai me lasser d'une telle palette de couleurs et de contrastes. Quand les petits nuages se joignent à cette scénographie de l'aube, on atteint le sublime. Comment un banal phénomène physique et météorologique peut susciter autant d'émotions ? *« Le doigt de Dieu, mon ami. Le doigt du créateur de toutes choses et sur toutes choses. – Qui ? Darwin ? »*

Peu m'importe, qui a fait quoi, ce que je vois me rassure, car à 61 ans, je suis encore capable de vibrer comme un gosse émerveillé ; cet étonnement-là me trouble quand même un peu, philosophiquement. Ressaisissons-nous !

Je viens de parcourir 15 km en trois heures ; belle moyenne ! L'astre du jour n'est plus maintenant sur le registre contemplation, mais plutôt du côté assommoir ; il me faut boire, c'est vital. Depuis l'hôpital de Thouars, je suis à l'écoute du moindre signal d'alerte : je ne transpire ni ne pisse plus, les voyants sont donc au rouge. J'ai englouti mon troisième litre d'eau et la pause repas de midi n'aura rien de gastronomique. Le buisson que j'ai enfin trouvé, au milieu de nulle part, me protège à peine des ardeurs du soleil ; il doit faire plus de 40°C. Il me faut à peine cinq minutes pour ingurgiter mon repas composé de pain sec, d'un bout de saucisson dégoulinant, liquéfié par la chaleur, et d'un morceau de fromage mou et fondu. Je reprends mon chemin sans dormir pour digérer et en plein cagnard, je me demande quand même ce que je fiche ici. Aujourd'hui, j'ai dépassé le cap des 700 km, c'est déjà très honorable, et si j'arrêtais de jouer les super-héros sur cette route qui n'en finit pas ? À quoi bon continuer à souffrir par cette chaleur insupportable ? Je ne suis pas maso, qu'ai-je à prouver, à me prouver ? Il n'est pas mal, mon canapé à Montpellier, avec la clim et la petite sieste d'après-repas. Ah ! Les petits plaisirs égoïstes, ne sont-ils pas les fondements même du bonheur ? *« Tu régresses, Michel, tu te laisses aller.* – Facile pour toi qui n'as jamais connu cette chaleur d'enfer. – *Pardon ?* – Ça m'a échappé, désolé. C'est vrai que tu t'es un peu fritté avec Satan et que tu as eu chaud aux fesses sur ce coup-là. – *Faut-il que je m'esclaffe devant ton humour inapproprié ou que je m'offusque de ton blasphème ?* – Ça te décoincerait, non ? »

Je reprends le fil de mes doutes sur le thème de la galère librement consentie. Après tout, je ne fais même pas partie des pèlerins standards. Le chemin millénaire de Compostelle n'est-il pas une histoire de reliques à la sauce catho ? Une fable juste bonne à motiver les donateurs ou les ouvriers du Moyen Âge pour bâtir des cathédrales et des palais pour le clergé ? Me voilà complice, malgré moi, d'une supercherie à l'échelle planétaire avec ses histoires à dormir debout, imaginées dans le seul but d'asservir les masses populaires et faire croire que ça ira mieux demain, après le cimetière ? Le mensonge est évidemment le meilleur des outils de manipulation pour verrouiller la libre pensée sous le poids écrasant des dogmes. *« Tu es en train de laisser libre cours à ton enfer intérieur.* – Enfer, paradis, purgatoire... Des histoires pour apeurer les enfants et culpabiliser les esprits faibles et naïfs. Tu penses que c'est avec ces salades que tu vas m'encourager à continuer ce foutu chemin avec cette charrette de merde *? – J'entends que tu es en train de devenir un vrai charretier, tu parles comme eux.* – Et alors ! Tu vas faire augmenter le thermostat de l'enfer qui m'attend au bout du chemin de ma vie ? – *Si cela te défoule, on en reparle quand tu seras plus calme. »*

Début d'insolation ? J'ai le crâne en ébullition avec une oppressante impression de revivre ma vie et ce chemin en accéléré. En quelques jours : j'ai appris l'endurance dans la souffrance, j'ai regardé à nouveau ce que je ne voyais plus, j'ai libéré mes pensées dans la plus complète anarchie, j'ai laissé mes émotions me submerger, j'ai regardé la mort en face, j'ai eu peur à me pisser dessus, j'ai pris sur moi les drames des autres, j'ai honni et parfois désiré la solitude... Je suis seul... Je me sens seul et je pense douloureusement aux miens, à ma femme, à mes enfants, à mes parents, à mes amis... Malgré la chaleur écrasante, j'ai encore assez d'eau dans le corps, mon nez en est rempli et mes yeux débordent, je pleure ; c'est ridicule ! *« Économise ton eau, Michel, le médecin de Thouars t'a dit de pisser toutes les deux heures, pas de t'évaporer par tous les orifices.* – C'est malin, va ! »

Fin de la Charente et des bornes « Ségolène » en granit. Je rentre dans le fief du boire (avec modération) et du bien manger : le pays girondin. C'est le vignoble bordelais désormais qui ne me change pas trop du vignoble charentais ; tous les vignobles se ressemblent. La subtilité des appellations et des AOC m'échappe un peu. Il n'y a aucun changement spectaculaire au passage des frontières régionales, aujourd'hui comme hier, c'est la vigne à perte de vue.

Un superbe balisage jacquaire, flambant neuf, a remplacé les bornes en pierres des Charentes. Le seul hic est qu'il est placé juste à l'entrée des villes, donc parfaitement inutile pour les marcheurs. Ici, on semble préférer la communication pour les touristes en bagnoles, indifférents au sentier historique réservé aux doux dingues dans mon genre, qui marchent ; c'est absurde ! De toute façon, je compte bien continuer à boycotter les routes à la première occasion ; non, mais ! Des vignes à perte de vue, toujours des vignes, encore des vignes, rien ne ressemble plus à une vigne qu'une autre vigne ; ce paysage commence à me saouler sans mauvais jeu de mots. Le raisin en fleur est encore loin de produire sa première goutte de vin ou d'alcool. Au milieu de cet « océan vert » je tourne en rond, par quatre fois je prends une mauvaise direction ; j'enrage, je peste au milieu des corbeaux qui se fichent de moi : « Croaaah, Croaaah, Croaaah, Croaaah… » Au loin, j'aperçois des arbres, la perspective de trouver un peu d'ombre me remplit d'espoir. Tout est dans le mental, l'appel du frais me dope à l'adrénaline… Je cours maintenant en tirant sur ma charrette comme une bourrique emballée. La limite, ombre et lumière des hauts arbres, se rapproche ; ma motivation pour un peu de fraîcheur sera de courte durée… Sur le point d'atteindre la forêt, je subis une attaque en règle, brutale et massive. Mes bâtons de marche ne me servent plus à marcher, je les brandis comme des armes en faisant de grands moulinets devant moi. L'attaque des moustiques fut terrible : une cohorte, que dis-je, des légions d'insectes fondent sur moi et sur le moindre espace de peau à découvert. Je suis cerné, envahi, pénétré, sucé, aspiré, par un brouillard de bestioles enragées. Mon stratagème de survie repose, désormais, sur ma vitesse de déplacement qui semble retarder les attaques. Une douloureuse piqûre me fait sursauter, un insecte bariolé de gris et de noir vient de s'offrir un début de repas sur le dessus de ma main gauche, je l'écrase avec rage. Je fais enfin la connaissance du moustique tigre qui s'est donc aussi installé en Aquitaine. Demain, j'aurai peut-être le chikungunya ou la dingue, ça ne me changera pas trop, vu que je suis déjà complètement cinglé de m'être embarqué dans cette aventure. J'émerge du bois au pas de course et à bout de souffle, je viens de courir plus d'une demi-heure et mon podomètre affiche près de six kilomètres dans la même durée. Voilà un nouveau record du pèlerin attelé sur 5 000 mètres. J'aperçois enfin le gîte où, cette fois, j'ai pris la précaution de réserver. J'hésite un peu devant l'entrée de la propriété des époux Tardy (nom d'un Cognac renommé).

C'est une charmante demeure avec un parc et des tas d'animaux en liberté. C'est la première fois que je vois une piscine avec des canards en train d'y barboter et des poules se faisant dorer les plumes sur les transats du solarium. L'hospitalier est accueillant : « Je vous fais visiter vos appartements. Ici, je peux accueillir cinq pèlerins, je crains que vous ne soyez le seul ce soir. – J'ai l'habitude et avec autant de lits, je ne risque pas de dormir à la belle étoile. » Avant de prendre le repas en compagnie de mes hôtes, l'hospitalier me propose une balade à la distillerie. Nous empruntons une piste cahoteuse à travers champs. La propriété est immense ; des bois, des prairies, des vignes encore et encore, à perte de vue. « C'est un domaine familial, mais c'est mon frère qui a repris l'exploitation du vignoble de Cognac. Je lui donne un coup de main au moment des vendanges et de la distillation. » Devant le château de l'exploitant, il y a un grand bâtiment en briques, sécurisé comme un coffre-fort. Je me sens un peu privilégié par cette visite privée. Une dizaine d'alambics surmontent d'énormes chaudrons de cuivre rutilants. Des gros tonneaux d'affinage s'alignent sur toute la profondeur du hangar, c'est impressionnant ! Le plus naturellement du monde, mon guide me dit : « Ici, on distille seulement un million de bouteilles de cognac, c'est une petite production, mais elle est d'excellente qualité. Les Chinois l'apprécient beaucoup. » J'aurais bien aimé faire une petite dégustation, mais mon hôte ne pousse pas son hospitalité jusque-là. C'est certainement mieux ainsi car, si dans la distillerie la chaleur est raisonnable, dehors le cagnard attend en traître pour vous assommer.

Le dîner est servi sur la terrasse, au bord de la piscine aux canards. C'est un vrai repas en famille qui me change de mes collations sur le pouce et en tête-à-tête avec moi-même ; j'apprécie vraiment l'instant. Les petits enfants de la maison parlent de leur journée de début de vacances ; mes préoccupations quotidiennes de pèlerin en errance, sont maintenant à des années-lumière. Le repas est simple mais copieux et arrosé d'un bon petit vin du domaine : « Nous sommes des chrétiens engagés dans notre paroisse. Chaque année, nous accompagnons les soignants sur les pèlerinages des malades à Lourdes. Nous menons aussi quelques projets humanitaires en Afrique et en France. » Mon hôte me raconte l'histoire de sa hutte de chasseurs, qu'il a rénovée au milieu du domaine, bien qu'il ne chasse plus depuis des lustres. Il a décidé de laisser ouvert ce lieu aux vagabonds et aux SDF de passage. Cette halte est maintenant connue, le bouche-à-oreille de la solidarité fonctionne bien dans la société des « sans-rien » : « Chaque matin, quand le refuge est habité, surtout l'hiver, je prends plaisir à leur rendre visite et à parler avec eux autour d'un petit déjeuner et d'un café. »

« Tu vois, il n'est nul besoin de brasser de grandes idées de partage et de solidarité en criant au scandale. Seuls les actes comptent. Un peu de temps, un peu de nourriture, cet homme fait cela sans calcul et selon les possibilités que sa situation lui permet. – Mais je n'ai ni sa fortune, ni son relationnel pour faire comme lui. – *Tu te cherches de bonnes excuses et il n'est pas nécessaire d'imiter et de faire comme lui. Pour t'engager dans ce qui te semble juste et bon envers les autres, il te suffit d'agir selon tes moyens, tes forces, tes talents et tes capacités. Rien de plus ne t'est demandé, mais aussi rien de moins. »*

Mes jambes, ce soir, me font terriblement souffrir, gâchant un peu le plaisir de cette rencontre et de l'échange spontané de la soirée.

Je vais essayer de dormir et me reposer dans l'un des cinq lits de la chambrée, vide. Demain, à 7h30 mon hôte a propose de me remettre sur le sentier.

Une surprenante église Mauresque

Je ne me suis pas vraiment endormi, hier soir, mais plutôt effondré, assommé de chaleur et de fatigue ; un vrai coma sans rêves… Sur la place du village, à 7 h sonnantes au clocher de l'église, je me retrouve attelé à ma charrette et sur le départ. Mon logeur, qui est aussi entrepreneur de travaux autoroutiers, a gardé la ponctualité des gens de la terre. Pas d'effusions, nous nous saluons rapidement, chacun reprend sa route avec ses contraintes du jour. Je laisse derrière moi les coteaux du Cognac charentais : direction les côtes de Blaye et les vignobles bordelais. Un ciel sans nuage annonce une journée chaude… Très chaude ! Une fois encore, les vignes représentent un véritable casse-tête pour mon orientation. Sur les chemins vicinaux qui quadrillent les exploitations, aux noms de châteaux et d'étiquettes de vins prestigieux, je ne trouve aucune correspondance sur mon guide et mes cartes. Pour un marcheur, un kilomètre d'égarement en vaut toujours deux, j'ai comme une impression de déjà-vu.

À 15 h, en plein cagnard, je me retrouve au bord d'une route nationale dans un hameau tout en longueur et désert. Je suis paumé une fois de plus, sans eau ; mes trois litres n'ont pas tenu la matinée. Je commence à frapper aux portes des maisons, personne ne répond, pourtant, derrière quelques fenêtres, j'entends la télé ou une radio. Je ricane intérieurement en me disant qu'en France, il est encore possible de mourir de soif au milieu d'un village faussement désert. Pas trop tenté de tester cette expérience-là, je reviens sur mes pas et c'est encore deux kilomètres de rab. Je trouve un fournisseur d'eau courante dans un cimetière et j'en profite pour me reposer à l'ombre d'un monumental caveau à moitié ruiné, j'ai une pensée pour son occupant qui ne semble pas importuné par ma présence. *« Il t'a entendu ?* – Si tu le dis. Peux-tu lui demander de m'inspirer pour que je trouve toujours la bonne direction et que je cesse de m'égarer ? »* Le cimetière est calme, on s'en serait douté, je m'offre une sieste salutaire mais heureusement temporaire (vu le lieu, c'est préférable). L'ombre du tombeau, resté grand ouvert, est une bénédiction, je suis maintenant en position de gisant bien au frais sur le granit ; au moins je ne mourrai pas d'insolation dans cette nécropole. Je m'endors paisiblement au milieu du boulevard des allongés. J'imagine, avec ironie, que les locataires apprécient peut-être ma visite qui redonne un peu de vie à cet endroit mortel. Je me rappelle soudainement ma leçon de morale à William dans le cimetière d'Aulnay de Saintonge : « F*ais ce que je dis pas ce que je fais* - Oh, ça va l'archange ». Je me demande si la marche et le soleil ne m'ont pas tapé sur le système…

Quand on aime, on ne compte pas : 37 km et six litres d'eau ; heureusement que l'urgentiste de Thouars ne m'a pas recommandé de carburer à la bière. Il est 17 h quand j'arrive aux portes du Pontet où j'ai pris soin de réserver un lit dans le gîte communal du village voisin, Cartelègue. Il faut toujours se méfier de l'indication des guides indiquant : « à proximité », surtout quand vous êtes à pied, les manuels touristiques ne connaissent pas la marche, c'est évident ! Quatre kilomètres me séparent de mon lit nommé désir, me voilà reparti pour un nouveau marathon quotidien. Ras la casquette ! Lorsque je passe le panneau Cartelègue, j'ai un pressentiment désagréable : le gîte est géré par la commune et logiquement les municipaux terminent leur journée vers 17 h, grand maximum ; très mauvais plan ! J'appelle le numéro indiqué sur le guide, une voix féminine me répond : « Ne vous inquiétez pas, je suis conseillère à la mairie et je viendrai vous ouvrir. Vous êtes le bienvenu, je vous attendais. »

Voilà un accueil comme je les aime. Le gîte se situe face à l'église, sur une charmante petite place ; il a été récemment rénové. Les volets sont fermés et je n'ai aucun mal à en déduire que ce sera encore une étape solitaire. La conseillère municipale arrive dans la minute qui suit mon arrivée : « Quatre pèlerins peuvent dormir ici avec tout le confort. Si vous n'avez pas pu prévoir de repas ce soir, dans les placards il y a des conserves ; servez-vous et laissez un donativo dans la cagnotte. » Mes bagages, à peine déposés, mon hôtesse m'emmène manu-militari dans l'église romane voisine pour une visite commentée et privée. À vrai dire, je n'ai qu'une envie : me doucher, boire (encore et toujours), manger et DORMIR…

« Au centre, le Christ, à gauche vous avez Saint-Romain, sur votre droite, c'est Saint-Laurent né vers 210 et mort sur un grill en 258 à Rome… Sur les côtés du chœur Saint-Louis, qui serait passé à Cartelègue après sa victoire à Taillebourg en 1242, près de Saintes ; atteint de paludisme, il y aurait séjourné. Nous pouvons découvrir son sceau à l'intérieur de l'église, à côté de la porte d'entrée. Sur votre gauche, c'est Sainte-Jeanne-d'Arc... L'église comprend également une composition contemporaine de Saint-jacques-de-Compostelle créée en 1997. En effet, Cartelègue, qui est situé sur le grand chemin, est signalé aux pèlerins par un acte du 16 octobre 1759 qui faisait allusion à un hôpital. Les fouilles de 1987 et 1996 ont permis de mettre à jour des sépultures comprises entre les XIIe et XIVe siècles, dont celles de pèlerins de Saint-Jacques... » Je n'ai pas pu échapper au cours magistral culturel et historique, ni aux interprétations des fresques mauresques sur les murs de cet édifice unique. Impossible de rester insensible devant autant de passion, d'érudition et de gentillesse. J'ai donc laissé ma fatigue de côté pour goûter cet instant de générosité et de partage, offert généreusement par mon guide.

    « Ne crois-tu pas que cette merveille d'architecture est d'inspiration divine ? – Non, je ne crois pas. Elle est le produit du talent d'artisans exceptionnels.– *Homme de peu de foi, les Arabes et les chrétiens qui ont peint de concert cet édifice, l'ont fait dans le respect de leur religion respective et dans l'unicité de leur foi en Dieu.* – Parlons-en de l'unicité de la foi : et pour les musulmans, nous sommes des polythéistes, et pour les chrétiens Mahomet est un prophète contesté qui affirme que son Dieu est le seul et l'unique, sans aucune dérogation possible ; les intégrismes sont un fléau – *L'homme est imparfait et sa vision de Dieu ne peut être qu'incomplète.* – Tu retombes toujours sur tes pieds. Je te corrige tout de suite pour ta

vision incomplète à mon sujet : je ne suis pas un homme de peu de foi, je suis un homme de pas de foi. – *Ton cœur n'est pas, pour l'instant, en mesure de comprendre l'action de l'Esprit sur les hommes et sur toi. Ici, dans cette église, ils ont accepté de s'aimer au-delà de leurs différences et d'œuvrer ensemble.* – Tu ne lâches donc jamais. Parlons-en de l'amour interreligieux avec les musulmans de Cordoue rejetés à la mer par les catholiques, avec les protestants massacrés la nuit de la Saint-Barthélemy, avec les attentats de l'IRA, avec les Juifs massacrés par millions, avec les chrétiens égorgés joyeusement par les Barbaresques et les djihadistes aujourd'hui… Il n'y en a pas un seul pour racheter l'autre. Alors, où est l'inspiration divine dans tout ce foutoir ? – *Tu es fatigué et la colère prend le dessus sur la raison et le cœur, ce n'est pas le bon moment pour discuter de cela. Repose-toi, la nuit porte conseil.* »

Je ferme les volets et la porte du gîte, le soleil fait de la résistance. Lavé, soigné, pommadé… Je me suis allongé sur ma couche, nu et semi-comateux. Je n'ai même pas senti le sommeil arriver et me prendre en traître. Heureusement que personne n'est venu s'abriter ici cette nuit, je me suis réveillé dans la même position et dans la même tenue que dix heures plus tôt. Devant mon bol de café, je repense à l'accueil reçu hier soir. La conseillère m'avait parlé de la laïcité et de son athéisme militant, pourtant sa disponibilité généreuse, sa gentillesse, son goût pour la transmission et le partage m'avaient semblé exemplaires et vertueux, au sens chrétien du terme.

« Hé ! L'archange on en fait quoi de cette femme à la fin de sa vie ? On l'envoie griller en enfer pour son manque de foi ? –

Il n'y a pas plusieurs sortes de saintetés, qu'elles soient chrétiennes, musulmanes, juives, bouddhistes ou laïques. Ce qui importe à Dieu, c'est la vérité de l'Amour dans l'intimité de chaque personne et les actes qui en découlent. C'est une vérité pour chaque individu, tout au long du passage de sa vie terrestre, et cela depuis la nuit des temps. – Bravo l'archange, si tu te présentes sur terre pour un ministère œcuménique et universel, je vote pour toi. »

En tête-à-tête avec mon petit-déjeuner frugal, un café soluble et une biscotte sans beurre, je refais l'étape d'hier en pensée. Je ris de moi en me revoyant sous l'orage, au milieu de la forêt, tentant de me mettre à l'abri de la pluie, assis sur ma charrette, enfoui sous mon poncho en plastique, mon parapluie déployé. Les éclairs et le tonnerre encerclaient ma position : « En cas d'orage, il ne faut surtout pas se réfugier sous les arbres et il est particulièrement conseillé de s'éloigner de tout ce qui est métallique. » Les gamins des écoles primaires, qui suivaient attentivement mes conseils avisés sur la matérialité de l'air et la météorologie, me prendraient, aujourd'hui, pour un fieffé menteur : « *Faites ce que je dis, mais pas ce que je fais.* - Toujours donneur de leçons, merci quand même l'archange pour ta protection. – *À la bonne heure, je ne désespère pas.* »

Je glisse les clefs du gîte dans la boîte aux lettres, il est 7 h à l'horloge de l'église, je regarde la statue de Saint-Romain sur la place et je lève ma main en signe de reconnaissance... Je déraille. « *La chance n'est pas seule responsable de ta survie sur ce chemin. Le hasard ne peut pas tout expliquer.* – Serais-tu jaloux de Saint-Romain ? »

En laissant Cartelègue derrière moi, je me dis qu'aujourd'hui, ce sera 11 km et pas un de plus. Et si aujourd'hui je rencontrais des marcheurs ? Cette idée-là me fait positiver. La suite m'apprendra que Jean-Paul Sartre avait une juste idée de l'enfer (les autres). La journée commençait bien, des petites routes de campagne désertes, une piste cyclable à travers la forêt. L'air frais, après les pluies de la veille, exhalait une odeur de résine. Je croise quelques écureuils sautillants en recherche de leur petit-déjeuner, le soleil dissout les brumes matinales, ce spectacle me remplit d'une joie d'enfant : « Quelle belle journée ! »

L'enfer, c'est les autres

J'arrive en vue de ma prochaine étape, et je décide de faire halte à Saint-Martin de Caussade, comme me le conseille le guide « Le Père ». En mairie, on me fait patienter. Le gîte est géré par quelques bénévoles et l'hôtesse responsable qui réside à Blaye ne peut se libérer qu'à midi. Une heure d'attente dans le hall, voilà une belle occasion de mettre en pratique « L'éloge de la lenteur » ; mais ce n'est pas vraiment ma tasse de thé.

« Bonjour, vous ne serez pas seul au gîte. Élisabeth est ici depuis deux nuits. Elle arrive d'Afrique du Sud. Elle fait le chemin de Saint-Jacques à vélo et à l'envers. Elle remonte sur Paris. En ce moment, elle visite les fortifications de Blaye. Ah ! J'oubliais, elle ne s'exprime qu'en anglais. Allez, bonne journée et bonne nuit. » Bon, ça, c'est fait ! Voilà une curieuse entrée en matière en guise de bienvenue, et moi alors ? Je ne parle qu'en français et j'arrive du Mont-Saint-Michel, c'est presque aussi loin que l'Afrique du Sud, surtout à pied ; non ?

Je crains que mon anglais scolaire ne limite la communication tant attendue. Le gîte communal est implanté au milieu d'une prairie, il est adossé à une tour en ruine. Avant de partir pour les fortifications de Blaye, je prends un en-cas et une bière fraîche au seul bar du village, un vrai festin par cette chaleur. « Bonjour, jeune homme. » Ça fait toujours plaisir, même si le tenancier pourrait être mon fils ; il engage la discussion : « J'ai aussi été hospitalier sur le Camino, vous n'êtes pas rendu, sans chercher à vous décourager. – Merci, j'avais compris. » Il me raconte alors l'incroyable histoire de son dernier pèlerin, accueilli au début du mois de juillet : « Je lui ai certainement sauvé la vie, jamais je n'ai vu des pieds dans un pareil état. » Le marcheur qui avait débarqué chez lui avait des poupées de sparadrap à tous ses orteils, il avait aussi dû découper le devant de ses chaussures de marche, pour décongestionner le bout de ses pieds. Des taches de sang indiquaient que le marcheur était au bout de ce qui est supportable. Le « tavernier » poursuit : « L'ami, je n'ai pas le droit de te laisser repartir dans cet état. Il faut que tes pieds soient examinés par un médecin. – Je ne veux pas de toubib ! Je dois finir mon pèlerinage, c'est une question d'honneur. – Sois un peu raisonnable, mieux vaut un déshonneur vivant, qu'un honneur mort. – N'insistez pas ; je vais continuer. » Grimaçant, le gars s'était levé pour repartir, mais le barman lui avait pris son sac :

« Écoute, j'ai une amie dans le village qui est infirmière, je vais l'appeler pour qu'elle t'examine et te soigne. Si elle dit que c'est bon, tu pourras y aller. Ça te va ? – Ça va, ça va ! Bon d'accord, mais il faut que je traverse la Garonne avant ce soir. »

Le pérégrinos n'a jamais traversé la Garonne. L'infirmière, horrifiée par les blessures infectées, a dû faire appel à une ambulance. À l'hôpital de Blaye, le jeune homme est resté plus de huit jours. Les tissus nécrosés de ses pieds allaient se transformer en septicémie ou en gangrène. Personne à l'hôpital n'a réussi à comprendre les motivations de ce marcheur, ni comment il avait pu endurer une telle épreuve sans perdre connaissance. « Quelques mois après, le pèlerin m'a envoyé une carte postale pour me remercier de lui avoir sauvé ses pieds. L'interne lui avait dit à sa sortie que deux ou trois jours de plus, sans soins, il aurait pu être amputé de plusieurs orteils et peut-être d'un pied… Un an plus tard, j'ai reçu une autre carte de Santiago : il avait réussi. C'est beau, non ? »

C'est donc tranquillement et sans ampoules aux pieds que je suis parti à Blaye, pour une visite touristique, cette fois. Le fleuve est ici encore sauvage, charriant vers l'embouchure des limons drainés dans toute l'Aquitaine. La Garonne sous le soleil a des reflets dorés. Les bancs de sable de l'île Bouchaud et du Vasard de Beychevelle, sont comme des traits verts posés sur l'eau ; c'est magnifique ! En chemin, je croise une cycliste filiforme en tenue bariolée, c'est peut-être la Sud-Africaine ? À mon arrivée au gîte, je reconnais Elizabeth, c'est une femme de 68 ans, la peau tannée par l'air et le vent, qui m'accueille : « Hello

Mike, how are you ? — Fine, thanks, Elizabeth. » Le reste de la communication se déroulera en espéranto du Camino, en gros du « espagno-franco-anglo-langue-des-signes ». Pas simple de communiquer, la langue est vraiment une barrière. Nous restons donc sur le registre des prénoms et des lieux de départ et d'arrivée de nos Caminos respectifs, avec le soutien numérique de Google Maps. Élisabeth est partie, il y a un mois, de Johannesburg, avec son vélo (dans l'avion), pour rejoindre Séville, puis Compostelle, puis Bordeaux... Elle compte passer par Paris, Londres, puis Genève pour un retour improbable, début novembre, en Afrique du Sud. Élisabeth a des copains et des points de chute partout en Europe. Son grand souci, ce soir, est de savoir qui a bien pu lui envoyer depuis l'Espagne un SMS commençant par « Amor » ; il y en a qui ont la santé. Deux nouveaux pèlerins débarquent en soirée. Le couple semble très fatigué avec des pieds mal en point ; je repense à l'histoire du barman. C'est leur premier Camino qu'ils font par tronçons de huit jours. Je vois bien qu'ils n'ont pas le moral, leur projet va s'arrêter après le bac de Blaye/Lamarque. Ils n'ont pas très bien préparé leur périple : la chaleur, des chaussures trop neuves, le manque d'entraînement... ont eu raison de leur motivation et de leurs pieds.

Au gîte, l'unique pièce commune qui nous accueille est si exiguë, qu'il nous est impossible de prendre le dîner ensemble. Je me contente donc, ce soir, d'une « platée » de pâtes sans sauces, ni beurre, ni gruyère. Un repas sans convivialité, avalé seul, assis sur les marches devant le Tancarville où sèche ma lessive, piètre image offerte du savoir-vivre à la française, Elizabeth, impassible, termine son paquet de chips arrosé de coca. Il fait encore jour, il est 21 h, je me glisse dans mon sac à viande pour une nuit qui sera cauchemardesque.

« Le train du sommeil tardait à passer, impossible de le prendre en marche, Patrice s'était installé sur la couche, juste au-dessus de moi. Avec mes bouchons d'oreilles, j'essayais de m'endormir. Il fait une chaleur suffocante, dans ce réduit qui devint vite odorant. Mon voisin du dessus, bâti comme un rugbyman, fait trembler et craquer sinistrement, un lit trop étroit et son sommier à lattes d'un âge certain. En pleine nuit, je fus réveillé en sursaut, je sentis monter cette suffocation de la crise d'asthme imminente, mes bronches se mirent à siffler. Avec angoisse, j'imaginais ou je rêvais que le sommier, cédant sous le poids de mon voisin, qu'il me tombait dessus, me transperçant de part en part en multiples éclats de bois. Toutefois, le lit résista, alors que la respiration du rugbyman endormi s'était transformée en soufflet de forge. Élisabeth râlait et jurait en anglais, de mon côté, je soufflais comme un phoque. Patrice tournait et retournait sur sa couche, libérant les miasmes et les acariens accumulés depuis quelques centaines pèlerins ; l'angoisse montait, rester ici, ce serait l'asphyxie assurée... »

Je ne suis plus seul à ronger mon frein, les dames, sur l'autre lit superposé, soupirent et protestent bruyamment avant de se résigner. À minuit, je n'en peux plus, je tousse, je respire avec peine. De guerre lasse, je décide de quitter la chambre, à tâtons, dans le noir complet, il est deux heures du matin. Je rapatrie mes affaires, heureusement préparées la veille. Malgré mes précautions, mon lit craque, les portes grincent et je me cogne dans une chaise. La Sud-Africaine commence à perdre patience. Désolé ! Je suis à peine sorti avec mon barda et ma charrette que la lumière du gîte s'allume. Patrice et Marie-Paule sont sur le pas de la porte, inquiets de mon départ en pleine nuit. Je les rassure en leur disant que je suis en pleine crise d'asthme, qu'il me faut prendre l'air et que j'ai ma Ventoline. Ils ouvrent la porte du gîte, la Sud-africaine éructe et jure dans toutes les langues. La crise passe enfin, j'ai vraiment eu peur ; où trouver des secours à cette heure ? Pour rien au monde, je ne rentrerais dans ce réduit irrespirable. Ici, au moins l'air est frais et la nuit, constellée d'étoiles, est féerique. Toutes les lumières de la ville sont éteintes, je décide de dormir dans la prairie, à la belle étoile. Adossé à ma charrette, les brumes du sommeil m'envahissent peu à peu : BZZ... BZZ... les vampires contre-attaquent, j'enrage ! Armé de ma frontale, je décide d'installer mon hamac d'explorateur équipé d'une moustiquaire. Je trouve deux arbres ayant le bon écartement pour tendre le lit suspendu. Il est trois heures du matin quand, plié en deux, les fesses touchant terre, je tente le cours de cette nuit hachée et insomniaque. Finalement, je somnole tant bien que mal, ici, nous ne sommes pas sous les tropiques et c'est le froid et la rosée qui me jettent hors du hamac. Je suis secoué par un rire nerveux : « L'enfer, c'est les autres ». Je n'ai pas dormi et l'aube va se lever. *« Tu voulais de la compagnie... C'est fait !* – Merci pour le cadeau. »

C'est décidé, je prendrai le bac de 7h30. Sans avoir récupéré ni dormi, les 40 km de l'étape d'aujourd'hui risquent d'être terribles (mais ça, je ne le sais pas encore). J'ai une petite pensée pour les sans-abris rencontrés sur mon chemin, leurs nuits doivent souvent ressembler à ça ; le froid, la pluie, les dangers, la promiscuité... en sus. *« C'est bien que tu prennes conscience de la condition des plus malheureux que toi, ils sont légion. Il est salutaire de regarder en dessous de toi, avant de te plaindre, cela rend humble et compatissant. Le chemin fait son travail en toi, car chacune de tes rencontres n'est pas un hasard, elles te bonifient aux yeux des autres. L'enfer ce n'est pas les autres, l'enfer est en toi quand tu rejettes justement les autres. »* Le Camino continue...

La Garonne

Matin blafard entre chien et loup, j'ai rejoint l'ancienne voie ferrée recyclée en GR à pèlerins, je me rapproche de la forêt, plus sombre encore. Je suis transi de froid, la transpiration et la rosée ne font pas bon ménage, il faut que je marche plus vite pour me réchauffer. Marcher seul, la nuit, dans des endroits déserts ne m'effraie plus vraiment, on se fait à tout. Au fond, de jour comme de nuit, je crains plus mes semblables que la nature, qualifiée à tort de « sauvage ». La Garonne est proche, je la perçois par son odeur et sa moiteur. Je termine, à la frontale, les trois kilomètres à travers la forêt qui me séparent des faubourgs de Blaye. Ma lampe dessine un halo sautillant sur le sentier de l'ancienne voie ferrée du littoral. La marche me semble si facile, presque agréable, le chemin est plat et aussi lisse que le feutre d'un billard. Ma chariotte est une merveille sur ce terrain-là et ses 32 kilos se font oublier. Je n'ai rien dans le ventre, le petit café noir du matin me manque terriblement ; il me faudra trouver un bar avant l'embarcadère. À 7h Patrice, le rugbyman, et sa femme, Marie-Paule, me rejoignent. Voilà près de trois heures que je traîne dans la ville, tout est fermé et pas de café pour ce matin chagrin. Assis sur un banc, nous repassons le film de la nuit en rigolant de bon cœur. Sur le bac, nous ferons nos adieux. Maintenant, il n'y a plus de place pour le rire, leur chemin s'arrête ici, de l'autre côté de la Garonne ; ils le vivent comme un échec. Sur le bateau, je m'éloigne de mes compagnons, ils sont pensifs, silencieux, je ressens leur mélancolie et je la fais mienne. Dans le fond, mon cheminement solitaire est plutôt un avantage dans les pires moments : je n'ai qu'une seule personne à gérer et à convaincre de continuer malgré tout… Moi-même !

« *Seul et peinard… Hein !* » – Ça va l'archange, tu deviens lourd. »

Le bac vient de commencer sa lente traversée, je suis absorbé par la contemplation du spectacle du fleuve. Il n'y a pas un souffle de vent ; avec la naissance du jour, la brume s'attarde au raz de l'eau et se disloque en longs filaments de fumée blanche ; j'ai presque l'impression de voler sur un nuage. Les premiers reflets du soleil sur la Garonne donnent le signal : les hérons cendrés prennent leur envol ; la vision est sublime. « Comment la nature peut-elle être aussi belle ? » Cette émotion me transcende, mais cet état second n'est-il pas simplement la conséquence d'un conditionnement culturel ou éducatif qui me fait réagir émotionnellement. Les animaux trouvent-ils que ce que je vois est beau ? – *Tu te poses vraiment trop de questions. Regarde les choses avec plus de simplicité, spirituellement plus qu'intellectuellement. Prends cette émotion comme un cadeau de Dieu ; pardon ! de la vie. Tu aimes cette nature-là ? Tu aimes ces créatures en liberté ? Tu aimes cette lumière ? Tu aimes ces paysages ? Eh bien, « AIME » tout simplement, humblement, joyeusement, car c'est de l'amour et ce n'est rien d'autre.* – L'amour, toujours l'amour, tu n'as que ce mot à la bouche, c'est un peu pauvre comme argumentaire philosophique. – *L'Amour, celui avec un grand « A » s'exprime sans réfléchir, sans calculs, il se donne à tes semblables ou à la nature de la même façon. Quand tu aimes ce que Dieu a fait, tu aimes Dieu.* – Tu ne penses pas que tu es en train de faire du prosélytisme ? Laisse-moi donc admirer et philosopher en paix, sans t'en mêler ; s'il te plaît… Merci. »

Le fleuve devient un miroir aux reflets d'or et pourpres. L'horizon flamboie. Le bateau glisse au-dessus des filaments de brumes, tel un vaisseau céleste. La vie foisonnante de la Garonne, jusqu'à présent silencieuse, cachée, se manifeste à l'approche des bancs de sable qui affleurent. Me voilà dans un ravissement total, heureux sans vraiment comprendre pourquoi. Les déclarations de l'archange me reviennent en mémoire, c'est stupide, car il est le produit de mon imaginaire et peut-être l'expression d'une forme de dédoublement amplifié par le cheminement solitaire et le manque de sommeil. Je prends donc ce plaisir-là pour argent comptant, car il me crédite en énergie positive. Dans mon extase poétique, je ne sais pas encore que je vais devoir bientôt affronter de nouveaux périls avant d'atteindre Bordeaux. Au débarquement, le soleil a pris de la hauteur, la lumière est plus dure, les ombres, les nuances qui m'avaient ravi disparaissent. Le paysage a perdu tout relief et je ne m'attarde pas. Je fais un dernier signe à mes compagnons d'une nuit et je m'enfonce à travers le marais, seul, une fois de plus. Je me faisais une joie à l'idée d'une superbe balade le long de la Garonne dans des vignes du château Margaux. Je n'ai ni le temps ni le budget pour une escapade gastronomique dans ce haut lieu du bien vivre en France. En plus, c'est une expérience qui se partage à deux, je suis seul… donc !

Me voilà, parait-il, dans le Graal viticole, réputation peut-être un peu fantasmée par quelques fortunes avides d'expériences de privilégiés. Pour le moment, la réalité est tout autre : je vais devoir traverser les marais d'Arcins et de Soussans et ce n'est pas gagné. Le sentier est désert, ni promeneur, ni pécheur, ni véhicules tout-terrain, rien… et pour cause ! En fait, ces marais sont bien nommés, car ils sont un lieu particulièrement inhospitalier, vecteurs des maladies pour les marcheurs égarés. Si j'avais pu prévoir l'épreuve de cette piquante randonnée, j'aurais volontiers rebaptisé ces marécages aux doux noms de « Suces-sang et d'Assassins ». On prétend qu'au Sud, en Camargue, les moustiques sont plus forts que les hommes, mais ici les hordes, que dis-je, les cohortes de « maringouins » exterminent les égarés et le seul pèlerin de Santiago qui a osé pénétrer, aujourd'hui, en cette contrée. Le répulsif 5/5, de la pharmacienne, croisée deux villages plus tôt (le plus efficace du marché, soi-disant), est parfaitement inefficace. M'asperger plus, risquerait de me tuer par overdose de pesticide. Je fais du tourisme dans la Guyane métropolitaine et, en quelques minutes, je me retrouve micro-perforé comme un filtre à café. J'écrase avec rage, sur mon bras gauche, l'insecte en « pyjama » rayé blanc et gris : encore un « tigre » en moins. Ce moustique des îles est donc, bel et bien, dans le Bordelais, preuve sanglante à l'appui maculant ma peau. Je cours maintenant comme un dératé, en effectuant des grands moulinets avec mes bâtons de marche. Déjà une heure d'une fuite éperdue, je suis à bout de souffle, poursuivi, vampirisé, attaqué de toutes parts. 7 km/h au podomètre, logique quand on a une armée de tigres aux fesses. Je crie enfin victoire au sortir du marécage, débouchant à bout de souffle dans les vignes sablonneuses du château Margaux et du Médoc. Ma charrette, ensablée, stoppe net, j'ai l'impression de tirer un landau sur une plage. Le chemin, au milieu des alignements de ceps, se dérobe sous mes pieds, c'est un fin limon poussiéreux que le fleuve a déposé au fil des siècles. Apparemment, les moustiques n'aiment pas le Bordeaux, ils n'ont pas franchi les limites du vignoble.

Les premiers châteaux vignerons sur la piste, transpirent la prospérité. Les bâtiments ostentatoires affichent l'opulence des grands crus, et moi je me liquéfie en rêvant d'eau claire au milieu du domaine du château Margaux : un paradoxe ! En vue des premières maisons d'Arsac, je frappe au hasard à la porte d'un pavillon jumelé du lotissement ouvrier. Une femme ouvre, dans le couloir, il y a un amas de valises. Quelques gamins braillards trépignent, énervés par le départ imminent pour les vacances. Je me présente en pèlerin de Compostelle, les braves gens m'invitent à entrer et m'offrent une boisson fraîche, des biscuits et du café. Nous échangeons quelques impressions sur mon chemin et sur leurs vacances à Arcachon, les enfants se sont calmés. Mes gourdes remplies d'eau glacée, il me faut reprendre la route. Sur la terrasse, le thermomètre affiche 45°C…

J'arrive maintenant au centre du village. Devant la boulangerie, un homme originaire des îles ou d'Afrique m'interpelle : « Vous allez à Compostelle ? » Comment a-t-il deviné ? Aurais-je le look pèlerin ? L'homme a 30 ans, il se prénomme Jean-Gilles et me confie qu'il s'est installé ici, par hasard, après un long périple et au gré de rencontres bienveillantes. Il termine un stage de formation en maison de retraite, alors qu'il a horreur des vieillards : « Ce n'est pas très chrétien, j'en conviens, je suis protestant et croyant et pourtant les vieux m'ont toujours rebuté. – Ils nous renvoient peut-être l'image de notre propre déchéance et celle de notre finitude ; la vieillesse est un naufrage. Non ? – C'est peut-être ça, et un exutoire pour moi. Mon métier, demain, ce sera de gérer les ressources humaines dans plusieurs associations chargées des services et de l'accompagnement aux personnes âgées. C'est, pour moi, un autre paradoxe… Qu'en pensez-vous ? »

Sur ce trottoir, nous avons échangé spontanément comme de vieux amis qui viennent de se retrouver. Nous évoquons même des choses plus personnelles comme nos phobies et les événements providentiels qui ont jalonné nos vies. Nous avons aussi parlé de philosophie. Pour lui, les choix, les rencontres fortuites, les accidents et les drames de la vie, sont des signes divins. « Pour moi, tout cela n'est que pur hasard ». Nos avis divergent, mais nous nous écoutons avec respect. Je me sens curieusement apaisé, détendu. Parler avec Jean-Gilles a effacé, en quelques minutes, toutes les tensions accumulées pendant des jours de galères. Disparus aussi mon mal de dos, mes crampes et même les piqûres de moustiques : « *Un miracle !* – Du calme l'archange. – *Les maux du corps sont souvent l'expression d'un mal-être de l'esprit. Une rencontre positive te soigne, une confrontation agressive te rend souffrant. À toi de transformer le plomb en or par un sourire, par un accueil bienveillant, par une écoute sincère et attentive de l'autre. Sois charitable, sois généreux, tu recevras bien plus en retour… L'alchimie divine est là et seulement là.* – Ça y est, c'est reparti ! Tu n'as donc que le divin à la bouche ? – *Comment penses-tu qu'il en soit autrement ? Je suis quand même le chef des anges !* »

Le plan Médoc n'est plus qu'à deux heures de marche. Encore une nouvelle forêt à traverser. Pas d'air, pas de vent, la chaleur est suffocante même sous l'ombre des arbres. Après la rencontre d'Arsac, je me sens si apaisé que j'en ai oublié les hordes de moustiques. Je me réjouis par avance de l'étape bordelaise qui va me replonger dans le passé compagnonnique de mes débuts professionnels, il y a déjà plus de 40 ans.

Il me faut maintenant quitter l'étroit sentier pour emprunter la route départementale, fréquentée à cette époque estivale ; de plus le WE n'arrange rien. Les bas-côtés redeviennent impraticables, défoncés par endroits par les engins forestiers, envahis de fougères et d'orties. Je marche à gauche, face au danger. En quelques minutes, je croise trois chauffards qui m'insultent et me lèvent des doigts obscènes. Ma présence les oblige à ralentir, la route doit être leur exclusive propriété. Plus loin, une voiture bleue déboule à vive allure, des jeunes à bord chahutent et font les malins en zigzaguant au volant de leur berline. Ils pilent, à quelques mètres de moi, en klaxonnant et en faisant des appels de phares. Je suis terrifié, car un véhicule qui arrivait dans mon dos me frôle, j'évite la catastrophe de justesse. Je n'ai même pas eu le temps de me jeter dans le fossé, encombré par ma charrette. La voiture redémarre sur les chapeaux de roues, laissant derrière elle une odeur de gomme brûlée et une bordée de jurons. « Hé l'archange ! Comment peux-tu accepter ça ? Tu es témoin que je viens d'être agressé et que l'on m'a refusé le droit d'être simplement là. Merci pour ta protection pour le moins alleatoire. Tu pourrais quand même donner une leçon à ces abrutis, avec tes supers pouvoirs. Tu ne me sers décidément à rien *! – Je ne suis pas avec toi pour te servir à quelque chose. Je suis là seulement pour aider l'Esprit à faire alliance avec toi. Je ne suis qu'un médiateur qui guide tes pas et inspire tes choix. Il en est de même avec ceux qui t'ont fait violence, ils t'ont effrayé. Eux sont sourds et aveugles, pour l'instant, mais je ne désespère pas. Les grands changements s'opèrent lentement dans l'intimité de chacun ; vouloir changer l'homme par la violence est une impasse. –* Quand je serai mort, ta morale et tes conseils ne pourront plus rien changer du tout. *– Voilà pourquoi tu dois décider de te transformer toi-même sans tarder, car tu n'es pas maître de ton propre temps. –* Merci du conseil, ça va m'être utile… ou pas. »

La terreur des Deux Sèvres me revient en mémoire, l'histoire va-t-elle donc se répéter indéfiniment ? Je n'ai vraiment pas envie de mourir sur cette route, loin des miens… Je n'ai pas, non plus, envie de mourir tout court. « À quoi bon ce chemin, c'est une impasse existentielle ! » Je continue à avancer, malgré tout, je n'ai pas d'autre alternative. Mes jambes tremblent, je crains qu'elles ne se dérobent sous moi… Un peu plus loin, je me retrouve sur un terre-plein destiné au stationnement des poids lourds. Soudain, j'entends, derrière moi, un véhicule lancé à vive allure. Je me retourne, la voiture bleue fonce sur moi, klaxon bloqué ; elle me frôle de quelques centimètres. Il n'y a pas âme qui vive dans ce coin perdu : ma dernière heure est-elle venue ? Ils vont me massacrer. « Mais où est donc ma bombe au poivre ? – *Au fond de ton sac, idiot.* » De toute façon, je n'ai ni le temps de préparer ma défense, ni la possibilité de me détacher rapidement de ma charrette, à quoi bon ce gadget dans ma situation ? Quelle stupidité ! Au bout du terre-plein, la voiture vient de faire un tête-à-queue, elle fonce à nouveau sur moi. « *Regarde la mort en face, et ne ferme pas les yeux.* – Garde pour toi tes conseils à deux balles. – *Mais je n'ai rien dit !* »

J'attends la collision, résigné. Le conducteur me fixe, droit dans les yeux. Je vois sa bouche grande ouverte, il doit hurler et jouir de ma peur ; je n'entends plus le moteur ni les cris. Je devine les autres passagers dans une hystérie collective et sadique, encourageant leur « champion » pour aller jusqu'au bout de sa connerie. A moins de cinq mètres du choc, le jeune fou serre le frein pour un tête-à-queue ravageur ; il m'évite de peu. Il accélère aussitôt, soulevant un nuage de poussière et de gravillons qui viennent cliqueter sur mes lunettes. La voiture disparaît dans un hurlement mécanique…

Je n'ai pas pissé dans ma culotte, cette fois, mais j'ai dû trouver en urgence un taillis pour me soulager les intestins. La rage au ventre, j'ai cherché la voiture dans le lotissement situé au bout de la route en impasse. J'ai finalement retrouvé le véhicule, stationné devant un pavillon. J'ai photographié sa plaque avec l'intention de déposer plainte au premier poste de police. Il me faudra une heure de marche pour retrouver un peu de calme et ne plus avoir la tremblote dans les jambes, et deux heures encore pour abandonner toute intention de mêler la justice à cette mésaventure.

Le Bouscat, enfin ! Je suis épuisé, assoiffé, mais calmé de l'agression dans la forêt. J'expérimente la résilience et je passe le test haut la main, je me satisfais d'être sauf et vivant. *« Tu viens d'apprendre que la colère est la pire des conseillères. Que t'aurait apporté ta violence, rajoutée à leur propre violence ?* – Le soulagement. – *Une bien éphémère satisfaction qui aurait pu contribuer à l'escalade du ressentiment en t'exposant à des représailles plus violentes encore.* – Tu m'en demandes trop, je suis un homme, pas une créature éthérée comme toi. – *Certes, mais crois-moi, retiens-toi d'agir sur l'instant d'une vive émotion, prends le temps de l'apaisement. Laisse l'Esprit t'apaiser, ne sens-tu pas en toi toute la force du pardon ?* – Pardon ! Quel pardon ? De quel esprit parles-tu ? – *Celui de la raison, de l'intelligence, de la patience, de l'humilité, de la paix des sentiments, l'Esprit de Dieu.* – STOP ! Ne rajoute surtout pas le mot amour, car j'ai quelques envies homicides à l'encontre de ces crétins. – *C'est ainsi que débutent les guerres. Une mauvaise blague mérite-t-elle ce déchaînement de haine ? »*

Mon intention de porter plainte restera dans le fond de mon sac… Sur le premier grand rond-point paysagé de la banlieue de Bordeaux, où je viens d'arriver, je trouve un endroit à l'ombre pour m'allonger dans l'herbe fraîchement coupée et récupérer. Je retrouve peu à peu le calme et la sérénité. Les passants, en voiture ou à pied, m'observent bizarrement et j'ai droit, une fois de plus, aux railleries et aux bras d'honneur de quelques excités en goguette. Je n'ai même plus envie de m'offusquer ou de réagir : Je m'en fiche ! J'ai perdu toute honte, tout complexe, toute dignité, j'ai l'impression de n'être plus rien. Je me sens en marge, inutile à l'endroit où je suis et dans l'instant où je vis… « Est-ce cela que ressent le routard SDF que je ne regardais plus ? Pourquoi m'infliger cela ? » De guerre lasse, perdu au milieu des échangeurs routiers, je me retrouve une fois encore bloqué, à seulement quatre kilomètres du refuge du Bouscat. Des barrières de travaux coupent la piste cyclable qui protégeait ma marche. En désespoir de cause, j'appelle les hospitaliers du gîte paroissial, ils arrivent dix minutes plus tard ; je les accueille comme des sauveurs en les embrassant : « Vous allez pouvoir vous reposer et vous remettre de vos mésaventures. »

Le gîte est spacieux, confortable, situé en plein milieu d'une hôtellerie, d'outre tombe et de ses 4 ou 5 000 locataires, définitivement allongés ; l'endroit sera calme, c'est une évidence. Les hospitaliers m'autorisent à rester deux nuits, vu les difficultés rencontrées et la canicule annoncée pour demain. Dire que j'ai failli me retrouver dans ce cimetière, il y a moins d'une heure. *« Mais tu es au cimetière, mon Ami ! –* Et tu trouves ça drôle ? *– Déride-toi un peu. Ris de bon cœur, c'est la plus belle manifestation de l'Esprit. –* Tu ne lâches jamais.*»* Au moment de m'endormir, Brassens vient me tenir compagnie. Je me mets à fredonner « l'Auvergnat » en pensant au couple qui m'a accueilli et aidé en arrivant ici. Je pense aussi à ces gamins de Parthenay, sur leur mobylette pétaradante, qui m'ont fait le « V » de la victoire en criant : « Bravo le vieux. »…

« Un seul acte d'un juste suffit pour sauver le monde. – Tu as sûrement raison, l'archange *»*

Les compagnons

Je retrouve sans peine la rue Laroche, j'ai immédiatement reconnu l'imposante façade du siège des Compagnons du Devoir avec ses hautes grilles ouvragées et la lourde porte de bois et d'acier barrée d'une épée. En un clignement de paupière, 40 années viennent de s'évaporer. Mes souvenirs s'emballent et le film du passé s'inscrit en filigrane dans ma réalité, hier et aujourd'hui ne font, soudainement, plus qu'un. Je me revois, jeune et timide ouvrier, débarquant ici, dans cet endroit impressionnant et austère. Mon cœur bat avec la même émotion, c'était ma première expérience d'homme libre et indépendant. Les rencontres, les épreuves, les victoires, mais aussi la passion du travail artisanal et du bois ressurgissent avec force et nostalgie ; rien n'a été oublié. En cet instant, je ne sais plus si je suis heureux d'être là ou nostalgique d'une jeunesse qui a passé en un clin d'œil. Je pousse la lourde porte, le hall est désert. J'entends sur ma gauche, par la porte entrouverte de la salle à manger, quelques compagnons qui prolongent leur repas dominical. Il est vrai que le dimanche était le seul jour chômé où les compagnons pouvaient s'attarder, avec leurs camarades, autour d'un repas et d'une bonne bouteille ; rien a changé 40 ans plus tard.

La « taille » des chefs-d'œuvre impose toujours son rythme, la nuit et pendant les jours de repos, j'entends les machines des ateliers de menuiserie et les coups de marteau de la serrurerie. Personne en vue, je pousse la porte de la salle des chefs-d'œuvre. Les réalisations, qui défient la raison, sont alignées dans cet endroit : des charpentes d'une extraordinaire complexité, des toitures à bulbes, des ferronneries d'art improbables, des sculptures de bois ou de pierres plus proches de la dentelle que de la construction rationnelle, des assemblages de tuyaux dignes de plombiers fous…« Pourquoi faire simple, quand on doit faire bien ? » Pourrait être la devise de l'aspirant compagnon qui crée son œuvre avant l'adoption. L'honneur au métier, perpétuer la règle transmise depuis 2 000 ans par les maîtres, est ici élevé au rang d'idéal du travail bien fait et de la fierté ouvrière. C'est ici que je me suis imprégné des valeurs de solidarité et de la noblesse des ouvriers d'art. Je mesure toute l'importance de ce lieu et de ceux que j'ai côtoyés ici ; ils ont grandement contribué à ma construction d'homme. En déambulant dans la grande maison, j'ai retrouvé mes repères, comme si je n'avais jamais quitté cet endroit. Je croise quelques compagnons des deux sexes, une chose inconcevable quatre décennies plus tôt, les époques changent… Il me faut partir, je referme derrière moi la porte aussi lourde que mon passé ; un passé qui n'intéresse ici personne. Je suis entré incognito, ici, je ressors incognito, invisible au temps présent. 14 h, c'est l'étouffoir sur les avenues quasi désertes et je suis à moins de dix minutes du centre historique. Cette journée, qui devait être reposante me fera quand même afficher 11 km au compteur de la marche.

Dans mes souvenirs, Bordeaux était une ville sale, encombrée par une circulation anarchique, les quais de la Garonne étaient malfamés ou en friche. Quelle métamorphose ! J'ai perdu mes repères et je me retrouve aujourd'hui dans une métropole rénovée, débarrassée de ses lieux peu fréquentables aux abords de la rue Sainte-Catherine. Fini aussi les ruelles coupe-gorges et malodorantes. Bordeaux est aujourd'hui d'une insolente beauté, c'est une évidence ! Sur le parvis de l'église Saint-Michel (il est donc partout), je m'assois à côté d'un clochard qui fait la manche, il vient du Kosovo, il a faim, il n'a presque rien mangé depuis deux jours. Difficile de communiquer, il ne parle pas le français, nous communiquons par gestes. Je lui donne quelques pièces, nous nous serrons longuement les mains, lui, reconnaissant d'une parole partagée, moi, ému par cet instant de partage. « *Tu n'as plus peur désormais ? Tu ne te méfies plus des pauvres ?* – Je crois que j'ai plus peur de la pauvreté que des pauvres. – *Ceux qui ne craignent pas la pauvreté, ne l'ont jamais connue. Comment peuvent-ils comprendre alors les plus fragiles ?* – La compassion n'apportera jamais la justice, ni la juste répartition des richesses de ce monde. – *La compassion est une richesse.* – Elle ne remplit pas le ventre des affamés. – *Elle éveille les consciences, elle appelle les justes à l'engagement et à l'action.* – Tout un programme bâti sur une utopie ! – *La générosité n'est pas une utopie !* »

Sur le chemin de retour vers mon « hôtel du cimetière », je m'arrête dans une épicerie arabe, les seuls commerces ouverts jour et nuit et jours fériés. Un jeune est collé au climatiseur et à son portable, derrière la caisse :« Jour M'sieur ! Bien sûr qu'on a des lardons ! Dans le frigo au fond de la boutique. – Vous n'avez pas trop chaud ? – Ne m'en parlez pas, c'est de la folie. Depuis un mois, les gens tombent comme des mouches. – Ah bon ? – Je suis seul au magasin parce que ma femme s'occupe, depuis une semaine, de notre vieille voisine qui a failli mourir de la chaleur. – Elle n'a pas de famille ? – Si, mais ils sont trop occupés, et puis ce sont les vacances. – Heureusement qu'elle a de bons voisins. – Aider ses voisins et les gens en détresse est un des commandements de Mahomet… Pardon ! Vous n'êtes pas musulman. – Non, mais je partage votre avis sur cette question, s'entraider est un devoir. »

« Quand je te dis que l'engagement, c'est ici et maintenant, que l'on soit humaniste, juif, bouddhiste, chrétien ou musulman et même épicier arabe. »

Je viens d'arriver au cimetière, j'ai envie d'une bonne « plâtrée » de pâtes aux lardons avec une « tonne » de crème fraîche et de gruyère. Il y a un sac à dos dans la chambrée. Je ne suis plus seul.

La fin de la solitude

Cette nuit, j'ai dormi comme un bébé jusque 7 h. Hier, un nouveau compagnon, Vincent, est arrivé en début de soirée. Près de huit litres d'eau fraîche furent nécessaires pour étancher notre soif de la journée caniculaire et de nos échanges philosophiques, jusqu'en début de nuit. Ce fut un échange passionnant et fraternel entre un agnostique et un croyant. Après tout, nous avons entrepris le même chemin, même si nos motivations sont différentes. Vincent parcourt le Camino par étapes à cause du boulot qui ne lui laisse pas suffisamment de disponibilités. Son objectif, cette année, est de rejoindre Saint-Jean-Pied-de-Port. Demain, nous ne cheminerons pas ensemble, car il a décidé de visiter Bordeaux lundi. Une seule journée de décalage suffit pour que nos routes redeviennent parallèles... C'est la pleine lune à travers les volets, nos voisins sont toujours aussi calmes. Cette nuit, il n'y aura ni danses macabres, ni plaintes lugubres d'ectoplasmes errants ; les seuls morts-vivants de cet endroit, c'était nous, profondément endormis...

Debout au chant du coq (de nos portables), nous avalons un bol de café noir, des confitures maison et du pain frais ; le petit-déjeuner s'éternise, nous reprenons nos discussions de la veille : « Tu transportes combien sur ton char ? – 32 kg, charrette comprise. — Les vieux pèlerins disent qu'on évalue le poids de ses péchés à la charge que l'on transporte. – Dans ce cas, j'ai certainement beaucoup à me faire pardonner. Mais par qui ? »

Vincent sourit : « Après tout ce que tu m'as confessé cette nuit, tu peux sans scrupule renvoyer une partie de tes bagages par la poste. Ton âme est plus légère à présent, ton bagage peut l'être aussi. » Ce conseil va certainement contribuer à me sauver la vie dans les jours à venir. Je décide donc de vider, à même le sol, tout mon paquetage : vêtements en triple exemplaire, pharmacie inutile, serviettes en coton, hamac, bâche de protection, popote et bouteille de gaz, harmonica… Tout ce fatras inutile repartira à Montpellier par la poste dès ce matin ; ma charrette s'est allégée de 8 kg. Vincent souhaite m'accompagner jusqu'au centre de Bordeaux, ensemble, nous reprenons la route vers le jardin botanique de la capitale girondine. L'endroit est joli et la pelouse hospitalière, nous nous asseyons devant huit statues assises en cercle et protégeant un jeune arbre entre leurs bras et leurs jambes. Des dizaines de badauds font de même. Ont-ils les mêmes émotions artistiques que nous, en ce moment ? Vincent me sourit.

« Hier, cet homme était un étranger pour toi, aujourd'hui, tu le quittes en frère. Je sens ta peine, ne sois pas triste. Ne penses-tu pas que cela est un gage d'amour divin qui te dit : aimez-vous les uns les autres comme je vous aime ? – Pourquoi toujours tout ramener à Dieu. Le seul concept que je comprenne, en quittant Vincent, c'est qu'il y a des tas de gens, sur cette planète, qu'il m'est possible d'apprécier et même d'aimer. Il suffit de les rencontrer et d'apprendre à les connaître. – *Comme nous sommes proches de nous comprendre. »*

Vincent me prend par les épaules : « Cette rencontre fut une bénédiction. Que Dieu t'accompagne et te protège. » Nous

nous étreignons, la gorge serrée. Je m'éloigne sans me retourner...

Les rues de la capitale girondine sont bondées, il est presque midi, je dois slalomer au milieu des tables des terrasses qui squattent les trottoirs. Regards en coin, sourires convenus... peu m'importe ; le ridicule ne tue pas. Telle la chenille, achevant sa métamorphose avant son envol de papillon, je prends toute la mesure de ma transformation psychologique subie en moins de trente jours : mes émotions plus spontanées, plus intenses, mes sentiments moins égocentrés, l'intérêt plus vif pour l'histoire des autres, mon écoute plus attentive, mon goût des silences contemplatifs... Je ne suis plus le même qu'au jour de mon départ. Je me sens comme allégé, tout comme ma charrette, détaché aussi des choses matérielles et du temps qui passe. L'humain libéré reprend le dessus sur l'humain occupé. Je comprends mieux, maintenant, ce que quelques pèlerins voulaient exprimer en écrivant dans leurs récits du voyage : « La route te façonnera comme les mains du potier sur la glaise, en retirant toute la terre superflue. » L'abbaye de Gradignan est ma prochaine destination. J'ai une fois de plus croisé la route de quatre routards à la dérive, la pauvreté est partout, je ne la voyais pas. Cinq heures de marche pour cette courte étape qui me semble pourtant, interminable. Je monte, je descends des trottoirs à chaque intersection, les handicapés en fauteuil et les mamans avec leurs landaus doivent galérer autant que moi ; j'ai une pensée pour eux. Je longe maintenant toutes les façades situées à l'ombre, en zigzaguant d'un trottoir à l'autre, il me faut éviter les ardeurs du soleil. Depuis une heure, j'essaye, sans succès, de retrouver les images familières de mon premier lieu de travail, il y a plus de 40 ans. Talence a bien changé, mon patron à l'époque, un artisan ébéniste, doit être mort depuis. Seule l'entrée du campus universitaire me semble plus familière, elle fait remonter du fond de ma mémoire quelques vagues souvenirs.

Je suis le premier marcheur à arriver au gîte du monastère de Kayac. Un pèlerin en bronze, grandeur nature, m'accueille devant l'entrée de la chapelle. La statue, assise sur un banc de pierre, soigne ses pieds aux veines gonflées par la fatigue. La sculpture est d'un réalisme saisissant : « Respect l'Artiste ! ». Il est 16 h, l'hospitalier ouvre la porte, cinq pèlerins arrivent à ma suite et nous faisons connaissance. Un couple de Bretons, parti de Tours, consacre 15 jours de leurs congés à un nouveau « tronçon » de son Camino annuel. Une Parisienne, libérée des contraintes familiales voyage seule depuis Bordeaux avec pour objectif : « rejoindre Burgos ». Puis, il y a Georges, un homme de 67 ans qui sera une rencontre déterminante, celle du sac rouge, il est parti de la tour Saint-Jacques à Paris. Un peu plus tard, un Espagnol au visage émacié nous a rejoints. Sa peau est tellement tannée par le soleil, qu'on pourrait le prendre pour un immigrant tout juste arrivé d'Afrique ; il fait son Camino depuis Paris ; c'est un caminéros taciturne, secret ou très discret ; personne, dans notre groupe, ne pourra savoir pourquoi il a entrepris ce chemin depuis la France.

Mes nouveaux compagnons sont intrigués par ma charrette et me posent des tas de questions pratiques ou techniques. Avec mes 30 jours de marche depuis le Mont-Saint-Michel, je suis ici, celui qui a parcouru la plus longue distance ; mon ego en frissonne de fierté. Me voilà entré, malgré moi, dans la hiérarchie des Miquelots en route pour Santiago. Cet intérêt est du miel, après toutes les claques prises depuis un mois sur un chemin tellement solitaire. Ce soir, je prends mon repas avec les Bretons, nous mettons en commun le vin et quelques victuailles ; tous les autres sont partis dîner en ville. Demain, la météo a prévu 35° à l'ombre et des orages en fin de journée, à la fin du diner nous décidons de lever le camp à 5 h. Une seule chambrée, pour accueillir 12 lits et autant de marcheurs qui vont, avec leur chaleur animale, faire de cette soirée d'été, une nuit torride…

La fraîcheur de l'aube me saisit sur le pas de la porte. Je ne suis ni le premier, ni le dernier à prendre la route. L'espagnol nous devance depuis plus d'une heure, il est vraiment pressé d'arriver. Je marche maintenant à bonne allure avec ma charrette qui fait des merveilles sur cette piste des landes, damée de sable blanc, c'est un vrai régal. J'ai vite fait de rattraper la Parisienne, nous avons à peine le temps d'échanger quelques mots, que j'ai l'impression qu'il me manque quelque chose : « Mes bâtons, j'ai oublié mes bâtons ! » Je décide immédiatement de revenir au gîte, malgré les deux kilomètres que je viens de couvrir ; cette décision me sauvera la vie dans quelques jours. Nouveau changement d'espace-temps qui bouleverse le cours des choses, je ne reverrai plus la marcheuse de la capitale. « Comment vais-je rentrer dans le gîte ? » Voilà une chose à laquelle je n'avais pas pensé dans mon emportement. Tous les pèlerins sont partis, le dernier devait glisser les clefs dans la boîte aux lettres, c'était la consigne. Les neurones en ébullition, je cherche, sans chercher vraiment, quelque chose pour ouvrir cette porte. À 100 m du monastère, je ramasse dans le bas-côté un fil de fer sans imaginer à quoi il pourrait servir ; les cambrioleurs n'ont-ils pas toujours un trombone ou un fil métallique pour crocheter une serrure de voiture ou de maison ? Penché sur la boite aux lettres, il ne me faut que trois minutes, pour repêcher les clefs, mon évaluation en situation de cambriolage est validée. Je retrouve mes bâtons, mais aussi le bourdon en bambou de l'Espagnol avec un petit sac contenant les guides et les cartes, qu'il a également oubliées.

« Rien ne sert de courir, il faut partir à point… Et c'est valable pour moi aussi. » Je n'ai jamais retrouvé l'Espagnol, rodé à des étapes de 50 km. J'ai dû finalement abandonner ses affaires dans une auberge, après les avoir transportées sur plus de 100 km. Je reprends cette fois la route avec mes bâtons et au pas de charge pour tenter de rattraper quelques-uns de mes compagnons de l'étape de Gradignan. Le soleil vient de passer l'horizon, je chausse mes lunettes noires, tant la réverbération sur le chemin blanc est aveuglante.

La route, rectiligne jusqu'à l'horizon, annonce la longue traversée de la forêt landaise. J'aperçois au loin la petite tache rouge, c'est le sac rétro du pèlerin de Paris. Sans accélérer mon pas, je mets une demi-heure pour rejoindre Georges. Son sac en toile, un peu vintage, se balance au gré d'une démarche claudicante ; fatigue ? Arthrose ? Accident ? « Salut Georges, sans être indiscret, tu souffres des hanches ? – Non, non... C'est le reste d'une vieille chute en parachute. – Ah bon ! C'est ton hobby ? – Pas du tout, je suis officier de réserve, j'ai eu un accident lors d'une de mes périodes de service. » Tout en cheminant, nous faisons connaissance. Georges travaille dans la finance, il est toujours en activité libérale avec de nombreux clients soucieux de faire fructifier leur patrimoine ou de bénéficier de ses conseils pour une optimisation fiscale. Il paraît être à l'abri du besoin, pourtant son équipement me semble un peu décalé : un sac d'un autre âge, acheté dans les années 60 au magasin du « vieux campeur », une chemise blanche aux manches relevées, un bermuda en grosse toile et des godillots en cuir marron.

Georges me déclare, sans que je lui pose la moindre question sur le sujet, qu'il est croyant et catholique pratiquant : « J'ai entrepris ce pèlerinage en mémoire de mes aïeux qui ont rejoint Compostelle depuis la Lorraine. Grâce à cela, la stérilité de son aïeule fut guérie miraculeusement. » Du coup, je lui retourne que je ne crois pas aux miracles, que je suis agnostique et qu'en d'autres circonstances notre rencontre aurait été plus qu'improbable : « Je suis objecteur de conscience, je ne supporte ni les armes, ni le commandement militaire. Je suis ouvrier et fils d'ouvrier, je vote à gauche et je suis allergique à la fraude et à l'optimisation fiscale. – Au moins avec toi, on sait à quoi s'en tenir, et puis, d'abord, l'optimisation fiscale ce n'est pas de la fraude. Je suis quand même un ancien inspecteur du fisc et je sais de quoi je parle. – Bon ! D'accord, la glace est brisée et je pense qu'on a épuisé tous les motifs de discorde, on peut marcher ensemble maintenant ? – Pourquoi pas. » Chemin faisant, nous avons trouvé d'autres sujets de conversation plus fédérateurs.

Nous parlons du compagnonnage, du scoutisme, de la franc-maçonnerie à laquelle il prétend appartenir (un paradoxe pour un catho déclaré et affirmé). Peu à peu, nous nous apprivoisons mutuellement, la souffrance de la marche rapproche. Avec le soleil au zénith, la chaleur est redevenue notre fidèle compagne. Le sable de la piste est plus dense, plus profond, nous perdons souvent nos appuis, chacun de nos pas devient plus pesant et nos bâtons nous encombrent inutilement. Ma charrette s'est, elle-même, recyclée en traîneau, les roues bloquées par le sable, j'ai l'impression de traîner une ancre. Nous progressons péniblement au milieu d'une forêt anéantie par le feu, qui n'est plus qu'une immensité de fougères, clairsemée de troncs calcinés et dressés comme d'affreux chicots. Midi est proche, le soleil est plus brûlant que jamais.

Pour se donner du courage, Georges se met à chanter des chants de légionnaires et des cantiques : « un peu cabochard l'inspecteur du fisc ». Je lui rends la pareille avec quelques hymnes scouts, une ou deux paillardes et en final, la ballade des gens heureux. Nous rions aux éclats comme des vieux copains de régiment, je ne suis plus à un paradoxe près… Georges multiplie les appels sur son téléphone : « Impossible de réserver l'étape de Barp, plus aucune place disponible. » Finalement, nous allons devoir profiter de la bienveillance d'une mairie communiste qui a hérité de la gestion du gîte exigu et vétuste de la précédente équipe municipale. Un comble ! les cathos accueillis par Pépone sur le chemin de Compostelle, George risque d'en faire une jaunisse.

Les quatre marcheurs, les plus rapides de l'étape d'hier, dormiront donc ce soir en « cellule », car c'est aux Baumettes que ressemble l'accueil pèlerin du gîte municipal communiste. Quant à nous, Georges et moi, nous atterrissons finalement, et par pur hasard, dans un endroit improbable, perdu au milieu de la forêt. C'est un domaine équestre, avec élevage de chevaux pur-sang. C'est un parc au gazon impeccable avec une longère sous l'ombre d'arbres centenaires. On doute un instant de l'adresse jacquaire, repérée un peu plus tôt sur Google Maps. L'endroit est exceptionnel, des cabanes en rondins et quelques chalets doivent servir de gîtes exotiques. La propriété est remarquablement entretenue, ponctuée de massifs de fleurs, j'imagine à tort qu'il doit y avoir une armée de jardiniers pour entretenir un tel domaine.

Élisa gère le domaine, les gites et même la cuisine. C'est une dame respectable de 73 ans qui nous accueille du fond de sa cuisine, sur les airs de la Traviata d'un disque 33 tours qui passe en boucle, en craquant un peu. Élisa est l'hôtesse des lieux et, de ce fait, notre hospitalière pour la soirée et la nuit. Dans sa cuisine, ça sent bon les oignons frits, un petit rappel qui nous dit que nous avons effectivement l'estomac dans les talons. « Nous serons cinq à table ce soir, si vous voulez bien supporter ma compagnie. Vous voulez une bière ? » Par cette chaleur, c'est une bénédiction. Voilà un bel accueil. Le couple de cathos bretons est arrivé une heure avant nous ; ils récupèrent par une longue sieste. Nous n'aurons pas le loisir de suivre leur exemple, Élisa s'installe devant nous avec deux canettes glacées, elle entreprend une discussion aussi directe et franche que passionnante (adieu la sieste) : « Alors vous êtes sur le chemin. Pourquoi ? » Nous avons à peine le temps de chercher une réponse ou d'exprimer une raison embarrassée que notre hôtesse déclare : « Je ne vous embête plus avec ça, car je m'en fiche complètement. Moi je suis athée et le principal est que vous soyez là, ce soir, pour me faire la causette. » Pendant plus d'une heure, nous découvrons une véritable héroïne de roman, qui aurait pu inspirer une saga romantique et exotique.

Élisa fut une écuyère renommée, venue d'Algérie. Elle a parcouru le monde en côtoyant les princes et les célébrités de son époque. Elle a rencontré l'amour de sa vie en Inde et l'a épousé à Katmandou. Dans son domaine, elle reçoit régulièrement les représentants de la haute société « politico-bourgeoise » internationale ou, accessoirement, quelques titulaires de particules de la noblesse, comme ses voisins « les Montesquieu » ; bref, tout le gratin souhaitant ses conseils avisés pour leurs chevaux et la reproduction de leurs étalons primés. Elle participait autrefois aux grandes compétitions équestres à travers le monde, jusqu'à la chute fatale qui lui a brisé le genou et sa carrière de cavalière. Depuis la mort de son mari, son unique amour, Élisa s'est prise de passion pour l'opéra et la philosophie. Pendant le repas fort animé, l'érudition de cette femme nous a tous bluffés, nos amis de Bretagne, ainsi que Georges ont été un peu malmenés dans leurs convictions de croyants affirmés et militants. Pourtant, le charme décalé et l'intelligence de cette femme nous ont tous mis d'accord : « Nous avons fait ce soir une rencontre exceptionnelle, c'est évident. »

Épuisé, je m'effondre sur mon lit, il est 22 h. J'ai eu grand-peine à terminer ma lessive, qui aura bien du mal à sécher d'ici demain vu l'heure tardive et l'humidité de la nuit. Nous partageons la même chambre, Georges et moi, il dort déjà.

Le séducteur impénitent

Le ruban blanc de la piste disparaît au loin et se dissout dans la brume matinale. Nous avons levé le camp à six heures, fait nos adieux à Élisa, nous partons sous un ciel de plomb. Le couple a repris la route bien avant l'aube, toujours aussi pressé d'arriver le premier pour se réserver la meilleure place et le meilleur lit. Sur ce registre, je suis en phase avec mon compagnon : « On arrivera, quand on arrivera ! » Le soleil émerge au-dessus des arbres, nous avons retrouvé une forêt landaise digne de ce nom. La chaleur grimpe et les bestioles aussi, qui ne sont pas en reste de leurs assauts et de leurs piqûres. Nous nous aspergeons de « 5/5 tropiques ». Un incroyable ballet se déroule sous nos pas, des centaines de taons, dérangés par notre marche, s'envolent devant nous, repoussés par notre insecticide répulsif. Ils restent à bonne

distance, sans nous attaquer, mais nous encerclent, au cas où…
Nous nous éloignons peu à peu de Bordeaux « la belle
bourgeoise » et son demi à 4,50 €. Heureusement les prix sont
redevenus raisonnables, ici. Nous percevons aussi un changement
dans le regard et le comportement des gens que nous croisons ;
notre bonjour trouve un écho. Nous sommes en terre landaise, la
forêt, les grands espaces déserts qui séparent les villages, ont
certainement façonné un caractère et des relations propres à ce
territoire. Les voitures s'arrêtent plus facilement pour nous laisser
passer. Les gens nous abordent spontanément, pour nous offrir
de l'eau fraîche ou nous encourager. Les prix, dans les épiceries,
les bars, les cantines, ont sérieusement baissés. Nous apprécions
le changement et la gentillesse des gens.

Nous venons de passer le panneau « Seguin Beliet » :
« Vous allez à Saint-Jacques ». Nous nous retournons, une grande
et belle femme, aux yeux bleus magnifiques, vient de nous
rejoindre. Georges, toujours prompt à se présenter sous son
meilleur profil, engage aussitôt la conversation. En moins de trois
minutes, il a déjà trouvé quelques points communs avec notre
interlocutrice : « Votre mari est militaire, quelle coïncidence, moi
aussi, je suis officier de réserve. Il est parachutiste, quel hasard,
moi aussi… » Je l'écoute, amusé. Quel aplomb ! Je n'arrive pas à
m'imaginer une telle entrée en matière avec une inconnue : votre
mari fait du parapente ? il joue de la guitare ? il travaille le bois ?
Non ? Ah bon ! Circulez, il n'y a rien à voir… Au revoir et bonne
journée. »

Sophie, puisqu'on en est déjà au stade des prénoms et bientôt du tutoiement, est en grande conversation avec Georges ; je suis devenu complètement invisible pour l'une, comme pour l'autre. Elle sort du sac son portable : « Georges, je vais te montrer quelque chose que tu dois absolument voir sur ton chemin ; c'est à moins de 30 minutes d'ici. » Sur l'écran, il y a une petite église au milieu des bois, dans une clairière. C'est un lieu de pèlerinage où coule une source miraculeuse qui guérirait (selon la légende) les maladies des yeux. Elle nous dit qu'elle ne croit pas beaucoup à tout cela, mais que ça ne coûte rien d'essayer. Il est temps de ne pas approfondir, je presse Georges pour reprendre le chemin, sinon nous risquons d'y passer la soirée. Assez papillonné ! Il est temps de repartir. Georges en extase ou en pâmoison, s'exclame : « C'est Dieu qui a mis cette femme sur notre route, elle est plus croyante qu'elle ne veut l'avouer. – On se calme, Georges. Serais-tu si enthousiaste si elle n'avait pas eu ces yeux-là ? – Quelle belle femme ! Cette rencontre est une bénédiction. – C'est bien ce que je pensais. »

Avant de reprendre la route, nous devons absolument nous sustenter, la causerie sur le bitume a laissé passer l'heure du service dans les cantines ouvrières. De plus, les kilomètres de la matinée nous ont mis en état d'hypoglycémie, dans le seul bistro du coin, les sandwichs ont de quoi vous bétonner l'estomac : un demi pain, 100 g de beurre et une tranche de jambon blanc d'un demi-centimètre d'épaisseur. Calés et en pleine digestion, nous nous sommes remis en chemin pour la source miraculeuse… L'église de Mons est bien entourée de son cimetière, je me demande parfois ce qui a motivé les gens à construire un tel édifice dans un endroit aussi paumé... La source est bien là, à l'endroit indiqué par la belle Sophie : « Viens vite », s'exclame Georges, excité comme une puce. Il accourt vers l'endroit prétendu miraculeux, s'agenouille, se signe par trois fois, fait ses dévotions à saint Pons et s'asperge les yeux, alors qu'il ne porte pas de lunettes, n'a nul besoin des soins d'un ophtalmo et encore moins d'une intercession divine pour y voir mieux. Il se met à boire l'eau, qui ne me semble pourtant pas très claire : « Georges, je ne pense pas que ce soit une judicieuse idée. – Rien à craindre, c'est de l'eau miraculeuse. – La foi déplace peut-être les montagnes, je doute fort qu'elle stérilise les amibes dans l'eau. – Homme de peu de foi. » Pas de miracle, cette fois encore, sauf, peut être, dans le cas où mon compagnon échapperait à une bonne gastro. Les 33 km sous la canicule et les deux heures de haute lutte dans les ornières de sable, en tirant une charrue, ont laissé Dieu et saint-Michel de marbre, silencieux et, bien entendu, indifférents à notre sort. À notre arrivée à Sognac, cinq pèlerins sont déjà là depuis plus de deux heures. Ils sont en phase de récupération en sirotant une bière sous le préau de la colo. Le couple de Bretons fait la sieste. L'endroit est sur le déclin, avec ses installations spartiates envahies par une horde de gamins braillards, livrés à eux-mêmes sous le regard indifférent des animateurs scotchés à leurs téléphones. Les suceurs de sang sont aussi à la fête, d'autant que la colo a eu la lumineuse idée d'installer un bassin pédagogique habité par des milliers de larves, mais déserté de tous prédateurs : ni poissons, ni têtards et autres batraciens ; la nurserie pour vampires, quoi ! Avant de prendre possession de notre chambre, je suis allé en douce aux cuisines pour emprunter un ventilateur repéré à notre arrivée. Je l'installe, illico, sur le tabouret servant de chevet entre mon lit et celui de Georges, perplexe : « Ce n'est pas pour brasser l'air étouffant de la chambre, c'est pour les moustiques, ils ont horreur des courants d'air. » L'idée s'est finalement révélée efficace ; Georges commence à apprécier mon style Mac-Gyver : « Dans la vie, il y a donc autre chose que l'optimisation fiscale, n'est-ce pas, Georges ? » Il hausse les épaules et règle son téléphone sur 5 h ; il faut vraiment dormir, maintenant.

Mourir de soif

Aujourd'hui, notre objectif, c'est Labouheyre : un curieux nom pour ce patelin isolé au milieu d'un désert de résineux et au terminus d'une piste sans fin. Cette étape-là aurait dû être tranquille et sans surprises avec ses routes toutes droites et parfaitement plates ; tout avait pourtant si bien débuté…

Lors de notre passage à Moustey, nous avions fièrement posé devant la borne indiquant : Santiago à 1 000 km. « Ça fera donc 1 800 km pour moi et 2 000 km pour toi, au final… Pas mal pour des papys… Hein ? – On en reparle à l'arrivée. En attendant, on marche. Allez, en route. »

À Pissos, encore un sacré nom pour un patelin landais, nous trouvons un chouette endroit, en lisière du bois, pour la pause de midi. Une guinguette propose des boissons fraîches et de l'ombre sous les arbres, un lieu rêvé pour une sieste avant l'épreuve de l'après-midi. Georges pianote sur son portable. Je l'observe, perplexe : « Tu devrais faire la sieste ! – C'est bon pour les sudistes et les vieux. – C'est vrai que tu es un jeune Nordiste, pardon, parisien, insensible à la fatigue. – En attendant, moi, le Nordiste émigré au sud et très vieux… Je dors ! » Je ferme les yeux et en moins d'une minute, je suis en partance sur le Camino des rêves. Dix minutes plus tard, Georges pianote toujours ses SMS : « Business is business ! – Bon, on y va ? – Quoi, tu es déjà réveillé, tu n'as pas dormi ? – Si, si, mon ami, j'ai même rêvé que tu jetais ton foutu téléphone et que tu distribuais le profit de tes optimisations fiscales aux pauvres. Si tu veux, demain, je t'apprends la sieste… (pas de réponse) : Tu es vexé ? »

Nous avançons sur une piste de sables mouvants, je vais finir par planter des patates sur deux kilomètres, vu les sillons que je creuse avec ma chariotte. Me voilà maintenant arc-bouté en marche arrière, pour tenter de passer une butte de sable encore plus mou. Georges trace son chemin sans se préoccuper de moi : « Je ne suis pas sûr que ton chariot soit vraiment un allié. » Un peu vexé, je réplique : « On en reparle sur l'asphalte d'une vraie route. » Mon attelage se renverse, je le redresse, il se retourne aussitôt… Plus de dix fois… Je suis Sisyphe réincarné. Georges m'observe, il semble sidéré par mon entêtement ; serait-il admiratif ? Il n'est pas très solidaire, ni aidant en tout cas. Ma charrette finit par se retourner définitivement. En rage, je termine l'ascension du sentier avec mon chariot à l'envers : « Tu vois, Georges, finalement, ça glisse mieux sur les sacs que sur les roues. » Il hausse les épaules... Il fait plus de 40°C, les arbres, tant espérés n'existent plus. Il est 13 h au soleil, pas d'ombre, la température dépasse maintenant les 45°C, nous longeons depuis une heure un champ de carottes qui a remplacé la forêt anéantie par le feu et les tempêtes. Depuis notre halte de midi, nous avons déjà ingurgité plus de six litres d'eau à nous deux. Nos dernières réserves sont imbuvables autrement qu'en infusion de tisanes. Nous pressentons que la situation va devenir critique. Un croisement, mais aucune indication, la route est déserte et confirme que, cette fois, nous sommes bien paumés : ni panneaux, ni balisages du Camino, ni réseaux pour appeler le GPS à la rescousse. Sommes-nous en France ou au fin fond de l'Amazonie ? J'entends au loin une voiture, je fais des grands signes, le véhicule accélère et refuse de s'arrêter. La chaleur est infernale, l'asphalte se liquéfie sous la température et je commence à avoir très mal au crâne, les vertiges en prime.

Derrière un panneau stop, je cale ma tête, c'est le seul obstacle aux rayons brûlants du soleil qui peut m'offrir un peu de répit. Blotti dans cette minuscule zone d'ombre, je sens que le coup de chaleur n'est pas loin. Georges s'est assis, exténué, le crâne sous une serviette en guise de parasol. Réalité ou hallucination ? J'entends à nouveau le bruit d'un moteur. Une femme, de type asiatique, arrive droit sur nous, je me place au milieu de la route en faisant des grands gestes. Un instant, j'ai cru que, prise de peur, la conductrice allait me foncer dessus. J'esquive la voiture qui s'arrête malgré tout sur le bas-côté toutes fenêtres fermées, malgré la canicule ; il y a deux femmes à bord qui n'en mènent pas large : « N'ayez pas peur, nous sommes des pèlerins de Compostelle. Nous nous sommes perdus. Aidez-nous, je vous en supplie. » La fenêtre s'entrouvre : « Où allez-vous ? – À Labouheyre. – C'est par là, à une dizaine de kilomètres. » La voiture redémarre aussitôt, sans autres formules de politesse. Nous allons dans la bonne direction, je l'espère, et dans deux heures nous serons sortis d'affaires… L'intervalle entre mon compagnon et moi s'allonge de plus en plus : tous les 200 m, je suis obligé de m'arrêter pour l'attendre. Georges a maintenant une démarche titubante ; je suis inquiet. Il y a bien quelques arbres clairsemés, mais le soleil est tellement zénithal qu'aucune ombre portée ne permet de s'abriter. Mon compagnon décide de se laisser glisser au fond d'un fossé asséché, histoire de trouver un peu d'ombre et de fraîcheur (toute relative). Je tente de joindre notre hébergeur, toujours pas de réseau : « Reste ici, nous ne sommes plus qu'à trois kilomètres de notre étape, je vais chercher des secours. »

Une heure plus tard, j'arrive au centre du village. Je suis à l'état d'épave, mes pieds sont brûlés par l'asphalte. Je sens que cette fois, je ne couperai pas aux ampoules. Je suis incapable de sortir un mot, ma langue est devenue un bloc de papier mâché. Ma vue est brouillée, je titube à chaque pas. Je m'effondre, enfin, sur un banc situé à l'ombre des platanes sur la place, indifférent aux regards des passants. Il est 18 h, de rares commerces sont encore ouverts. Après avoir un peu récupéré, je me précipite sur la porte de la Société Générale, qu'un employé est sur le point de verrouiller : « S'il vous plaît, donnez-moi de l'eau. » Je lui tends ma gourde brûlante, il accepte sans poser de questions. Je vide un litre de liquide, d'un trait, devant ses yeux incrédules. « Encore, s'il vous plaît. » Au bout de trois gourdes, je suis en meilleur état pour appeler l'hospitalier au secours. « Quelle histoire ! Où est votre copain ? Je pars le chercher. Vous montez ? – Impossible avec ma charrette. Il est à trois kilomètres d'ici, sur votre gauche, dans le fossé. Il a mis son sac rouge au bord de la route, vous ne pouvez pas le manquer. »

Georges a survécu. Nous nous retrouvons sur la place que je n'ai pas quittée, laminés, liquéfiés ; mais vivants. Nous échouons finalement, dans la maison de la mère décédée de notre logeur, car le gîte, malgré notre réservation, affiche complet (surbooking en cette saison de transhumance ?). Au seul bar-restaurant du village, nous sommes, aussi ce soir, les seuls clients. La bière est absolument divine, je crois bien que l'on peut retrouver la foi en buvant ce breuvage, après avoir failli mourir de soif : *« Ne blasphème pas, s'il te plaît.* – C'est un si petit blasphème, l'archange. »

Deux litres de bière, une bouteille de rosé glacé, quatre carafes d'eau furent nécessaires pour retrouver assez de salive pour commenter et rire de notre mésaventure. C'est un peu en titubant que nous avons regagné nos pénates. Avant de me coucher, je fais le bilan de mon état physique : quelques ampoules affreusement douloureuses, des coups de soleil sur les mollets,

9 kg de gras perdus depuis mon départ (au moins je serai plus léger demain), et mon dos fatigué qui m'a transformé en vieillard voûté sur son déambulateur. Dehors, le ciel est zébré d'éclairs, il pleut des cordes. En fermant les yeux, je remercie l'orage de nous apporter un peu de fraîcheur. Je n'ai pas entendu, ni vu arriver le train du sommeil…

« Merci l'archange. » Pas de réponse, il dort lui aussi…

La fraîcheur me saisit, en ouvrant les volets, c'est un vrai bonheur ! « Nuages, orages, pluies diluviennes, comme je vous aime ! » Nous levons le camp à 8 h, une presque grasse matinée de pèlerin, ce n'est pas du luxe. Mes orteils vont un peu mieux, c'est presque supportable. J'espère que les poupées de sparadrap tiendront la distance et la journée. Nous sommes maintenant sept marcheurs sur le même itinéraire et dans le même espace-temps. Nous arrivons pourtant à l'étape tous séparément, le temps est aussi conditionné par l'espace et le pas de chacun-ne. 14 h à mon arrivée à Onesse, Georges traîne en arrière, son pas est plus lent depuis les épreuves d'hier, à moins que ce ne soit une nouvelle rencontre de beaux yeux bleus ; difficile d'ajuster nos foulées sur de longues distances, chacun son rythme. Le village d'Onesse que je traverse est désert, tout le monde doit être à l'ombre ou faire la sieste vu la chaleur écrasante. Je cherche le point de rendez-vous que nous nous étions fixés en partant, ce matin ; l'unique hôtel-restaurant du patelin disposerait d'une annexe. Ce gîte nous avait été chaudement recommandé par l'hospitalier d'hier. Évidemment, l'hôtel est fermé et le bar en terrasse complètement vide. Sur la porte, un gribouillis « informe » les pèlerins des horaires d'ouverture du dortoir ; « Sympa », vu qu'on arrive à toutes heures de l'après-midi. J'entends un bruit à l'étage, un gros homme bougon, rougeaud et torse nu (la classe !), ouvre les volets ; passablement dérangé, il marmonne des informations approximatives. Je lui demande s'il peut me servir une bière fraîche, j'en ai tellement envie. Cela aussi semble lui demander un effort considérable, il refuse. Je n'ai rien avalé depuis ce matin ; l'épicerie est fermée, le restaurant est fermé, le bar est fermé... Pourtant nous sommes bien en juillet et c'est la pleine période touristique ? Je tente le snack du camping tout proche, on m'éconduit sous le prétexte que la restauration est réservée aux résidents. Bon ! Je vais attendre sur la terrasse déserte de l'hôtel du « bon accueil » (ça ne s'invente pas) ; bienvenue à Onesse !

Georges arrive enfin et nous trouvons le gîte. C'est un bâtiment décrépi avec dix-sept marches extérieures qu'il faut gravir pour atteindre le dortoir. Encore quelques périlleuses acrobaties avec ma chariotte. La déco du logis est en « harmonie » avec l'extérieur, qui ressemble plus à une cour de ferrailleur brocanteur, qu'à un jardin zen pour pèlerins fatigués. La kitchenette, ne permettant que quatre places assises autour d'une table (nous sommes huit), nous décidons de prendre le repas du soir en bas et dans la cour dépotoir ; ni chaises, ni tables à l'horizon... Dans le bric-à-brac, je déniche des tréteaux branlants, quelques planches et des vieilles portes, des sièges disparates et parfois percés, notre « patio convivial » est enfin prêt à nous recevoir. Tout le monde apprécie l'initiative, non sans craindre les foudres de la logeuse, Roseline, qui brille par son absence.

Quelques nouveaux marcheurs ont rejoint notre groupe. Agnès, une ex-danseuse, Geneviève, qui souffre de multiples tendinites et cafarde un peu en pensant à la fin de ses congés et de son Camino, Stéphane, qui se qualifie lui-même de grizzli, que nous avons surnommé le marathonien avec ses 7 km/h de moyenne, il affiche une forme insolente malgré ses cent kilos. Nos Bretons sont aussi là, ils ont terminé leur sieste et leurs ablutions. Tous ont investi le gîte avant moi, je les surprends en pleine « climatisation » de leurs pieds dans des bassines, autour de la table de la minuscule cuisine.

Question hygiène, tout a été prévu dans cette halte jacquaire : un cabinet de toilette-douche aussi spacieux qu'un WC et d'une saleté repoussante, des lits défoncés à la literie douteuse, portes des placards et des chambres ruinées et grinçantes, une faune rampante et volante qui cohabitera avec nous cette nuit ; pourvu que nous ne devenions pas les hôtes de punaises et autres joyeusetés... Enfin ! l'épicerie du village ouvre et nous pouvons nous approvisionner pour un repas partagé. Ce soir, ce sera Pasta-partie au menu, pas gastronomique mais royal pour notre bonheur devenu bien moins exigeant sur le chemin ! À peine attablés, devant nos assiettes fumantes, Roseline, la logeuse, arrive. C'est bien le moment ! En plus, elle va nous faire manger froid. « Bonjour », du bout des lèvres, sans autre politesse elle ordonne : « Vos crédenciales et 20 € par personne et en espèces, s'il vous plaît. » Heureusement qu'il y avait le « s'il vous plaît » sinon, notre paisible communauté aurait viré à la révolution. À 160 € par chambre, nous trouvons la pilule amère, Compostelle est ici un juteux business : « Qu'elle est prospère, ma petite entreprise ! ».

Je doute fort que notre participation pécuniaire figure dans un quelconque livre de comptes (ce n'est qu'un avis subjectif et personnel). Sur cette étape, l'esprit du chemin vient d'en prendre un sérieux coup, nous n'épiloguons pas, le salut de Roseline ne trouve aucun écho. Après cet accueil, dans la tradition des Thénardier, nous reprenons le cours d'un repas tiède, mais que nous avons réchauffé par quelques boutades et nos éclats de rires, le vin aidant.

Demain au lever du jour, nous fuirons cet endroit.

Les clochards à l'église

Je galère un peu pour actualiser mon blog de voyage, mes parents et ma famille restée dans le nord vont s'inquiéter. La France profonde peut aussi être un désert numérique. J'ai bien trouvé, ici, une médiathèque en principe connectée, mais elle n'ouvre qu'entre 16 h et 18 h. En attendant la disponibilité du service public, que fais-je ? Bref, maintenir le lien, via le WEB en zones rurales, est parfois mission impossible. On verra, bientôt, si l'Espagne est plus branchée que les Gaulois. Après une nuit insalubre et orageuse, dans le gîte d'Onesse, personne n'a flemmardé au matin, nous avons levé le camp à six heures. Stéphane le « Grizzli », Georges et moi, nous avons pris l'option petite route bitumée ; les autres ont choisi la piste de sable à travers la forêt (ce fut une bonne décision, le périple ensablé d'hier n'était pas renouvelable). À mi-chemin, nous avons traversé Lespéron, l'épicier du village nous avait vanté le gîte communal refait à neuf depuis peu, la nuitée était proposée à huit euros. Curieux que cette adresse ait été, comme par hasard, « oubliée » par l'hospitalier de Labouheyre deux jours plus tôt ; sa recommandation du gîte d'Onesse, nous semblait à présent suspecte et pour le moins intéressée.

Grâce à notre option bitumée, nous sommes les premiers arrivés à Taller ; les filles nous rejoignent au gîte communal, vers 15 h. Nos randonneurs bretons ont préféré une chambre plus confortable et plus intime, chez l'habitant. Notre nouvelle halte pour la nuit est une pièce unique, dans une annexe de la mairie, avec quatre couchages en lits superposés, nous sommes cinq, cherchez l'erreur. Le pèlerin surnuméraire tombe sur moi, je fais bonne figure et décide de monter un lit de camp dans le cabinet de toilette, le seul espace restant disponible pour finir de loger tout le monde ; au moins, ici c'est propre. Pour ce soir, ce sera menu pizza commandé au camion installé sur la place. Le Grizzli et moi, nous sommes restés au gîte pour faire un peu de lessive et une bonne toilette, nous en avions besoin.

Georges et les filles n'ont pas hésité à faire du stop pour rejoindre, 20 km plus loin, la seule église qui célèbre la messe du samedi soir. Ils ont fait sensation, nous avons beaucoup ri de leur aventure à leur retour. Une arrivée remarquée à l'église : shorts, chemisettes froissées, tongs et stigmates du pèlerin (sparadraps, coups de soleil…). Des tenues pas très conventionnelles au milieu d'une assemblée endimanchée, et leur retard n'est pas, non plus, passé inaperçu. Heureusement, le curé avait été informé, par Georges, du passage des pèlerins. Il leur consacrera quelques mots d'encouragement dans son homélie. Après les regards de travers, en début d'office, les fidèles furent touchés par la grâce et nos pérégrinos en goguette furent célébrés comme de vrais héros. Sans rancune et en bon catholique, Georges est allé serrer la main à tout le monde et a généreusement offert ses bises aux plus jolies paroissiennes ; incorrigible ! À l'aller, le trio en auto-stop avait essuyé quelques refus. Pour le retour, les paroissiens étaient tous volontaires pour reconduire les héros du jour. C'est finalement le conducteur du « taxi solidaire » qui raccompagna l'équipage, après les avoir snobés à l'aller. « Jésus en clochard, sur le bord de la route aujourd'hui, aurait-il la même chance ? » Demain, notre petit groupe éclate et se disperse, une bonne bouteille vient, ce soir, arroser nos adieux. La nuit fut étouffante dans le confinement du gîte exigu. La fête du village, jusque tard en soirée, a anéanti tous nos espoirs d'un sommeil réparateur. Dans mon cagibi, j'ai somnolé en tournant comme une girouette sur un lit de camp récupéré dans les surplus de l'armée. Une nuit épique pour les garçons, les filles leur ont offert un duo de ronflements qui n'avait rien de symphonique. Au petit-déjeuner, tout le monde avait les yeux cernés, mais riait, bon enfant, du récital nocturne.

Stéphane, le grizzli, nous quitte pour le Norté et la voie Atlantique, Agnès rejoint une copine pour continuer son chemin,

Geneviève finit son pèlerinage à Lourdes. Nous nous quittons joyeusement après une séance photo sur les marches de la mairie… Devant moi, le sac rouge de Georges se balance au rythme de sa marche claudicante. Nous ne sommes plus que deux, un peu orphelins de nos amis d'hier. La route des Landes est heureusement moins monotone aujourd'hui, avec un chemin plus sinueux et quelques feuillus qui commencent à apparaître. Le pays basque se laisse deviner, les Pyrénées toutes proches pointent les premiers sommets sur l'horizon. Nous marchons aussi dans quelques déserts ruraux : pas âme qui vive, ni sur les sentiers, ni sur les routes communales, ni dans les hameaux que nous traversons. Pourtant la saison estivale bat son plein, le sur-tourisme ne concerne pas ces endroits. Ce qui nous interpelle est cette absence de bureaux de poste, de petits commerces, de bistros, de vie… Depuis des heures, nous n'avons croisé ni épiceries, ni boulangers, ni écoles ou mairies autrement que désaffectées. De grandes parcelles sont en friches, les bas-côtés ne sont plus fauchés, il n'est pas rare de voir des liserons empiéter sur la chaussée. La campagne française nous laisse de plus en plus une impression d'abandon ; que reste-t-il de la « douce France » des chansonniers ? Nous échouons finalement sur une route nationale au milieu des véhicules, nous sommes en vue de Dax.

Cette fois, une bande d'arrêt d'urgence nous permet de marcher en sécurité. Sur l'un des ronds-points, à l'entrée de la ville, les ingénieurs des ponts et chaussées ont apparemment oublié qu'un marcheur pouvait aussi emprunter leurs « ouvrages d'art pour voitures ». C'est donc au prix d'acrobaties, avec sac à dos et charrette, qu'il nous faut escalader plusieurs rambardes de sécurité interdisant tout passage piéton. À midi, pour la pause déjeuner, un parc public providentiel nous accueille à l'entrée de la ville. Sur un banc, juste à côté de nous, un couple âgé, apparemment de condition modeste, vient d'installer son campement. Ni complexes, ni gène, ils se sont étalés confortablement avec leur barda disparate, pour profiter de l'ombre des grands arbres et d'une pelouse rafraîchissante et bien entretenue. Cela n'est pas du goût de Georges, je sens quelques réticences dans ses œillades de travers. « Voilà une belle utilisation des aménagements publics qui permettent aux plus humbles de prendre des vacances, qu'en penses-tu ? » Georges désapprouve et hausse les épaules. Nos voisins ne sont pourtant pas des vagabonds, ni des squatteurs. Ils ont ingénieusement aménagé un caddie de super marché, des roues de vélo ont remplacé les roulettes, quelques sangles pour maintenir leurs bagages, une tente minute et un parasol. Ils semblent heureux et joyeux, indifférents à leur dénuement, ils sont libres et complices dans une façon de vivre leur couple que ni Georges, ni moi ne pourrons jamais comprendre ou imiter ; je les envie presque de cette pauvreté qui les rend plus riches que nous.

« *Quel revirement, mon ami, je suis édifié !* – Heureux les pauvres en esprit, car le royaume des cieux est à eux. Heureux les affligés, car ils seront consolés. Heureux les doux, car ils posséderont la terre… Tu vois je n'ai pas tout perdu de mon catéchisme. – *J'en suis heureux. J'ai donc de bonnes raisons de ne pas désespérer ?* – L'espoir fait vivre, de toute façon. Mais toi, tu t'en fiches, tu es éternel. Pour ces deux-là, le royaume des cieux est le cadet de leurs soucis, ils vivent leur vie dans l'instant présent, comme si c'était la seule et dernière vie et ils ont raison. – *Tu n'en sais rien. Tu es bien présomptueux pour prétendre lire dans le secret des cœurs et celui des destinées »*.

L'ancien séminaire de Dax, rebaptisé « Jean-Paul II » depuis sa visite dans la ville, a été transformé en centre de stages et d'hébergement à coût modéré, c'est là que nous échouons pour la nuit. L'endroit est peu fréquenté, nous ne sommes que deux pour le repas du soir, nous partageons la même chambre. Dans le hall, un couple de cyclistes belges vient d'arriver, alors que je suis en train de me battre avec un ordinateur hors d'âge, mis à la disposition des clients ; la connexion est désespérément lente.

Je laisse tomber l'informatique pour engager la discussion avec les Wallons. Le couple est en route depuis un mois, ils viennent de terminer une boucle de 2 000 km qui les a conduits de Bordeaux à Compostelle, avec retour par le Norté du littoral : « Nous avons rencontré beaucoup d'Espagnols et de Coréens. Dans leurs pays on les encourage à faire le pèlerinage pour porter cette performance sur leur curriculum vitae, c'est curieux, non ? » Je vois mal cette recommandation en France, avec notre culture de la laïcité, l'effet serait certainement contre-productif. Les cyclistes belges finissent par s'épancher sur le comportement des pèlerins croisés pendant leur périple : « Ils utilisent tout le temps leurs tablettes et leurs iPhone, pendant les repas ou dans les albergues, certains écoutent leur musique à fond en marchant et dans les dortoirs. Il y a aussi quelques beuveries où les joints sont de la partie et embaument toute la chambrée. Parfois on a même assisté à des offices perturbés par certains... » J'essaye de les rassurer en parlant de mon expérience bien plus nuancée, rien n'y fait. Après tout, le témoignage amer de ces pèlerins à vélo ne me perturbe pas plus que ça. À pied, la lenteur de la marche reste l'adversaire de la vitesse et du stress ; faire le Camino à vélo n'est peut-être pas une très bonne idée. Finalement, ils admettent qu'ils sont complètement déconnectés depuis leur départ, ils viennent seulement d'apprendre l'abdication de leur roi et le drame ferroviaire de Compostelle. À cet instant, je repense à la réaction de Georges, en pleine nuit, cinq jours plus tôt à Sognac : « Michel, je viens de recevoir un appel d'une amie en Israël, il y a eu un attentat à Santiago dans un train. Elle craint que ce soit un coup des Islamistes et elle s'est beaucoup inquiétée pour moi. » L'appel téléphonique de sa relation, qui lui avait annoncé le drame en ces termes, ne concernait en fait qu'un accident dramatique et consécutif au non-respect de la signalisation ferroviaire et rien d'autre. Quant au conducteur responsable de l'accident, il semble qu'il n'avait aucun lien avec Ben Laden et consort. Les flashs de l'orage, qui éclairent les fenêtres ouvertes de notre chambre à Dax, me font penser aux arcs électriques du train arrachant les caténaires. J'imagine la catastrophe, les souffrances, le désespoir pour toutes ces victimes et leurs proches : *« Holà ! L'archange, qu'est-ce qu'il fiche, ton patron. Laisser arriver une telle catastrophe dans la ville de son apôtre, c'est inacceptable ! – Dieu n'est pas un magicien avec sa baguette magique. Les drames, les guerres, les catastrophes, font partie de la condition humaine et des décisions ou des imprudences des hommes.* – C'est facile de dire que tout est de notre faute. Le conducteur du train a survécu alors qu'il a envoyé au cimetière des dizaines de passagers et, peut être même, des pèlerins revenant de leur Camino. Tu trouves ça bien et juste ?–

La mort du responsable imprudent n'aurait rien changé. Ce drame t'affecte, tu es en colère et c'est légitime. Ton cœur s'émeut du sort de tes semblables, c'est rassurant. Dieu ne peut être source de violence ou de vengeance, il est Amour, car alors ce monde ne serait plus depuis longtemps. La compassion et la tristesse sont des sentiments auxquels tu es associé, avec Dieu, en ce moment. – Décidément, je ne comprends rien à ta logique, l'hypothèse divine est décidément une ineptie. »

Ce matin, pendant le petit déjeuner, William m'a laissé un message vocal : « Je viens d'arriver à Pampelune et je serai à Saint-Jean-Pied-de-Port jeudi. » Je me dis que ce garçon a fait un sacré bout de chemin, depuis notre rencontre près de Melle. Cette nouvelle-là me redonne un peu d'espérance.

Il est 7h30. Aujourd'hui le programme de la journée semble plein de promesses, je suis d'humeur joyeuse. Les sentiers forestiers sont, cette fois, bien tracés et baignés par une belle lumière matinale. Nous longeons des étangs nappés de brumes qui dessinent des arabesques sur l'eau. Depuis leurs barques, quelques pêcheurs sont affairés à débarrasser la surface des étangs des amas de feuilles qui s'agglutinent en îles mouvantes. Malheureusement, cette balade bucolique ne dure pas, c'était trop beau ! Le sentier se perd rapidement au milieu des herbes hautes. Nous avançons péniblement dans une végétation anarchique pour, finalement, déboucher en face d'un escalier en bois complètement vermoulu ; cet aménagement est plutôt un obstacle qui risque fort de nous mettre en danger. Le chemin est classé par l'UNESCO, certes, mais c'est aussi le royaume des bricolos qui n'ont probablement jamais testé eux-mêmes leurs équipements.

En haut de cet escalier, permettant de gravir le talus abrupt, nous nous retrouvons devant un rail de sécurité, probablement installé lors de la réfection de la route départementale ; encore une incohérence que nous allons devoir escalader. Nous vérifions sur la carte la trace du chemin de Santiago ; aucun doute, le sentier passe bien ici. Nous voilà embarqués dans une série d'acrobaties périlleuses : je pousse aux fesses mon copain pour passer les rambardes et nous ne sommes pas trop de deux pour faire basculer ma chariotte au-dessus de l'obstacle. Les camions et les voitures font des embardées pour nous éviter et quelques conducteurs se frappent la tête pour nous faire comprendre que nous sommes complètement cinglés. Nous restons vivants, malgré tout. Je commence à être rodé à ce genre de situation ; pas Georges qui fulmine. Le sentier redevient rapidement plus sauvage et mal balisé, c'est presque un soulagement pour nous. Le calme revient aussi et nous avançons tranquillisés au milieu des chênes et des charmilles.

Nous venons de passer le Gave au sud de Dax : le changement est spectaculaire ; nous ne sommes plus dans les landes, mais pas encore en Gascogne. Le paysage se vallonne, les maisons changent de formes et de couleurs, le rouge basque ponctue le vert d'une campagne superbe. Il n'est pas rare qu'on nous salue gentiment ou que l'on nous interpelle pour parler et nous offrir le café ou l'eau fraîche. Il y a aussi cet accent et cette langue, si caractéristiques. Notre pays est riche de ses terroirs, du brassage des cultures, des langues régionales qui ont façonné, au fil des siècles, un peuple qui ne sera, fort heureusement, jamais homogène. Pourvu que tout cela ne soit jamais dilué dans une monoculture mondiale standardisée.

À midi, nous arrivons à Cagnotte et l'enseigne du restaurant « le Saint-Jacques », nous invite à satisfaire les tiraillements de nos estomacs. Le repas ouvrier est proposé à 11 €, la qualité et la quantité nous sont offerts avec, en prime, le sourire d'une jolie serveuse qui émoustille mon compagnon (on ne se refait pas). Vive le pays basque ! Le ventre plein, nous reprenons notre marche, mais après 200 mètres, un arbre au beau milieu d'une pelouse nous invite avec insistance à la pause digestive. Georges succombe enfin à mes conseils avisés, ne suis-je pas un « maître honoris causa » de la sieste méditerranéenne ? Quand je vous dis que la diversité culturelle de notre pays est une richesse. Réveillé par mes soins, au bout de quinze minutes, Georges finit par admettre tous les bienfaits ressentis après cette déconnexion. J'anticipe une conversion imminente aux us et coutumes du grand sud. Sur ce registre-là, je viens donc de marquer le premier point.

Nous croisons un gendarme retraité qui est devenu sauveteur de belles pierres dans un château en ruine, qu'il compte bien finir de restaurer avant de mourir. C'est en milieu d'après-midi que nous arrivons à l'étape de Sorbes l'Abbaye. Le gîte municipal, entièrement rénové, nous paraît presque trop luxueux pour des pèlerins rompus aux étapes spartiates. Nous avons retrouvé nos Bretons, très satisfaits de l'endroit et de leur sieste (encore des convertis). Certes, nous apprécions le confort ainsi que les retrouvailles avec nos compagnons, plus méthodiques que jamais dans leur organisation, mais une grande fatigue physique s'est progressivement installée, nous empêchant d'apprécier pleinement tout le chemin parcouru et cette complicité qui s'installe entre nous.

« Pourquoi tous ces efforts, tous ces dangers, cet inconfort au quotidien ? Qu'est-ce que je veux prouver, moi qui n'adhère même pas à la fonction première du Camino : la rédemption ? – *Personne ne t'a obligé à entreprendre ce pèlerinage. Il t'appartient de faire la part des choses, dans les épreuves que tu traverses, pour donner un sens à tout cela.* – Ce serait bien que tu t'exprimes de façon moins énigmatique, l'archange. » Je suis vraiment crevé.

Mes ampoules aux orteils me font beaucoup souffrir. J'ai les jambes si lourdes et le dos fracassé ; c'est donc ça la pénitence à la sauce catho ? Je dois donc être un grand pécheur devant l'Éternel ? Va savoir… Assez déliré, il est 21 h, je sombre dans un coma sans rêves, ni tourments, jamais je ne me suis endormi aussi tôt, ni aussi vite. Demain, ce sera une nouvelle et longue marche : qui s'en étonnerait ?

La syndicaliste

Chouette ! 20 km seulement aujourd'hui, une vraie promenade de santé. En plus je me suis levé frais comme un gardon. Depuis deux heures, nous avançons sur des routes désertes... Une jeune femme, qui éclaircit un bosquet de bambous devant sa maison, engage la conversation avec Georges ou l'inverse, je ne fais même plus attention ; décidément, mon compagnon est très sensible au charme féminin. La femme nous propose de l'eau fraîche, nous lui parlons de notre voyage, des difficultés des marches longues et endurantes répétées au quotidien. Elle nous confie sa passion de la course à pied et sa préparation pour le prochain marathon de New York. Son entraînement quotidien est de 25 km ; nous sommes des gamins ! Elle nous rassure sur les capacités du corps à s'adapter à l'effort. Cependant, nous ne lui opposons pas que le corps ne s'adapte jamais au poids des années. La montagne se rapproche, je la devine sans la voir encore. Depuis plus d'une heure, nous gravissons une longue côte sinueuse à travers bois. Au bout du sentier, une trouée lumineuse dessine comme un halo dans la futaie. Nous arrivons, dans un bel ensemble, au sommet. Je suis ébloui par la luminosité : la chaîne des Pyrénées, immaculée, inondée de soleil, s'expose face à nous. Une apparition sublime qui me fait lever les bras et mes bâtons en signe de victoire. Je lance un cri exalté qui laisse Georges les yeux ronds : « Il vient de péter un fusible, le Michel. »

Face à nous, le panoramique est grandiose, la chaîne de montagnes, hérissée de pics enneigés, embrasse l'horizon d'Est en Ouest. Georges exprime son émotion par un long silence. Comment lui confier mes pensées intimes. En cet instant d'émotion, d'ici, j'aperçois la fin du pays que je viens de traverser à pied et j'ai le vague à l 'âme pour ceux que j'ai laissés à 400 km, plus à l'est. Je revois aussi ce panorama, sur la chaîne de montagnes que je contemple, aperçu un matin de Saint-Sylvestre par un temps particulièrement clair, au sommet du pic Saint-Loup ; le « Mont Saint-Michel Héraultais » que j'aperçois depuis ma maison. Cette idée-là me remplit de nostalgie, je pense aux miens. Quarante jours de marche, de doutes, de renoncements… pour vivre cet instant si intense. Je sais maintenant pourquoi j'ai voulu cela : me débarrasser du poids de mon petit confort, qui est en fait une prison, et me sentir léger, vivant. Georges jubile, lui aussi, notre joie est communicative et nous nous laissons emporter par la puissance du paysage et l'exaltation du beau.

Plus loin, un couple de Néerlandais, installé dans la région depuis 20 ans, nous interpelle devant sa propriété ; ils nous invitent à prendre le café. Juste en face du corps de ferme, ils ont entrepris la restauration d'une petite chapelle qu'ils ouvrent, chaque jour, aux pèlerins de passage. Ils nous racontent les vingt années de labeur pour redonner vie aux bâtiments du XVIIe siècle :« Nous n'avons pas d'enfants, ni d'héritiers, ce sera notre cadeau à la France, notre pays d'adoption ; nous sommes tombés amoureux de ce pays et il nous le rend bien. »

Notre prochaine étape est Viellenave, nous avons réservé une chambre, mais le gîte est fermé à notre arrivée, il est 15 h. Nous revenons sur nos pas pour profiter de l'ombre sous les grands saules et les arches d'un antique pont, qui enjambe le déversoir de la Bidouze. Chut ! Georges fait la sieste, mais il va encore prétendre qu'il ne dort pas malgré sa respiration profonde et ronronnante ; je le lui laisserai croire à son réveil.

16h, une voiture passe le pont, la conductrice klaxonne et nous sort de notre somnolence : « Salut les gars. C'est vous qui dormez chez moi ce soir ? » Pourvu que mon compagnon ne prenne pas cette invitation au premier degré. « Bonjour Madame, si ce sont des pèlerins de Compostelle que vous attendiez, c'est bien nous. – Bon ! C'est tout droit, en haut de la côte, à tout de suite. » La femme, qui nous reçoit dans sa maison, est trapue et robuste, son physique est rude et volontaire, en adéquation avec une personnalité engagée et exceptionnelle qui l'habite. Notre hôtesse est contremaîtresse dans une imprimerie, elle vit ici, seule, en recevant de temps en temps, dans ce trou perdu, les égarés du chemin dans notre genre. Militante syndicale éclairée et passionnée, elle veille, avec une conviction d'acier, sur les droits de ses collègues et les devoirs de ses patrons. Je pense qu'elle va plaire à Georges, en tout cas, moi, elle me plaît (intellectuellement, bien sûr). La CGT est sa seconde famille, elle est de tous les combats et de toutes les manifestations : contre l'exploitation de l'homme par l'homme, contre les patrons cupides, contre les actionnaires avides de profits faciles, contre les fraudeurs fiscaux (je me marre)… Georges ne bronche pas et semble plutôt en empathie avec cette forte personnalité. Une amie de notre hospitalière, qui semble bien effacée à côté d'une telle pasionaria, partage notre repas. L'humour cynique de la syndicaliste est communicatif, nous taillons des costumes, Georges compris, sur les bourgeois, les nantis du capital, les esclavagistes de l'industrie… Georges est un vrai caméléon…

« Georges, je ne te savais pas révolutionnaire. Le Camino est miraculeux, il va finir par achever ma conversion et la tienne avec de tels prodiges. – Idiot, va ! J'ai simplement été poli. C'est une dame après tout. » J'apprendrais sur le chemin, que mon compagnon avait poussé la charrue dans sa jeunesse pour aider ses parents paysans ; c'était la réalité de nos campagnes à l'époque. Il n'aura pas échappé à ce rude apprentissage de la vie, malgré une famille protectrice et affectueuse. La soirée s'est achevée très tard, les débats contradictoires, les rires, les anecdotes de chacun autour de la table et du billard, nous ont laissés KO, une fois allongés et le drap tiré. Avant de sombrer, je jette un dernier regard par la fenêtre ouverte, il fait si chaud ; la pleine lune découpe les montagnes et les collines sur un ciel d'encre et sans étoiles.

l'infernale ascension

Notre hôtesse syndicaliste embauche à 6h30, notre habitude des départs matinaux arrange tout le monde. J'ai l'impression que nous avons été appréciés, nous avons vécu, ici, un bel échange. Les marcheurs du Camino, qu'elle reçoit, ne sont pas toujours aussi accessibles aux propos militants et dérangeants.

Une lune rousse et toute ronde éclaire un sentier de graviers blancs, il fait encore nuit ; les jours raccourcissent, au 41e matin de mon voyage. Notre étoile, après un lever flamboyant sur les montagnes, irradie dans la chaleur notre lente ascension vers Saint-Jean-Pied-de-Port. Il est 11 h, c'est un peu tôt, mais nos estomacs crient déjà famine ; nous avons besoin d'énergie après six heures de marche. Nous croisons un petit restaurant, juste avant la montée vers Ostabat. Le restaurateur accepte, de bonne grâce, de nous servir avant le service de midi, confirmant lui aussi la tradition d'accueil des Basques. Nous repartirons repus de cette halte providentielle. Georges s'exclame : « Regarde ! Un cimetière, si on faisait une petite pause digestive. – Tiens donc ! Ai-je réussi ta conversion à la sieste ? – Mais non ! C'est seulement pour éviter les aigreurs, j'ai un peu trop mangé. – Ben voyons ! Je marque un point au chapitre de tes conversions. » La « non-sieste » de Georges finie, nous reprenons le chemin de plus en plus accidenté ; la température affiche 45°C en plein soleil.

Nous pensions être au bout de nos peines après cette dernière côte escarpée, c'était sans compter sur ce que cache l'horizon d'un marcheur, en montagne : encore et encore d'autres pentes toujours plus abruptes. « Michel, regarde… quelle galère ! ! Je parie que le chemin passe par là. » Devant nous, une descente vertigineuse et, au bas, une remontée qui anéantit tous les efforts entrepris pour nous hisser jusqu'ici… La montagne nous fait un tour de vache (une vacherie), elle nous paraît, tout à coup, moins sympathique et contemplative : « Venez à moi mes petits, j'ai de la caillasse à revendre, je n'ai aucune ombre à vous offrir, vous allez en baver. » Je serre les dents en appréhendant le tour de force qu'il va falloir réaliser, si les montées sont éreintantes, les descentes sont dévastatrices pour les genoux ; ma charrette est devenue, ici, un poids mort, capable de me précipiter dans la pente à tous moments. Georges souffle et souffre devant moi, la chaleur est suffocante, les grandes dalles de rochers, donnent l'impression de marcher sur les plaques surchauffées d'un four.

Au bord du malaise, le cœur battant dans les tempes, la vue qui se brouille, la nausée qui menace… Nous n'en menons pas large. Ce n'est plus supportable, l'angoisse d'un malaise, comme dans les landes, réveille notre instinct de conservation. Je tombe de tout mon long au pied d'un buisson de ronces, il projette une ombre dérisoire que j'espère salutaire ; je ne vois plus Georges. Cette fois, c'est moi qui suis en difficulté et probablement en danger, mes jambes viennent de se dérober sous moi. L'eau de ma gourde doit être à plus de 60°C, je me brûle les lèvres. Georges, qui m'a vu disparaître derrière les épineux, s'inquiète ; il m'appelle… Nous atteignons ensemble le sommet du plateau, notre pas n'est plus que piétinement, avec ma charrette, je dois ressembler à un vieillard avec son déambulateur. À quelques pas du but, une minuscule chapelle abrite une statue qui nous tend les bras ; Georges se met à genoux en se signant trois fois. Moi, je m'allonge sur le sol, les bras en croix, pour récupérer, je prierai plus tard (peut-être). La source, près de la chapelle, n'est plus qu'un mince filet, si elle n'est pas miraculeuse, elle suffit à me redonner vie. Pendant ce temps, mon copain préfère mourir de soif en priant la Sainte vierge ; chacun ses priorités. Les deux femmes qui sont assises à l'ombre d'arbres rabougris, leurs sacs à dos posés à leurs pieds, nous observent avec circonspection. Touristes ou pèlerines ? Leurs chaussures et leurs mollets ne semblent pas très affectés par le soleil et une longue marche en montagne. Georges aimerait bien engager la conversation, mais cette fois se désaltérer est devenu une priorité, sinon comment trouver un peu de salive pour parler ?

Les femmes nous regardent, intriguées, pendant que nous biberonnons le mince filet d'eau qui coule d'un tuyau oxydé. Assis sur la margelle, notre regard se perd sur l'horizon, le paysage relève du sublime : il y a les collines verdoyantes du Béarnais plein Nord, au Sud c'est l'imposante chaîne pyrénéenne, à l'Est, les plaines agricoles du pays gascon forment un impressionnant patchwork, à l'Ouest on aperçoit les terres basques ouvertes sur l'Atlantique. Je crois bien que je pourrais contempler indéfiniment ce spectacle-là, m'arrêter définitivement, ici, au-delà même de la vie, si seulement survivre à la mort n'était pas qu'un mythe : « l'inaccessible étoile ? » Avec Georges, nous restons muets un long moment. Je suis prêt à comprendre l'engagement religieux de mon compagnon et même ses excès de rituels dans l'expression de sa foi.

Retour sur terre, Georges aborde nos deux marcheuses qui semblent bien « fraîches » après l'épreuve de l'infernale ascension que nous venons de traverser. Elles arrivent de Paris et attendent le reste de leur groupe, accompagnées par un prêtre qui anime leur pèlerinage en assurant la logistique avec son véhicule. Elles nous invitent à les attendre, car une messe sera dite devant la chapelle, avant de redescendre vers Ostabat : « Georges, si tu veux rester, pas de problèmes, moi, je redescends. » Après une courte hésitation, il décide finalement de me suivre. La descente est aussi scabreuse que notre montée, dans le lit asséché et rocailleux d'un torrent. Ostabat est plus éloigné que nous ne l'avions estimé. En montagne on ne peut vraiment pas se fier aux distances. Ici, se déplacer se calcule en heures et non en kilomètres. Nous sommes las, épuisés de fatigue et de chaleur, nous n'avons plus l'envie d'avancer... Il fait presque nuit en arrivant à l'étape. Plusieurs dizaines de pèlerins « sèchent leurs corps et leurs lessives » sur les terrasses, en sirotant une bière.

Bizarre ? Nos Parisiennes sont déjà là, pimpantes, habillées, comme pour une sortie citadine, de vêtements propres et repassés. Elles sont fraîches et toniques, tout comme au sommet du col, à cette vue nous nous sentons vieux et physiquement diminués. Sur le parking, le curé, leur accompagnateur, verrouille le minibus : « Voilà donc la raison de cette insensibilité aux efforts du Camino ». Nous sommes un peu désabusés, mais rassurés sur l'âge de nos artères et de nos articulations. Nous avions heureusement réservé une chambre, ou plutôt un placard en sous-sol, sans fenêtre et sans air ; nous sommes trop crevés pour faire les difficiles. Je dévisage les trente pèlerins de notre tablée, aucun visage connu. Tout le monde sirote un apéro local en discutant de son étape et du chemin parcouru ; trente histoires, trente sensibilités et autant de motivations différentes… Nous écoutons quelques chants basques en sirotant un vin aussi rude que le pays, mais cette étape authentique et réconfortante délie les langues et scelle des amitiés nouvelles qui vont nous accompagner jusqu'au-delà des Pyrénées.

Le col

Saint-Jean-Pied-de-Port, la mythique étape avant le passage des Pyrénées, est à portée de pas. La nuit prochaine, nous dormirons aux portes de l'Espagne. Notre chemin est devenu joyeux, il s'étire le long d'un sentier presque plat, confortable et dans la fraîcheur de la montagne. Au gré des pauses, nous retrouvons quelques-uns de nos compagnons d'hier soir.

Sur le bord du sentier des fermiers ont mis à notre disposition, sur des petites tables, de l'eau fraîche, du café et des fruits secs contre un donativo (« donne ce que tu veux, donne ce que tu peux »). Le tempo du chemin ibérique se met en place, les pèlerins se croisent ou se perdent de vue au gré du rythme de chacun·e, ou du choix des étapes en des lieux semblables ou différents. Cette fois, un nouvel horizon, plus vertical, nous oblige à relever la tête. La montagne, omniprésente, remplace la plus grande partie du ciel qui occupait les 2/3 de notre champ de vision dans les plaines de Gironde et des Landes. L'épuisement d'hier a été oublié, notre motivation, pour cette ultime étape, est un vrai dopage ; nous décidons de couvrir les 33 km d'une seule traite…

À l'entrée de la ville, sous le panneau « Saint-Jean-Pied-de-Port », je lève mes bâtons en V, Georges emprunte mon téléphone et nous immortalisons ce moment de victoire : « J'ai traversé la France à pied, du nord au sud, ULTREIA, j'ai réussi. » L'ivresse des sommets n'est pas qu'une question d'altitude. Un objectif choisi, assumé et atteint est une victoire exaltante et intime sur ses doutes, sur les périls affrontés, c'est notre résilience face à l'effort, à la souffrance et au découragement. Chacun peut trouver son Himalaya, aussi modeste soit-il, c'est vital pour ne pas se laisser aller à l'inéluctable et au désespoir.

Nous nous arrêtons à la première terrasse, l'écriteau sur la devanture indique : « Ici, on sert des repas à toute heure. » Les pèlerins sont légion, et nous n'avons rien réservé. Georges loue une chambre au-dessus du restaurant, il a envie d'un peu d'intimité et d'une vraie nuit ; je peux comprendre, mais c'est un peu cher pour moi… Plus loin, en haut de la rue d'Espagne, je trouve le gîte paroissial, recommandé par mon guide. À cette heure, l'endroit est désert, Marie m'accueille. « Vous êtes l'homme à la charrette qui est parti du Mont-Saint-Michel ? – Je ne pensais pas être aussi célèbre. – Votre ami William vous attend depuis deux jours, c'est un sacré phénomène. » Sitôt annoncé, William passe la porte et nous tombons dans les bras l'un de l'autre. Quelle émotion chez ce garçon ! Moi qui pensais avoir vite été oublié après notre séparation sur la place du Pilori ! J'accepte cette effusion, je ressens son enthousiasme et la sincérité d'une amitié reconnaissante, il m'associe aussi à sa propre victoire. À Melle, il voulait tout abandonner ; aujourd'hui, il a franchi les

Pyrénées par deux fois et rejoint Pampelune. J'imagine ce que représente ce défi relevé au-delà de ses propres doutes, de ses limites. Je perçois en moi la charge émotionnelle après tout ce chemin parcouru, nous la partageons spontanément : « J'ai réussi, Michel, je suis allé en Espagne. Mon père m'a félicité, tu te rends compte ? Mon père est fier de moi… C'est la première fois de ma vie qu'on est fier de moi. » Trente ans pour combler cette attente-là, quel désert affectif, quel déficit d'image subi par cet « enfant ». William sera-t-il capable de donner un jour, à ses propres enfants, l'amour qu'il n'a pas reçu ? Le mot « phénomène », lâché à mon arrivée par l'hospitalière, en dit long sur le poids négatif des carences éducatives dans son comportement social. Je me sens tellement impuissant face à l'avenir de ce garçon…

« *Péché d'orgueil, mon ami, profite de cet instant de grâce. Ce que tu as donné à ce garçon est définitivement acquis, c'est lui qui fera fructifier votre rencontre dans sa propre vie… Ou pas ? Ne sois pas négatif, fais confiance.* À qui ? *À Dieu…* »

Ce soir, nous sommes vingt-deux pèlerins à table, beaucoup sont jeunes et pourraient être mes propres enfants. On ne parle pas moins de six langues pendant le repas, chacun s'improvise interprète de son voisin. En fin du repas, Marie, notre hôtesse, fait sonner un verre : « Demain, vous allez monter au col de Roncevaux avec un dénivelé cumulé de 2 000 m. Au col, avant de descendre vers l'abbaye de Roncevalés, ne prenez surtout pas le sentier officiel qui se trouve à gauche, suivez le fléchage de droite, plus long mais plus sûr. Si le chemin est humide et que vous vous trompez, vous risquez la chute. Chaque année, on ramasse des pérégrinos qui terminent leur pèlerinage à l'hôpital ou pire encore. Alors, pour toi et ta charrette, Michel, c'est à la petite cuillère qu'on risque de te ramasser. » Tout le monde s'esclaffe, ma chariotte est devenue une vraie star internationale.

Le repas se termine, William fait ses adieux, demain, il prend un train pour Poitiers, je lui suis tellement reconnaissant de m'avoir attendu, ici, pour partager sa joie d'avoir enfin réussi quelque chose, voulu par lui. « *Te rends-tu compte de la chance de cette rencontre ? Ce garçon te vénère, alors que c'est lui qui t'a probablement le plus donné.* – Tu n'en rajoutes pas un peu ? – *Non ! William t'a vraiment aimé sans a priori, alors que toi, tu le jugeais à cause de sa différence, de son comportement atypique. Il t'a offert sa confiance alors que tu souhaitais le rejeter. Il a suivi tes conseils, alors qu'il n'en avait jamais reçus de la part de son propre père.* – Je n'avais pas pris toute la mesure de cette relation, j'en suis désolé, l'archange. – *Maintenant, il te fait cadeau de sa réussite comme si c'était ta propre victoire. Comprends-tu tout ce que cet homme vient de te donner ?* – Tu as sans doute raison, il a donné un sens à mon chemin et au respect dû à l'autre. »

Avant de m'endormir, dans ma chambrée de douze lits, je suis loin de penser à l'épreuve du lendemain, ce sera celle de tous les dangers et d'une grande désillusion. Sur la couche, juste à côté de moi, un jeune couple s'est endormi, tendrement enlacé. Je pense à ma femme, elle me manque terriblement ; comme je dois aussi lui manquer. Il fait encore nuit, je n'ose pas rallumer mon portable pour vérifier l'heure, les matelas sont si rapprochés. Les premiers bruits confirment l'éveil de la maison et les préparatifs du petit-déjeuner par Marie. Demain, ces lieux porteront le nom d'albergues, je serai alors en terre étrangère ; aux difficultés du Camino s'ajouteront celles des langues et de la communication. Perspectives excitantes, certes, mais non sans appréhensions, mêlant curiosité, craintes, impatience et stress de l'inconnu et de mon prochain statut d'étranger. Les mises en garde de Marie, au briefing d'hier soir, sont maintenant en filigrane dans mes pensées à mon réveil, cela ne me rassure pas du tout ; je finis par me lever en me disant : « On verra bien ! »

Au bout de la rue éclairée, l'arche qui marque la sortie de la ville par la porte d'Espagne, est comme un trou noir qui va bientôt tous nous engloutir. Je jette un dernier regard sur les remparts, une longue file de marcheurs s'est mise en mouvement alors qu'il fait encore nuit. Le porche d'Espagne s'ouvre sur un autre mur, impalpable et gris, celui de la brume qui enveloppe tout. Dans le flot ininterrompu des pèlerins, je cherche Georges , peine perdue. Je poursuis ma progression sur la route sinueuse, dans une purée de pois. Le bruit a couru, la veille, que nous étions plus de 800 à pointer au bureau des pèlerins et donc sur le départ, ce matin. Hier, le sac rouge de Georges avait viré au vert après un passage devant un magasin de sport : il avait craqué après l'inconfort de son vieux sac « romantique » ; je risque d'avoir plus de mal à le repérer maintenant. Je viens de passer le panneau barré de Saint-Jean-Pied-de-Port, me voilà dans le vif du sujet.

Il fait 12°C au thermomètre, il y a un vent humide glaçant ; après les 45°C, hier, quel contraste ! Le brouillard s'infiltre partout, je marche dans les nuages. « Holà l'archange ! Si c'est ça ton environnement au paradis, ce n'est pas transcendent. » Pas de réponse. La visibilité est si mauvaise que je ne vois même pas le dénivelé de la route, les 15 % annoncés la veille au soir, sont bien là ; je le ressens dans les mollets et sur le harnais. J'ai le souffle court, malgré un cœur qui ne bat qu'à 42 au repos. Mon attelage, dans la pente, redevient un lourd handicap et les marcheurs me regardent en coin, en me dépassant. Avec la brume, j'ai définitivement abandonné tout espoir de retrouver Georges. Au passage du dernier gîte français, les terrasses bondées accueillent les pèlerins finissant leur petit déjeuner ou profitant d'une pause. Je passe, l'air de rien, arc-bouté sur mes brancards, faisant le « beau » qui se joue de la montée ; je ne suis qu'une bête bizarre observée avec curiosité et interrogation. J'entends derrière moi quelques applaudissements et des sifflements d'encouragement ; je ne voyagerai plus incognito sur les 800 km à venir.

En attendant, il me faut atteindre le haut de cette fichue montagne, dont le sommet reste désespérément invisible. Le ciel, tout à coup, se déchire, un spectacle grandiose s'offre à moi : une interminable colonne de marcheurs serpente dans les lacets de la route sur fond de paysage minéral. Les sommets, qui émergent peu à peu de la brume, mettent mes repères culturels au diapason d'un imaginaire mystique ou mythique : « Le paradis, s'il existe, doit ressembler à ça ! » Le soleil perce enfin la brume, paresseusement l'azur se dévoile peu à peu, comme le paradis, il se fait désirer. Les pics, au-dessus de la mer de nuages, sont ourlés de lumière : c'est tout simplement SUBLIME ! Mon émerveillement est à son comble : je comprends ce que veut dire « beau à pleurer ». Les marcheurs se sont arrêtés, chacun exprime ses émotions selon sa sensibilité : on crie, on rit, on s'exclame dans toutes les langues, on prie en silence, on contemple, on médite, on pleure discrètement en s'essuyant d'un revers de manche… Le langage des corps est à l'unisson d'une émotion collective partagée, intense ; les pèlerins, ici, touchent le ciel.

« *C'est l'Éden, mon ami.* – Ben voyons ! Tu me prends en traître, l'archange, dans un tel moment. – *Loin de moi l'intention d'une traîtrise à ton égard. Le paradis n'est pas seulement dans le spectacle des yeux et l'émotion du beau.* — J'aimerais bien savoir quelle est ta notion du paradis. – *Pas une notion, mon ami, une réalité.* – Si tu le dis. – *Le paradis, c'est comme une communion universelle de ce qui a été, de ce qui est et de ce qui sera. Une communion de pensée entre tous ceux qui ont contribué par leur créativité, leur générosité, leur intelligence à parfaire ce monde qui leur a été laissé en héritage.* – En gros, tu es en train de m'expliquer que le paradis, c'est comme une sorte de super réseau social ultra-positif où tout le monde est ami pour l'éternité. – *Le paradis, c'est l'Amour qui est en toi, qui a rayonné de toi et qui est devenu l'ultime part de toi en s'unissant à celui du Père.* – Encore une énigme incompréhensible, tu charries avec ton hermétisme. – *Comment peux-tu comprendre le transcendant ? Seuls les grands mystiques s'en approchent. C'est la communion de tous les Saints, fais-en sorte de devenir un Saint et de le rester.* – Et ceux qui sont en dehors des clous, ni mystiques, ni religieux, ni en odeur de sainteté, qu'est-ce que ton patron leur fait ? – *Il n'est pas utile qu'on leur fasse quoi que ce soit. Celui qui ne veut pas ou qui ne veut plus aimer s'exclut lui-même de l'Amour universel et éternel, qu'il soit croyant ou non. Ta destinée est entre tes mains.* – C'est trop abstrait pour moi et puis, je ne sais pas dans quelle case je me situe, selon tes critères. Merci quand même pour le cours magistral de théologie. – *Le temps viendra où tu sauras.* »

Je viens de passer six cols en pensant à chaque fois que c'est le dernier. Le flot des pèlerins a pris beaucoup d'avance sur moi. Ma charrette, avec la fatigue, pèse des « tonnes », ça devient franchement pénible sur ce chemin de montagne. La route se perd vers un horizon toujours plus haut. Je quitte le versant nord et je me retrouve au sud, brutalement confronté à un mur invisible, d'une force qui a bien failli me renverser. Le souffle me percute en pleine face avec une puissance ahurissante, c'est un mauvais vent de sud-est, rafaleux (« le Grec », probablement). Je suis obligé d'attacher mon chapeau, qui vient de s'envoler à plusieurs reprises. Quand j'ouvre la bouche, mes joues se gonflent comme si j'étais en chute libre. Le vent doit dépasser les 120 km/h. Je suis maintenant plié en deux, dans la pente, pour ne pas être culbuté. Le ciel, redevenu clair, ne chasse pourtant pas mon angoisse face aux éléments déchaînés ; me voilà à nouveau seul pour les affronter. L'air est devenu glacial, avec l'altitude la végétation a disparu ne laissant que l'herbe rase des alpages et les rochers. Sur la crête, les rapaces font du soaring, ils volent en grands cercles. Une idée macabre me traverse : « Les vautours attendent peut-être la mort du pèlerin, je suis le seul dans les environs, vais-je terminer en garde-manger ? Maintenant je n'arrive plus à maintenir mes bâtons face au vent, ils se balancent follement, simplement retenus par les dragonnes. Me voilà obligé de me mettre à quatre pattes pour avancer. En familier du vent et du vol libre, je n'ai jamais rencontré une telle force éolienne : « la terre entière est un cerf-volant. » J'aperçois un marcheur, en contrebas, blotti derrière un rocher ; je devrais faire de même si j'écoutais la voix de la raison. Malgré tout, je continue ma route.

L'ultime col pyrénéen, celui de Roncevaux, n'est plus très loin, il n'y a plus âme qui vive devant moi. La route s'arrête, le balisage indique d'emprunter le sentier de chèvres, sur la droite. Proche du col, j'ai l'impression que le vent s'est arrêté, je dois être dans la zone de dépression du sommet, un phénomène aérologique bien connu des parapentistes. Le chemin n'est plus qu'une étroite corniche de la largeur de mon pied, ma charrette roule sur une seule roue, je dois reporter tout mon poids sur le brancard de gauche pour ne pas verser dans l'éboulis, situé à ma droite. Exercice d'équilibriste que je réalise sans avoir conscience du danger imminent. Ma terreur sera rétrospective, car je n'ai pas vu venir le basculement de mon attelage. Je ne peux plus retenir la charge qui se renverse, me tordant le dos par le harnais solidement attaché à mes hanches. Une inexorable descente commence dans la pente abrupte, vers un ravin que je devine maintenant. Ma fin, toute proche, vient d'altérer le temps, je perçois ma chute dans une sorte de ralenti où je ne suis plus que le spectateur de mon propre drame à venir. Dans l'inéluctable glissade sur l'éboulis, je me contorsionne pour faire glisser le harnais dont je n'ai, fort heureusement, pas attaché les bretelles. Ma charrette se retrouve en position brouette, mais rien n'arrête ma descente vers le gouffre, je vais bientôt mourir… Je n'ai pas lâché mes bâtons en carbone et les dragonnes sont bien attachées à mes mains par les gantelets. Je tente de planter mes piquets dans l'éboulis ; peine perdue, je glisse, impuissant… Même si le temps semble suspendu, je perçois cette accélération de la chute qui me conduit à l'issue fatale…

Tout à coup, l'un de mes bâtons se bloque sous un rocher saillant, le carbone fléchit, sans rompre, en un parfait arrondi. Mes deux mains se sont agrippées fébrilement au même bâton, ma course s'arrête net. Talons plantés dans la caillasse, je reprends appui sur mes cannes avec une force désespérée, je suis à bout de souffle, le cœur au bord de l'explosion. Prostré, je reste immobile en attendant l'apaisement de tous mes signaux d'alerte ; il n'y a personne en vue pour me secourir. « *Maintenant, tu ne peux compter que sur toi.* – Mais à quoi sers-tu, donc ? – *Nous t'avons pourtant gardé, nous allons t'aider.* – Ne te sens pas obligé, inutile de déranger ton patron. – *Vanité et orgueil.* – Non, vexé et mortifié. »

Je dégrafe mon harnais avec d'infinies précautions, en maintenant fermement mon attelage sur la pente. Si ma charrette dégringole, au moins je serai sauf. En rampant, je remonte lentement jusqu'à un plat du sentier. Personne n'a vu l'incident (le ridicule ne tue pas) ; c'est le désert, ici, à perte de vue, tous les marcheurs doivent faire la pause pique-nique ou sont loin devant. Je m'assois, la peur rétrospective me submerge, je tremble en claquant des dents, j'ai la nausée, je suis trempé d'une sueur glaciale. « Merci l'archange, remercie quand même le patron… *Il t'a entendu.* » Décidément, je perds la boule. Épuisé, traumatisé, je prends quand même le temps de boire beaucoup et de manger, un peu.

« *Tu dois attendre l'arrivée d'autres pèlerins avant de continuer.* –

Sage conseil que je vais suivre. – *Pour une fois, ne te crois pas capable de tout résoudre par toi-même et sans aide. Inutile de tenter le diable.* – Ah, ah, ah ! Venant de toi, c'est une brûlante recommandation »

Une source avec un mince filet d'eau fraîche, attend les pèlerins au sommet du col, j'y remplis ma gourde et je bois tout à saoul, quel bonheur ! Deux Coréennes, bientôt, me rejoignent et nous échangeons quelques mots en français, en anglais et en langage des signes. Inutile de m'embarquer dans les explications, je ne suis pas trop fier de mon aventure. De plus, je ne suis pas sûr qu'elles comprennent quelque chose à mon histoire de ravin et d'archange. J'entends, derrière moi, le petit rire si caractéristique des Asiatiques, elles se fichent de moi, probablement, ou de mon attirail qui ressemble plus à une brouette sur la pente, cette fois, descendante ; peu m'importe ! Je suis tellement heureux d'être vivant…

Un marcheur nîmois, qui fait un ballon d'essai de deux étapes, avant d'entreprendre, l'année prochaine, le Camino dans sa totalité, me rejoint ; il a envie de parler, nous terminerons l'étape ensemble…

Chapitre III : le Camino Francés

Le monastère de Roncesvalles est en vue, 400m en contrebas de la piste où nous nous trouvons. Cette fois, j'ai bien pris le chemin de droite, sur la voie la plus longue, mais surtout pas celle de la « Mort » ; deux heures d'une descente interminable pour rejoindre le couvent. Ce soir, je reverrai les Coréennes couvertes de bleus et d'écorchures qui se sont engagées sur le sentier officiel, celui de gauche : Qui peut rire maintenant ? Je viens de quitter mon compagnon nîmois qui reprend le col en sens inverse.

Après douze heures de marche, je vis mon arrivée au monastère dans un état second. Silencieux, je fais la queue pour m'inscrire et essayer de trouver un lit, ici on ne réserve pas d'avance. Nous sommes des dizaines à attendre, personne ne parle français mais tout le monde communique dans toutes les langues. Le comptoir est organisé comme un guichet d'aéroport, des pancartes indiquent en quelle langue le préposé à l'enregistrement peut vous parler. Les sacs-à-dos, alignés devant moi, définissent l'ordre d'arrivée et me donnent une idée du temps d'attente pour pouvoir accéder à une douche et au repos tant désiré. « Salut Michel. Tu arrives seulement ? Nous, on est ici depuis 13 h et c'est heureux, car il n'y a plus de place pour dormir dans le couvent rénové, les chambres sont magnifiques. – Merci les Bretons pour l'accueil et les conseils encourageants. Je vois que vous êtes toujours aussi bien organisés pour être les premiers arrivés à l'étape. – On se lève simplement plus tôt. – Ben, voyons ! Vous avez vu Georges ? – Non, mais comme il n'y a plus de places, il aura peut-être pris une chambre à l'hôtel ».

Mon tour arrive enfin. Depuis le film « Saint-Jacques la Mecque » l'organisation de l'accueil des pèlerins a beaucoup changé. Les dérapages racistes à l'égard de quelques marcheurs du Maghreb et l'accueil style « parcage à bestiaux », ont eu raison des méthodes pratiquées par les anciennes équipes « d'hospitaliers ».

« Bonjour Monsieur, bienvenue à Roncesvalles, avez-vous fait un bon chemin ? » Incroyable, on me parle et je comprends ce qu'on me dit… Près de 800 pèlerins viennent d'arriver, pour la plupart, trois ou quatre heures avant moi, il n'y a évidemment plus de places dans la partie rénovée du monastère. C'est cette fois confirmé, ma « chambrée » de 300 lits m'attend dans l'ancien hôpital, de l'autre côté de la route, mon numéro de lit sera le 219. Je revois le film de Coline Serreau, l'énorme bâtiment gris est plus proche de la grange que d'une hôtellerie ou d'un hôpital, c'est un choc ! Sous la voûte en ogive, faisant penser à une église désaffectée, 300 lits sur deux niveaux sont alignés. La promiscuité est impressionnante, ici on dort avec tout le monde. Après l'épuisement et les émotions de la journée, j'ai le moral dans les talons, je finis par trouver mon lit, à l'étage bien sûr…

Les matelas sont si serrés que j'ai l'impression d'être dans la même couche que celle de mon voisin ou, peut-être, de ma voisine. Après une bonne douche, ça ira mieux, avec la poussière collée par la sueur et le stress de la journée, je dois sentir le fennec. Chez les messieurs, il y a trois douches dont deux seulement sont en service, elles sont si exiguës qu'il est impossible de s'y tenir au sec avec une serviette ; au sous-sol, la queue et l'attente sont interminables. Dans le vestiaire, des hommes nus sortent des cabines, sous le regard horrifié des Asiatiques qui n'ont pas le même rapport à la nudité que les Occidentaux, mais, vu le concept des douches, ici, je crains que nous ne soyons tous contraints au même protocole. En désespoir de cause, je ne peux plus attendre, j'entre tout habillé dans la cabine hors service, celle qui est boudée par les pèlerins et pour cause ! Un Mexicain me met en garde, je ne comprends rien à ce qu'il me dit. Je ressors cinq minutes plus tard, ébouillanté et glacé, c'est une douche écossaise ; mes vêtements sont trempés, ma serviette aussi. Au moins, je me suis débarrassé de la crasse odorante du chemin. Où est donc maintenant l'endroit pour faire ma lessive ? Impossible de savoir, il n'y a pas de fléchage et je ne parle ni le coréen ni le portugais... Finalement, je finis par trouver trois machines à jetons, occupées ou hors service. Ici, il n'y a pas de bacs à lessive, que deux minuscules lavabos, les étendoirs sont rouillés ou disloqués... Je retrouverai mes vêtements, un peu plus tard, dans la boue, au pied d'un Tancarville effondré après un coup de vent. Je broie du noir, perdu et solitaire au milieu d'une foule étrangère, dans cet endroit si inhospitalier.

La messe des pèlerins vient de s'achever. À la sortie, je cherche désespérément Georges ou quelqu'un qui parle le français... peine perdue, mis à part le couple des Bretons, satisfaits de leur sort et en extase au milieu d'une cérémonie, selon eux, pleine de spiritualité. Autre environnement, autres perceptions, je suis quand même content de parler un peu avec eux, même si nous ne partageons pas du tout les mêmes convictions. Autour de la table du restaurant à caminéros, ils me demandent comment s'est passée la route et mes impressions à mon arrivée au monastère de Roncesvalles, qu'ils qualifient de lieu magnifique de spiritualité. Je leur livre une opinion bien différente : « J'ai vécu une vraie galère pour arriver jusqu'ici et je n'ai trouvé ni place, ni accueil chaleureux. Je me retrouve dans l'ancien hôpital où l'hébergement y est concentrationnaire, les conditions de propreté sont lamentables et la promiscuité insupportable. » Les Bretons me foudroient du regard et m'adressent un flot de reproches. « Ton comportement est indigne du chemin, c'est une insulte de qualifier ce haut lieu de la chrétienté de concentrationnaire, nous sommes scandalisés. » Me voilà excommunié, impossible de quitter la table, la cantine est bondée. Au moins le menu complet est à 8 €, ceci explique peut-être cela, question affluence. Il me faudra manger en « mauvaise compagnie », que je le veuille ou non. Je les regarde fixement et je lâche d'un trait : « C'est facile pour vous de cataloguer les gens, forts de vos convictions et d'une vérité qui n'est pas la mienne.

Vous condamnez ceux qui ne croient pas, qui ne pensent pas comme vous : c'est ça, être chrétien ? » Je reprends mon souffle, ils me regardent interloqués : « Il n'y a aucune place dans votre univers de croyants pour des gens comme moi ; désolé de pas être parfait comme vous. Personne ne viendra ici m'aider, ni Dieu, ni diable, ni vous. » Le couple, mal à l'aise, reste silencieux. Je poursuis : « Et puis, que savez-vous de moi, de mon cheminement, de mes attentes sur ce projet, de ma vie… Rien !

Vous me jugez, c'est tout… » Gwenolé pose sa main sur la mienne : « Nous te demandons pardon, nous n'avons pas compris. Excuse-nous de t'avoir blessé. – Je suis arrivé jusqu'ici, mais ce chemin est une stupidité, surtout pour un agnostique comme moi. Ma femme, mes enfants, mes petits-enfants me manquent. Je ne veux plus risquer ma peau pour un pèlerinage qui ne sera jamais le mien ; je laisse tomber, j'arrête ! »

Gwenolé semble touchée par ma peine et mon découragement : « Ne prends pas de décision ce soir. Tu viens de parcourir plus de 1 000 km, c'est extraordinaire. Tu es trop fatigué pour apprécier les événements sereinement. Nous allons prier pour toi, pour que Dieu te donne la force d'aller jusqu'au bout de ton projet. » Ces paroles, apaisantes m'ont finalement touché, je les regarde tous les deux avec reconnaissance. Après tout, moi aussi, je les avais catalogués et jugés.

Je me sens soudainement apaisé, quelque chose vient de passer entre nous, comme un sentiment fort, fraternel, inexplicable qui nous a rapprochés :« le miracle du pardon, peut-être ». Nous nous séparons amicalement, sans amertume. Dans trois jours, Patrick et sa femme termineront leur chemin à Pampelune, ils le reprendront au même endroit l'année prochaine.

Le couple vient de rentrer se coucher. Je suis trop secoué par tous les événements de la journée pour rejoindre mon infâme dortoir, je commande une bière. Raoul, un pèlerin espagnol francophone, s'installe à ma table; cela fait tellement du bien de parler et de se comprendre ; j'ai retrouvé la sérénité et le sourire. Il est 21 h et toujours pas de signe de vie de Georges, il a vraiment dû prendre une chambre d'hôtel, car je le vois mal accepter, une seule nuit, sur les bat-flancs de l'hôpital de Roncesvalles. Je prends congé de Raoul, il faut que je me dépêche, car les portes du dortoir seront fermées à 21h30 précise et les lumières éteintes dix minutes plus tard. Avant de m'allonger, je prépare mon sac et ma charrette pour partir le plus tôt possible. Demain, à l'aube, je vais fuir cet endroit et les sombres sentiments qu'il aura éveillés en moi, le jour même de mon arrivée dans la péninsule ibérique. Les lampes frontales des retardataires balayent le haut plafond de l'ancienne chapelle. Les aveuglantes lumières des LED scintillent en effets stroboscopiques sur mes paupières closes ; ce ballet lumineux, qui me maintient éveillé, m'empêche de ruminer. Le film de mes pensées s'interrompt soudainement, je viens de sombrer dans une inconscience sans rêves, un néant salutaire…

Je viens de passer la borne « Santiago 760 km » : pour beaucoup de marcheurs, qui ont commencé leur voyage à Saint-Jean-Pied-de-Port, cela représente un réel défi à accomplir. Mais, pour les autres venus du Puy-en-Velay, de la Tour-Saint-Jacques à Paris, de Bordeaux, de Bruxelles ou de Budapest, et même pour l'unique Saint-Michel que je suis, ici, ces 760 km sont un marqueur de la fin toute proche du voyage. La différence est de taille dans l'appréciation d'un chiffre. Après 1 100 km de marche, on peut logiquement se dire : « Il ne me reste plus que 760 km » ou bien, après les trente-trois kilomètres de la première journée de marche : « Il reste encore 760 km. ». Tout est relatif sur le

Camino, le temps, l'espace, les distances ne représentent plus rien de tangible, de vraiment quantifiable.

Georges m'a rejoint, il se moque gentiment de mes mésaventures. Il a finalement réussi, hier soir, à réserver un lit dans la partie rénovée du monastère, et nous nous sommes retrouvés au petit-déjeuner. Chemin de brumes et de bruines, ce matin, le vent de sud bloque les nuages sur le versant espagnol des Pyrénées. En milieu de matinée, le ciel se déchire enfin, nous sommes transpercés par l'humidité, mais le soleil fait une réconfortante apparition. L'altitude nous apporte une fraîcheur appréciée, après ces jours de canicule. À mi-étape, nous investissons la première terrasse d'un café restaurant, elle est déserte, pourtant le restaurateur refuse de nous servir. Sur le Camino, le menu « del dia » n'est pas servi avant 13 h, soit ! Nous patienterons. Les bières Estrella, légères et fraiches, sont la meilleure des façons pour patienter à l'ombre d'un parasol. Autres lieux, autres us et coutumes, il nous faut un temps d'adaptation ; nous nous adaptons, c'est certain… L'UNESCO est passée sur le Camino Francés, le chemin est une succession de routes piétonnières pavées, gravillonnées ou bétonnées ; une vraie « autovia » à pèlerins qui s'ouvre devant nous, désormais. La fréquentation y est digne d'un départ en période rouge sur l'autoroute du soleil. Je reste méfiant, la mariée me semble trop belle pour l'être encore, sans défaillir, jusqu'à Santiago. Les vélos sont maintenant de la partie et en grand nombre, ils nous font sursauter en nous frôlant à vive allure dans les descentes. Georges tempête et clame haut et fort que leur vision du voyage doit se limiter aux rayons de leur roue avant ; pas seulement, car nous rencontrerons beaucoup de cyclistes passablement amochés après avoir regardé, d'un peu trop près, les cailloux de la route.

Notre mode plus lent et pédestre nous convient quand même mieux. C'est un luxe de pouvoir parfois marcher le nez en l'air, de nous arrêter devant un point de vue, d'admirer un édifice remarquable, de prendre du temps, tout simplement. Larasoana est en vue, du haut du pont à l'entrée du village, nous apercevons quelques marcheurs qui trempent dans la rivière en contrebas, pour se rafraîchir. Dans le village, des gamins ont étalé des objets de pacotille et des sucreries sur le trottoir, ils nous accrochent au passage en nous lançant « Donativo, Donativo, por favor ! »
Nous passons devant les deux albergues signalées dans le guide : elles affichent complet ! En désespoir de cause, nous nous dirigeons vers le seul bar restaurant du village pour demander des renseignements sur les possibilités d'hébergement. Il ne reste que des auberges privées et quelques chambres chez l'habitant, le prix n'est pas le même et le flot de nouveaux arrivants ne se tarit pas. Il nous reste trois solutions : nous loger au prix fort, reprendre le chemin vers une autre étape en espérant une hypothétique place à l'albergue suivante ou dormir à la belle étoile, sur le stade de foot. Je ne parviens pas à me résoudre à grever le budget journalier que je me suis fixé, Georges n'est pas très friand de nuits exotiques à la belle étoile et j'ai la flemme de monter la tente ; après ces deux jours de marche et ma toilette bâclée à Roncesvalles, j'ai vraiment besoin de me sentir propre. Finalement, nous avons opté pour un gîte privé.

Avant de rejoindre notre chambre chez l'habitant, nous décidons de dîner sur place. Au seul restaurant du village, nous rejoignons une tablée de vingt pèlerins : « Michel, Michel, Michel... » Les Coréennes, pleines de bleus du col de Roncevaux, m'abordent avec exubérance : bises, grands discours en anglais et en coréen, je ne comprends rien, mais je souris de bon cœur, leur joie est communicative. Georges me charrie un peu : « Tu as un ticket avec la Corée, tu caches bien ton jeu. » Raoul vient aussi d'arriver, il nous dit que deux lits sont encore disponibles chez son logeur.

Un coup de téléphone en espagnol et le problème de logement est résolu. L'ambiance autour du repas est chaleureuse et polyglotte ; j'ai l'impression que le monde s'est donné rendez-vous ici. Raoul me confie qu'il était fonctionnaire ingénieur agronome, chargé par le gouvernement espagnol du reboisement des forêts dévastées par les incendies ; la crise est passée par là, son administration a été supprimée, faute de budget. Tous les fonctionnaires se sont retrouvés au chômage. Une telle situation en France, ce serait la révolution assurée, mais sommes-nous vraiment à l'abri ? Raoul est sur le Camino pour réfléchir à une grande décision à prendre, un choix difficile qui va conditionner toute sa vie familiale, affective et professionnelle. Il se ferme, baisse les yeux et semble plonger dans une grande tristesse ; je détourne mon regard... Le restaurateur, satisfait d'avoir fait le plein ce soir, nous offre la gnôle locale qui nous achève, nous laissant tout juste assez de force et d'équilibre pour nous trainer jusque chez notre logeur...

Nous découvrons, circonspects, nos «cellules » dans les sous-sols d'un pavillon. Trois réduits de 11m2 avec 4 lits superposés. Dans l'une des chambres, qui nous a été affectée, les Coréennes nous accueillent en criant de joie : « Georges, je te laisse ma place avec plaisir, tu apprécies tant la compagnie des dames. » Je m'éclipse aussitôt. En refermant la porte, j'entends : « Salaud ! » Je ris sous cape de ma bonne blague. Dans l'autre « cellule » où il y a le dernier lit disponible, c'est un vrai étouffoir, sans air et sans ouvertures. Le cauchemar du gîte de Saint-Martin de Caussade me revient en mémoire, je prends sur moi en me raisonnant pour ne pas laisser monter l'angoisse et ma claustrophobie. À 15 € le lit et en espèces, (s'il vous plaît) : « Elle est vraiment prospère ma petite entreprise du Camino ! » Demain nous partirons à l'aube pour arriver plus tôt à la prochaine étape, j'imagine Georges en aussi exotique et exubérante compagnie, je ne pense plus au manque d'air du réduit ; je m'endors en souriant.

Au-delà du raisonnable

Il est 5h30, les chambrées sont déjà en branle-bas de combat. Il semble que tout le monde soit pressé de partir de cet endroit si peu hospitalier ou impatient d'arriver le premier à la prochaine albergue. Pour ma part, je suis simplement heureux de marcher et de découvrir de nouveaux horizons. Georges me rejoint en même temps que les Coréennes, qui rient toujours et nous souhaitent le bonjour avec la même spontanéité qu'hier. Nos interprétations occidentales sont vraiment réductrices, la joie sincère de ces jeunes coréennes est peut-être leur façon de nous dire qu'elles sont simplement heureuses de vivre et d'être là, avec nous ; nous aurions beaucoup à apprendre des autres en acceptant leurs différences.

Sitôt le pont de Larasoana passé, le Camino s'enfonce dans les bois ; il devient vite plus étroit, plus pierreux et glissant ; l'UNESCO n'est pas arrivée jusqu'ici. Une vallée s'ouvre devant nous, elle traverse un complexe industriel ainsi que des mines de magnésie à ciel ouvert. Le Camino passe en plein milieu de la zone minière qui s'ouvre sur une plaie béante, immaculée, en contraste avec le vert sombre de la végétation. Je vois le sentier plonger au bas de l'excavation gigantesque, le long d'une pente poussiéreuse saturée de minerai et ravinée par les pluies. La descente est franchement scabreuse, une fois de plus. Georges marche en crabe pour ne pas tomber. Dans la pente d'au moins 20 %, j'ai l'impression de m'engager sur un toboggan. Évidemment, je termine sur les fesses, puis, sur le dos avec toutes les peines du monde à arrêter la glissade. Sur le côté du sentier, un caniveau en escaliers a été aménagé, probablement pour limiter le ravinement de la piste ; je finis par me glisser sur cet espace cahoteux. Après plus de deux kilomètres à tressauter avec ma charrette, j'arrive en bas, laminé, éreinté…

Pampelune « l'extravagante », nous accueille par ses rues colorées. Nous pouvons juger du bien-fondé ou non des avis désobligeants, pour cette cité, sur les guides qui accompagnent notre cheminement. Rien n'est préférable que de vivre la réalité d'un lieu, par nous-mêmes, pour apprécier ou non les endroits que nous traversons. Pampelune est certes une ville fort animée, mais elle nous donne mille bonnes raisons de la découvrir positivement. Nous traversons maintenant une multitude de petites places cernées par des hautes maisons aux volets multicolores. Les avenues et les ruelles sont chargées d'histoire et ponctuées de monuments aux architectures uniques et généreuses. Nous trouvons cette ville pleine d'attraits par son patrimoine, ses parcs et la vie foisonnante qui y règne, n'en déplaise aux critiques touristiques ronchons. La découverte d'un lieu, ce n'est vraiment pas regarder au-dehors à travers un hublot ou un pare-brise, comme un poisson rouge dans son bocal, c'est plutôt flâner, marcher, sentir, s'arrêter... pour s'imprégner de la ville et de ses habitants. Nous décidons de zapper Pampelune, notre étape du jour est vraiment trop courte.

Nous avons au moins trois heures d'avance sur l'arrivée à la prochaine albergue, située à moins de 10 km de la grande ville catalane. Après nos mésaventures, depuis le passage de la frontière, les hébergements de masse à Roncesvalles, les marchands de sommeil à Larrasoana, nous devons absolument garder l'avantage de notre avance. Hier, nous avions sauté l'étape de Zubiri, vu l'affluence du début du Camino Francés, mais aujourd'hui, l'itinéraire que nous avons décidé de couvrir va très vite relever de la performance athlétique, avec un petit bémol toutefois : « Nous ne sommes pas des athlètes. » L'étape que nous avions programmée, dans l'optimisme de nos trois heures d'avance, va nous réserver une bien mauvaise surprise :

« Closed ». L'albergue a déjà fait le plein, sur la pelouse, les pèlerins se prélassent en sirotant une bière ou un soda glacé, l'endroit est plein comme un œuf. Nous passons notre chemin. Résignés, nous décidons de nous attaquer à l'étape de Puente de la Reina. Nous allons devoir couvrir 46 km au total depuis notre départ ce matin, avec un col et 800 mètres de dénivelé. La chaleur écrasante est redevenue notre fidèle compagne. Les marcheurs que nous dépassons et les cyclistes filent, ils souffrent autant que nous. Les gens que nous croisons parlent peu, ne sourient pas, ils semblent concentrés sur l'effort qu'ils doivent fournir et sur l'objectif qu'ils veulent atteindre avant la nuit.

Je m'interroge sur leurs motivations et surtout sur les miennes qui me poussent à continuer dans de telles conditions ; je ne trouve bien entendu aucune réponse satisfaisante. Nous poursuivons notre ascension en silence, les éoliennes du col del Perdon sont en vue. Le soleil au zénith est implacable, nous n'avons plus une seule goutte d'eau dans nos gourdes. Le chemin est par endroits si escarpé que je dois mon salut à quelques touffes d'herbe auxquelles je m'agrippe pour ne pas perdre l'équilibre. Mon compagnon souffre beaucoup et m'inquiète. Nous apercevons un arbre solitaire, survivant d'un incendie qui a transformé cette colline en désert minéral : « On fait une pause ? – Regarde, il y a même un banc. – Je pense qu'il y a aussi un mort. » Georges se signe. Un cairn a été érigé, il est constellé de morceaux de tissu, de pommes de pins et de fleurs desséchées. Un petit panneau rappelle qu'en cet endroit, un pèlerin venu du Japon est décédé sur le chemin. Crise cardiaque, accident cérébral, chute, épuisement ? Il n'y a aucune explication : fin du Camino. Seul reste le souvenir et l'hommage des marcheurs de passage sur cette photo délavée, sous la protection dérisoire d'une pochette plastique.

J'ai emporté cette vision-là, jusqu'au bout de mon Camino, avec celle des dizaines d'autres pèlerins qui balisent le chemin de leur passage dramatiquement interrompu.

« Es-tu capable de lire les signes que je t'envoie ? – Tu choisis bien ton moment pour me saborder le moral avec tes allusions ésotériques. *– Il n'y a jamais de bon moment pour accueillir la fin d'une vie.* — C'est quoi ce sous-entendu ? C'est la fin du chemin pour moi aussi ? – *Ça, personne ne le sait, pas même moi. Ouvre plutôt tes yeux et ton cœur, regarde autour de toi, apprécie l'instant de vie qui t'est donné et partage-le pleinement avec l'autre ».* Dans ce lieu si chargé d'émotions, l'ombre de l'arbre miraculé du feu me rappelle la force de la vie qui l'emporte toujours sur toutes les forces de destruction. Mes pensées se bousculent, comme pendant mes entraînements avant mon départ. Je perçois un sens à tout cela : « la vie ne peut être détruite, mon passage sur cette terre marque les lieux et le temps que je traverse, mais aussi tous les êtres que j'ai rencontrés. Cet arbre est pourtant bien vivant au milieu d'un désert minéral et calciné, il protège de son ombre le mémorial du pèlerin mort ainsi que tous ceux qui viennent se recueillir ici. Que restera-t-il de mon passage sur cette terre ? La même empreinte positive que cet arbre ? Ou que du carbone mortifère ? »

Je maudis ma cécité spirituelle qui s'oppose toujours violemment à ma raison, mon pragmatisme à l'irrationnel réconfortant de la foi. Notre interminable marche, aujourd'hui, a distendu le temps et l'espace avec ceux qui nous ont accompagnés depuis quelques jours. Nous ne reverrons plus les Coréennes, si joyeuses, ni Raoul, l'ingénieur désespéré, qui, dans quelques semaines, devra choisir entre une opportunité d'un poste d'ingénieur en Allemagne et l'incertitude d'un l'avenir en Espagne, avec sa fiancée qui refuse le suivre dans l'expatriation. Nous ne reverrons plus tous ces compagnons éphémères du Camino, d'Espagne, du Portugal, d'Italie ou d'ailleurs, tous ceux qui ne marchent ni pour la religion, ni pour leur Curriculum vitae, ni pour une errance choisie par le temps libéré du chômage ou de la retraite.

Au plus intime de chacun d'entre nous, ne marchons-nous pas tous ici pour réfléchir et voyager à l'intérieur de nous-mêmes ? Retrouver enfin un rythme qui ne nous est plus imposé ; le rythme si lent du pas qui distend le temps en ouvrant de nouveaux espaces de liberté.

Nous arrivons au col Del Perdon à 18 h, exténués et assoiffés. Au loin, dans la plaine, nous devinons notre destination du jour. Un paysage de collines et de montagnes s'ouvre à perte de vue ; nous apercevons encore Pampelune dans un halo de pollution. Au col, la crête est découpée par la procession des pèlerins noirs en acier ; ce monument a été érigé avec des plaques de tôles découpées, il commémore la légion des marcheurs de Compostelle à travers les siècles. Alto del Perdon est un monument chargé de symboles que quelques grapheurs ont maculés (les mêmes qui marquent leur territoire, tels les chiens qui pissent partout). Ils n'ont même pas eu la décence de respecter ce lieu. Il ne faut pas nous attarder, Puente de la Reina est encore à plus de 12 km. Une dangereuse descente dans un pierrier nous attend, Georges est épuisé, je ne vaux pas mieux.

Un bruit mat me fait revenir sur mes pas : mon compagnon vient de glisser dans l'éboulis, il est tombé lourdement sur le dos. Son sac l'a certainement protégé d'une blessure ou d'une fracture ; son poignet gauche est écorché. Georges se relève, mais semble plus préoccupé par sa montre qui vient de se briser, que par les hématomes et le sang qui perle de ses écorchures. Il se met fébrilement à chercher les pièces du mécanisme qui se sont dispersées dans la caillasse.

Je sors de mon sac une boîte étanche en plastique, je la vide de ses raisins secs : « Mets les pièces là-dedans. – Merci, Michel. J'espère pouvoir la faire réparer à la prochaine étape. – Je ne veux pas te casser le moral, mais j'en doute. Pour voir l'heure, tu auras toujours ton portable, et la réparation, chez ton horloger à Paris, sera certainement la meilleure solution. » Je me rends compte que mes arguments pour relativiser l'incident sont sans effet et ce n'est pas le prix de l'objet qui préoccupe mon compagnon, qui peut certainement s'offrir plusieurs montres de luxe sans sourciller : l'association de souvenirs, d'émotions à un objet me surprendra toujours. Je me dis que nous sommes tous un peu fétichistes sans le savoir ni se l'avouer, et je me vois mal juger l'attitude de mon camarade en cet instant. Nous sommes tous les deux épuisés, je pense que nous avons dépassé nos limites. Cet accident est un signe que nous ne devons pas prendre à la légère.

Cette marche forcée de plus de 45 km sera la dernière pour moi :
« Je ne pourrai plus te suivre sur de telles distances. – Moi non
plus… Tu as raison. » Nous finissons la route en silence…

À notre arrivée à Puente de la Reina, il est 21 h. Nous
venons de marcher pendant plus de treize heures. La première
albergue est en fait une hôtellerie de vacances. Nous nous
arrêtons là, sans réfléchir au prix, ni au confort ; notre infernale
journée de marche s'arrête ici, sans tergiversations. Pour un
forfait de 30 €, on nous propose une chambre à deux lits avec
douche et repas d'étape. Dans la salle à manger, nous ouvrons des
yeux ronds devant les buffets opulents et les spécialités locales
cuisinées. Comble du comble de la félicité, une pompe à bière (à
volonté) nous est proposée. Devant cette « source miraculeuse »,
nous nous sommes abandonnés avec une grande dévotion à notre
Dame de la Soif. La tête passablement embrumée par la boisson
et la fatigue, nous nous effondrons sur nos lits avec une parfaite
coordination, anéantis par un sommeil de plomb salvateur. Un
petit clignotant restera allumé pendant mon coma, jusqu'à mon
réveil : « *Il faut raison garder, pour, au-delà de tes limites, ne plus aller.* —
Merci Maître Yoda. – Non, non, c'est ton archange. —
Maintenant, dodo… »

Ce matin, nous traînons les jambes malgré un départ à
9 h, une vraie grasse matinée de caminéros. 22 km prévus
aujourd'hui et six heures de marche maximum ; les résolutions
d'hier sont trop fraîches pour ne pas être tenues. Nous traversons
maintenant de superbes paysages avec des villages fleuris et
superbement restaurés. Nous sommes arrivés en Navarre, une

région riche d'Espagne, fortement ancrée dans le pays basque. Nous marchons un peu en accordéon avec Georges, l'étape d'hier et sa chute ont été de rudes épreuves pour lui.

Les descentes régulières et de longs tronçons plats me soulagent beaucoup dans ma progression avec ma charrette. Des marcheurs m'interpellent, on m'arrête pour prendre la pose ou faire un selfie. Malgré ces interruptions de plus en plus fréquentes, la distance entre mon compagnon et moi s'agrandit, je l'ai perdu de vue depuis plus d'une heure.

Entre Puente Médiéval et Lorca, j'ai l'impression de marcher sur un chemin qui n'a pas été restauré depuis la création du Camino. Les grandes dalles de picrres disjointes, des marches de géants, deviennent vite incompatibles avec mon attelage. Je fais moins le malin en me transformant tour à tour en acrobate, en haltérophile, en contorsionniste. Les admirateurs du début de matinée me dépassent maintenant et me regardent me débattre sur le sentier avec une grande perplexité ou en ricanant.

Il est midi à mon arrivée à Villatuerta, les marcheurs prennent un peu de repos dans les troquets qui jalonnent la rue principale du village. Quelques tenanciers font la retape en prétendant avoir les meilleurs bocadillos ou les meilleures tortillas. En attendant l'arrivée de Georges, je m'installe au comptoir d'un bar, après m'être fait alpaguer sur le trottoir. J'ai une faim de loup, ici ou ailleurs, ça fera bien l'affaire.

Je commande un en-cas et un demi. À peine installé devant mon assiette d'omelette aux pommes de terre, je vois sortir des toilettes le rabatteur qui semble être le fils de la maison. Il s'installe à côté de moi et plonge ses mains dans le plat dont on vient de me servir une part. J'interpelle l'individu et le tenancier qui ne semblent pas plus offusqués que cela. Je parle d'hygiène, on me regarde avec des yeux ronds. Je préfère régler mon addition, sans toucher à ma collation ; je sors en grommelant.

Dans la rue, j'aperçois Georges qui arrive enfin ; il précède un groupe de marcheurs. J'interpelle les pèlerins pour les dissuader d'entrer dans la gargote que je viens de quitter ; eux m'écoutent et passent sur le trottoir d'en face, devant le regard médusé des taverniers indélicats... Maintenant, il nous faut reprendre la route sans nous attarder. L'intervalle s'étire, une fois de plus, entre Georges et moi.

Les « Buen Camino, Buenos Dias, Holà... » se succèdent au gré des croisements ou des dépassements ; les pèlerins sont de plus en plus nombreux. « L'odeur de l'écurie » accélère le rythme de toute la colonne : « Premier arrivé, premier servi. Chacun pour soi et Dieu pour tous ! »

Quelques marcheurs accordent quand même leurs pas aux miens pour un brin de causette : « Salut ! Je suis Chris et je viens d'Écosse, mais pas à pied. J'ai commencé le chemin à Saint-Jean-Pied-de-Port... Toi, tu viens d'où ? Pourquoi une charrette ? Combien ça pèse ? — Nous arrivons du Brésil où nous sommes viticulteurs. Nous sommes partis depuis Bordeaux avec nos deux garçons – Je suis parti de Budapest, car j'ai voulu faire le chemin historique le plus éloigné d'Europe. Je marche depuis cinq mois et j'ai fait plus de 4 000 km... » Puis, un peu plus loin : « J'ai perdu ma femme, il y a trois mois. Je suis seul depuis, sans famille, je suis parti de Besançon et je reviendrai en passant par le Norté… — J'ai usé mes chaussures à 200 € en moins d'un mois, je marche depuis avec des espadrilles achetées chez un épicier espagnol. Non seulement elles tiennent le coup, mais je n'ai plus d'ampoules… —Je viens de terminer ma chimio, les 300 premiers kilomètres ont été terribles, maintenant ça va ! »…

La relation humaine est ici tellement différente. Il n'y a plus aucune convention, la règle c'est la spontanéité : une parole, un sourire, une confidence… De toute façon, celui ou celle que vous rencontrez ne fait que passer. Ici, il est inutile de se donner une étiquette, tout peut être dit, tout peut être entendu, il n'en restera demain, qu'un souvenir, un visage qui s'estompera avec le temps. Sur le Camino, partager du temps redevient un réflexe naturel et altruiste : « Le temps, c'est de l'amour. »

Blanc et rouge

Au panneau marquant l'entrée d'Estella, les pèlerins reviennent sur leurs pas depuis la rive droite de la rivière : « Toutes les albergues sont pleines, inutile d'entrer dans la ville, c'est la fête : demain, ils vont lâcher les taureaux. » Il est pourtant à peine 16 h, je décide donc de m'installer près du pont et d'attendre Georges. Je m'allonge dans l'herbe, à l'ombre sous un arbre, et confortablement calé entre les brancards de ma charrette qui me sert de dossier, je compte profiter de cette pause pour mettre à jour mon carnet de voyage…

C'est en compagnon ronchon que Georges arrive au bout

d'une heure : « Je pensais que tu m'avais laissé tomber. – La preuve ! Je suis là à t'attendre. Je ne savais pas que nous nous étions pacsés. » Il n'apprécie pas mon humour, il fait vraiment la gueule. « Il n'y a plus de gîtes disponibles, qu'est-ce qu'on fait ?

— Je vais téléphoner aux adresses du guide, il y a des pensions privées. » Trois minutes plus tard, il me propose de partager les frais d'une chambre à 60 € chez l'habitant. Le centre-ville est en liesse, nous devons jouer des coudes pour rejoindre l'adresse de notre logeuse. Des centaines de drapeaux rouges et blancs battent au vent dans toutes les rues. Tous les habitants sont habillés et coiffés aux mêmes couleurs du pays basque espagnol. Nous nous sentons étrangers dans cette ambiance festive, décalés par rapport à cette culture de la fête si exubérante ici.

Notre hôtesse septuagénaire nous accueille, c'est une grande femme filiforme habillée de noir ; la classe ! En quelques mots d'espagnol, Georges, qui n'est pas insensible au charme de cette noble dame, apprend qu'elle est veuve et que, depuis la mort de son mari, elle loue les chambres pour pouvoir entretenir cet hôtel particulier. Elle nous invite à prendre le thé : « Ce sera bruyant cette nuit et j'en suis désolée. C'est la grande fête de la ville. La journée, demain, sera fériée pour le lâcher des taureaux. »

Nous partirons tôt demain, avant l'encierro, surtout avant la fermeture de la ville. Au programme maintenant : douche, lessive, soins des pieds et sieste, bref ! La routine. J'étends mon linge sur le petit balcon de notre chambre, les orchestres de cuivres et les tambours se succèdent en défilant dix mètres plus bas. Mon copain s'est endormi malgré le vacarme ; il semble épuisé. À son réveil, il me soutiendra encore qu'il s'est simplement relaxé et qu'il n'a pas vraiment dormi. En attendant, il ronronne comme un chat.

Difficile ce soir de trouver une table avec le menu « del dia » ; tous les restaurants proposent un dîner spécial feria, c'est en fait le même repas que tous les jours, sauf qu'il est deux fois plus cher ; « viva la fiesta ! » Nos voisins espagnols, qui viennent d'arriver, sont très en forme, le serveur, qui prend les commandes, l'est beaucoup moins. Ma voisine s'exprime un peu en français, elle me dit que les serveurs, en Navarre, ne sont pas tous coincés comme celui qui s'occupe de notre tablée. Un client, passablement éméché, lance à la cantonade : « Vu sa tronche, sa femme a dû le faire cocu ou il est viré, ou alors les deux à la fois. » Ma voisine traduit, toute l'équipe de fêtards se gausse.

Georges et moi, nous n'apprécions pas trop ce genre de plaisanterie grossière, faite aux dépens de cet homme qui semble porter toute la misère du monde. Nous quittons rapidement le restaurant pour aller dormir. Georges remercie le serveur d'un large sourire et lui laisse 5 € de pourboire en déclarant à la volée : « Être gentil est certainement plus efficace pour rendre confiance à un malheureux, vous ne croyez pas ? » La francophone de notre table traduira, nous nous levons et partons sans autre forme de politesse.

Les multiples places et squares de la ville sont bondés, tout le monde boit, discute haut et fort et danse ; ici, on sait s'amuser. Dans chaque rue, il y a un orchestre ou une sono réglée au maximum, la musique est tonitruante et le mélange des genres parfaitement cacophonique. Nous traversons la fête, déconnectés de cette ambiance débridée qui submerge toute la cité.

Allongé sur mon lit, les yeux grands ouverts, je pense aux migrants dans mon pays, ces apatrides sans familles, sans logis... à tous ceux qui, coupés de leurs racines, de leurs coutumes, regardent, sans jamais pouvoir s'y associer, nos réjouissances culturelles et nos fêtes nationales. La fête rend plus triste encore, ceux qui sont en marge et qui vivent dans la précarité. J'enfonce deux boules de cire dans mes oreilles, un mur de silence m'entoure laissant dehors les ronronnements de mon compagnon et le fracas de la fiesta.

La croisée des chemins

Nous avons repris la route un peu au radar, la fatigue d'une nuit hachée par la musique et les cris et un sommeil qui ne fut pas vraiment réparateur. Quelques rares noctambules traînent encore dans les rues, en bien pire état que nous. Georges est toujours aussi grognon, il me reproche mes ronflements, sans admettre qu'il m'a aussi bercé avec son « moteur diesel ». Je crains que nous ne devenions rapidement tels un vieux couple qui se reproche mutuellement les mêmes travers.

Je traîne les pieds un peu derrière, car je ne sais pas comment lui dire que je ne peux plus suivre le rythme financier de son voyage, que j'ai aussi besoin de retrouver un peu d'indépendance et de liberté. Pendant la halte du petit-déjeuner, dans une bodega opportuniste installée sur un nulle part du Camino, je me lance :

« Georges, je crois que le moment est venu de nous séparer, je vais continuer mon chemin tout seul. J'ai envie maintenant de vivre d'autres rencontres dans des albergues, même si c'est inconfortable. J'espère que tu ne m'en tiendras pas rigueur. – Si c'est ton choix, buen Camino ! ». Je crains de l'avoir vexé, pas un mot de plus pour amorcer une explication ou me retenir… Soit ! Il me faut vivre désormais mon chemin librement, à mon rythme et selon mes moyens. Notre relation allait devenir une contrainte. Je crois bien, qu'en fait, nous souhaitions tous les deux la même chose, sans l'avoir vraiment exprimée. Nous nous quittons sans effusions…

Je marche en solitaire depuis quelques heures, livré désormais à moi-même en terre étrangère. L'étape de ce soir risque d'être compliquée avec le problème de la langue, on verra bien. J'ai, pour l'instant, besoin de silence, de cette solitude librement choisie et, surtout, de nouvelles rencontres. 31 km aujourd'hui, c'est au pas de charge que je boucle le dernier kilomètre de ma journée, dans l'espoir de trouver une place dans l'albergue de Torres Del Rio.

À 14 h j'arrive devant l'albergue, je prends possession de l'un des derniers lits disponibles. Je partage la chambrée avec une Italienne et trois jeunes Espagnoles. Le dortoir est situé au 3e étage, sous les combles. Sur le palier, c'est la même salle de douches pour tout le monde. La mixité se vit ici sans chichis ; on se fait à tout sur le Camino. Sur la terrasse du gîte, c'est une belle surprise, il y a beaucoup de francophones et de compatriotes.

Une famille de Lyon, avec ses cinq enfants, parcourt le

Camino Francés par portions de deux semaines depuis quatre ans. Ils ont commencé leur projet en 2009 au Puy-en-Velay. La plus jeune a cinq ans, tous les enfants semblent ravis de l'aventure. Le petit groupe campe sous la toile qu'ils viennent d'installer dans le patio de l'albergue. Ils ont aujourd'hui bouclé une étape de 30 km, c'est l'objectif quotidien de toute la tribu du plus petit au plus grand ; le rythme est spartiate, je suis impressionné. Il y a aussi ce Marseillais qui fait le chemin avec son fils de 13 ans. Ils vivent une grande complicité autour de ce projet : « Nous avions besoin de nous retrouver. Nous avons appris plus l'un de l'autre en deux semaines de marche, qu'en 13 ans de vie. »

Une jeune femme, partie de Morzine le 21 juin, me dit qu'elle cherche à donner du sens à sa vie trop prévisible, trop confortable à son goût : « Ici, je suis enfin sortie de ma zone de confort, j'en bave comme jamais et ça me fait un bien fou. Je dois être maso. » Un éditeur canadien, érudit de littérature espagnole, remplit son carnet de voyage sur le coin de la table au bistrot de l'albergue. Il me parle de son pays et des lieux que nous connaissons dans le Saguenay.

Le jeune garçon qui fait le Camino avec son père, s'est joint à nous, il prend part à notre conversation littéraire avec enthousiasme : « J'ai découvert Colette, je puise dans son style l'inspiration pour écrire à mon tour, j'ai déjà couché 80 pages et je me régale. » Nous sommes maintenant quatre adultes scotchés aux paroles de cet enfant d'une maturité et d'une culture hors du commun. Ce soir, au milieu du trottoir dans un coin perdu de

Navarre, je suis en train de vivre l'une des plus passionnantes soirées de mon Camino, où se mêlent : poésie, philosophie, cheminements spirituels, politique, engagements, témoignages… Tous les sujets interfèrent, mais sans heurts, avec une écoute et un respect surprenants. En décidant de reprendre mon indépendance, ce matin, je ne m'attendais pas à un aussi rapide chamboulement relationnel.

J'espère que Georges saura sortir de son confort pour un voyage plus imprévisible et plus authentique. « *Aurais-tu accepté la compagnie de ce compagnon, si différent de toi, en d'autres circonstances ? –* Non, probablement pas. *– Pourtant, je sais que vous avez eu de l'affection l'un pour l'autre.* – Affection, c'est un peu fort, non ? – *Dans l'adversité, dans les épreuves, vous avez été solidaires. Vous avez souffert ensemble. Vous avez ri ensemble. Vous avez chanté ensemble. Vous avez parlé et communiqué autour de vos expériences de vie si différentes et pourtant tout cela vous a rapprochés fraternellement.* – Je l'ai quand même laissé tomber. *– Non, le temps était venu, de prendre chacun son chemin, en accord avec ce que vous recherchiez individuellement, consciemment ou pas.* – C'était un choix si difficile. *– Mais vous avez fait un choix d'hommes libres. Votre rencontre a changé le cours des choses, que vous le vouliez ou non. Souviens-toi de William.* » Je m'endors chastement, entouré par quatre belles et jeunes femmes. Cet environnement, exceptionnellement charmant, n'aura aucune incidence sur mon sommeil. Ma nuit fut sans rêves ni fantasmes.

La famille pour tous

Ce matin, j'avance une fois de plus : seul ! Je me mets à fredonner la chanson de Serge Reggiani : « Non, je ne suis jamais seul, avec ma solitude. » Salut l'artiste, où que tu sois. Je repense à la rencontre d'hier soir qui relevait de l'improbable, du hasard heureux. Sur la route de montagne, une petite fille sur son tricycle me dépasse à toute vitesse ; elle dévalait la pente en riant. Les parents de la fillette avaient surgi du virage, attentifs à leurs cinq enfants qui précédaient la tribu à pied et en vélo. Ils viennent de Lyon et, chaque année, ils parcourent un bout du Camino pendant les 15 jours de leurs congés. Les parents et le reste de la famille finissent par me rejoindre, ils acceptent de cheminer avec moi. Les adolescents sont ouverts et de nature curieuse, nous parlons de sujets scientifiques et d'écologie. Pour leur périple, les parents ont mis au point un règlement sécuritaire drastique, une organisation quasi-militaire : tous les kilomètres, l'un des quatre ados abandonne le vélo dans le bas-côté, après avoir mis l'antivol à code. Il poursuit son chemin en marchant jusqu'à la récupération du VTT, 3 km plus loin. Pendant le trajet à pied, son frère et ses sœurs profitent à leur tour du VTT. Pour la cadette, elle a la stricte consigne de rester à vue des parents, de marquer l'arrêt avant un virage, au sommet d'une côte ou à une intersection. Quand les pentes deviennent trop raides, elle attend que son papa attache une corde au vélo pour la retenir ou pour la tracter. Les parents ferment toujours la marche. Le soir, lorsqu'ils arrivent à l'étape, le chef de famille refait le chemin à l'envers avec le vélo et par la route pour aller chercher le minibus et faire le plein de provisions. Le système s'est bien rodé, depuis deux ans.

Nous sommes arrivés à Navarette en début d'après-midi, au passage, nous avions pris l'orage, juste à l'entrée du village, une bonne saucée en prime et sans avoir trouvé un abri. Nous comptions bien trouver quelques places dans l'albergue parroquial. Les hospitaliers, des Français, nous avaient offert de l'eau fraîche et quelques morceaux de pastèque glacée. Avec regrets, ils nous avaient annoncé qu'il n'y avait plus aucune place disponible.

En voyant cette famille et les jeunes enfants, ils semblaient sincèrement désolés, mais sans solutions à nous proposer, tout était réservé à cette heure sur Navarette. La météo était toujours à l'orage, donc pas question de poursuivre la route. Il y a pourtant un code de conduite sur le Camino : « les cyclistes ne sont pas prioritaires sur les pèlerins à pied et les réservations dans les albergues paroissiales et communales ne sont pas acceptées en période d'affluence. » Il semble que la règle, aujourd'hui, soit plutôt celle de la loi de la jungle : « premier arrivé, premier servi ». Je croise Georges qui vient de rentrer dans le gîte que nous sommes sur le point de quitter, il a réservé sa place ; les hospitaliers peuvent être désolés.

Me voilà, avec toute la petite famille de Lyon, dans la rue, et l'orage menace à nouveau. On nous indique un camping en sortie de Navarette, à « seulement » 3 km. Le camping est en fait une parodie d'hébergement de plein air, bondé, sommaire, sans charme, sans épicerie, ni restaurant… Quant à l'accueil, c'est plutôt le registre « tir aux pigeons ». On nous annonce 60 € pour la famille et 20 € pour moi : « Manifestement c'est du vol ! » À l'albergue, la contribution plafonnait à 6 € pour la nuit et par personne. Me voilà assez remonté, je proteste en français, le responsable du camp reste inflexible et fait semblant de ne pas comprendre. Jacques, le chef de famille, avait repris la route à vélo sous une pluie battante. Marie-Hélène ne veut pas prendre seule la décision de réserver un emplacement, le budget Compostelle semble limité et c'est le papa qui négocie pour la famille. L'orage éclate à nouveau, personne à l'accueil ou au bar ne nous propose de nous mettre à l'abri, nous voilà tous blottis sous un minuscule appentis. Il pleut à seaux, on commence vraiment à être frigorifiés.

Les enfants sont épuisés, avec 35 km dans les jambes. Les deux plus jeunes se sont endormis à même le sol. Je suis assez remonté et ce n'est pas une sainte colère. Je repars à l'attaque, bille en tête et déterminé à être entendu à défaut de me faire comprendre. Tant pis pour la barrière de la langue, on est quand même sur un lieu touristique qui affiche l'étiquette « INTERNATIONAL ». Je me plante devant le préposé à l'accueil : « Bon ! vous allez bien m'écouter, 80 € la nuit pour planter deux tentes dans la boue, c'est de l'escroquerie. On est des pèlerins de Compostelle, nous traiter de la sorte est inadmissible . » Je brandis devant son nez ma crédenciale et mon téléphone portable. « Si vous ne révisez pas votre tarif, je vous signale sur Facebook et les réseaux sociaux et j'envoie une lettre de protestation à l'UNESCO. » Il ne comprend évidemment rien ou fait semblant de ne rien comprendre. Les clients du bar, juste à côté, se sont arrêtés de discuter. Le gérant sent, au ton de ma voix, que je ne plaisante pas et que je suis au bord de l'esclandre. Il me tend une feuille de papier où il avait marqué 80 €, il me montre cinq doigts ; je refuse. Je le regarde fixement sans dire un mot… il griffonne sur son carnet le chiffre 45. Une nouvelle fois, je réponds négativement. Agacé il inscrit nerveusement 35 € ; je sors mon portefeuille et je règle sans remercier.

Plus de trois heures après notre arrivée, le chef de famille revient, nous pouvons enfin installer notre campement. La température a chuté de 20°C, je suis transi de froid et de fatigue, je claque des dents. Il est tard, le camping est éloigné de tout, pas question de repartir sur Navarette pour trouver un menu « del dia » ou même faire quelques provisions. Mis à part le bar, il n'y a ici ni boutiques, ni restauration, ni animation : « Mais que viennent fiche ici ces vacanciers espagnols ? » Je n'ai plus rien à manger dans mon sac. Les enfants viennent à ma tente pour m'inviter à partager le repas en famille. Eux aussi sont au bout de leurs provisions, le père n'a pas trouvé de magasins d'alimentation sur le retour. Des pâtes, une boîte de thon, deux bananes et quelques yaourts pour huit, c'est un peu frugal, mais ça fera l'affaire.

La pluie est de retour, inutile d'envisager une lessive ce soir et impossible de manger dehors, devant nos tentes. Nous nous rabattons sous un abri de fortune servant d'étendoir à linge où nous traînons une lourde table et un banc en bois. Nous avons froid, tout le monde enfile les polaires et les sweats. Quelque chose m'intrigue dans la tenue de mes amis. Marie-Hélène et ses trois filles sont en rose, quant aux garçons, ils ont enfilé des sweats d'un bleu criard. Une silhouette, en ombres chinoises, d'une famille et de ses enfants, se tenant par la main, est imprimée sur le devant des sweats : « Sympa vos sweats, c'est quoi ? » La mère me foudroie du regard, le père me lance d'un ton sec : « Tu débarques d'une autre planète ? » Je perçois un peu d'agressivité dans la remarque, je comprends vite ma gaffe. Je suis en train de partager le repas avec une famille catholique militante, engagée dans la « MANIF POUR TOUS ».

« Je te sens troublé mon ami. L'engagement de cette famille doit-il remettre en question ce que vous partagez ensemble depuis deux jours ? – pose la même question à cette famille qui vient, en un instant, de me juger et de me condamner. Le pire est qu'ils ont formaté leurs gamins à une opinion discutable d'adultes. – *Je perçois tant de ressentiment en ton esprit.* – Ne vois-tu pas aussi toute la peine dans le cœur des hommes et des femmes qui s'aiment différemment ? » L'archange marque une pause par un long silence…

« J'en ai assez de cette morale et de ces raisonnements sectaires qui font le lit des intégrismes. – *Mais cette famille n'a nullement l'intention de nuire à qui que ce soit.* – Peut-être, mais quand j'entends, dans les rangs de la » MANIF POUR TOUS », des individus hurler leur haine et traiter leurs semblables d'animaux à éradiquer, de pédérastes, de pédophiles, de monstres, je suis très en colère.– *Sois patient, les mentalités sont lentes à s'ouvrir à la tolérance et aux différences. Ne juge pas trop sévèrement pour ne pas être jugé à ton tour ; cette famille défend aussi des valeurs familiales en lesquelles elle croit. –*

Facile à dire depuis là-haut. En attendant, qu'est-ce que je fais de mes amis (es) homos ou lesbiennes ? Je les rejette parce que je suis hétéro et dans la norme ? » Nouveau silence…

« *Il n'est pas question de rejeter qui que ce soit. Il me semble que toute cette incompréhension est la conséquence de mots mal employés et au mauvais moment.* – Je ne comprends rien à ce que tu insinues dans les mots inadaptés.– *Le mot mariage concerne un engagement religieux, il a un sens sacré. Donner un autre nom à cette réforme aurait été plus judicieux, me semble-t-il. Mieux vaut prendre le temps d'expliquer pour respecter chacun ; le temps de la politique, n'est pas le temps des consciences…* – Tu ne condamnes donc personne ? – *Je ne suis pas là pour jeter la pierre sur qui que ce soit, mais pour participer à l'avènement de l'Amour voulu par Dieu. Aime tes frères quels qu'ils soient, aime cette famille quelle que soit son opinion du moment, parce que Dieu vous aime tous de la même façon.* – S'il te plaît, laisse Dieu en dehors de tout ça ».

Je me sens mal à l'aise, comment échanger sur ce sujet sans briser le fil ténu de notre complicité tissée au fil de ces deux jours où nous avons marché ensemble ? Et puis, il y a les enfants qui ne comprendraient pas nos querelles d'adultes. Je ne tiens pas à m'embarquer dans cette polémique-là. Dans un silence gêné, nous optons pour le statu quo, nous faisons nos adieux sans effusions. Demain, je partirai tôt pour une longue étape, nos routes ne se croiseront plus. J'aurais bien aimé une soirée d'échanges philosophiques avec cette famille, ancrée dans sa foi et ses valeurs chrétiennes. Le mariage gay et la manif pour tous, sont venus pourrir les relations humaines, jusqu'ici… Quel gâchis !

Alors que je m'apprête à rejoindre le point internet (payant) du camping, je suis pris de violents frissons, je claque des dents, mes genoux s'entrechoquent, j'ai l'impression que mes jambes vont se dérober sous moi. Je me sens soudainement si faible, malade, complètement épuisé. Comme un vieillard, je me traîne jusqu'à ma toile et m'y glisse tout habillé, en position fœtale, dans mon sac de couchage ; je retrouve bientôt un peu de chaleur animale qui apaise mes tremblements… Il fait nuit noire, la lune se lève derrière la moustiquaire de ma tente, je ferme les yeux, une tristesse immense m'envahit… Le sommeil est enfin venu débrancher le flot de mes pensées et de ma déprime.

Deux heures du matin, le vent agite ma tente. Je me fais violence pour m'extraire du duvet, saisi par la fraîcheur de la nuit ; me revoilà aussi transi que la veille. Me reconnecter à la réalité et trouver le courage de sortir me semble impossible, je suis vraiment trop crevé. J'attends, en vain, un autre passage du train du sommeil… 3h30, tant pis, je me lève. Le temps de démonter mon campement et de rassembler mon barda, il est 4 h quand je passe le portail du camping. « Holà ! » Un géant baraqué, habillé de noir, me barre le passage, c'est le vigile du camp. « Holà, peregrinos del Santiago, per favor » L'homme me regarde suspicieux, s'écarte et me laisse finalement passer. « Buen Camino. » Le gardien blasé, doit se dire qu'il faut être complètement cinglé pour marcher à une heure pareille, je ne suis pas loin de penser comme lui…

La lune s'est couchée, dès le dernier réverbère passé, il fait sombre comme dans un four. À cette heure au moins, je ne serai pas embêté par les voitures. Mes préoccupations sont à présent d'un tout autre ordre, je n'ai plus un euro en poche. Sur le Camino, presque tout se paye en liquide. En temps normal, trouver un distributeur est quelque chose de facile, il suffit de faire le tour d'un centre-ville et, à la première banque, les billets sortent du mur. Cette nuit, faire le tour de Navarette risque de me coûter des kilomètres en plus et du retard pour un lit disponible à la prochaine étape.

L'autoroute de Compostelle

Je suis vraiment parti un peu tôt, 4 h du matin, ce n'est pas l'heure des braves, mais plutôt celle des inconscients. Ni lune, ni étoiles pour éclairer ma route et ma lampe frontale manifeste des signes de faiblesse, bienvenue en « Galère-land ». Je n'ai pas croisé de guichets automatiques depuis plusieurs jours, la journée risque d'être incertaine. Au loin, une lueur m'appelle, une petite lumière d'espoir dans la noirceur d'une ville sans éclairage public, après 23 h. Une folle idée me traverse l'esprit, et si c'était l'éclairage d'un distributeur de billets ? Gagné ! C'est bien la première fois qu'une banque me montre le chemin du salut : « *le chemin de l'étoile capitaliste* ». Signe ou hasard ? La machine à liquidités est judicieusement placée, juste à côté d'une coquille du Camino en céramique… Je prends l'option numéro 2 : « HASARD ».

Je fais le plein d'espèces et je m'engage dans les petites rues du village. Me voilà rassuré par mes quelques billets ; tranquillité toute relative, car, à cette heure de la nuit, les bandits de grands chemins auraient tout le loisir de me dévaliser…

Le balisage espagnol est d'une efficacité remarquable, il n'est pas rare d'apercevoir des flèches jaunes peintes sur les murs, les bornes, les bordures de trottoir, sur les arbres et même sur les poteaux électriques. La seule fois où j'ai loupé un embranchement, c'était plus par rêverie que par manque de signalétique. Mais à cette heure, il n'y a ni automobilistes, ni pèlerins pour me confirmer que je suis dans la bonne direction, je ne peux compter que sur moi. Le faisceau faiblissant de ma frontale balaye les façades, à la recherche des coquilles scellées sur les maisons. Je crois bien que je viens de passer la dernière, je sors de la ville… Plus de batterie sur mon téléphone, pas de prises à disposition, non plus, au camping pour les caminéros égarés. Ma frontale n'est pas en meilleure forme. Je marche maintenant sur une route en asphalte noir, sur fond de ciel noir, et je broie du noir, on dirait presque une chanson de Johnny. Sans piles, ni batterie de secours, je prends toute la mesure de l'inutilité de mes gadgets et de l'imprudence de ma fuite de nuit. Au loin, plein ouest, j'aperçois l'éclat aveuglant d'un gros projecteur, probablement un chantier ou une exploitation agricole. Malgré la distance, une marque jaune, taguée au sol accroche quelques Lumens : c'est un départ de sentier à gauche et j'ai failli le manquer. Alléluia ! Je viens de retrouver le Camino.

Il faut vraiment peu de choses pour être heureux, si toutefois ce soulagement-là pouvait être assimilé au bonheur. Un sentier immaculé trace maintenant une ligne bien visible malgré la totale obscurité. La région est calcaire, la piste semble presque fluorescente. 4h30, le jour est encore loin, mais les nuages ont disparu, les étoiles brillent et leur éclat suffit à la phosphorescence du chemin. Je me réjouis de cet enchaînement de hasards heureux : « *Des signes, mon ami, des signes.* — Tais-toi et dors. ».

Le flot des cogitations me reprend, mais je suis surpris par la sérénité de cet instant dans une situation qui en angoisserait plus d'un : *« Mon ami, Est-ce bien raisonnable ? Tu as dormi moins de quatre heures. Tu es au milieu de nulle part, seul et à la merci d'une mauvaise rencontre ou d'un chien errant. Il fait nuit noire et tu es en terre étrangère sans maîtriser la langue… En cas de pépin, qu'est-ce que tu fais ?* – Bon, l'archange, tu veux bien me lâcher, c'est flippant tes réflexions à deux balles, hein ? – *Mais je n'ai rien dit.* – Ah bon ! » .

Je passe plusieurs embranchements. Rien ! Aucun balisage. Tant pis, j'avance tout droit, vers une autre petite lueur au bout de la route. À l'entrée du village de Soves (encore un endroit qui est bien nommé, vu ma situation) : « *C'est un signe, mon ami.* — Tu es lourd, l'archange. ». Cette fois, je peux consulter ma carte sous un réverbère allumé ; l'heure du réveil des habitants est proche, celle de la circulation aussi. « M…! Ce n'est pas mon jour de chance, je viens de m'écarter de mon itinéraire. Je vais vers le sud, alors que Santiago est à l'ouest. » Pas question de faire marche arrière, d'abord j'ai horreur de ça et en plus merci pour les 4 km en plus. Sur la carte, une petite route de campagne coupe le Camino à Ventosa, je tente le coup, malgré le manque de visibilité et l'étroitesse du chemin. Dans une heure, l'aube sera levée, mais pour l'instant, il n'y a aucune voiture, ni devant, ni derrière. Je couvre les six kilomètres, dans une lumière entre chien et loup, au pas de charge. J'arrive enfin à la borne du Camino, sans avoir croisé un seul véhicule, ouf ! Il est 6h30, j'ai au moins 15 km d'avance sur la dernière albergue qui va libérer son flot de pèlerins.

Je traverse maintenant les faubourgs de Najera, les cyclistes du Camino commencent à me dépasser. La circulation dans la ville va crescendo. Depuis dix minutes, je trouve des flèches jaunes dans tous les sens, elles ont été peintes au sol, sur les trottoirs et sur les murs. « Ils ont vraiment peur qu'on se perde, c'est presque trop. » C'est trop en effet ! Les marques, toutes en jaune évidemment, sont des indications de chantiers et d'ouvertures prochaines de tranchées. « Quelle bande de ploucs ! Je fulmine intérieurement... » Les pèlerins à vélo, qui me croisent ou me dépassent, semblent tourner en rond, ils sont aussi paumés que moi. Ils s'arrêtent et m'interpellent en anglais, en italien, en espagnol, en allemand, en portugais, mais pas en français ; je suis incapable de les remettre dans la bonne direction. Mon langage des signes et ma mine déconfite suffisent pour la traduction, ils repartent tous dans toutes les directions. Je finis par demander mon chemin à un commerçant qui ouvre sa boutique, en lui montrant un point sur ma carte. Avec de grands gestes, il m'indique, sans hésitations, la direction de Santiago.

Me revoilà sur une nationale, la N112, marchant et roulant sur une bande étroite pour piétons, mais pas pour une charrette et encore moins pour des cyclistes. Les camions déboulent de face en me frôlant avec fracas. Bis repetita, une fois de plus aspiré par le déplacement d'air, je n'ai pas vraiment envie de finir sur un cairn à pèlerins disparus avec, comme épitaphe, « Mort sur le Camino » ; le cauchemar des Deux-Sèvres recommence…

« Dis ! Là-haut ! Y en a marre ! La plaisanterie a assez duré. Qu'est-ce que tu attends de moi ? Tu ne m'aurais pas un peu oublié dans cette histoire ? Je suis quand même un pèlerin, non ? Je n'ai ni tué, ni volé, ni violé, ni torturé personne et tu cherches à me faire écrabouiller à chaque coin de rue. Tu fais n'importe quoi. Alors, Dieu ! Si tu existes réellement, tu vas faire en sorte de me sortir, illico presto, de ce merdier… J'attends ! »
Après cette prière iconoclaste et pas très conventionnelle, ni catholique par ailleurs, je reprends mon avancée scabreuse sur « la route de la mort ». Complètement désabusé, je suis de plus en plus tenté de faire demi-tour pour prendre le premier bus ou n'importe quel train pour la France. Je tente le passage d'une côte raide et sans visibilité, j'entends au loin le grondement d'un poids lourd lancé à pleine vitesse. Sur ma gauche, il y a des barrières et des panneaux de chantier « Interdit au public », rien à fiche ! Je m'engage sur l'accès défoncé par les engins, j'arrive au sommet de la butte et je me fige, incrédule, la bouche grande ouverte et les yeux écarquillés : une « autovia », flambant neuve et déserte, s'ouvre devant moi à perte de vue.

J'éclate d'un rire de fou, il n'y a heureusement personne, car je me mets à parler tout seul. Sans aucune retenue, je crie : « Toi, tu me plais ! Tu ne manques pas d'esprit. Il y a deux minutes, je t'aurais volontiers remis en croix et tu me fabriques une autoroute illico. Alors là ! Chapeau… Merci, Dieu. – *À la bonne heure, mon ami !* »

Je viens de passer la « cinquième » avec ma charrette, c'est la première fois en six semaines que je fais du 7 km/h ; pourvu qu'il n'y ait pas de radars. Les glissières n'ont pas encore été installées, il n'y a ni terre-plein au centre, ni marquage au sol. J'ai l'impression que le chantier autoroutier s'est arrêté faute de budget ; la crise est peut-être aussi passée ici. Je sais pourtant que je suis dans la bonne direction, car des panneaux m'indiquent que je marche sur l'A12, qui doit relier Pampelune à Santiago. Chaque pont arbore une coquille géante coulée dans le béton, c'est donc la bonne route. J'aperçois, au loin, un camion stationné au milieu de la quadruple voie, deux ouvriers sont affairés à curer un puisard. Je suis sur un chantier interdit au public, les problèmes sont peut-être devant moi. J'arrive à leur niveau, je passe l'air de rien en souriant, les hommes casqués s'arrêtent de travailler : « Buenos dias ! ». Je lève mon doigt en direction de l'ouest et je demande : « Camino Santiago por favor ? ». Les deux hommes confirment en hochant la tête et me lancent « buen Camino ». Je leur adresse quelques mimiques pour essayer de leur faire comprendre que le Camino est ici bien large ; ils éclatent de rire. J'ai fait pas mal de choses un peu décalées dans ma vie, mais être le premier pèlerin au monde à prendre une autoroute privée pour rejoindre le champ de l'étoile, ça, c'est du jamais-vu ! 14 km de marche dans le confort et une sécurité absolue ; que du bonheur pour ma chariotte et mes mollets.

Plusieurs clochers pointent à l'horizon, je suis en vue de Santo Domingo, il est à peine midi, je viens donc de couvrir plus de 40 km en moins de huit heures… Je pose ma chariotte à 13 h sonnantes, juste derrière les quelques sacs qui attendent l'ouverture de l'abbaye cistercienne ; cet endroit sera mon albergue pour la nuit prochaine...

On vient de me taper sur l'épaule, je me retourne : Jean-Noël et Hortense, que j'avais croisés huit jours plus tôt, à Ostabat, viennent d'arriver. Nous n'avions pris ensemble qu'un seul repas et pourtant nous voilà tombant dans les bras des uns, des autres, partageant un bonheur d'amis qui se retrouvent. Au menu de ce soir, un demi-litre d'Estrella et un copieux repas pèlerin, au bon tarif cette fois (c'est-à-dire pas cher du tout) Nous nous remplissons aussi de toutes nos anecdotes du chemin et des bonnes et mauvaises rencontres. Mes amis sont croyants et pratiquants assidus, pourtant, autour de cette table, ils ne me parlent que de leurs remises en questions et de leurs doutes ; la religion mènerait-elle à une impasse ?
Ce soir, à aucun moment, je ne me suis senti jugé pour ma libre-pensée. Avant son départ de Bretagne, confronté à la maladie d'un proche, Jean-Noël avait été malmené par des drames familiaux à répétition, mais si la foi l'a porté dans les épreuves, elle n'a pas tout solutionné. Jean-Noël est assez lucide pour ne

pas croire aux miracles , même ceux du Camino, pourtant il garde une force intérieure qui interpelle, qu'on soit croyant ou pas....

Il est 21 h quand nous regagnons nos chambrées. Ma lampe solaire, que j'avais mise en charge sur le rebord de la fenêtre, a fait une chute de trois étages ; je crois qu'elle n'éclairera plus rien désormais, même en demandant une intercession divine. Je range mes vêtements séchés dans le cloître, je viens de jeter mon second short, complètement laminé et percé dans l'entrejambe par le frottement de la marche ; pas de regrets, je nageais dedans avec 10 kg de gras en moins. Il faut que je trouve rapidement un magasin pour acheter une frontale, avec de bonnes vieilles piles, et un nouveau bermuda. Mes amis sont déjà au lit, juste à côté de moi ; ils dorment.

Le petit oiseau Fan

Brrr ! Ce matin, il fait 8°, je claque des dents et ce n'est pas, cette fois, à cause de l'épuisement. Il est 6 h au moment du départ, le jour se lève. Hortense a les yeux rouges, son chemin s'arrête ici, pour cette année ; retour en France pour reprendre le boulot et une vie bien matérialiste et temporelle. Jean-Noël cherche à donner une note joyeuse à ses adieux en blaguant, peine perdue…

La colonne de pèlerins, à la sortie de la ville, est vraiment impressionnante, la longue file s'étend jusqu'à l'horizon, sur des chemins sinueux. Depuis un point culminant, situé sur le parvis d'une église, mon regard embrasse les collines qui se succèdent à perte de vue. Les étendues de blé commencent à dominer le paysage, annonçant la proximité de la Castille et du plateau de la Meseta qu'il va falloir bientôt traverser. Quelques nuages s'accrochent encore au ciel d'une aurore flamboyante ; le soleil émerge d'un coup ; un éventail lumineux, géométriquement parfait, projette ses rayons sur les 180° du panoramique qui vient de s'ouvrir devant moi. C'est sublime ! C'est divinement beau ! Aussitôt, les chaumes se mettent à scintiller, les milliers de bottes de fourrage disséminées dans les champs après la moisson projettent des ombres démesurées. Les cubes de paille sont comme des traits de pinceaux, assemblés en une colossale palette pour créer une géométrie savante et aléatoire à la fois. La vision est grandiose, incroyablement hypnotique.

Des dizaines de pèlerins se sont arrêtés et contemplent, silencieux. Un véritable boulevard, en rase campagne, s'ouvre devant moi, une procession de marcheurs, de cyclistes et même de cavaliers, serpente sur les chemins. J'ai l'impression de faire partie d'un exode, acteur, malgré moi, d'un péplum dans un décor et une lumière de naissance du monde. Michel Ange a dû voir ce type de ciel avant de peindre la chapelle Sixtine…

Retour à la réalité : je suis toujours à la recherche d'un short et d'une lampe, mais, depuis plus de 30 km les villages traversés ne disposent que d'épiceries et de bars. Sur le Camino, les enseignes de supermarchés ne sont probablement pas les bienvenues ; de toute façon, il n'y a pas grand-chose à gagner avec le genre de clientèle à « deux pattes » qui marche du matin au soir. La température grimpe à nouveau avec le soleil. Malgré l'eau et les fruits secs que j'ingurgite régulièrement, les coups de fatigue sont de plus en plus fréquents ; j'ai peut-être atteint mes limites ?

Je n'ai plus beaucoup de réserve de gras à brûler, j'ai resserré le dernier cran du harnais de ma charrette et je flotte dans mes vêtements… Je sursaute ; je suis en train de marcher dans le bas-côté et je viens d'entrer dans le champ de blé fraîchement moissonné. Je mets un certain temps à comprendre que je viens de quitter la route, sans m'en apercevoir ; je crois bien que je me suis endormi en marchant.

Il est midi quand je passe le panneau Belorado. Pour la première fois, je suis bien placé dans la file d'attente des sacs alignés le long du mur de l'albergue « Cuatro Cantones ». Je mets ma charrette à côté du paquetage d'une Chinoise : « Bonjour, je m'appelle Fan et je viens de Paris. » Nous discutons en français, son accent est délicieux, elle est étudiante en langues depuis un an, sa prononciation est remarquable. Fan est toute menue, on la prendrait presque pour une adolescente tout juste sortie de l'enfance. Le hasard de nos arrivées et de nos inscriptions en fera ma voisine, sur le lit du dessus. Cette étape s'annonce sous les meilleurs augures, j'ai enfin une longue demi-journée pour me réparer : toilette, lessive, bon repas « pèlerins » et sieste de plus de deux heures ; la routine…

Ce soir, l'air est étouffant, le silence est retombé rapidement dans la chambrée de quinze lits, tout le monde repartira à l'aube. Un répit de courte durée, car en Espagne, la vie l'été commence précisément à 22 h, surtout en fin de semaine, et nous sommes justement vendredi. Alors que tout le monde dort profondément, la fiesta se réveille dans la rue et sous nos fenêtres ouvertes, vu la température : cris, chants, cavalcades, rires, pétarades des mobylettes… l'ambiance noctambule, quoi ! La chambrée se remplit de grincements des sommiers, de soupirs et de râles qui ne sont pas l'expression de la félicité, mais plutôt celle de dormeurs frustrés et contrariés par un réveil au milieu de leur nuit. Heureusement que Fan, ma voisine du dessus, est plus proche du petit oiseau que du rugbyman de Blaye, sinon je crois bien que mon traumatisme aurait nécessité une analyse psy à mon retour. Je finis par me rendormir sur le coup de 3 h. Deux heures plus tard, je sors brutalement du coma : une travée de lits plus loin, un Allemand baraqué est en train de fouiller bruyamment dans son sac, un vrai grizzly. »

Il passe devant mon lit, ouvre la porte qui donne directement dans les douches et allume les néons des sanitaires. Incroyable ! Il se balade à poil. Le quart d'heure qui suit est un concert d'ablutions, de sifflements, de gargouillis en se brossant les dents. Il repasse enfin devant les lits, toujours nu, s'habille sans complexes ni discrétion avant de quitter la chambre, sac sur le dos. Je l'aurais « bouffé », même tout habillé. Personne n'a bronché ; les pèlerins sont vraiment des gentils. Coline Serrault n'avait donc rien inventé dans son film « Saint-Jacques la Mecque ».

La prière de Mathieu

Hier soir, j'avais partagé la table d'un Espagnol, d'un Italien, d'un Catalan, d'un Anglais et d'un Allemand. Heureusement, il y avait Mathieu, un Français de Rouen quadrilingue ; ce qui m'a évité un grand moment de solitude. La barrière des langues ne nous a pas empêché de vivre un échange riche et joyeux ; le rire est aussi un langage. Tôt, ce matin, en arrivant dans la salle du petit-déjeuner, j'aperçois Mathieu, assis devant son bol de café ; il est seul. Paupières closes, il semble comme perdu dans ses pensées, pourtant ses lèvres bougent imperceptiblement ; Intrigué, je n'ose pas m'installer en face de lui. Je reste en retrait sur la table juste derrière lui avec mon plateau du petit déjeuner, je ne souhaite pas troubler cet instant d'intimité. L'image de cet homme en prière, pour offrir son jour de marche ou remercier son Dieu, m'accompagnera toute la journée.

Le jour se lève à peine, quand je pousse la porte du gîte. Sur les premiers kilomètres, j'ai l'impression de me traîner avec cette pénible sensation de plomb fondu dans les veines des jambes. Il est vrai qu'après cette nuit épique, cela ne m'étonne pas vraiment : je vais faire gaffe, cette fois, de ne pas m'endormir en marchant, car le sentier est escarpé.

Je dois être bien lent avec ma charrette, les pèlerins me dépassent après une petite pause pour faire un brin de causette au passage ; un Brésilien, une Argentine, une Malgache et maintenant le petit oiseau Fan me rejoignent. Fan s'attarde un petit moment pour échanger quelques mots gentils, puis elle reprend vite le rythme pour rejoindre son groupe de compatriotes. Elle me fait de grands signes avant de disparaître au premier virage ; la courtoisie et la gentillesse asiatique ne sont pas un mythe.

J'approche de Saint-Juan-d'Ortega, où je compte faire halte pour un repas ou une étape. La terrasse à côté du sanctuaire est bondée, j'imagine le taux de remplissage de l'albergue. Je décide de rentrer dans la nef circulaire du monument, j'y retrouve Mathieu agenouillé dans un endroit sombre et isolé de l'édifice. Cette fois encore, je ne souhaite pas l'importuner. Je fais, moi aussi, une pause à l'écart du brouhaha des pèlerins fêtant la fin d'une journée de marche.

La fatigue de la nuit s'est un peu estompée, je vais continuer la route vers Cardenuela Riopico. Avant la prochaine étape, il me faut gravir le col de Matagrande à 1 078 m d'altitude. C'est une montée interminable avec un sentier qui n'est qu'une succession d'arêtes rocheuses coupantes comme des lames ; je crains pour les roues de ma charrette… Depuis une heure, je ne rencontre plus aucun pèlerin. Je commence à douter de la bonne direction, quand je tombe nez à nez avec un étrange personnage.

L'homme est un vrai géant de plus de deux mètres, il est torse nu couvert de tatouages. Avec ses cheveux longs, son bandeau autour du front est agrémenté d'une plume, me voilà en pleine réserve indienne. Sur son sac, il y a bien une coquille et je me demande ce que fiche ici le frère de Geronimo. Plus tard, j'apprendrai que le Comanche est en réalité un Portugais un peu original ; les originaux font toujours les cancans du Camino, de mon côté, je ne dois pas faire exception avec ma charrette.

Juste avant le col, je croise une nouvelle fois Mathieu qui montre des signes de fatigue. C'est un taiseux, aussi silencieux et intérieur que ce matin, mais sa compagnie m'apaise : « *Tu chemines aux côtés d'un homme à la grande spiritualité. Ce que tu appelles magnétisme est, chez cet homme, l'expression d'une foi profonde et méditative qui anime les âmes en paix.* – Nous voilà en plein ésotérisme. Cet homme-là est simplement quelqu'un de calme, et ça me repose. – *Quand vas-tu ouvrir les verrous du scepticisme systématique qui t'emprisonnent ?* – Mais je ne me sens pas du tout prisonnier de quoi que ce soit. – *De tes contradictions et de tes paradoxes, moi, j'ai toute l'éternité pour te convaincre.* – Moi, je n'ai que ma vie pour en profiter. Connais-tu Épicure ? Non ? Alors lâche-moi un peu. »

Les gens calmes apaisent leur environnement relationnel, l'inverse est aussi vrai. L'archange a peut-être raison, mais je ne veux pas lui faire ce plaisir-là, on a quand même son amour-propre, non ? « *C'est bien là le problème !* ». Calme, serein et sans colère, complètement zen aux côtés de Mathieu, je ne réponds même pas à la provocation de ma petite voix intérieure. Je sais que cet instant sera éphémère, je profite de ce répit sans me poser de questions. J'ai quand même un peu l'impression d'être voyeur d'une spiritualité qui me semble inaccessible, inutile d'importuner Mathieu avec mes états d'âme. Machinalement, mon pas se fait plus rapide, je m'éloigne peu à peu jusqu'à disparaître de sa vue dans le relief du Camino. Sans raisons, je m'arrête et j'attends… Mathieu réapparaît dans mon continuum, indifférent à mon manège. Une fois parvenu à mon niveau, je décide de rompre le silence : « Mathieu, ce matin au petit-déjeuner, je t'ai vu prier, ton attitude m'a troublé. Je dois t'avouer que je suis agnostique et que le religieux, ce n'est pas mon truc. » Je me sens ridicule de faire une telle confidence à un inconnu qui ne m'a rien demandé. Je me tais, un peu confus ; d'ailleurs je n'attends de lui aucune réponse… Mathieu me regarde, son émotion est perceptible : « Merci pour ces paroles. Ta pensée est spontanée, elle est aussi intime que ma propre prière. Je suis certain que tu trouveras ton chemin, car tu voyages en bonne compagnie. Sois patient et ouvert aux voix intérieures. Buen Camino, Michel : je prierai pour toi. » Comment peut-il savoir pour la voix intérieure ? « *Encore un hasard, vas-tu argumenter ?* » Je préfère ne pas répondre… La bénédiction de Mathieu était un adieu, son adieu. Je reprends mon rythme, les distances et le temps s'étirent, mais je sens qu'un lien entre nos silences et nos solitudes est désormais noué. Sommes-nous vraiment seuls ? « *Tu as raison de te poser cette question, car il y a Dieu avec toi.* »

Le col est en vue, c'est une zone militaire hérissée d'antennes et de barbelés : heureusement la clôture est éventrée sur le passage du Camino. Une piste bétonnée commence juste au sommet, au bout du sentier.C'est une voie rectiligne improbable commençant dans un nulle part pour se perdre dans un autre nulle part, sur l'horizon. En contrebas du relief où je me trouve, s'ouvre une plaine céréalière qui s'étend à perte de vue. Le point de vue et vertigineux, d'autant que la route ressemble à une balafre sombre qui plonge en une descente hallucinante, un vrai tremplin de saut à ski. Un cycliste vient de s'arrêter à côté de moi, il marque un temps d'arrêt, comme s'il hésitait à s'engager sur cette pente vertigineuse.

Je retourne aussitôt mon harnais. Après le col de Roncevalés, je préfère avoir ma charrette en mode brouette dans de telles situations. Je fixe l'horizon hérissé d'éoliennes, je respire un grand coup et je me lance… Au bas de la scabreuse descente, j'affiche 1 450 km au compteur, j'ai des grelots dans les genoux, mais je suis entier ; c'est ce qui compte, non ? Burgos, est en vue, mais je décide de me poser dans le premier gîte privé croisé. L'étape du jour se fera donc en plein milieu des vergers et des vignes.

L'albergue de Cardenuela Riopico m'accepte sans réservation, c'est son dernier lit ; cette fois, c'est moi qui dormirai à l'étage, au-dessus d'un Hongrois.

Sur la route des cathédrales

6 h, c'est reparti ! Seul sur la route, dans la grande inconnue du Camino. Je me confronte, non sans peine et complexes, à la barrière de la langue. Je pense à mes petits-enfants et j'ai vraiment envie de leur dire : « Apprenez les langues étrangères, c'est la seule porte pour vous ouvrir aux cultures du monde, pour découvrir d'autres horizons, pour vous enrichir de la rencontre des autres, pour comprendre et accepter leurs différences, pour voyager tout simplement. » Les Français que je rencontre sont, comme moi, pas toujours très à l'aise avec les

langues étrangères ; qu'est-ce qui a donc foiré dans l'enseignement des gamins du baby-boom ? J'espère vraiment que cette lacune ne se perpétuera pas sur les générations à venir.

Une aube grise annonce une journée étouffante, chaude et humide ; il est temps de partir. En marchant, je repense aux deux Français rencontrés pendant le dîner, hier soir : « Nous faisons un coup d'essai sur le chemin, pour voir si ça nous plaît. » En fait, ils démarrent chaque jour vers 10 h le matin et s'arrêtent à 13 h, critiquent beaucoup l'Espagne et les Espagnols en déballant des clichés ; mais que fichent-ils ici ? En les écoutant, j'ai eu un peu honte d'être français ; une fois cette étape passée, j'ai zappé cette rencontre sans aucun intérêt : « no comment ! ».

Les éoliennes sont à présent toutes proches, imposantes comme des géantes aux bras battants dans le vent ; ici, l'Espagne ne fait pas dans la dentelle avec l'énergie renouvelable et cela impacte les paysages. Je longe, depuis plus d'une heure, les zones industrielles ou commerciales et les pistes de l'aéroport de Burgos. C'est donc une grande ville et je m'en rapproche avec appréhension ; je suis un peu agoraphobe et la circulation réveille de vieilles frayeurs (pas si anciennes que ça, me semble-t-il). Le Camino, est ici une véritable institution, il suffit de regarder ses pieds et de suivre les coquilles en cuivre incrustées dans les trottoirs ; un vrai jeu de piste qui me conduit vers le centre historique. Des statues jalonnent les places, les squares et les parcs de la ville, il y a même quelques pèlerins en bronze dans des postures très réalistes de grande souffrance (la sacro-sainte rédemption à la sauce Catho :

« souffrez si vous voulez être sauvés ! »).

La cathédrale surgit au moment où je m'y attendais le moins, au bout d'un dédale de ruelles étroites ; une apparition immaculée, éblouissante. C'est une splendeur habillée de pierres blanches, l'édifice irradie la lumière, elle en impose aux mécréants (dans mon genre). Le génie humain, inspiré par Dieu ou pas, s'est ici exprimé de façon magistrale ; belle opération de communication, en tous cas, pour les religieux et le pouvoir royal de l'époque, il fallait impressionner les masses populaires et ceux qui osaient encore douter, investissement parfaitement réussi.

Je suis quand même impressionné par la profusion de sculptures et l'audace des bâtisseurs de la cathédrale. Je m'assois donc sur le banc, juste à côté du pèlerin en bronze. Me voilà au beau milieu du parvis, à la vue de tous les touristes dont je me fiche comme de mon premier short, je me contente de contempler cette merveille architecturale : « C'est BEAU ! ».

« Comment tout cela tient en équilibre, sans ferraille ni béton ? – *N'y pense pas, c'est au-delà de tes compétences. Admire tout simplement, sans te poser de questions. Imprègne-toi du génie illuminé par la foi. Pense, un seul instant, à ce qui a motivé de tels talents et inspiré de tels chefs-d'œuvre.* – Rien de plus que l'argent et le pouvoir de l'église. Promettre le paradis, ça motive les riches à donner et les humbles à bosser comme des esclaves, en offrant sans compter leur force, leur talent et leur savoir-faire… non ? – *Tu caricatures.* – Demande à ceux qui sont morts au nom de Dieu ou d'Allah si je caricature.

Les bourreaux et les kamikazes étaient tous convaincus d'aller au paradis pour leurs forfaits, au moins ici, ils ont fait du bon boulot. »

À regret, je reprends la route. J'aurais bien visité la cathédrale, qui est aussi le mausolée de Chimène et du Cid, mais il m'aurait fallu toute la journée... Je reviendrai en touriste et en compagnie de ma blonde (comme disent les pèlerins du Québec). La Meseta[1] s'offre maintenant devant moi, en une plaine céréalière à perte de vue. C'est une campagne aujourd'hui abandonnée par ses habitants. Malgré les cultures, l'impression d'isolement domine cette immense et monotone contrée .

Après Burgos c'est la brutale transition de l'agitation citadine au silence des immensités cultivées, ici la nature semble désertée de toutes vies, c'est une véritable douche écossaise sensorielle. Les effets de la crise sont ici bien visibles, au milieu de nulle part des bâtiments industriels restent inachevés, des quartiers fantômes flambant neufs sont à l'abandon, des routes et des ponts s'arrêtent au milieu des champs ou attendent les crédits pour désenclaver des villages sans habitants... C'est triste comme l'ennui ! La soif et la faim me reconnectent à une autre réalité, la pause devient vitale. Je trouve un troquet dans un village isolé ; sa

---

[1]   La Meseta englobe un espace de près de 210 000 km², ce qui représente près de la moitié de la superficie de l'Espagne (504 782 km²).Elle est entourée de différents massifs, qui l'isolent du reste de la péninsule. C'est une terre fertile située sur des plateaux sans autre végétation que d'immenses étendues d'herbages à ovins et des cultures céréalières.

terrasse est heureusement ombragée ; je m'y installe en attendant le serveur : « Pas de repas servis avant 13h30. – OK, je suis au courant. » Je commande un bocadillo et une boca (petite bière de 25 cl, histoire de ne pas avoir les jambes coupées). Le camarero m'amène un demi-litre ? Problème linguistique ou vente un peu forcée ; va savoir ? Quand on a soif, la bière est la boisson des dieux, n'en déplaise à mon ange gardien.

Le serveur revient avec une photo qu'il me brandit sous le nez, il a repéré ma carriole dès mon arrivée. Sur la photo, c'est le Belge de Namur, parti de chez lui avec une carriole de type « MADMAX », deux fois plus grosse que la mienne et bourrée de gadgets : une sorte de caddy de super-marché avec des roues de vélo. Ce qui est incroyable dans l'histoire, c'est qu'un mois avant mon départ, je lisais un article sur ce personnage original et un peu fou comme moi, (mais plus fou encore). Comment a-t-il fait pour arriver ici vivant ? Le barman insiste pour faire un selfie avec moi et ma chariotte. Me voilà, une fois encore, promu star du Camino, mais je pense que cette célébrité-là ne dépassera pas le cercle d'influence du troquet.

Je reprends la route, un peu ballonné par mon demi-litre de bière et le bocadillo. Deux rues plus loin, je tombe nez à nez avec Jean-Noël, assis à la terrasse d'une albergue : « Quelle surprise, Michel ! Comment se passe ton chemin ? Je suis vraiment content de te voir. » Jean-Noël a un peu le blues, depuis le départ de sa copine Hortense. Un heureux hasard avait suffi pour réunir ces deux-là et leur faire vivre une communion d'idées, de prières, une relation platonique entre deux croyants, probablement plus intense, spirituellement, qu'une aventure éphémère. Il est trop tôt pour faire étape, à regret je laisse mon copain ; nos routes risquent de ne plus se croiser…

C'est la pleine forme aujourd'hui, il me reste pourtant un col à franchir par 40°C degrés à l'ombre, ce sera une rude montée dans la poussière des engins agricoles qui viennent juste de commencer les moissons. À Hornillos, une fois encore, plus de place à l'albergue municipale ; je me rabats sur le gîte privé El Alfar ; c'est un chouette endroit, chaleureux, à taille humaine. Nous sommes quinze à table ce soir : deux Américains de Chicago, quatre Espagnols de Madrid, une Libanaise et huit Français ; c'est Byzance ! On va pouvoir communiquer dans ma langue natale. Plus que 460 km, je me sens plus à l'aise que jamais au milieu de tous ces marcheurs, comme si je faisais partie, maintenant, de la grande famille du Camino.

Une entorse à la raison

Encore un départ en pleine nuit et en fanfare, grâce à la « discrétion tapageuse » des lève-tôt du gîte municipal de Itero de la Vega, où j'ai finalement retrouvé Jean-Noël. Nous avions décidé de continuer ensemble et de ne faire que les haltes intermédiaires pour échapper au flot des pèlerins. Il faut désormais un peu de stratégie pour prendre le contre-pied du sur-tourisme et de l'affluence des marcheurs. Les marathoniens et surtout les cyclotouristes, prennent d'assaut les albergues des étapes vedettes. Dans la journée, le pas plus rapide de Jean-Noël distend l'espace entre nous, mais cela nous permet, pendant ces moments de marche solitaire, de rester libres de nos réflexions introspectives ou de nos méditations. Le village, où j'ai fait étape hier, est situé en Castille, qui est une terre à blés à perte de vue : des milliers d'hectares, traversés par un Camino interminable de plus de 70 km. Ici, il n'y a ni arbres, ni ombre. Cette campagne abandonnée est bien loin de l'opulente Navarre : les villages désertés, les fermes en ruines témoignent d'une économie locale et d'une vie rurale réduites à la portion congrue. Il n'y a évidemment ni grande distribution, ni station-service, ni publicité routière (ça me va !). Cet environnement pourrait sembler rêvé pour quelques réfractaires à la société de consommation, mais c'est quand même un endroit mortellement ennuyeux pour ceux qui restent ici, malgré tout.

Je cherche toujours un nouveau short depuis vingt jours et ce n'est pas dans ce trou que je vais pouvoir le remplacer ; je marcherai cul-nu si ça continue. Aujourd'hui, un vent froid de nord-ouest a soufflé sur les 33 km de mon étape ; j'ai fini par rejoindre Jean-Noël en fin de journée. Nos échanges sont devenus plus personnels, plus fraternels : « C'est la troisième fois qu'il est sur le Camino, il a vécu des choses très compliquées cette année, il espère trouver, ici, la sérénité et quelques réponses pour prendre les bonnes décisions à son retour. » Nous avons aussi abordé des sujets sensibles sur les religions : l'angoisse des chrétiens face à la montée de l'Islam radical, les catholiques qui votent de plus en plus pour l'extrême droite, le racisme interreligieux qui dénature le message évangélique, la pédophilie de quelques prêtres dévoyés… Je lui fais part de ma vision sur les religions et sur le chaos qu'elles ont semé à travers l'histoire.

Nous tombons malgré tout d'accord sur l'impérieuse nécessité de la laïcité : la politique, le pouvoir et les religions sont parfaitement incompatibles et la foi est une affaire privée.

Jean-Noël me regarde avec un petit sourire en coin : « Et si tu venais avec moi, ce soir, à la bénédiction des pèlerins ? Nous reparlerons plus tard de tout cela et de façon plus apaisée. » J'accepte sa proposition, cette nuit nous devons faire étape dans un couvent ; encore une entorse à mon agnosticisme anticlérical…

Les yeux grands ouverts, dans l'obscurité du dortoir, je suis encore sous l'émotion de cette cérémonie où Jean-Noël m'a embarqué. Après une messe concélébrée par le curé de la paroisse et deux prêtres pèlerins, cinquante marcheurs de douze nationalités ont été individuellement bénis (moi compris), avec signe de croix, accolade, imposition des mains, chants et chœurs de religieuses rayonnantes et inspirées. Les sœurs ont clôturé ce moment en remettant à chacun de nous, une étoile peinte sur un petit bout de parchemin, puis nous nous sommes tous pris par la main en une chaîne fraternelle ; la symbolique était émouvante.

« Je t'ai senti touché par la grâce pendant cette célébration ? – Mais non, l'archange, seulement ému par les chants et l'ambiance. – *Si tu lâchais prise maintenant, histoire d'admettre que tu as vécu un rare moment de ferveur et de joie spirituelle partagé avec ces religieuses, illuminées par la grâce de l'Esprit.* – N'en rajoute pas, c'est probablement la même

émotion partagée par tout le public lors d'un concert exceptionnel, qui te donne des frissons et des larmes. – *Tu résistes devant l'évidence.* – Quelle évidence ? – *Celle de la communion des cœurs.* »

Avant de sortir, à la fin de l'office, je me suis arrêté devant le retable sculpté de l'une des chapelles latérales. Je regarde, incrédule, la statue de Saint-Jacques en pèlerin, surmontée par l'archange Michel terrassant le dragon et je me dis intérieurement : « Voilà la plus improbable des associations, surtout ici, à 1 500 km du Mont-Saint-Michel, étrange ? – *Encore un signe, mon ami.* – C'est de l'obstination ! – *Ton chemin n'est peut-être pas encore mystique, mais il est sans nul doute spirituel. Des forces qui dépassent la raison se manifestent en faisant chavirer les cœurs et les âmes. Que tu le veuilles ou non, tu n'es pas exempt de cela.* »

L'étoile du berger

Aussi surprenant que cela puisse paraître, il est impossible de s'ennuyer en marchant : « il suffit d'ouvrir en grand les yeux, de ressentir et d'écouter, pour vivre pleinement chacun des événements d'une journée et en faire une aventure peu banale. » Ce fut encore le cas ce matin. Sur la plaine de la Meseta, je viens de reconnaître, devant moi, le papy espagnol de 80 ans, rencontré à l'albergue d'Hornillos ; je suis admiratif de sa vitalité et du rythme soutenu de sa marche. J'avance plein ouest, dans mon dos le soleil matinal projette une ombre démesurée sur la route, juste devant moi. Lentement, des ombres jumelles me dépassent, m'encerclent, comme si ma propre projection en contre-jour s'était dédoublée. Un couple de Suisses, parti de Bâle, marche de front à mes côtés ; nous occupons maintenant toute la largeur de la route. Un gaillard vêtu de noir et sa compagne, tirent deux chariottes. Sur un ton un peu frimeur, l'homme m'interpelle en arrivant à mon niveau : « Qualité suisse, prototypes à 1 500 € et 1 400 km aujourd'hui. » En fait, la qualité suisse couine un peu au niveau de ses roulements. Sur les deux chariots, l'un a une roue de travers et l'autre a son châssis tordu ; il cédera sans doute avant Santiago. Je les regarde tous les deux avec un grand sourire : « Qualité France, bricolage maison, 1 550 km hier et pas assez cher pour annoncer le prix », et ils poursuivent leur route sans un mot.

J'arrive assez tôt à l'étape ; il est à peine 13 h. La Meseta a au moins l'avantage du terrain plat, ma charrette y a fait des merveilles. Il y avait de la place dans une albergue familiale, c'est un endroit propre et confortable. J'y ai retrouvé Jean-Noël, mais aussi ce jeune Italien de Milan, qui avait tout simplement fermé son entreprise artisanale pour réaliser son pèlerinage ; malgré une tendinite du genou, il parcourt ses 35 km chaque jour, quel courage ! Il y a cette Russe venue de Sibérie, et une religieuse partie des Pays-Bas, il y a aussi tous les autres, pèlerins des quatre coins de la planète ; le Camino est un melting-pot. Je suis toujours surpris par la simplicité relationnelle avec tous ces étrangers, que l'on se comprenne ou pas. Rencontre d'une minute, pour une complicité d'un jour ou d'une semaine, dans l'objectif commun de marcher dans la même direction : « *Les voies du Seigneur sont impénétrables.* – Celles du Camino sont préférables. – *C'est malin !* ».

Une longue étape nous attend demain avec plus de 40 km à couvrir ; le lever est donc prévu à 5 h. Il est 21h30, c'est l'extinction des feux, je m'endors en souriant : « *Tu n'es plus qu'à 350 km de Santiago.* »

C'est sur un départ de nuit et une fausse piste que débute ma nouvelle errance quotidienne de pèlerin. Tout le groupe de pèlerins a suivi Jean-Noël qui vient de confondre le panneau routier et le fléchage sentier. Un petit vent glacial, ce matin, me tient compagnie. À la Panurge, la longue file de caminéros, qui a emboîté le pas à Jean-Noël, s'éloigne inexorablement ; j'espère qu'il est meilleur coach spirituel que guide rando. Je vois s'éteindre, les unes après les autres, les petites lueurs des lampes frontales. Nous ne sommes que douze rescapés de la colonne qui a disparu après être passée sous l'autoroute, dans une espèce de conduite en tôles ondulées. Nous nous retrouvons en plein champ, nouveau demi-tour et plus d'un kilomètre de rab. Je n'ai pas d'autre choix que de rester en compagnie des six marcheurs germaniques, qui s'étaient retrouvés en queue du peloton trop rapide pour nous. Nouveau croisement des pistes, sans aucune indication, les Allemands prennent une autre direction, accélèrent et me distancent, bonjour la fraternité du chemin vantée hier... Me voilà une fois encore seul avec mes fidèles compagnes : ma charrette et ma solitude.

L'éclat intermittent des frontales allemandes s'estompe, puis disparaît au loin. La nuit m'enveloppe dans une obscurité silencieuse et oppressante, celle qui réveille mes vieilles peurs. Les étoiles s'allument peu à peu, la brume matinale se dissout, mais cela suffit à peine à me rassurer. Le remblai du chemin est tellement sombre, que j'ai l'impression de marcher sur du charbon. Je sors du sentier à plusieurs reprises pour me retrouver dans le fossé ou dans les champs… Je suis vraiment paumé cette fois et il est trop tôt pour voir le point du jour qui m'indiquerait l'est. « Hier, le vent froid était du nord-ouest, donc il devrait m'arriver sur le côté droit du visage. » En homme du vent, jamais je n'aurais pensé devoir faire appel, un jour, à ce sixième sens, pour me sortir d'un aussi mauvais pas : « Maintenant le vent m'arrive de face et cela ne me plaît pas du tout. »

Le jour pointe enfin sur l'horizon et je suis en train de marcher plein sud ; une bonne vieille boussole m'aurait été plus utile qu'un GPS sans réseau ! Ni repères, ni fléchages autour de moi, seul ce sentier devenu sablonneux ; comme dans les landes, ma chariotte pèse des tonnes. J'en ai ras le bol… *« Holà !* L'archange, tu charries vraiment. C'est maintenant que j'ai besoin de toi… *»*

    « Silence assourdissant », même le vent s'est tu. Un bruit d'eau attire mon attention. Je me retrouve devant le gué d'un cours d'eau. J'hésite, je suis prêt à faire demi-tour et à tout laisser tomber, une fois de plus. Je regarde le ciel, un météore déchire la nuit d'est en ouest (c'est ce que je suppose) : *« Alors l'ami, ne te rends-tu pas au champ de l'étoile ?* – C'est malin ! OK l'archange, je vais jouer le jeu. Si tu te fiches de moi, je te renvoie définitivement dans tes nuages et à tes occupations guerrières contre les dragons. *»* Voilà que je parle tout seul en me prenant pour Balthazar qui suit l'étoile du berger ; n'importe quoi ! Sans savoir si j'ai réellement pied, je traverse la rivière avec de l'eau à mi-mollets, je ne me noierai pas cette fois. Une heure de marche encore, dans ce désert rural, pour atterrir finalement au milieu de hangars agricoles.

Le jour se lève et je suis toujours aussi paumé, me voilà bien avancé maintenant. Désabusé, je m'assois sur le bas-côté en broyant du noir... Quelqu'un chante ? J'entends vraiment quelqu'un chanter et ce n'est pas mon archange cette fois.

Entre deux hangars, je vois passer Miguel, le papy de 80 ans, les écouteurs vissés dans les oreilles ; il est plongé dans l'écoute des cœurs de l'Escolania de Montserrat. Je l'interpelle, il ne parle qu'en espagnol, il me sourit et me fait un petit signe amical sans s'arrêter ; je lui avais laissé ma place sur le lit du dessous à Hornillo et il s'en souvient...

Nous cheminons ensemble depuis une heure. Curieusement, je comprends presque tout ce qu'il me dit, je perçois sa musique en sourdine, ses mots et ses intonations prennent sens, c'est à la fois étrange et irrationnel. Il en est à son septième Camino, il en connaît toutes les ficelles. Le vieil homme m'explique qu'il adore les chœurs, la musique sacrée et surtout Jean-Sébastien Bach : « Je ne suis jamais seul avec ma musique, l'année prochaine, je ferai le chemin avec mes petits-enfants. » Miguel aura alors 81 ans, sa vitalité me remplit d'admiration. Nous avons marché deux heures ensemble, en traversant des villages dont j'ai oublié les noms. Miguel me racontait leur histoire et celle de leurs églises, dont il connaît tous les saints patrons. Ce moment était exceptionnel, rare, inédit, nous nous sentions si proches, si complices, au-delà de nos propres cultures et de nos générations et même de nos langues respectives. Le pas de Miguel est devenu plus rapide, notre trait d'union s'est distendu peu à peu, comme si sa mission était accomplie : celle de m'avoir remis sur le bon chemin, celui de l'étoile : « Chapeau bas l'archange et bravo Miguel ! »

Nous ne nous reverrons plus.

Je retrouve, un peu plus loin, un compagnon d'hier : Hervé le conducteur de train à Amiens, qui vient de recroiser ma route. Quant à Jean-Noël il m'a définitivement distancé jusqu'à Santiago, où nous nous croiserons pour la dernière fois. Hervé est un pèlerin joyeux et agréable, notre relation est simple, directe, sans détours, c'est un épicurien. Il est sur le Camino uniquement pour l'ambiance et les rencontres et il recommence son Camino chaque année : « C'est mon truc, ma drogue relationnelle, ma parenthèse anonyme, je suis sur le chemin incognito et ça me va ! »

Nous venons de trouver des places dans le gîte communal de Reliegos. En arrivant, nous avons débouché sur une place animée : comme dans la France des bistrots, ici, le café est un lieu et un lien social ; les jeux de société sont sur les tables, les gens rient, discutent, refont le monde et se taquinent bon enfant.

Je viens de faire un bond en arrière de plus de 40 ans en retrouvant, ici, l'ambiance des cafés de mon enfance, quand les écrans et les téléphones n'avaient pas encore remplacé le mode de communication le plus basique qui soit : « parler en se regardant ! » Hervé me pousse vers le bar le plus décalé du village, c'est un habitué des bonnes adresses. Nous arrivons devant une grande façade bleue, couverte de graffitis et taguée de la cave au grenier. C'est un Basque, que tout le monde surnomme Elvis, qui nous accueille : « Salut les Français, bienvenus chez Elvis. » Cet accueil joyeux et tonitruant dépasse de loin la posture commerciale pour attirer et fidéliser le client. Quand on rentre ici, on devient le copain d'Elvis, c'est un fait. Dans le café, une musique rock des sixties passe en boucle et Elvis Presley y tient une bonne place (logique !). Les murs de la taverne sont aussi couverts de morceaux de nappes de papier griffonnés et dessinés. Il pointe son doigt sur l'un des messages : « Ça, c'est un de vos ministres français, Raffarin je crois, il a échoué ici, pendant son pèlerinage. » Nous n'arriverons pas à savoir pourquoi et comment Elvis a atterri ici, dans cet endroit improbable, l'homme est exubérant, mais reste pudique malgré tout.

Le timing du Camino se resserre, je réalise que j'ai pris beaucoup d'avance, réduire les étapes me permettra peut-être de récupérer un peu ; j'ai tellement mal aux articulations, aux muscles, du matin au soir. Demain, je ferai étape à Léon, après seulement 26 km de marche, ça suffira largement. J'ai encore 19 jours devant moi, avant de rejoindre Fisterra (le Finistère espagnol), donc 25 km par jour et pas un de plus (en principe). Avant de me coucher, j'ai envoyé un SMS à Georges pour lui souhaiter une belle fête mariale, je sais que le 15 août représente quelque chose d'important pour lui. Demain, je partirai à l'aube, mais surtout pas de nuit et avec un nouveau compagnon ; ainsi va le chemin au gré des rencontres, des rythmes imposés par les capacités du corps et du temps qui passe.

Garou

Une nuit passée dans une albergue municipale laisse toujours un souvenir exotique, on a parfois l'impression de tous dormir dans le même lit : un voisin ou une voisine qui ronfle, le ronron de l'appareil à soigner les apnées du sommeil, le lit du dessus qui grince, les marcheurs matinaux qui se fichent du repos de la chambrée, les siffleurs et les chanteurs sous la douche de minuit ou de 5 h du matin, les sonneries des portables, les pipis nocturnes, les gastros…

Les nuits en dortoirs peuvent être très animées, ce fut le cas dans notre chambrée de trente pèlerins ; je crains fort que cette promiscuité ne s'accentue en se rapprochant du but. Finalement, nous décidons de partir juste avant le lever du soleil ; au diable les résolutions. À la première fontaine, je me retrouve encerclé par un club de marcheurs français en « extase » devant ma chariotte de compétition. Tout le monde a insisté pour se prendre en photo, attelé au char ; la prochaine fois, je fais payer.

Le Picard ne m'a pas lâché d'un pas, nous arrivons ensemble dans la grande ville de Léon. La présence d'Hervé me rassure, même si je sais qu'il ne connaît pas plus que moi la métropole castillane. C'est jour de chance, nous sommes en août et le foyer étudiant a été transformé en albergue, il n'est qu'à deux pas de la cathédrale. Deuxième demi-journée de tourisme depuis mon départ et ça me va. Avec Hervé, nous découvrons le sanctuaire : une splendeur, un chef-d'œuvre du gothique espagnol qui nous laisse le nez en l'air, émerveillés et bouche bée.

Le soir éteint peu à peu l'ardeur du soleil, la ville qui nous avait semblé si calme pendant les heures chaudes, s'anime peu à peu. La musique, les rires envahissent les places et les rues piétonnes. Hervé est interpellé plusieurs fois par des pèlerins qui se sont installés dans les bars à tapas. Mon compagnon est en terre familière, même s'il n'a jamais mis les pieds ici, il a un certain succès, surtout du côté des marcheuses du Camino. Je constate qu'il a un long vécu relationnel sur les chemins de Compostelle et qu'il connaît pas mal de monde, pour les habitués, comme lui, c'est comme une seconde famille.

Nous sommes maintenant un petit groupe à errer dans la ville, au gré des rencontres et des bodegas : il y a Julietta, une journaliste madrilène qui termine son parcours annuel ce soir et qui entend bien fêter ça. Il y a aussi quelques pèlerins portugais, tchèques et brésiliens, mais la communication est plus hasardeuse. Nous avons retrouvé André, le téméraire Franco-Hongrois, qui réalise son septième et dernier Camino depuis Budapest (le plus long itinéraire, plus de 4 000 km) ; je suis un gamin à côté). Il a lui aussi été confronté aux mêmes dangers que moi et a failli perdre la vie deux fois en traversant la Hongrie, toujours à cause des chauffards et des véhicules fous.

Nous apprécions de nous perdre volontairement dans le dédale des ruelles où des milliers de gens vivent cette fête perpétuelle, noctambule et quotidienne qui fait l'ambiance typique et bon-enfant de l'Espagne ; j'ai appris à aimer cette joie de vivre communicative et bon enfant. Dans les bars à tapas, pour 1,30 €, on vous sert une bière ou un verre de vin accompagné d'une assiette de tartines au lard, au fromage, avec des chips bien grasses (les meilleures du monde) ; de quoi damner un Saint au beau milieu du carême. André le Hongrois, m'a conseillé, pour la dernière étape avant Santiago, de dormir à quatre kilomètres de Compostelle dans le « dortoir des 500 lits », mais avec une bombe anti-punaises : « À cet endroit, tu pourras admirer Santiago et les toits de la cathédrale, illuminés. Tu toucheras alors du doigt le Graal de Saint-Jacques en vivant une insomnie de fête avec tous les pèlerins qui sont au bout du Camino. C'est inoubliable ! »

Nous rentrons tard dans la nuit, notre petite rue « calme » est devenue l'annexe de la taverne du quartier, il y règne une ambiance presque aussi sonore qu'en plein marché. Dans notre chambre, il y a un nouveau pensionnaire. Demain, Hervé termine son chemin, le travail à reprendre lundi, sur Amiens et les trains français à conduire. « Salut les gars, je m'appelle Nicolas. » Nous sursautons au son de cette voix. Nicolas perçoit notre étonnement : « Ouais, je sais, on me prend souvent pour le Québécois Garou, attendez de voir ma tronche. » Nicolas ouvre les volets. Effectivement, il y a un petit air de famille, mais sa voix ferait illusion au téléphone. « Tu chantes aussi ? – Ouais, mais comme une casserole. – Tu vas jusqu'où ? – Jusqu'au bout, si mes cannes tiennent le coup. Je suis en route depuis Pau. » Nicolas nous dit qu'il est sur le chemin pour essayer de trouver des réponses à une foi en cours de reconstruction, bien qu'il ne soit pas baptisé (encore un paradoxe du Camino). Sa démarche m'interpelle, son courage aussi, car ses pieds sont dans un état effroyable ; il doit souffrir le martyr (ses péchés lui sont remis, c'est sûr !).

Je reprends la route avec mon nouveau compagnon... Les sentiers en lignes droites, qui longent l'autovia, sont d'une monotonie à dormir en marchant (j'en sais quelque chose), quitter la métropole nous semble interminable. Cette partie du Camino en Castille va-t-elle nous faire sombrer dans l'ennui ? Ce serait sans compter sur les hasards qui pimentent immanquablement mon quotidien. Ce matin, en plein centre de Léon, une montgolfière a pris son envol au beau milieu d'un rond-point ; c'est une vision insolite qui nous poursuivra sur l'horizon, pendant toute la durée de la sortie de la ville.

Nicolas traîne la patte à cause des séquelles d'un accident de scooter, il y a un an. Il souffre beaucoup et a épuisé tous ses anti-inflammatoires ; je doute fort que nous puissions continuer longtemps la route ensemble. Nous approchons de Santa Catalina de Somoza, c'est une petite étape accidentée et sinueuse de 28 km. Les monts de la Galice sont proches, Nicolas s'arrête de plus en plus souvent, il me dit d'avancer, qu'il me rejoindra plus loin ; il va essayer de se faire prescrire des médicaments pour atténuer ses douleurs.

Je suis bientôt rejoint par Mikaël (encore un protégé de l'archange !), c'est un Français polyglotte qui chemine depuis Épinal. Nous sympathisons tout de suite. C'est un homme d'une quarantaine d'années ouvert et spirituel ; nous parvenons ensemble au centre de la superbe ville d'Astorga, dominée par l'incroyable château de Gaudi et la cathédrale. C'est dimanche, sur la place de la mairie défilent les fanfares costumées de la fête locale. Nous retrouvons Nicolas assis à une terrasse de café, il est mal en point, avec sa tête dans ses mains, il fait peine à voir : « J'arrête, j'abandonne, je n'en peux plus. » Nicolas s'effondre en pleurant ; Mikaël et moi, nous nous regardons : « Nicolas, j'ai une idée. On va attacher ton sac sur ma charrette et on va t'accompagner jusqu'à la prochaine albergue. »

Nous reprenons tous les trois la route en soutenant Nicolas à tour de rôle. Astorga est maintenant loin derrière nous, nous avons réussi à soutenir notre camarade pendant plus d'une heure. À bout de résistance et de douleur, notre compagnon gémit à chaque pas ; nous nous arrêtons devant un gîte communal. Au bout d'une heure de discussion et de négociation avec l'aide de l'hospitalier, nous parvenons à convaincre notre ami de rester ici afin de recevoir des soins.

« Demain, tu pourras consulter un médecin et te faire prescrire des calmants et des anti-inflammatoires. » L'hospitalier nous confirme qu'avec sa Crédenciale, il pourra même être soigné gratuitement à l'hôpital d'Astorga. Nicolas rechigne pour la forme, mais accepte cette solution à contrecœur ; il finit par céder. Notre départ n'est pas sans émotions. J'enregistre son numéro de portable : « Dès que ta jambe ira mieux, tu m'appelles, tu prends un bus et on se retrouve à une étape. » Il acquiesce…

Avec Mikaël, nous reprenons le Camino pour terminer ensemble les 31 km de l'étape. Nous nous arrêtons dans un très vieux village de muletiers où nous trouvons deux places dans une albergue privée. Au repas, on parle surtout italien, anglais et russe, pas facile de communiquer ; heureusement, il y a un prêtre français qui fait le Camino avec l'un de ses paroissiens. Je repense à Nicolas, je culpabilise de l'avoir laissé en chemin, mais que pouvais-je faire de plus ? Le lendemain, Mikaël trace sa route, il a des impératifs de calendrier. Je ne reste pas seul très longtemps, un incroyable hasard recroise le timing de Roberto l'Italien, nous tombons dans les bras l'un de l'autre. Roberto fait partie de cette jeunesse sacrifiée par les politiciens de son pays, il pense sérieusement à s'engager en politique pour tenter de changer les choses : « Beaucoup de mes amis intellectuels et scientifiques en ont assez de la mafia, des populismes et de la corruption de nos élites. L'Italie est au bord du chaos. Si nous ne tentons rien avec la génération montante, notre pays va s'enfoncer dans une décadence morale et économique irréversible. – C'est pessimiste comme analyse. – Non, réaliste. Si rien ne change, d'ici cinq ans, les gens éliront un opportuniste sur des promesses intenables et nous irons tous à la catastrophe. »

Il me confie que certains de ses collègues travaillent pour moins de 900 € par mois, après dix années d'études supérieures. Ils n'osent même pas demander à récupérer leurs heures supplémentaires, car ils espèrent toujours, en contrepartie, une hypothétique chance de titularisation : « L'Italie est devenue un monstrueux gâchis de compétences, d'intelligences et de jeunesse. »

Nous arrivons à Hospital de Orbigo par un pont du XIIIe siècle de plus de 150 m de long et que l'on ne peut emprunter qu'à pied ou à cheval (ma charrette, heureusement, n'est pas hors gabarit).

Nous prenons deux lits dans la première albergue annoncée. Cette fois, nous tombons particulièrement bien. L'auberge « la Riblera » vient d'être entièrement rénovée ; un luxe, après les galères des nuits précédentes. Notre logeur nous annonce que nous partagerons la chambrée avec une Mexicaine qui doit arriver tard ce soir. Je me rapproche un peu plus de l'O Cebreiro, qui est à présent visible avec ses 1 500 m à franchir ; ce sera l'étape phare des prochains jours… Nous avions tout préparé, la veille, pour ne pas réveiller la Mexicaine arrivée finalement en pleine nuit, pendant notre sommeil. Nous nous apprêtions à partir sur la pointe des pieds, Roberto m'avait tapé sur l'épaule pour me montrer du doigt la couche de la Señorita. « Regarde comme c'est beau ! » Le rayon lumineux de ma frontale balaya le lit ; la jeune femme était profondément endormie, incommodée par la chaleur étouffante, elle avait repoussé le drap. Vêtue d'une simple nuisette qui laissait voir un sein, la femme est d'une grande beauté à la peau mate et avec des jambes à damner un moine bénédictin.

« Eh bien ! Tu ne te sens pas un peu voyeur, l'ami ? – Il est bien temps de te manifester. Toi qui n'as pas de sexe, tu es mal placé pour des leçons de morale.– *Cette femme était quand même en confiance dans cette chambrée. –* Et alors, nous ne lui faisons aucun mal. Nous rendons grâce à ton patron pour nous avoir permis d'admirer un

si beau paysage. Nous sommes des hommes après tout, mais aussi des gentlemen. Un tel spectacle ne nous laisse pas indifférents, c'est un péché mortel ? »

La température extérieure de 15°C a vite fait retomber notre fièvre matinale. Nous rions de cette anecdote si charmante en bons latins sensibles aux charmes féminins. Encore deux étapes avant la grande montée, nous faisons halte pour le petit-déjeuner. Le chemin est jalonné de gargotes improvisées dans des cabanes ou des garages, on y propose entre 7 h et 10 h du café, des oranges pressées, des tortillas et des bocadillos consistants. Un petit commerce opportuniste, qui nous rend bien service dans les endroits les plus isolés du Camino. Roberto croise une compatriote et ce sont de grandes effusions ; il m'adresse un petit signe entendu. J'ai compris que je serais seul pour poursuivre le chemin. Encore une rude étape de plus de 40 km (les résolutions de Léon et de Thouars sont bien loin).

Le sentier devient de plus en plus étroit et dangereux vers Molinaseca, je revois en mémoire le passage traumatisant du col de Roncevaux. Je décide donc de prendre la route nationale dès le premier croisement. Il n'y a plus un seul marcheur à présent, que de rares voitures sur une route assez large avec une bande, pour cyclistes, rassurante.

Plus loin, je retrouve Roberto et sa belle italienne, juste au passage du pont antique, à l'entrée du village médiéval. Roberto traîne en ville avec sa copine, je préfère trouver tout de suite une place pour la nuit. Une albergue privée, tenue par des Hollandais, me propose le dernier lit. Ici, on ne parle que le néerlandais et l'allemand ; ils se sont tous donné le mot.

« Bon ! J'irai prendre mon repas tout seul au village. - Vous êtes français ? – Oui, de Montpellier, moi, c'est Michel, bonjour. – Moi, c'est Sylvie et je suis de Strasbourg, mais je fais le Camino par petites portions chaque année. » Sylvie est la seule Française de l'albergue, nous décidons de partager un menu pèlerin, près du pont antique. Nous échangeons sur nos expériences respectives, nos ressentis, notre conversation devient rapidement plus consistante, philosophique, spirituelle, religieuse… donc contradictoire.

Quelqu'un vient de me taper sur l'épaule. Je me retourne, Nicolas est là, il me serre dans ses bras le visage barré d'un grand sourire : « Mais comment as-tu fait ? Tu étais presque mourant il y a moins de 36 heures. – Avec mon hospitalier, on a fait du porte-à-porte et on a fini par trouver des anti-inflammatoires et des antalgiques à base d'opium. Après une bonne nuit, plus rien, plus de douleurs, j'ai retrouvé une forme olympique. – Tu es complètement cinglé, sans prescription ça aurait pu te tuer. Tu es venu en bus ? – Non, je viens d'avaler 52 km d'une traite, je suis un peu crevé. – Tu es encore plus fou que je ne le pensais. » Nicolas accepte de boire un verre. Il ne s'attarde pas, il doit trouver un lit pour la nuit. J'explique à Sylvie les mésaventures de ce garçon. « Il joue avec sa santé et sa vie. – Je suis d'accord avec toi, mais le Camino représente tellement pour lui que plus rien d'autre ne compte, son projet a tourné à l'obsession. – On est dans l'irrationnel. – Et nous, sommes-nous vraiment dans le rationnel ? »

Sylvie est montée dans le dortoir, son Camino se termine ce soir, elle doit prendre un bus très tôt, demain. Je m'installe dans le salon d'accueil, près de la borne WIFI, pour mettre à jour mon blog et donner de mes nouvelles à ma famille. Je viens de terminer péniblement trois pages d'anecdotes sur les derniers jours, si riches en rencontres, avec le minuscule clavier de mon téléphone. Il est minuit, le WIFI vient d'être coupé automatiquement, j'ai perdu toute la mise à jour, j'enrage. Je monte me coucher ; encore un hasard, Sylvie dort profondément, sur la couche d'à côté…

Il est temps d'attaquer les 1 650 mètres de dénivelé pour atteindre le plus haut sommet du Camino Francés. Au sortir du village, je dépasse l'albergue municipale qui est surbookée ; le bâtiment est entouré de terrasses couvertes encombrées de lits d'appoint et de sacs de couchage à même le sol. Je me demande si, dans ces conditions, les pèlerins ont bénéficié d'une ristourne. Je n'ai pas revu Nicolas et je marche seul désormais. Je sens une présence derrière moi… Je me retourne : « Hans, quelle surprise ! ». Le Belge de Namur, croisé en compagnie de William à l'entrée de Saint-Jean d'Angély, était revenu dans mon espace-temps après plus d'un mois d'errance. Le calcul des probabilités de notre rencontre, ici et ce matin, donnerait mal à la tête à un étudiant en maths SUP ; je sens comme un malaise :

« Tu n'es plus avec William ? – Non, on s'est séparé à Saint-Jean d'Angély, mais je l'ai revu à Saint-Jean-Pied-de-Port. –

Tu as bien fait. Ce gars est une catastrophe ambulante et un pique-assiette. – Il a des circonstances atténuantes. – Peut-être ! Moi, j'ai assez de soucis avec mes propres problèmes. »

Hans me raconte alors que, la semaine de son départ de Namur, il mettait en liquidation sa société : « Tu te rends compte : trente ans de photographie argentique, un labo et un studio avec trois salariés ; le numérique a tout anéanti en moins de trois ans. J'ai dû virer tout le monde et ma banque aura vendu mes biens à mon retour. Par égard pour mon personnel, je n'ai pas su prendre les bonnes décisions à temps. » Hans se ferme, ses épaules s'affaissent, c'est un homme brisé : « Hans, à 55 ans, tu n'es pas fichu. Tu as une sacrée expérience, tu peux être formateur, enseigner ou faire du reportage. – Ma femme m'a appelé ce matin, elle me plaque si je ne rentre pas tout de suite. – Que vas-tu faire ? – Je n'en sais rien. Compostelle, c'était un objectif préparé depuis si longtemps et je n'ai jamais cédé au chantage. » Il renifle bruyamment et accélère son pas. Il veut être seul, je respecte son choix…

L'O Cebreiro

Je décide de quitter le sentier millénaire mais cabossé. Je préfère prendre un chemin plus long sur une bonne route plate et goudronnée, histoire de préserver ma carriole et sa monture. L'étape fera finalement 43 km, au diable les résolutions ; mon entraînement quotidien m'a donné une endurance et une résistance tellement improbables, il y a seulement deux mois.

Avant de relater cette ascension de l'O Cebreiro, il me faut revenir sur l'étape d'hier. Impossible de me loger à Vilafranca, je suis donc obligé de poursuivre 5 km plus loin en longeant l'autoroute sur un sentier de montagne.

Je marchais, toujours solitaire, depuis le début de la journée, en traversant un hameau du bout du monde, quand je me suis retrouvé devant une albergue privée. Pas un seul Français à l'horizon, évidemment ; tant pis, il me faut un endroit pour dormir, cette nuit. Depuis plusieurs jours, mes jambes ne tiennent plus en place, avec ces fourmillements et ces crampes qui me font bondir hors du lit. Dans le dortoir, nous sommes quinze pèlerins, j'entends le bruit de fond de l'autoroute toute proche. Au milieu de la nuit, le grondement ininterrompu de la circulation m'était devenu insupportable. Mon voisin de lit s'était réveillé à 4 h du matin, il avait programmé sa sonnerie de téléphone en mode « rock métal », j'en suis presque tombé du lit. Les autres pèlerins du dortoir sont restés impassibles ; sainteté ou lâcheté, face à un tel sans-gêne ? Moi, j'ai vraiment eu envie d'étrangler l'olibrius ; mon archange a retenu mon bras vengeur, merci ! Certains diront que ce sont les aléas du Camino, que c'est un apprentissage de la patience et de la tolérance, un passage obligé et librement consenti... Soit ! Mais pas par moi, je fulmine. Il y en a qui ont encore tout à apprendre de la vie en communauté. Pour ce pèlerin, qui affiche plus de 50 ans, il y aura du boulot sur lui-même avant Santiago. Par dépit, je reprends la route, malgré moi et en pleine nuit. Perclus de douleurs et de fatigue, je suis devenu un vrai zombie.

Nuit noire, idées noires, je broie du noir (retour de Johnny ou de Bernard Lavilliers), je marche maintenant en aveugle au fond d'une gorge encaissée, coincé entre la rambarde de sécurité de la route et le ravin. Au-dessus de moi, c'est une autovia suspendue à des dizaines de mètres de hauteur sur des piliers en béton. J'entends à ma gauche un torrent invisible, dont je ne perçois que la fraîcheur humide ; l'idée d'un tremblement de terre me traverse l'esprit. Il n'y aurait ici aucune échappatoire, seulement l'assurance d'une pierre tombale de plusieurs centaines de tonnes sur la tête et sur ma chariottc. J'ai vraiment de drôles d'idées et ce n'est certainement pas le moment de me mettre les écouteurs de mon baladeur, car je serais plutôt porté à écouter Léo Ferré « Ne chantez pas la mort ».

Dans les virages du sentier, les terre-pleins sont un peu plus larges, des pèlerins à pied ou à vélo y sont réfugiés. Je passe en silence au milieu des randonneurs endormis, adossés à leur sac ou attachés à leur vélo avec l'antivol, drôles de conditions pour un tel voyage : la solitude, la peur, l'insécurité et l'inconfort en prime... On ne recherche pas vraiment le plaisir ici ; mais qu'est-ce qui pousse des individus à s'infliger cela ? « Dans le fond, je ne suis pas beaucoup mieux loti qu'eux, mais pour la motivation, je me pose toujours la question. »

… Vers 11 h, je m'engage sur la route du col, plus fréquentée que le sentier de chèvres du chemin officiel. En Espagne, les routes sont conçues avec plus d'intelligence qu'en

France, semble-t-il. Il y a toujours une bande de roulement bitumée d'un mètre, prévue pour les piétons et les vélos. Les bas-côtés sont entretenus et le marquage de sécurité est bien visible. Malgré la zone protégée, je me suis quand même retrouvé nez à nez avec deux grosses berlines coupant la piste cyclable, probablement pour aller plus vite dans la descente.

J'ai un peu évolué depuis le 21 juin : au lieu de paniquer et de jurer comme un charretier contre les chauffards, je me défends tel un picador, en brandissant mes bâtons. Même si mon attitude est stupide, certainement imprudente, je suis déterminé à planter mes cannes de marche dans les voitures qui me foncent dessus : c'est très efficace, le dernier abruti du volant a bien failli partir dans le décor en faisant une embardée à la dernière minute, c'était lui ou moi. Bon ! Un peu d'adrénaline quand même, je ne recommande à personne d'imiter ma méthode, même au pays de la corrida…

Il est midi quand je franchis le col de l'O Cebreiro. Le point de vue est à couper le souffle, je suis d'ailleurs à bout de souffle après cette interminable montée. Le village, perché au col, est un site classé envahi par les touristes, bien plus nombreux que les pèlerins qui arrivent en petits groupes sporadiques. Le gîte municipal a des allures de colonie de vacances.

À mon arrivée, je suis seulement en quinzième position des sacs, j'ai donc toutes mes chances de dormir dans un lit ce soir. Le hasard m'affecte au grand dortoir des Italiens, des compagnons sympas, certes, mais franchement latins, exubérants et sonores ; encore une nuit épique au programme. Tous mes copains de ces derniers jours arrivent les uns après les autres.

Nicolas, contre toute attente, va mieux, il a survécu, quelle résilience ! Mikaël vient aussi d'arriver, il n'a pas trouvé de place au gîte municipal qui lui a même refusé l'accès aux douches : « Pas grave ! Je dormirai avec quinze autres dans le lavoir ou à la belle étoile. »

Ici, j'ai l'impression que le business prévaut sur l'accueil et l'assistance aux pèlerins. Mikaël est quand même content, il vient de rencontrer une Tchèque anglophone qui partage la même infortune que lui ; ce soir, pour ces deux-là, le ciel étoilé sera magnifique. Roberto est aussi avec nous, mais ne quitte plus son Italienne. Les couples ont quitté notre table, sans attendre la fin d'un coucher du soleil flamboyant. Nicolas et moi, nous regardons silencieux le spectacle de la nature ; nous nous sommes assis sur le bas-côté de la route, à cette heure désertée. La nuit tombée, je regagne mon gîte. La promiscuité s'impose, on n'est jamais seul en chemin, de jour comme de nuit. Les dizaines de lits sont collés les uns aux autres, tout le monde est mélangé, dans la plus totale anarchie et sans discrimination de sexes : jeunes, vieux, hommes et femmes…

Les lits numérotés nous ont été affectés au gré des arrivées, mais tout le monde change de place, cherchant une affinité acceptable. Ma très jeune voisine de lit s'est donc transformée en ronfleur costaud, beaucoup moins séduisant, mais poli. Côté douches, on atteint des sommets (normal, on est en haut d'une montagne) : pas de portes, pas d'intimité, la nudité collective est inévitable ; heureusement, des douches hommes ou femmes ont été quand même séparées. Je suis surpris par le fairplay, la gentillesse des pèlerins ; sur le Camino, on devient vite fataliste et les galères se partagent souvent dans la bonne humeur et la convivialité. Les Italiens chantent, rient, parlent haut et fort, je m'endormirai ce soir-là sur les « Amor, Amor », d'un Italien en conversation téléphonique enflammée avec sa femme ou sa maîtresse, laissée du côté de Rome (tiens ça me rappelle une certaine cycliste d'Afrique du Sud).

Le parrain du Camino

Nicolas boite toujours, il a étroitement bandé sa jambe accidentée et enrubanné tous ses orteils. Depuis l'O Cebrero, la descente est interminable.

Mon compagnon a tenu à me photographier avec ma charrette face à une mer de nuages, juste au lever du soleil (cette photo fera la couverture de mon prochain livre). Il a repris le rythme, les antiinflammatoires ne l'ont pas tué, nous cheminons dans un paysage vertigineux de vallées et de sentiers escarpés ; c'est vraiment très beau ! Nous traversons un hameau de quelques masures par une ruelle presque barrée par des arbres plusieurs fois centenaires. Dans un virage, un grand mur de pierres sèches, à demi écroulé, laisse entrevoir la vallée. La vue plongeante nous révèle le but de notre étape.

Le monastère de Samos et son abbatiale sont en vue, magnifiques et ostentatoires. Pour le tourisme, ce sera plus tard ; manger d'abord, se laver ensuite et dormir à la fin du jour... Nous nous installons au dortoir dans une ancienne écurie, c'est une dépendance collée à l'église : l'endroit est spartiate, la propreté douteuse (elle me rappelle Roncevales) et les 60 lits sont empilés jusqu'aux voûtes. L'authenticité du Camino commence un peu à me peser. Dans le dortoir, toute la planète, ou presque, s'est donné rendez-vous ; nous sommes incapables de dénombrer ou de reconnaître toutes les langues parlées dans cet endroit.

L'inconfort est vite oublié. Ne sommes-nous pas ici en bonne compagnie, avec la crème des caminéros, ceux qui ont plus de 1 000 km dans les mollets ? Nicolas se badigeonne les pieds de mercurochrome, j'ai tenté de le convaincre de faire une pause dans l'ingestion, toutes les deux heures, d'un anti-inflammatoire : « Si tu continues, tu vas te tuer l'estomac. »

L'endroit me fiche quand même un peu le bourdon, il ne faut être ici, ni claustrophobe, ni agoraphobe ; je pars faire un tour dans le village, pour prendre l'air. Sur la terrasse d'un minuscule bar, au bord de la route principale, un homme seul sirote son café : « Bonjour l'ami. » Je stoppe net, on vient de me parler en français : « Salut ! Moi c'est Michel et je viens du mont du même nom. – Une sacrée balade, chapeau ! Moi, c'est François et je viens de Perpignan. »

Il se dégage, de cet homme, qui doit avoir près de 70 ans, une sérénité, une gentillesse qui me met tout de suite à l'aise. Il loge aussi au dortoir des moines : « On mange tous à l'albergue privée, c'est juste en face du gîte de groupes. Tu es des nôtres ? »

Nous sommes douze à table (ça me rappelle quelque chose ?), avec pas moins de dix langues parlées ; heureusement,

François maîtrise le français, l'espagnol, l'italien, l'allemand et l'arabe (il est vrai que l'arabe, ici, c'est peu utile). Pour la traduction, mon nouveau camarade fait des merveilles ; je suis admiratif. « Aujourd'hui, ce sera une nouvelle nuit sans sommeil ou presque, on s'habitue à tout ! »

Ce 22 août est une date importante de mon Camino, voilà pile deux mois que je marche avec 1 900 km au compteur et ce soir, je serai à moins de 100 km de Santiago. François me dit que nous entrons, désormais sur l'autoroute de Compostelle avec les fêtards, les tricheurs qui prennent des taxis ou font du stop, ceux et celles qui ne marchent que les derniers 100 km pour se vanter d'avoir fait le Camino : « Tu verras, c'est une autre faune, une autre ambiance et pas forcément la plus inintéressante du pèlerinage. »

Au départ de Samos, tout le monde ménage sa monture, les corps fatigués sont à la merci d'un faux pas, d'une faiblesse qui pourrait réduire à néant l'aboutissement du projet de chacun. Nicolas, François et moi, nous partons de nuit, les jours raccourcissent vraiment et septembre approche. Dans cette région montagneuse, la brume stagne au fond des vallées. Nous marchons depuis une heure en file indienne, coincés entre la barrière de sécurité et le fossé. Les frontales sont vitales, car nous ne voyons pas plus loin que les talons du compagnon qui nous précède. Nicolas est dans une forme insolente, il a dormi huit heures, d'une traite, alors que ma nuit fut presque blanche. Je le soupçonne d'avoir pris quelques « bonbons » à l'opium ; il joue vraiment à la roulette russe. Au point du jour, Nicolas qui ouvrait la marche a disparu. Nous scrutons les bas-côtés en craignant un malaise, une chute fatale. Nous apprendrons, beaucoup plus tard, qu'il a finalement rejoint Santiago en deux étapes de 50 km : une folie dans son état.

Chaque kilomètre qui passe, en compagnie de François, tisse un lien qui ira au-delà de l'amitié. Nous avons 10 ans d'écart, mon compagnon pourrait être aussi mon grand frère. Désormais, nous parlons sans retenue, ni arrière-pensée : « Nous partageons les mêmes goûts musicaux, les mêmes valeurs, mis à part sa foi militante (mais cela n'a aucune importance). »

Nos avis convergeant sur l'actualité, les religions et leurs travers, nos analyses ne nous opposent pas. François est un croyant discret et humble. Son métier de technicien autodidacte l'a embarqué dans un destin de voyages et de découvertes de nouveaux horizons et d'autres cultures. Travailler en Suisse, en Espagne, en Italie, en Algérie… a fait de lui un polyglotte éclairé. La vie n'a pourtant pas été bienveillante avec la perte accidentelle d'un fils, il y a trois ans, et de sa femme, victime d'un AVC le soir même de sa retraite.

« Comment peux-tu accepter ça, l'archange ? Ce serait bien que je t'entende sur le sujet. Voilà un fidèle d'entre les fidèles, croyant, religieux, doux, humaniste, et ton patron accepte que le mauvais sort s'abatte sur lui ; de quoi veut-on le punir ? – *Dieu ne souhaite punir personne, ce n'est ni dans ses intentions, ni dans son projet pour l'homme, quel qu'il soit.* – J'ai déjà entendu ce refrain-là, avec Job le résigné et ce Dieu qui le plonge dans le malheur pour que sa foi soit éprouvée et qu'elle se renforce ; sympa, Dieu le père ou bla, bla, bla de catéchisme. – *Dieu ne met personne à l'épreuve, les lois de la nature et la nature même de l'homme suffisent pour cela. La vie terrestre est ainsi : tragique et douloureuse.* – Encore une façon de nous laisser croire que ça ira mieux dans l'autre monde pour faire passer la pilule. Une fable pour les esprits faibles. – *Ni fable, ni autre monde, seulement une autre vie qui ne sera plus jamais une vie terrestre ; voilà ce qui vous est promis »,*

À 10 h précise, François s'est un peu mis à l'écart, j'ai l'impression qu'il est en conversation avec un interlocuteur invisible. Juste un peu avant, il m'avait prévenu : « J'ai rendez-vous tous les jours à 10 h avec mon fils. » En cet instant, soit je le prends pour un illuminé, soit je fais l'effort d'essayer de comprendre son expérience métaphysique. Je ralentis mon pas pour préserver cette intimité-là et j'attendrai son bon vouloir pour quelques explications…

Que la montagne est belle et l'Espagne aussi ! Nous marchons dans un paysage de carte postale, mon camarade s'est remis à chanter et à siffler ; il siffle admirablement bien. Nous sommes maintenant de vrais complices, inutile de nous concerter pour décider d'écourter cette étape après 26 km, au lieu des 34 prévus ; la raison et la fatigue suffisent. « Il me faut absolument retrouver des forces pour porter jusqu'à Compostelle toutes les pensées que l'on m'a confiées, je dois honorer mes promesses. »

…Aujourd'hui, nous avons vécu une histoire incroyable. Nous nous trouvions à moins de trois kilomètres de notre étape, quand j'ai trouvé sur le sentier, juste à mes pieds, un portefeuille avec tous les documents d'identité, les cartes de crédit et des liquidités d'un pèlerin nommé d'Antonio, un Espagnol. François s'exclame : « Je crains que ce garçon n'ait perdu toutes les chances de survie économique sur le Camino, son pèlerinage est fini. » Une idée me traverse la tête : « François, pourrais-tu crier en espagnol que nous avons trouvé son portefeuille ? »

La colonne des pèlerins s'étire devant nous à perte de vue en épousant les virages et le relief. François met ses mains en porte-voix et crie en espagnol : « Antonio, encontramos tus papeles detrás de ti (Antonio tu as perdu tes papiers). » Dans toutes les langues, on entend remonter le message tout le long du chemin. Les cris résonnent en un surprenant écho de dizaines de voix qui se perdent dans la montagne et deviennent universelles. Les minutes passent… Soudain, un cycliste dévale la pente en trombe au risque de se briser le cou ; il surgit devant nous sur son vélo. Je brandis son portefeuille : « Antonio, Antonio, ta carta ! »

L'Espagnol jette son vélo dans le bas-côté, il m'attrape par les épaules et me serre dans ses bras à me soulever de terre, charrette comprise ; heureusement, je suis bien attaché et ma monture est lourde. Il baragouine des mots incompréhensibles en riant et en pleurant, tout à la fois : « Qu'est-ce qu'il dit, François ? – Il dit que tu viens de lui sauver la vie. – Je lui ai plutôt sauvé son pèlerinage. – C'est du pareil au même, tu sais. » Toute la colonne de pèlerins applaudit en criant de joie, j'ai beaucoup de mal à contenir mes larmes, quelle émotion, c'est incompréhensible !

« *Voilà ce que ressent le juste qui est accueilli par Dieu*. — Ce que je ressens, moi, c'est plutôt la joie d'avoir fait quelque chose de bien et d'avoir donné du bonheur à quelqu'un. — *C'est du pareil au même*. »

Nous trouvons à Ferreiros une jolie albergue municipale. C'est un minuscule hameau qui semblait désert, pourtant ce soir, un incroyable orchestre de cuivres et de percussions avec dix musiciens, s'est arrêté juste devant notre gîte pour nous offrir un concert de musiques brésiliennes. Nous sommes comme des enfants, François tape des mains et du pied, je l'entends dire : « Merci mon Dieu pour cette merveilleuse journée. »

J'ai presque envie de faire comme lui, de remercier le ciel et tous ceux qui y ont élu définitivement domicile. Je pense à mes proches, à mes amis, à tous ceux qui sont partis de ce monde. La joie exacerbe aussi la mélancolie ; c'est le paradoxe des émotions extrêmes. Je pense à mon ami Raymond, si malade ; sera-t-il encore vivant à mon retour ? Je revois Claudine, laissée si faible à Brissac. J'imagine mes parents, si âgés, qui attendent chaque jour des nouvelles de mon chemin tel un cadeau que la vie peut toujours leur apporter… J'ai envoyé un SMS à Nicolas, il a dû prendre beaucoup d'avance aujourd'hui. C'est bien que ce garçon vive seul la fin de son pèlerinage ; arriver à Santiago est un moment tellement intime pour un croyant ou quelqu'un en recherche. Il trouvera peut-être quelques réponses à toutes ses attentes, elles seront probablement spirituelles, elles seront surtout humaines ; je le lui souhaite sincèrement. Avec François, nous avons le même pas, le même rythme, les mêmes besoins de silence ou de paroles ; nous devions nous rencontrer.

« Merci l'archange. – *De rien, Michel.* »

Plus je me rapproche du but, plus les émotions vont crescendo. Je passe du rire aux larmes, mais ce n'est pas vraiment de la joie, ni de la tristesse, c'est autre chose, c'est inédit, c'est du domaine de l'âme ou de la profondeur de soi ; je ne sais pas ce qui m'arrive. Sur cette route, j'ai pleuré jusqu'au sanglot, j'ai ri aux éclats, j'ai eu peur à me pisser dessus… On m'avait dit que le temps émousse tout : « Ici j'ai réappris ce que veut dire : « ÊTRE VIVANT ! » et que c'est notre petit confort qui pose le boisseau sur la lumière de nos sentiments »

Ce midi, à table avec François, nous avons parlé, ri et pleuré ensemble : sa joie, ses peines, ses drames sont devenus miens, ma joie, mes peines, mes attentes sont devenues siennes.

« Le chemin te façonne et te prépare pour ces moments de la réunion des cœurs. Tous ceux qui recommencent le Camino indéfiniment ne sont pas encore arrivés à cet état de grâce. Toi, Michel, ce sera ton dernier Camino. »

Je suis prêt à le croire et pour les bonnes raisons, cette fois. À son arrivée, François ira à la cathédrale pour prier longuement. Nous avons décidé de vivre ces instants seuls, chacun de notre côté et dans l'intimité de nos consciences.

Santiago

Le fond de l'air est glacial et humide aujourd'hui, le Camino m'a semblé si long, c'est peut-être l'impatience d'arriver à Compostelle. La pluie est tombée tout autour de nous, mais pas sur nous, à notre arrivée au petit village d'Airexe, le ciel s'est déchiré : heureuse providence ? Hasard heureux ? Protection divine ? Signe céleste ?... Chacun y puisera sa vérité. Pour ma part, j'accepte ce moment de répit météorologique comme une bénédiction de la nature. Hier soir, avant de m'endormir, je repensais à ce curieux trio que nous formions en partageant le menu del dia à l'albergue : Jean-Luc, l'athée, qui faisait le chemin pour la performance sportive et n'en attendait rien, François le croyant qui fait son Camino comme une action de grâce malgré la cruauté de son destin familial et moi, l'agnostique, constamment chahuté entre la raison et l'absolu.

Pendant le repas, discrètement, j'observais les yeux et les expressions des visages de mes compagnons assis en face de moi : « Jean-Luc, un sportif affirmé, dans la force de l'âge, trahissait à travers son attitude une certaine angoisse et l'insatisfaction dans toute son expérience du Camino. Quant à François, il était lui, lumineux (solaire comme d'autres disent), c'était une autre évidence. Nos corps et nos postures ne sont-elles pas toujours à l'unisson de nos sentiments, inutile de chercher à les dissimuler, ils nous trahissent toujours face à ceux qui savent lire dans les âmes ? « On dit souvent que les yeux sont les portes de l'âme. — *Je lis dans ton esprit et ce que j'y vois me remplit de joie.* – Tu as la victoire rapide, l'archange. C'est facile de me prendre par surprise, en état de trouble. – *Tu résistes avec moi et pourtant, tu t'es laissé aller en toute confiance avec ton compagnon François. T'es-tu demandé où j'étais à cet instant de votre rencontre ?* – J'aime les doux et les gentils. Cet homme rayonne d'une joie, d'une confiance, d'une espérance qui

m'interpellent et ça me rassure. – *Te poses-tu les bonnes questions,*
quand la vraie joie se situe dans le don et non dans l'avoir ? – Encore une
énigme ? Tu me fatigues. – *Le bonheur est en toi, comme il est en*
François, il suffit qu'il te soit révélé et que tu acceptes cette révélation-là. –
Décidément, je comprends de moins en moins ; tes propos sont
trop éthérés pour moi. – *La joie et la paix se reçoivent dans l'humilité et*
la confiance, c'est le cadeau de ton compagnon, accepte-le, car il t'aime ; c'est
aussi simple que cela ».

À l'étape de ce soir, juste devant nous, un fauteuil roulant,
avec un sac à dos solidement attaché derrière, est stationné
devant le gîte. Une femme s'en extrait avec peine, sous les regards
médusés des pèlerins. Elle sourit à tous, les timides
applaudissements deviennent une ovation, tout le monde se lève
et se presse autour d'elle. En vivant cette scène, je comprends le
sens de la joie qui attend au fond de soi et qui se révèle au contact
des autres. « *Il te faut vivre ce cheminement comme un cadeau de la vie.*
Cette femme handicapée et si courageuse est probablement moins infirme que
toi. Sur le Camino tu as rencontré tant de plaignants, tant de destins
incertains, brisés, tant d'attentes sans espérance… Et si le temps de l'oubli
était venu. – Oublier quoi ? Tu veux me coller un Alzheimer en
plus de toutes les galères du Camino, tu charries. — *Je ne plaisante*
pas, je voulais seulement te suggérer de te placer au second plan face à l'autre,
de trouver le chemin de la compassion en écoutant les autres plutôt que de
t'écouter toi-même. Essaye de t'oublier un instant pour que l'autre reprenne
sa vraie place : celle de ton égal et de ton frère. »

Ce dernier dialogue avec mon archange imaginaire, sera
au bout de mon chemin une authentique révélation accompagnée

du mot « OUBLIE » si énigmatique ; une gifle du destin qui me laissera KO à la fin du voyage.

Nous avons repris la route de nuit, les jours raccourcissent vraiment. Nous n'avons jamais revu le sportif taciturne, il s'est évaporé sans donner rendez-vous à l'étape suivante et sans adieux ; son bagage doit être bien lourd.

Le ciel est devenu menaçant, mais la pluie refuse de tomber ; ici c'est la sécheresse. Les paysans envoient des fusées qui pulvérisent des sels d'argent pour crever les nuages. François a maintenant pris un peu d'avance, il marche 100 m devant moi… Il s'engage sur un curieux pont, au-dessus d'une rivière : c'est une succession de grosses pierres plates posées sur des rochers qui forment un étroit passage au-dessus de l'eau. Il vient de traverser et remonte le sentier juste en face.

Un cycliste s'est arrêté pour me libérer le passage ; il est impossible de nous croiser sur l'étroite passerelle de pierres. François se retourne brusquement en me regardant, pétrifié, et il crie : « Arrête-toi, pour l'amour de Dieu ne passe pas ! » Trop tard, je me suis déjà engagé. J'avance, confiant, insouciant et joyeux de mon arrivée proche à Santiago ; j'en ai oublié toute prudence. L'une des pierres plates est cassée, elle s'ouvre sur un trou béant au beau milieu de la rivière ; je n'ai rien vu venir. Sanglé à ma charrette, il m'est impossible de faire demi-tour, le passage est bien trop étroit et ma chute semble inévitable. L'imminence d'une noyade ou d'une grave fracture, ne m'effleure même pas. Ma charrette n'est plus maintenant que sur une seule roue, quand je m'engage sur la roche cassée.

Je prends spontanément mes appuis en poussant de toutes mes forces pour sauter l'espace vide entre les pierres. Une tentative désespérée qui semble impossible, vu la tête du cycliste avec sa bouche grande ouverte et ses yeux écarquillés ? L'homme secoue sa main d'un air de dire : « Ne fais pas ça. » La pointe de ma chaussure accroche le rebord de la pierre, j'ai comme l'impression que c'est ma charrette qui me pousse dans le dos et me soulève au-dessus de l'eau. J'atterris en courant sur l'autre pierre et je rejoins la rive, ma charrette rebondit comme un ballon. Je passe en trombe devant le cycliste qui porte sa main au front en sifflant d'admiration. François accourt et me prend dans ses bras : « Ton archange t'a porté, c'est incroyable. Merci, merci, merci ! »

« Merci l'archange. – *De rien.* »

Le vent s'est levé à notre arrivée à Ribadiso, un endroit adorable avec un vieux pont (sans trous cette fois) sur une charmante petite rivière. Nous trouvons deux lits dans le « minuscule » dortoir de 50 couchettes de l'albergue municipale. Dehors, les étendoirs saturés, sont en train de se vider avec l'aide du vent ; les slips, les chemises, les shorts sont dispersés sur les graviers de la cour.

Les 36 km de cette étape nous ont mis l'estomac dans les talons : « Holà ! Michel. » Sur la terrasse du bar, ils sont tous là : le chercheur italien, le marcheur anglais amputé d'un bras, l'étudiante d'Annecy et tant d'autres rencontrés une heure, un jour, une nuit… Au gré du chemin sur les sentiers ou dans les albergues ; quel incroyable chassé-croisé, ce Camino.

Ce qui me surprend plus encore, c'est que chacun de ces visages est associé, dans mes pensées, à une personnalité, à une confidence, à une démarche personnelle et que ces souvenirs-là reviennent avec une acuité que je n'aurais jamais crue possible, avant mon départ. Ma mémoire est comme marquée au fer rouge de cette attention aiguë portée au récit de leur vie. Ces gens-là, hier des inconnus, sont pour moi, aujourd'hui, des personnes avec leurs propres expériences et leurs histoires uniques, celles qu'ils ont partagées avec moi en toute confiance ; ils ne seront plus jamais des étrangers et ça fait une sacrée différence !

Quelques-uns poursuivront le chemin vers Fisterra ou Muxia, pour retrouver le calme d'un Camino débarrassé du tourisme bruyant et exhibitionniste. Nous nous recroiserons peut-être encore. Dans la chambrée, personne ne respecte le couvre-feu de 22 h : « les touristes sont bien là, en surnombre, chahuteurs, bruyants, accrocs à leurs écrans et à leurs tablettes. » François et moi, nous nous mettons une serviette de bain sur la tête après avoir enfoncé nos bouchons de cire dans les oreilles : bonne nuit…

Encore une étape de montagnes russes, aujourd'hui avec des pentes à 15 ou 20 %. Heureusement, nous avons pris un peu d'avance sur les touristes qui sont plutôt lève-tard. Nous dépassons en trombe les marcheurs en baskets neuves, ce sont les « néo-pèlerins » des derniers 100 km.

François chante à tue-tête des cantiques, je reprends en chœur. On nous prend pour des fous et c'est tant mieux, car nous sommes des fous de joie. La grande ville se rapproche, nous longeons de plus en plus les routes et les autovias. Je comprends maintenant pourquoi il y a tant d'accidents avec les marcheurs, les jours de pluie, happés par les camions à cause de leur pèlerine en plastique. Chaque année, le Camino laisse 70 pèlerins sur le carreau, j'aurais très bien pu en être, moi aussi. J'ai heureusement réexpédié tout mon équipement superflu par la poste à Bordeaux. Nous arrivons à Opedrouzo dans une albergue privée un peu plus chère, mais pour 10 €, on est assuré de ne pas dormir dans une chambrée de 50 fêtards, d'avoir des draps propres et d'éviter les punaises (j'espère). Cinquante marcheurs d'un club de Majorque viennent de débarquer en fanfare avec leur intendance et leur cuisinier, leur niveau sonore bat celui des Italiens. Ils logent tous à l'étage du dessous… Ouf !

Ce soir, nous dînerons tôt, nous nous retrouvons seuls à table dans l'un des restaurants à pèlerins du village. La nuit sera courte, car nous nous lèverons à 4 h du matin pour arriver à Compostelle avant 10 h et, nous l'espérons, éviter la cohue des touristes. François s'est fait confirmer les horaires de la messe des pèlerins en fin de matinée : « J'espère que nous aurons le temps de nous préparer pour être présentables devant notre Seigneur. » Moi, je pense plutôt qu'avec ma chariotte, mes vêtements usés et mon odeur de fennec, je risque d'être interdit de célébration : ce sera donc une préparation strictement sanitaire, pour ma part. Il ne nous reste plus que 24 km, vu la moyenne de ces derniers jours : à 9 h, on est rendu. « ULTREIA ! SANTIAGO, nous voilà ! »

Le champ de l'étoile approche, des sentiments contradictoires se bousculent en moi : la joie, l'exaltation, l'impatience, la nostalgie, l'appréhension aussi… Ne pas être déçu, ne pas décevoir, être à la hauteur de cette histoire millénaire du Camino et de la multitude des pèlerins qui a foulé ce chemin avant moi, parfois au péril de leur vie. J'ai conscience que je viens, moi aussi, d'entrer dans cette histoire-là, malgré moi. Je me sens pourtant tellement étranger aux motivations de tous ces gens qui rendront grâce à leur Dieu et à leur Saint, dans la cathédrale…

Il fait froid ce matin, je grelotte sous ma polaire. Décidément, sur ce chemin, en Espagne j'aurai moins souffert de la chaleur qu'en France ; un paradoxe vu la latitude. Côté météo, j'ai finalement quand même eu beaucoup de chance.

Cette aventure-là a été un cheminement vers l'acceptation de l'inéluctable et j'aurai aussi appris à me réjouir des sensations que d'autres trouveraient insupportables. Il est vrai qu'en cette fin de voyage, mon compagnon qui chante des airs d'opéra en italien, des ballades en espagnol et qui siffle comme un rossignol, a de quoi me mettre de bonne humeur. Nous faisons maintenant des duos, au grand dam des marcheurs du dimanche, qui ne sont pas dans les mêmes dispositions que nous. Nous rions comme des gosses, nous nous amusons de leurs équipements trop neufs, trop kitsch, trop chics, trop citadins. Certains traînent déjà la patte et ils ne sont qu'à la moitié de leur première étape. Nous, les papys du club des 2 000 km, on frime un peu et ça fait du bien…

Les caminéros, sont de plus en plus nombreux à nous reconnaître, ma chariotte a elle aussi, fait son cheminement de la renommée. Le bouche-à-oreille fonctionne mieux, sur le Camino, que les réseaux sociaux. Notre duo atypique, suscite l'intérêt des vétérans, mais aussi des plus jeunes, on nous mitraille de tous côtés, mais c'est la charrette qui reste la star de ce millésime…

Je me repasse en boucle, avec délectation, le film de cette dernière étape : notre réveil à 4 h du matin, notre sortie de l'albergue sans un bruit (personne ne nous a entendus et c'est une performance), notre marche silencieuse à la lumière de nos frontales, nos chants, nos rires, nos larmes… Et puis, il y a cette impression d'une journée solennelle qu'il nous faut absolument vivre dans une totale concentration ou le recueillement. François s'exclame à haute voix : « Cette journée sera exceptionnellement belle, merci mon Dieu. » Ça ne me choque même plus, je trouve cela normal, naturel, militant et courageux dans un monde sans foi, ni lois, ni valeurs. Différents nous restons, mais nous sommes maintenant en paix sur nos cheminements respectifs, notre marche est redevenue silencieuse, intérieure.

À cette heure matinale, les peregrinos des derniers 100 km dorment encore, les oiseaux aussi. Au premier troquet opportuniste ouvert, le café brûlant espagnol avec le lait qui mousse, est le bienvenu. Il règne une fièvre palpable chez tous les marcheurs arrêtés pour cette pause matinale ; c'est comme une exubérance contenue d'un matin de résultats d'examens. Tous sont dans l'attente de ce qu'ils vont vivre dans quelques heures, sans savoir comment recevoir dans leur tête et dans leur corps cette expérience-là : l'aboutissement de tous leurs efforts, de toutes leurs émotions accumulées tout au long du Camino.

L'albergue des 500 lits du Monumento de Monte do Gozo est en effervescence ; d'ici, on peut enfin voir les tours de la cathédrale : quelle émotion !

Nous abordons la descente vers Santiago à un train d'enfer. Nous sifflons, nous chantons à tue-tête l'hymne du chemin « ULTREIA » et la balade des gens heureux. On nous prend pour des fous et il y a de quoi. François crie : « Gare, poussez-vous ! » dans les cinq langues qu'il connaît et même en arabe, je crois. Un joggeur de Santiago, qui nous suit depuis quelque temps, nous interpelle en espagnol : « À quoi vous carburez ? – Au bonheur hombre ! Au bonheur ! » répond, mon compagnon.

Enfin ! Le panneau Santiago, nous crions comme des gosses : « VICTOIRE ! » Une heure, une interminable heure pour traverser toute la ville basse. La circulation, les bruits, les odeurs... Voilà ! Nous y sommes, retour sur terre. Nous passons le pont du chemin de fer et nous pensons à ceux qui sont morts ici, début juillet. François prie un instant, nous avons le cœur au bord des yeux. Mes pensées se bousculent, les 69 jours de ma pérégrination, les visages de mes compagnons, de ceux qui me sont chers et que j'ai privés de ma présence tout ce temps, les amis et mes parents qui m'ont confié une mission que j'ai la charge de remplir maintenant.

La cathédrale se fait attendre : la route piétonne débouche sur la plaza Immaculada. Le sanctuaire monumental est bien là, mais nous arrivons par l'une des entrées latérales : « Suis-moi », s'écrit François. Nous descendons les escaliers d'un long et obscur passage couvert. Un joueur de cornemuse nous accueille avec les miaulements assourdissants de son instrument ; le soleil est de retour…

Dès la sortie du tunnel, c'est l'aveuglement, la lumière inonde l'immense esplanade de la plaza do Obradoiro. François me tend la main et m'entraîne droit vers les arcades du palais du Concello de Santiago. Nous tournons le dos à la cathédrale, nous sommes maintenant au centre de la place ; nous nous retournons… sans un mot. Un camelot nous aborde et nous nous écrions en chœur : « Laisse-nous tranquilles, on arrive ». Nous nous prenons par les épaules, nous nous étreignons, nous sanglotons pendant des minutes d'éternité… Des pèlerins espagnols, portugais, italiens, russes, américains, asiatiques se joignent à nous en pleurant, en riant, en criant de joie. Tout le monde vibre dans une totale exubérance, on prend la pose pour un mitraillage photographique en règle, histoire de graver cet instant-là. Sur la place, les marcheurs arrivent par centaines, à pied, à vélo. Certains s'allongent sur l'esplanade, dans l'ombre imposante de l'édifice.

D'autres sortent les instruments de musique et se mettent à jouer des airs joyeux. Tout le monde envoie des messages, filme et partage sa victoire avec la Terre entière. Quelle joie, quel enthousiasme, quelle intensité dans ce bonheur-là, universel, partagé avec tous mes frères et toutes mes sœurs du Camino ! C'est indescriptible ! C'est incommunicable !

L'instant nous semble à la fois fugace et interminable, on doit à présent régler les dernières formalités. « On reviendra à la cathédrale plus tard, il nous faut aller au Seminario Minor pour trouver un lit et nous préparer. » Nous passons devant le bureau des peregrinos pour officialiser la fin de notre pèlerinage et faire tamponner notre Compostella.

Il y a la queue jusque dans la rue. Un journaliste de Montpellier (du Midi Libre) nous aborde, nous l'envoyons poliment sur les roses ; nous n'avons nul besoin de voyeurisme en cet instant. En descendant les marches, nous croisons une religieuse en habits blancs. François engage la conversation en espagnol, la sœur est rayonnante de joie, il se fait interprète de notre histoire, elle écoute avec attention. Elle sait que nous vivons un grand moment, nos yeux sont brillants d'émotion. La femme est généreuse et volubile, elle nous ouvre ses bras, comme le ferait une maman pour ses enfants. Elle nous étreint longuement, sa joie qui passe en nous, nous submerge... Nous sommes seuls au monde, dans une bulle d'amour.

Le petit séminaire se trouve en haut d'une colline, à 20 minutes de marche de la cathédrale. Il nous faut d'abord dévaler une ruelle aux pavés glissants et en forte pente avant de remonter, rien ne nous aura été épargné. Le seminario est un immense et austère bâtiment où l'on nous affecte deux lits au troisième étage et sans ascenseur ; nous protestons. L'hospitalier espagnol nous dit que c'est comme ça, c'est à prendre ou à laisser : » Ici, on remplit le bâtiment en commençant par les derniers étages. Que vous soyez handicapé, vieux, épuisé avec un bagage lourd ou léger... Ce n'est pas notre problème. « Bienvenue à Santiago !

Nous accédons avec peine au dortoir de l'internat : c'est immense, démesuré, un vrai hôtel des courants d'air, sonore et bruyant comme un hall de gare.

Débarrassés de notre barda et de ma charrette, nous trouvons, sur la place du marché couvert, un petit restaurant qui propose le poulpe grillé, une spécialité de Galice : c'est délicieux !

Finalement, nous irons à la messe des pèlerins le soir : « Rendez-vous sur le parvis à 19 h, d'ici là : quartier libre. » À nouveau seul, je me sens un peu perdu dans cette cité historique grouillante de vie. Les rues en colimaçon donnent l'impression de tourner en rond et de finalement toujours me retrouver à son point de départ : face à la cathédrale. Il est temps que je remplisse ma mission. Dans la poche de mon gilet, je fais rouler entre mes doigts les petits cailloux ramassés chez mes amis de Gréoux, de Brissac-Quincé et de Bacilly en Normandie. J'ai repéré sur la petite place de l'Immaculada, juste en face de la sortie nord de la cathédrale, un petit square avec des massifs de fleurs. Je m'assois sur un muret, j'attends qu'il y ait moins de monde… Peine perdue, il y a sans cesse du monde ici. Quelques musiciens improvisent un concert, je profite de l'attroupement et de l'attention détournée des badauds pour jeter mes cailloux au milieu des rosiers…

J'entre dans la cathédrale et je me dirige vers la chapelle de la communion ; c'est une vaste chapelle circulaire fermée par une grande porte vitrée qui isole ce lieu de recueillement du brouhaha et des touristes. Mal à l'aise, dans cet endroit, je passe au milieu des gens agenouillés et en prière. Finalement, je me laisse peu à peu envelopper par la paix du lieu, à peine troublée par les miaulements assourdis de la cornemuse. À mon tour, je fais comme tous les autres, je m'assois tout au fond de la chapelle, j'ai l'impression de me cacher : *« Alors mon ami, c'était si compliqué que cela de prier ?* – Je n'ai pas prié, j'ai honoré une promesse. — *C'est du pareil au même, sinon pourquoi es-tu ici ?* — Prier ça ne sert à rien, il n'y a personne au bout de la ligne. — *Alors pourquoi te prêter à cette mascarade. Tu n'es donc pas venu honorer tes promesses ? Tu serais donc là pour seulement te mettre en règle avec tes scrupules ? Tes amis, ta famille, méritent-ils cela ? »*

Je reçois cette évidence comme une gifle. Comment être maintenant en paix avec moi-même au milieu de toutes ces contradictions ? Je suis de plus en plus mal à l'aise, comme si cet endroit me rejetait.

Il est 19h30, j'ai retrouvé François et nous entrons dans la cathédrale par la porte de la gloire. Nous sommes lavés, rasés et habillés de frais. Le Botafuma, ce soir, ne nous concernera pas puisque nous voilà débarrassés de nos odeurs de pèlerins ; ce sera donc pour le folklore. L'édifice est bondé, nous sommes pourtant en semaine, mais ici, c'est dimanche deux fois par jour. La cérémonie est somptueuse, ostentatoire à souhait : chasubles brodées d'or et aubes pourpres, officiants endimanchés, assistants et moines en tenue de bure, religieuses en blanc ou noir, préposés au Botafuma en costumes d'apparat... Le grand spectacle peut commencer. L'orgue colossal est richement sculpté avec ses immenses tubes pointés à l'horizontale, comme des canons ou les trompettes du jugement dernier. Les tuyaux soufflent une profusion de sonorités impressionnantes. Les harmoniques, des prestans, des bourdons et des montres font trembler la cathédrale, on pourrait presque imaginer la « puissance divine » sous cette avalanche de sons.

La messe est dite en espagnol, je ne comprends rien, mais quelque chose vibre malgré tout en moi ; c'est de l'ordre de l'émotion brute, de l'épidermique. Je scrute l'assemblée : « Ils sont là ! Ils sont presque tous là : Jean-Noël, Miguel, Mikaël, Antonio, Hans, Nicolas, Mathieu, Fan la Chinoise… Et tant de compagnons, de compagnes que je reconnais. Ils me font des signes, des clins d'œil, ils ne sont que joie et sourires…

L'organiste ouvre le grand jeu, le tonnerre de l'instrument fait vibrer la cathédrale et nos cœurs à l'unisson. Les milliers de voix des pèlerins montent dans la nef, sans retenue, jusqu'à couvrir celle des officiants et des choristes. La ferveur est à son comble : « Il est facile de croire dans une telle ambiance. » L'immense et lourd encensoir commence son balancement jusqu'à frôler les voûtes, 30 m plus haut. Le Botafuma passe juste au-dessus de nos têtes (pourvu que les câbles ne cèdent pas). Les moines manipulent les cordes en une ronde parfaitement orchestrée. Le spectacle est total, la scénographie parfaite, la mise en scène magistrale et capable de convertir un mécréant : *« Dis-moi, n'as-tu pas honte d'avoir de telles pensées en un tel lieu et à un tel moment ? »*

Je sais que l'archange a raison de me sermonner. Qu'ils soient religieux ou laïcs, les symboles, les rites sont des repères que je dois respecter, parce qu'ils aident les hommes et les sociétés à se dépasser, à se transcender. « Accepte mes excuses, j'ai dépassé les bornes. Cette cérémonie est si belle, si fervente... Pardon ! »

Je me laisse emporter par la musique, les chœurs, les chants de l'assemblée qui applaudit maintenant, c'est la fin de la cérémonie ; tout me transporte, m'élève en cet instant... Je ne suis plus dans un monument historique, je suis peut-être dans la maison du Seigneur et je suis presque prêt à le croire. *« À la bonne heure ! »*

Mes amis jouent des coudes, ils viennent vers moi et nous nous étreignons dans une joie indescriptible. Nous finirons la soirée ensemble autour d'un menu peregrinos et d'un bock de bière, ultime croisement de nos chemins qui sonne comme un adieu. Encore une nuit sans sommeil : trop d'émotions, trop de bruits dans le dortoir, la pluie s'est mise à tomber ; il est 3 h du matin...

Bientôt, François repartira pour Perpignan, mes compagnons quitteront Santiago pour retrouver leurs familles ou pour aller jusqu'au bout de la route : à Muxia, au sanctuaire de la Barca ou à Fisterra. Il me reste à poser un point final à tout cela, au Finistère de la Navarre, l'endroit le plus occidental du continent. Ce sera mon ultime objectif, celui de relier les deux mers : celle de l'archange Michel et celle de l'Apôtre Jacques.

Je n'ai pas attendu la sonnerie du réveil pour me lever. François s'est, lui aussi, endormi sur le matin après une soirée épique ponctuée par des pèlerins bruyants, exaltés, rentrant à toutes heures de la nuit, puis, par notre voisin de lit, malade comme une bête qui aura déversé, entre les lits et dans les couloirs, les sentinelles de sa gastro… Vraiment pas très glamour, cette fin de Camino ! « Après le pont, c'est tout droit et plein ouest. Buen Camino, mon ami ». Nous nous étreignons seulement la main, nous avons eu notre compte d'émotions depuis trois jours. Je reprends ma marche. En me retournant une dernière fois, je lève mes bâtons et je crie : « Adieu parrain » …

« Pourquoi ai-je dit ça ? – *Parce que sa foi t'a accompagné jusqu'à Saint-Jacques, sa foi t'a changé.* »

J'ai mis plus d'une heure à retrouver le Camino balisé. Certains prétendent qu'après Saint-Jean-Pied-de-Port le pire est passé, d'autres disent que c'est après Burgos ou encore que l'O Cebreiro marque la fin des galères : moi, je pense que le pire, c'est cette impression de fin de voyage, avec son cortège de deuils de toutes ces rencontres exceptionnelles et émotionnelles qui s'effacent, étapes après étapes ; je crois bien que j'ai un petit coup de blues. Le chemin vers Fisterra n'est plus qu'une succession de montagnes russes aux pentes plus raides, plus glissantes les unes que les autres ; ici, c'est le règne de la caillasse et les faux pas malmènent mes chevilles fatiguées.

En chemin, Thierry le Parisien, qui avait croisé ma route à plusieurs reprises, me rattrape. Nous marchons une heure ensemble en échangeant des banalités. Nous avons fait halte dans un bar à pèlerins pour une pause vers midi, autour d'un soda et d'un bocadillo étouffe-chrétien. Je lui parle de mon ami François et de sa tragédie qui n'a affecté ni sa foi ni sa joie de vivre : « J'ai moi aussi perdu mon fils, il y a un an. » Thierry me confie qu'il est sur le Camino pour tenter de se reconstruire après avoir sombré dans le chagrin et la boisson : « Mon fils s'est suicidé sans nous laisser un message, sans explication, sans aucun signe d'alerte de son geste désespéré... Mon compagnon marque une pause, comme pour reprendre son souffle ou retenir un sanglot. « Je n'ai rien compris, toute ma vie a explosé. Ma famille, mon couple et mon entreprise... Tout a volé en éclat. ».

Thierry n'est pas croyant, au sens chrétien du terme, mais il me confie qu'il a une relation spéciale avec son fils, une sorte de fusion communicante post mortem : « J'ai la certitude que mon Téo est bien vivant, sous une autre forme et un espace-temps différent du mien, je lui parle chaque jour, c'est complétement dingue. » Me voilà plongé dans le trouble de toutes ces rencontres avec ces croyants fervents et ces non-croyants mystiques. Ils vivent leurs drames avec tant de convictions et de contradictions qu'il m'est impossible de ne pas croire en leur authenticité.

Sur le coin de la table du bistrot, je ne peux que prendre sur moi une part du drame de Thierry, nous sommes maintenant deux à pleurer en silence... Mon compagnon vient de reprendre le chemin d'un pas de géant, vu sa taille ; je ne le reverrai probablement plus jamais...

À l'albergue de Negrera, il n'y a ni le WI-FI ni INTERNET, mes dernières anecdotes resteront donc sur le papier de mon carnet de voyage. Nous sommes plusieurs marcheurs de nationalités différentes ; spontanément, nous mettons en commun quelques provisions pour un repas partagé. Notre tablée ressemble à l'Europe, on y parle toutes les langues ; c'est une bien belle musique à laquelle je commence à m'habituer. J'ai décidé de partir demain vers 6 h ; je me suis habitué à ces marches nocturnes qui me semblaient pourtant si stressantes au début de mon périple : on se fait à tout.

Je me repasse en mémoire toutes les mises en garde « bienveillantes » lancées par mon entourage et quelques conseilleurs bien intentionnés, au moment du départ : « Marcher de nuit ? Tu risques de te perdre, de te faire agresser. En Espagne, tu dois te méfier des chiens féroces, des rôdeurs, des faux pèlerins et des tentatrices du Camino qui sont là pour te dépouiller, regarde bien ta literie avant de te coucher, c'est souvent un foyer de puces et de punaises… »

En 70 jours de marche, de nuit comme de jour, je n'ai rencontré ni ours ni loup ni bandits de grands chemins ni de tentatrices… Même les chiens sauvages, prétendus si agressifs, sont ici en liberté et déambulent dans les villages ou sur le Camino en m'ignorant royalement. Je me souviens d'avoir croisé, une nuit sans lune, un « monstre » plus proche du loup que du chien ; il est passé à moins d'un mètre de moi pour aller renifler une poubelle, indifférent et impassible. Seuls les chiens enfermés et attachés sont méchants, c'est comme pour les hommes ; la privation de liberté et les mauvais traitements en font souvent des enragés.

Quant aux arnaqueurs et aux prétendus voleurs ibériques, j'ai certes rencontré quelques aubergistes ayant des lacunes en calcul mental ou un peu roublards, mais je leur donnerai le bénéfice du doute. Pour ce qui est de l'immense majorité des autochtones de Galice, de Castille et de Navarre (j'en ai croisé quelques dizaines), ils ont toujours répondu à mes « Hola » par un sourire ou un « buen Camino » ; je ne compte plus les fois où ils m'ont remis sur le bon chemin. L'Espagne est un beau pays et les Espagnols sont des gens fiers, gentils et généreux : qu'on se le dise !

Je reprends mon chemin, de jour, cette fois, sans avoir croisé de fauves, ni de loup garou, seulement un renard peureux. Depuis quelques kilomètres, je me rapproche, pas à pas, d'un couple qui marche devant moi sur la piste déserte ; ma charrette sur le plat me permet d'être un peu plus rapide. Les jeunes cheminent côte à côte, leurs mains s'effleurent sans se toucher, comme s'ils s'imposaient une chaste réserve. Je trouve la scène touchante. Je parviens à leur niveau, nous nous saluons : « Buenos dias, bonjourno, bonjour, morning ». Il est Italien, elle est espagnole et ils ont tous les deux la beauté insolente de la jeunesse. Maité connaît l'espagnol, le français et l'anglais, Andréa parle l'italien et l'anglais, donc ils se comprennent et peuvent communiquer. Andréa fait le Camino en bon catholique motivé par sa foi, il espère y voir plus clair dans sa vie et ses convictions.

Maïté prépare un master vétérinaire, elle a besoin de ce dépassement pour trouver l'énergie de poursuivre sa longue formation et projeter son avenir dans un autre pays.

À Olveirora, ils m'ont invité à partager leur repas avec deux autres Italiens. Une belle rencontre qui m'a donné beaucoup d'espoir dans cette jeunesse qui s'informe, réfléchit et qui est en quête de sens et de valeurs…

Ce soir, je me suis endormi heureux. La fin de mon voyage se rapproche, bientôt une autre porte s'ouvrira sur l'océan ; je le sens maintenant si proche…

Nouveau chemin de nuit, septembre est presque là et le soleil se lève maintenant après 7 h. Hier soir, j'ai reçu un SMS de Nicolas qui est bien rentré, il se soigne et se ressource auprès de sa famille. J'ai aussi envoyé un SMS à Jean-Noël, que j'ai manqué le matin de mon départ de Compostelle, puis, un autre à Georges qui sera le 31 août à Santiago : « On se voit le 1er septembre ? – Ce serait bien.– je serai au palace du Parador. » (Décidément nous n'avons pas les mêmes valeurs !).

En routard solitaire, je me délecte du spectacle de la lune dans un ciel constellé d'étoiles ; quelle paix ! Quelle sérénité ! Ce chemin incroyable est presque vivant en moi, c'est comme une personne qui accompagne ma solitude comme mon archange imaginaire ! « *Merci pour l'imaginaire !* » Je me surprends à parler à voix haute dans la nuit :« Mon Camino, je te ressens plus que je ne te vois, tu es en moi désormais, tu m'as fait grandir et regarder la vie et le monde autrement, je ne suis que reconnaissance pour toi, pour ton histoire séculaire et la multitude que tu as accueillie et que j'ai à jamais rejointe. » Voilà que *je* parle au sentier maintenant ? J'ai vraiment claqué une durite…

Mon émotion est vraiment inédite, incommunicable surtout avec ceux qui n'ont pas parcouru ce chemin d'un seul trait ; seules la durée et la constance dans l'effort permettent de s'approprier ce Camino pleinement. Maintenant, c'est l'ivresse des senteurs qui me surprend, avec l'aube : les pins et les eucalyptus libèrent leurs essences matinales. Mes sens sont en éveil, comme exacerbés, je perçois tout à coup une vibration, c'est comme une pulsation, un cœur qui bat à travers le chuchotement du vent dans les ailes d'un moulin, c'est comme la vie qui revient avec la lumière de l'aube. Les ombres semblent de plus en plus vivantes, elles se colorient de pourpre, la montagne toute proche redevient amicale, les rochers résonnent du chant des oiseaux ; je me sens tellement vivant !

Le Finistère espagnol ne ressemble pas du tout à la Bretagne, contrairement à ce que l'on dit. Je vois plutôt une vague ressemblance avec la Corse où la montagne flirte avec la mer. Le jour se lève, jamais je ne me lasserai de ce spectacle-là, malgré l'omniprésence des grands moulins modernes, ces éoliennes qui n'auraient sans doute pas plus effrayé l'homme de la Mancha. Un autre bruit me sort de mon délire sensoriel, j'imagine le ressac de l'océan, c'est en fait une cascade qui se devine à peine dans l'obscurité du gouffre que je longe depuis plusieurs kilomètres. J'arrive en vue de ce que j'espère être le dernier col, presque en même temps qu'un marcheur venu d'Amérique du sud. Nous nous arrêtons au pied d'une grosse borne taguée : « THE END ».

Perplexes, nous avançons jusqu'au virage, notre vue plonge d'un coup dans l'immensité de l'océan ; nous crions de joie dans nos langues natales. Cap Finistère est en vue, face à nous, cerné par l'immensité bleue et 300m en contrebas ; plus que 20 km pour l'atteindre. Le Vénézuélien vient de me quitter, il a pris l'embranchement vers Muxia et le sanctuaire de la Barca, un autre Finistère où, selon la légende, la barque en pierre, transportant le corps de Saint-Jacques, aurait accosté.

Une descente infernale débute pour moi, dans le lit asséché d'un torrent. La pente n'est qu'un amoncellement de rochers, je ne suis plus sur un sentier mais dans le chaos d'une montagne effondrée. Comment les vélos et les marcheurs peuvent-ils être aiguillés sur un tel parcours ? Je descends sur les fesses, sur les genoux, sur les coudes, rarement sur mes pieds. Ma charrette rebondit de pierres en rochers ; c'est un miracle si je ne me blesse pas. Je renverse mes sacs, plusieurs fois. La mécanique de ma « charriote » souffre et couine de plus en plus, comme toutes mes articulations du bas du corps. Je débouche enfin sur la route côtière, celle de Corcubion et je me fiche complètement de me retrouver à nouveau au milieu de la circulation. Je suis entier et mon attelage a gardé toutes ses roues. Je refais le picador avec un taxi, puis contre un fou furieux qui se croyait sur le rallye des Cévennes. Une méthode éprouvée, certes dangereuse mais efficace ; un témoin espagnol a même pris ma défense, quand l'un des chauffards s'est arrêté pour en découdre : « Ici un pèlerin ça se respecte ! »

L'ultime étape se rapproche : je l'attends avec bonheur et impatience avec la perspective de 48 heures de repos, enfin ! Mes hanches n'en peuvent plus depuis trois jours et les ampoules sont de retour. L'asphalte surchauffé, me brûle les pieds à travers les semelles, mais, comme dirait François mon parrain : « Merci mon Dieu pour cette très belle journée » .

Voyage jusqu'au bout de la lumière

Fisterra est en vue, je croise deux cyclistes déjà vus et revus dans un chassé-croisé qui dure depuis cent kilomètres. Ils me reconnaissent, un pèlerin qui fait la mule, ça ne s'oublie pas. Fred est américain et Françoise vient de France, ils me recommandent avec enthousiasme l'albergue Cabo Da Vila…
« Buenos dias ». La belle Alejandra accueille les pèlerins sur le pas de la porte de son gîte, elle a un sourire à faire fondre un iceberg. Elles sont deux sœurs pour gérer et animer cet endroit, leur réputation de gentillesse est vraiment méritée. Je comprends maintenant pourquoi le bouche-à-oreille remplit cette maison tous les jours. Ici, pour 12 €, on trouve un lit avec un bon matelas, des draps et des serviettes propres.

Le dortoir est organisé en petites alcôves qui préservent l'intimité. Ce soir, j'ai préféré faire ma cuisine : une boîte de conserve au micro-ondes (rien de gastronomique). Je n'ai plus la force ni l'envie de marcher, je suis au bout du chemin, mais aussi au terminus de mes capacités physiques. Lucas et sa copine anglaise passent devant l'albergue, ils achèvent une étape de

66 km et ont une démarche de vieillards. Les corps, jeunes ou vieux, en cette fin de chemin, sont épuisés, malmenés depuis des semaines ils réclament le temps du repos. Lucas et toute son équipe ont acheté des bouteilles de vin et de bière pour aller fêter la fin du jour au Cabo Finistère ; je suis trop crevé pour me joindre à eux. Il fait encore jour, je rejoins mon lit qui m'anéantira neuf heures durant. Chez Alejandra, les nuits sont douces, calmes, reposantes : ENFIN !

Depuis 71 jours, c'est ma première journée entière à ne rien faire. Une vraie grasse matinée de touriste et une nuit sans intermèdes éveillés, l'odeur des pains frais cuits par Alejandra me remet les neurones au beau fixe. Les cyclistes franco-américains finissent leur petit déjeuner, leur chemin se termine aujourd'hui ; demain, c'est le départ pour Paris. Ils sont facteurs de vitraux d'art et appréhendent un peu le retour à la vie normale. Ce sont aussi des artistes passionnés par leur métier, ils n'ont qu'une hâte, c'est de créer à nouveau en s'inspirant de ce qu'ils ont vu ici, dans les plus belles cathédrales du monde.
Georges vient de m'envoyer un SMS, il arrive enfin ; il n'est plus qu'à deux étapes de Santiago.

Vers 19 h, comme on me l'a conseillé, je me remets en marche vers le cap Finistère. Le sentier longe la route fréquentée par les bus, les touristes et les camping-cars. Tout cela n'a plus aucune d'importance, désormais ; c'est mon ultime étape. J'ai laissé ma charrette chez Alejandra ; je voyage léger certes, mais j'ai aussi conscience que ma charrette fut vraiment mon alliée et aussi mon calvaire, tout à la fois. Dans moins de deux heures, j'assisterai au coucher du soleil, je serai au point le plus occidental de l'Europe ; et si le fameux rayon vert du soleil couchant venait tirer un trait sur mon Camino, ce 31 août 2013 ?

Les ultimes pèlerins sont encore nombreux sur les rochers du phare ; malgré les interdictions, certains brûlent leurs vêtements et leurs chaussures usées par leur longue marche. Les feux de camp, du Cabo Finistère, sont une tradition qui incendie le maquis à intervalles réguliers.

Des solitaires se sont retirés sur les pentes abruptes du cap, certains prient, méditent ou contemplent l'océan. Il y a aussi les fêtards qui se sont regroupés sur la partie herbeuse, plein ouest, pour acclamer le coucher du soleil et le dernier jour de leur Camino. Il y a beaucoup de photographes qui volent des instants qui ne les concernent pas. Je ne me sens pas à l'aise sur cette corniche : « trop de monde, trop de voyeurisme, trop de bruits, trop de paparazzi civilisés ou indiscrets… » Je préfère grimper au sommet de la falaise qui domine tout le cap ; là, à cet endroit précis, je veux terminer mon chemin comme je l'ai commencé : SEUL !

Ce long chemin est à l'image de nos vies : nous naissons seuls, nous souffrons seuls, nous mourrons seuls. J'imagine mon commencement et sa fin dans le plus total dénuement, mes pensées ne dénotent pas avec l'endroit où je me trouve ; ici, tout est minéral, désert, oppressant… Le soleil frôle l'océan, les couleurs éclatent, rebondissent, se réfléchissent sur les flots et quelques filaments nuageux. Les goélands virevoltent dans une lumière de fin du monde, indifférents au spectacle. L'image de Jonathan Livingstone le Goéland me traverse l'esprit : liberté chérie, liberté de choisir, liberté de croire en un idéal quel qu'il soit, liberté de voyager, liberté d'être citoyen de l'univers, liberté d'aimer les hommes quel que soit le lieu de leur naissance, liberté d'être simplement humain, liberté de vivre son humanité pleinement…

Je sais qu'à Montpellier il fait déjà nuit, je pense à la compagne de ma vie, celle avec qui je serai jusqu'au bout du chemin. Je suis mélancolique de la fin d'un voyage aussi intense, mais je suis aussi pleinement heureux à l'idée des retrouvailles.

Le Soleil touche maintenant l'horizon, il s'enfonce rapidement dans l'océan : le dernier rayon fulgurant traverse le ciel, il n'est pas vert mais d'un blanc électrique. J'ai voyagé jusqu'au bout de la lumière et je goûte avec délectation cet instant précieux. Je me relève lentement en écartant les bras, je lance dans le crépuscule un cri à me déchirer les poumons : « ULTREIA ! Mon Camino est terminé ». Cinquante mètres plus bas, la rumeur des pèlerins me répond. En fait, je n'étais pas seul, au cap Finistère, un couple de photographes espagnols et un pèlerin allemand, il a réalisé cette dernière étape les pieds nus (chacun son délire). Ils étaient tout proches de moi, juste en contrebas. Les témoins de mon coup de folie ont dû me prendre pour un dément ! Les Espagnols sont redescendus en courant, sans demander leur reste, l'Allemand s'est exclamé : « FANTASTIC ÉMOTION ! » Beaucoup plus bas, près du phare, une grande clameur est montée : le chemin est aussi terminé pour tous mes compagnons qui partagent, au même moment, l'exaltation joyeuse d'une fin de Camino.

Épilogue

« *Ton Camino ne fait que commencer, Michel. Il est devenu ton chemin de vie désormais.* – Ça promet, côté galères. – *Pourquoi ne voir que le mauvais côté des choses ? Tu viens de vivre une expérience inédite, exceptionnelle, si intime... Ce Camino n'appartient qu'à toi ; à toi désormais de le transcender en ce que tu voudras.* – Et qu'est-ce que je dois en faire selon toi ? – *Une obligation à être heureux pour toi et pour tous ceux qui croiseront ton chemin, car c'est ton propre bonheur qui nourrira celui des autres. La joie est communicative, c'est un don qui se partage et se communique.* – Vaste programme ! Merci quand même pour le conseil, l'archange. » Il fait nuit noire alors que je redescends vers le port : le sentier se devine à peine. Je reçois un SMS de Georges :Je serai au Parador (le palace des pèlerins très argentés). Appelle-moi dès que tu arrives à Santiago. Finalement mon compagnon de Paris avait réussi, je suis vraiment content de le revoir... Le nez collé contre la devanture du bijoutier Regeira, je tente de repérer, au milieu d'une profusion de bijoux fantaisie, une croix de Tau en émail noir. Les derniers rayons du soleil de septembre se faufilent à travers les tours de la cathédrale. Malgré mon chapeau canadien, passablement défraîchi, je suis aveuglé par les reflets aveuglants sur la vitrine. Je n'ai pas trouvé ce que je cherchais, je me résigne donc à traîner sans but précis dans Santiago. Au coin de la rue Via Sacra, plongée dans l'ombre du crépuscule, je tombe nez à nez avec lui : « Thierry ? Qu'est-ce que tu fiches là ? C'est incroyable ! — Salut Michel, tu parles d'un hasard. J'arrive tout juste de Fisterra. — À pied ? — Ouais ! Et je ne suis pas sûr d'en rester là. Il faut que je reparte sur Paris demain. Je meurs de faim, tu m'accompagnes ? »

Le gaillard athlétique, qui me dépasse d'une bonne tête, barre le trottoir ; les badauds nous contournent sans protester. Comme beaucoup de peregrinos, errant sur la dernière étape de leur voyage, nous sommes complètement détachés du temps, étrangers aux regards inquisitifs des passants. Nous voilà devenus des « va-nu-pieds » tatoués au mercurochrome et par les UV, rafistolés de sparadraps : nos mollets sont brûlés par le soleil avec des chevilles aussi pâles que le marbre des statues du portail de la gloire. Nous tombons dans les bras l'un de l'autre.

Trois jours ou trente nuits, le temps de la rencontre ne compte plus. Depuis Saint-Jean-Pied-de-Port, nous n'avons cessé de nous croiser, de nous distancer, de nous rattraper sans jamais vraiment nous côtoyer ; pourtant, aujourd'hui, nous sommes devenus comme des frères.

Nous échouons au Cantilejas, un bar à tapas sur la plaza de Mazarelos ; c'est la rentrée universitaire et les terrasses sont bondées : « Ce sera une bière pour moi et un soda pour Thierry ». L'alcool, c'est définitivement fini pour lui. À cette heure, tous les bars offrent l'assiette de tapas avec la boisson, c'est une généreuse coutume espagnole, mais pour combien de temps encore ? Un brouhaha de mille langues fait de tous les badauds, pèlerins, touristes ou étudiants, des Erasmus en puissance. Thierry me fixe sans me voir, son regard bleu est peut-être toujours perdu sur les chemins qu'il vient de parcourir ou sur un passé tragique, qu'il ne parvient pas à verbaliser. D'un coup, il se met à parler comme une digue qui vient de céder : « Mon fils avait 20 ans, c'était un artiste, un musicien… Il a mis fin à sa vie sans raison, sa mère et moi, nous n'avons rien compris… Je ne comprends toujours pas… »

Une boule me serre les tripes, impossible d'avaler quoi que ce soit ; je n'ai plus faim. Thierry pleure en silence : « La mort de mon fils est une tragédie destructrice. Ma mère est morte de chagrin en moins de trois mois. Moi, qui ne buvais jamais, je me suis mis à picoler comme un forcené. J'ai vidé toute la cave de la maison de mon enfance, abandonnée par mes parents décédés. Je n'ai pas dessoûlé pendant 60 jours. J'ai tout perdu : ma famille, mes amis, mon entreprise… » Thierry s'arrête de parler, comme pour reprendre son souffle. Il se tient immobile, droit sur sa chaise, les poings serrés sur la table. « J'ai moi aussi voulu mourir, j'ai vidé dans un verre toutes les pilules de l'armoire à pharmacie de ma maman. Je me suis effondré dans la cuisine, je voulais rejoindre mon fils… Lorsque je me suis réveillé le lendemain, j'avais vomi tripes et boyaux, mais j'étais vivant. »

Il se tait, hésite à poursuivre. La confidence qu'il s'apprête à me révéler dépasse l'entendement : « En sortant du coma, j'ai vu mon fils au-dessus de moi, il hurlait : « MARCHE et OUBLIE ! » Ensuite j'ai dû perdre connaissance. » Thierry me regarde fixement, il doit se demander s'il est vraiment crédible à mes yeux, si je ne le prends pas pour un gros mytho. Je crains un instant qu'il ne se ferme et mette fin à cette révélation extravagante : « Qu'est-ce que tout cela signifie ? Pourquoi me raconte-t-il tout ça ? — *« Cet homme, c'est aussi ton frère, que tu le veuilles ou non. Ne t'abandonne pas au doute dans chacune de tes relations, aussi surprenantes soient-elles. Ne cherche pas le mensonge, là où il n'y a que douleur indicible et expression du chagrin.* — Quel est le sens de cette vérité-là, alors ? Quelle signification donner à la mort de ceux que l'on aime ? Pourquoi se raccrocher à de vains espoirs ? — *De quelle mort parles-tu ? De quelle vaine espérance est-il question ? L'esprit de son fils est en lui, il ne l'a jamais quitté, il n'a jamais été aussi vivant.* — Je n'en crois rien ! Pourquoi chercher à ressusciter ceux qui sont définitivement partis. Tout cela ne mène qu'à la folie. Imaginer que l'on peut ouvrir un passage entre les vivants et les morts n'est qu'une illusion morbide. — *À quoi te raccrocherais-tu si cela était arrivé à l'un de tes enfants ?* — Je serais dévasté et désespéré, ma vie serait brisée et inutile. – *Du désespoir peut jaillir la lumière.* »

Je regarde autour de moi toute cette jeunesse qui reprend le chemin des universités. Il y a les rires, les conversations bruyantes, il y a la séduction et la vie et je suis là, avec ce garçon brisé. La tristesse m'envahit comme l'eau dans la brèche. Je me sens si lourd, comme prisonnier d'un monde que j'ai mis entre parenthèses depuis 71 jours et qu'il va bien falloir réintégrer. Comme le retour sur Terre sera difficile ! Le doute m'envahit, j'hésite : « Et si je poursuivais le chemin et si je décidais de ne plus m'arrêter, de me dissoudre dans un Camino sans fin, autour du monde, jusqu'à la fin des temps… jusqu'à la fin de mon temps ? »

Après un long silence, Thierry se remet à parler en regardant son verre vide : « J'ai traversé les 180 km de la Meseta en trois jours, par un cagnard de plus de 40°C… Tu sais ? Il m'est arrivé quelque chose d'incroyable… J'hésite à le partager, on pourrait me croire fou ou complétement mytho… » D'un simple regard, je l'encourage à poursuivre. Mon compagnon se tait…

C'est interminable, il enfile ses lunettes fumées, il fait pourtant nuit : « Je me suis retrouvé seul sur le plateau, il n'y avait que des champs de blé à perte de vue et pas un brin d'ombre. J'ai vraiment commencé à paniquer quand j'ai été pris de violents maux de tête et de nausées. J'ai réussi à me réfugier dans une ferme en ruine pour trouver un peu d'ombre. » Thierry se tait, il semble hésiter à poursuivre… « Je me suis assis sur une porte dégondée pour reprendre des forces et attendre que le soleil tape moins fort. Je crois bien que je me suis endormi. » Je suis tellement concentré sur le récit de mon ami, que j'ai l'impression que le silence a envahi la place bondée, je retiens ma respiration. « Tu ne vas pas me croire… Lorsque je me suis réveillé, j'ai été submergé d'un accès de rage, j'ai perdu tout contrôle. J'ai frappé le bois avec mes poings à me faire saigner, puis j'ai soulevé la vieille porte à bout de bras et je l'ai projetée contre le mur. »

Encore un interminable silence, Thierry ne dit plus un mot, il retire ses lunettes de soleil… J'ai un drôle de pressentiment avec cette envie de me lever et de partir en courant. « Regarde, Michel. » Thierry me tend son écran de téléphone portable, l'image est sombre, j'y vois une vieille porte adossée à un mur. Il y a une inscription en français, en grosses lettres blanches à la craie : «MARCHE OUBLIE THÉO». Je fixe mon ami qui relève lentement la tête : «Théo, c'est mon fils… Il est vivant !» En cet instant, croire en l'impensable, en l'inimaginable, fut pour moi une simple évidence sans mise en doute possible. C'était comme un acte de foi en l'autre, en cette vie disparue mais sublimée, en ce témoignage au-delà de la mort… Nous nous sommes quittés là, après un long, un très long silence. Je n'ai jamais revu Thierry.

« Rien n'est le fait du hasard. Tout ce qui te construit sur cette terre et dans chacune des rencontres sur le chemin de ta vie, est inscrit dans un grand dessein. — L'hypothèse divine ? *— Seulement la vérité de l'Amour est immuable et éternelle. C'est la pleine conscience qui donne corps à notre propre réalité et à la réalité du monde visible et invisible. À toi d'adhérer ou de rejeter cette réalité-là. Tu sais, tu es un homme libre désormais… »*

…En cette fin d'année 2014, la veille de Noël, mon portable sonne : «Salut Michel, comment vas-tu ? — Quelle surprise ! Salut Thierry, c'est super de m'appeler ! Si tu savais comme je suis heureux de t'entendre ! Qu'est-ce que tu deviens ? — Je marche toujours. Après Compostelle, j'ai embrayé sur le GR 20 au début de l'hiver et j'ai survécu. — C'était une folie ! — Mais non, Théo était avec moi, il ne m'a jamais quitté depuis la Meseta. — Et maintenant, qu'est-ce que tu comptes faire ? — Je prépare mon voyage pour le toit du monde ; je pars bientôt pour l'Himalaya. »

Les émotions du Camino me reviennent en déferlantes qui brisent toutes mes réserves, la gorge nouée et les yeux remplis de larmes, il me faut prendre l'air, tout de suite. Je sors sur la terrasse, un soleil rouge, hivernal, est en train de disparaître sur l'horizon. Les nuages s'embrasent, c'est beau à pleurer ! Deux grandes formes lumineuses, presque symétriques, sont comme posées sur la ligne d'horizon… J'observe, incrédule : *« Tu regardes mes ailes déployées, mon Ami ? »* Je ne trouve rien à redire, subjugué par la beauté du spectacle.

« Sais-tu, Michel, ce que veut dire le mot Théo en grec ? » Après un long silence, je regarde la nuée incandescente aspirée par la nuit et je prononce, enfin, le nom tant attendu par l'archange :

« DIEU ».

Remerciements

Merci à Murielle Debuigny, Claude et Mano Trouillet, Titia Es-Sbanti, Anne Vanvynendaele, Monique Pestieaux, Ali Damien, Stéphane Blanco, Jean Paul Richon, François Lopez. pour leur accueil sur le chemin, leurs conseils et leur travail de relecture. L'écriture de ce livre aura été, avec vous, à l'image du Camino une providentielle rencontre.

Dédicace

À Murielle, ma compagne d'une vie, qui a accepté mon projet dans la confiance et l'Amour. À mes enfants et à mes petits enfants qui ont été au cœur de mes pensées et de mon souhait de pouvoir leur faire don des vérités découvertes pendant ce difficile et merveilleux cheminement.

À mon père et à ma mère, qui m'ont donné la vie et l'envie d'entreprendre ce voyage intérieur. À mon frère et à ma belle-sœur, à mes sœurs. À François, mon parrain du Camino, qui m'a transmis sa joie de vivre et son espérance.

À tous mes compagnons et compagnes, qui ont fait de ce chemin une aventure humaine bouleversante et authentique.

Michel

ISBN : 978-2-3225-6041-7

Édition : BoD · Books on Demand,

31 avenue Saint-Rémy, 57600 Forbach, bod@bod.fr

Impression : Libri Plureos GmbH,

Friedensallee 273, 22763 Hamburg (Allemagne)

« L'archange et la charrette »

Roman Témoignage